逆乡

冰花 ◎ 著

长江文艺出版社

图书在版编目（CIP）数据

还乡 / 冰花著. --武汉：长江文艺出版社，2023.10
 ISBN 978-7-5702-3264-2

Ⅰ.①还… Ⅱ.①冰… Ⅲ.①长篇小说－中国－当代 Ⅳ.①I247.5

中国国家版本馆CIP数据核字(2023)第139354号

还乡
HUANXIANG

责任编辑：杜东辉	责任校对：毛季慧
封面设计：回归线视觉传达	责任印制：邱 莉 王光兴

出版： 长江出版传媒 长江文艺出版社
地址：武汉市雄楚大街268号　　邮编：430070
发行：长江文艺出版社
http://www.cjlap.com
印刷：武汉市首壹印务有限公司

开本：880毫米×1230毫米　1/32　印张：10
版次：2023年10月第1版　　2023年10月第1次印刷
字数：220千字

定价：56.00元

版权所有，盗版必究（举报电话：027—87679308　87679310）
（图书出现印装问题，本社负责调换）

"还乡"的时代性与民族性
——冰花长篇小说《还乡》序

石一宁

阅读冰花的长篇小说《还乡》,是一个渐入佳境的过程。小说第1章和第2章大部分是关于主人公蒋文道童年和少年时代雷泉村生活的描写:父亲不堪忍受迫害离家出走、母亲带着五个孩子在生计的艰困和各种白眼流言中苦苦挣扎……颇让读者以为这是一部并不罕见的苦难叙事之作。然而继续往下阅读,读者会发现这是一部甚有思想内涵、同时揭示学院知识分子与乡村人当下生存状况的小说。之所以在这里使用"乡村人"而不是"农民"这个称谓,是因为传统的农民称谓已经不能准确指称小说中所有的乡村人。

小说主人公蒋文道经历了苦难的童年和少年时代,进县城读中学毕业后考上省内师范大学,继而考上外省的晖城大学研究生,之后留校任教当上教授。"在这个城市,他拥有了两套房,两辆车。他是声名显赫的大教授,被各大单位和企业争相请去上课,时常也在媒体上露个脸";"他曾经像一只蝼蚁匍匐在这个城市,如今可以挺起脊梁俯瞰众生,指着这个城市评点一二了。"主人公后半生看似顺风顺水,无早年的衣食之忧,然而"人生识字忧患始",读书人有读书人的苦恼。作为高级知识分子的蒋文道对尊严自然格外敏感,但其所自恃的清高在现实面前一步步退让妥协,几至全线失守:下乡调研与文化站工作者汪美玲相爱却又没有勇气坚持到底。为评上教授,自己的学术专著换为院长署名;招研究生面试,为关系户考生放水。为了儿子上学买学区房,默认妻子将母亲的老家房子拆迁费占用。但已一无所有的母亲来投靠他后,因生活习惯和个人习性的差异不断引起家庭矛盾,最终离去而到女儿家长住……"在这个物化时代,若你不凭借某种工具,不依托某个圈子,任凭自己单打独斗,是难以超越庸常之态的。他不想也不能,儿子的高昂学费、居高不能屈下的社会地位都让他像一枚冲锋陷阵的卒子,只能硬着头皮向前拱。"这是蒋文道在内心为自己的行为所找的理由。蒋文道因所指导的一个博士的论文被举报抄袭引发网络舆情,学校对他作出收回带研究生的资格、暂停教学工作、三年不得评优晋级的处理。小说还设置了颇具典型性的一个人物——蒋文道大学和研究生同学万真,无心学术而擅长人际关系,仕途和学术俱混得风生水起,最后却因突发心肌梗塞而死。

小说中的汪美玲、向新月及其养父老向这几个乡村人物,与蒋文道、万真们的生活状态形成了一种对照。美丽聪慧的汪美玲曾是很有造诣的土家族山歌歌手,与蒋文道有过短暂的爱情,但她没有因蒋文道的负心而一蹶不振,而是嫁给了对她痴情的张海,后又辞职办了旅游公司,乘着美丽乡村建设的东风,打造的乡村游项目甚有成就。向新月进城打工经受了恶人的陷害、爱情的挫折与身体的创伤,最初被"城里人"怀疑和嫌弃时,她还是抱着"不想回去,不能回去,要做一个成功奔出大山的'城市人'"的念头的。然而现实使她认识到一无学历、二无技术的自己要真正成为一个"城市人"是遥遥无期的,回乡至少还能陪伴年老的父亲。回到家乡桃花村的她找到了真正的爱情,还准备投入随着乡村振兴的到来而必然启动的蚂蟥沟旅游开发事业中。老向曾经饱受伤害,养成了一颗暴戾的心,然而在晚年却看明白了世事,内心变得通达透亮。面对即将到来的死亡,他沉静地安排好身后事,含笑打量着在他盘算下提前修好的坟墓。蒋文道亦遵循亲生父亲和母亲的遗嘱,将父母葬回家乡雷泉村。

叶落归根,是中国人的传统观念。扶贫脱贫、乡村振兴,当下中国农村的历史性变迁,又赋予这一传统观念以时代内涵和意义。还乡,成为当下一个热点话题。云南作家尹马还出版了长篇小说《回乡时代》。冰花的这部作品,无疑为还乡话题增添了热度。城镇化建设的推进,乡村人的进城和返乡,成为当代中国一幅动人的日常图景。家乡是一个人的生身之地,但家乡的意义其实是因人而异的。成长之地、伤心之地、逃离之地、归宿之地……这些都是家乡,只是每个人各有领受。家乡予人的悲喜不一,引生的愁忧却相似。"日暮乡关何处是?烟波江上使人愁。"唐代崔颢的诗句道出了人人心中皆盘桓的乡愁,堪称千古绝唱。当代城市对从乡村走出的人来说,既是陌生的异乡又是容易失去初心的生存与事业竞争之地,因而家乡成为疗伤之希望、精神之寄托。然而,还乡的可能性也是相对的。有的人可以身心还乡,如小说中的向新月,因为对她来说,城市仍是"别人的城市";有的人却只能精神还乡,如主人公蒋文道。虽然小说末尾表现了被学校处理而"骤然从天上砸落到地上"的蒋文道身心还乡的愿望,但实际上他生命中的一部分已融入城市,城市已然是"自己的城市",他不可能全身心地还乡。

读冰花的这部作品,我想起了鲁迅的小说《故乡》。鲁迅笔下的故乡,是"苍黄的天底下""萧索的荒村",遇见的两位故人闰土和"豆腐西施"杨二嫂,前者让人心酸,后者令人憎厌。主人公"我"的还乡其实是为了告别——搬空已卖掉的老屋,远离熟识的故乡。老屋和故乡的山水在视线中愈来愈远,"但我却并不感到怎样的留恋"。只是,躺在离别故乡的船上,"我"还是生出几许希望:希望后辈如宏儿和水生不再相互隔膜,生活不再如"我"般辛苦展转、不再如闰土般辛苦麻木、不再如杨二嫂般辛苦恣睢。已成为名言的一段话,正是写在《故乡》的最末:"希望是本无所谓有,无所谓无的。这正如地上的路,其实地上本没有路,走的人多了,也便成了路。"20世纪20年代的故乡,是鲁迅的痛,也是国人的痛。

我还想起了19世纪后期英国现实主义重要代表作家哈代的长篇小说《还乡》。小说男主人公克林·姚伯十多岁时离开家乡爱敦荒原,后入职巴黎一家珠宝行并得到重用。姚伯因接受了空想社会主义的影响,又弃职离开巴黎返回家乡打算兴办学校,"当一个穷人和愚人的教员",使故乡人走出愚昧无知,彻底改变荒原面貌。然而荒原的传统习俗强大而顽固,母亲和妻子不爱荒原,时时想逃离,最终妻子和前情人淹死,母亲被毒蛇咬死。主人公姚伯为办学读书过猛致使双目几乎失明,最后他屈服了,把露天巡行演讲"道德上无可指责的题目"作为职业……近150年前哈代的《还乡》,亦表现了一个伟大作家对改变乡村面貌的拳拳之心。

还乡可能是现实的、具体的,也可能是想象的、精神的。在文学史和人类的精神史中,故乡都是一个重要而特别的存在。故乡是一个人的起点,还可能是他的终点——肉身的,或精神的。因此,还乡成为一个文学创作的母题。哈代的《还乡》和鲁迅的《故乡》或许可以分别视为19世纪和20世纪西方和中国的还乡代表作。21世纪的还乡书写,正在召唤当代中国作家。冰花的《还乡》,正是对这一时代呼唤的响应。

冰花的还乡写作,首先有着鲜明的时代性。已经和正在受到脱贫攻坚与乡村振兴洗礼的当下中国乡村,已不是鲁迅笔下的萧索荒村,更不是哈代笔下的神秘的荒原,当代中国正在发生山乡巨变。汪美玲、向新月这两个人物可谓新乡村人的代表,她们历沧桑但不因此而沉沦;她们居乡或是还乡,但不再是传统意义的农民,而是创业者和企业家。她们努力地、顽强地、朝气蓬勃地成长和奋斗。老向这一人物形象,则是老一代乡村人的代表,在生命最后的时刻,表现了对待终极归宿的恬静与豁达、睿智与大悟。

冰花的还乡写作,还有着独特的民族性。作品中的马坪乡和桃花村,充满土家族的民族风情,土家族山歌、传说和习俗,穿越历史岁月在这片土地上萦绕不绝。在还乡主题的文学阵列中,民族性无疑是一种十分可贵的个性与风格。

诚然,如果冰花小说中人物的还乡不是无奈而退求其次的被动,而是主体的自觉选择,进而将汪美玲、向新月的人物塑造升华为时代新人的形象,作品当会更深刻和更厚重。

是为序。

2023年5月30日于北京

(本文作者系著名文学评论家,《民族文学》主编)

1

蒋文道是14岁那年离开雷泉村的。

雷泉村背靠一片绵延的山丘,面迎一汪幽碧的湖水。人们都说这样依山傍水的地方叫作风水宝地。

祖祖辈辈相传,雷泉村以前叫丰水台。说是丰水,却只有山,没有湖。人们挤在山坡上,耕种向阳的几坡旱地,在山洼低处,靠天种稻。遇到枯水季节,家家户户守着祖辈挖下的几方水窖,管了吃喝,便管不得田地。于是,年年都有讨饭的汉,年年都有饿死的女。

清朝同治年间,有个外乡秀才进京赶考,经过当时的丰水台。电闪雷鸣,大雨将至。秀才藏身于一棵百年大树下避雨。一道耀眼的电光闪过,滚滚的天雷响彻山林。雷过雨歇,有经验的乡邻去寻被雷劈死的苦命人。大家看到树下正在整理箱笼的秀才,他竟然毫发无损。"有此神树庇佑,贵村必得福祉。"众人随秀才手势指引,向后方大树望去,惊愕地发现,树干被雷对半劈开,兀自冒着焦黑的烟。"若得蒙神树眷顾,一举高中,来日定当设坛摆香,殷勤祭拜。"语罢,秀才面朝大树,恭恭敬敬三叩首。

大树被烧焦的地方仿佛人的伤口,很快愈合结痂,留下了乌黑的伤疤,树冠依旧郁郁葱葱,遮天蔽日。来日秀才高中,若干年后在此地为官。果然如约而至,在大树下立一石碑,其上龙飞凤舞两个字"神树",并出资将神树周围数尺之地培土修剪,整理得清清爽爽。每月逢初一、十五,即使不能亲至,也会遣人过来烧香祭拜。敬奉的果儿糕点被林中的小兽飞禽抢食一空,竟无人敢偷食。秀才是个好官,励精图治,但丰水台依旧十年九旱,所谓的福祉未曾到来。这年遇到大旱,从入秋之后滴雨未下,直到立春过后,人们的水窖都见了底,也不见老天开眼。锅里等着水下米,田里等着水下种,慌乱笼罩着丰水台。秀才带领百姓在神树下设坛作法,祭祀求雨,连日未果。他索性在树下搭一凉棚,寄居于此,日夜不眠。惊蛰的一声惊雷震醒了山谷,大雨倾盆,人们奔走相告,喜极而泣。大家来到神树下拜谢,发现秀才累死在了树下。他倒下的地方,头枕树根,一股山泉从此处涌出,蜿蜒而下,川流不息,竟形成了一个湖泊。

湖水滋养了一方百姓,人们唤它雷泉湖。"秀才的尸首到哪里去了?"一听到老人讲这个故事,蒋文道就忙着追问。他得到了不同的答案。有人说秀才被埋在神树旁,还立了碑,和神树一起享受后人供奉,但民国初年被革命派扫封建破迷信,连着神树的石碑一起被砸碎了。有人说秀才被埋在泉水旁,后来沉到了湖底,成为保护一方的湖神。有人说一道天雷打下来,秀才的尸身摇摇晃晃被金光吸到了天上,做了天上主管这方雨露的天神。

因为雷泉湖的缘故,丰水台后来改名叫雷泉村。无论时光怎么变,世道怎么变,雷泉村的人们都笃信"人在做,天在看""善有善报,恶有恶报"。蒋文道就是深受这样的天人教育长大的,他的记忆里没有爹,这棵神树,神树上的那一片青天,就像他的父亲一样滋养着他的魂灵。

他在临走之前,想去拜一拜神树,再沿着雷泉湖转一圈。湖边,一汪一汪的芦苇,一排一排的柳树。盛夏的芦苇长着长剑一般的叶子,满眼的绿,好闻的清香。要变天了,乌云开始集结,狂风呼啸而过,满满当当的长剑倾覆起伏,盛大而凛冽,像狂风巨浪的大海。蒋文道从未走出过雷泉村,但他在书上看到过大海。"在苍茫的大海上,狂风卷集着乌云。在乌云和大海之间,海燕像黑色的闪电,在高傲地飞翔。一会儿翅膀碰着波浪,一会儿箭一般地直冲向乌云,它叫喊着——就在这鸟儿勇敢的叫喊声里,乌云听出了欢乐。"少年的蒋文道,经历了一道道苦难的洗礼,就像勇敢而倔强的海燕一样,期盼着电闪雷鸣里燃烧的烈焰和飓风暴雨里奔涌的豪情。

碧绿的柳枝招摇,儿时他看不懂芦苇春天露芽的蓬勃、夏天亮剑的火热、秋日开花的惆怅和冬日凋零的肃杀,偏爱这清风中轻歌曼舞的柳条。他和小伙伴一起扯着长长的柳条转圈,拽下来几根编成圆圈圈,镶嵌几朵野花,就成了花环。小伙伴们喜欢将花环送给好看的女孩子,看到她们花朵一样绽放的欢笑,柳条一样柔软地扭腰。蒋文道的心里,娘是最好看的女子,他编的花环,最好看的那个一定会送给最美的娘。娘有些苍白的脸在花环的映照下,像清凌凌的月光一样干净无瑕。她眼角的细纹一道道展开,就像雷泉湖里荡漾的涟漪。"娘,我年年给你做花环,我长大了给你做美丽的衣裳,让你永远做最美丽的女人。"

除了美丽,蒋文道找不到其他的词语来献给娘。

他一直觉得,娘是他这辈子都要守护的女子。直到有一天,娘苍白的脸颊泛起初秋芦花一样的微红,娘透亮的眼眸里也浮起芦花絮一样的迷蒙,娘的头上,戴了一个更大更美的花环。旁边一个虎背熊腰的男子,正在往娘的头上插更多的鲜花。娘手里举着那柄许久不照的小铜镜,左照照,右看看。她咯咯地笑着,那声音像是过年她炸的小油条,外脆里软,一点也不同于她平日里粗声大嗓的悍勇。蒋文道不知道哪里来的一股子气,狠狠地将花环扔在地上,重重地踩上去,在脚下碾了又碾,柳枝散成一摊,花朵碎了一地。从此以后,他再也没去摘过柳条,再也没有编过花环。他跟娘说他要去念书,他八岁都过了,最大的姐姐已经出嫁了,最小的姐姐也开始下地了,是时候发蒙读书了。娘于是将他送到了村里的小学。他闷起头来读书,一声不吭。到了年下,人们惊讶地发现,这个三棍子打不出一个闷屁的呆伢子居然是个念书的好苗子,门门都是满分,恨得家境好的大人操起烧火棍猛捶家里不争气的娇娃。人们都说,百余年过去了,雷泉村里恐怕要出第二个救世济民的秀才了。

湖水往北,一片一片的稻田。再往东西,一地一地的棉花。蒋文道出生以来的记忆大多留在这里。娘说,蒋文道是别在裤腰带里站在田埂上长大的。父亲于1967年离家,那时蒋文道刚满一岁。娘说,他出生的时候,爹欢喜得不得了。他的屁股蛋子刚一落地,爹就给他取了大名"文道"。很多年后,蒋文道明白了"文以载道,书以焕采",爹在那个世道对他寄予了厚望。娘还说,他是第五个孩子,却也是爹最疼爱的孩子,他终日抱着他不松手,常常抱着他亲了又亲,眼泪垂得老长,就像冬天屋檐下的凌钩子一样晶莹。这些就是爹和蒋文道仅有的父子关系记忆,被娘反反复复地讲,蒋文道依旧没有任何感觉。爹对他来说就像一个固定的符号,无色无声。蒋文道上头有三个姐姐、一个哥哥,姐姐们对他很宠溺,而长他十岁的哥哥却像父亲一样喜欢管束他。

为了多挣工分养家糊口,大姐二姐和大哥不得不参加生产队繁重的"双抢"劳动。凌晨四五点钟,他们随着生产队出早工的哨声而起,晚上七八点在队长粗犷的哨声中拖着疲倦的身子收工。三个小"草帽人"整天跟在大人们后面战天斗地,热火朝天地搞"双抢"。一会儿拔秧,一会儿栽秧,一会儿割稻,一会儿捆稻……就这样,"犁上赶到耙上",整天到晚没有歇息的时间。三姐年幼,被安排在家里看护蒋文道。刚学会走路的蒋文道表现出了异常的天分,对山川大地飞鸟虫鱼自然万物产生了极为浓厚的研究兴趣。起先他只是趴在门缝里,眼睛一眨不眨地瞅着外头的光亮。后来趁三姐开门倒水或者晾衣服的工夫,就屁颠屁颠地跟出去,在稻场里跌跌撞撞,追着鸟和蝴蝶跑。有一次晌午,三姐站在板凳上热饭,堂屋门忘记关。蒋文道猫着腰蹑着脚溜了出去,他沿着小路往坡下跑,来到坎下,看到地里正歇工吃饭的娘,高兴得手舞足蹈。"蒋家阿嫂,你的小崽崽要来种地咧。"一旁的乡邻冲娘打趣。娘抬头正好看到蹿进稻田的蒋文道,吓得怔住了。"娘,娘!"蒋文道兴奋地扑过去,一个不小心,被脚底下的稻茬绊倒,下巴磕在了另一撮稻茬上。钻心的疼痛引得他哇哇大哭起来,血一股股地往下涌,蒋文道拿手一糊,嘴巴周围红通通血肉模糊的一大片,看起来瘆得慌。娘慌得抱起他就往卫生所跑,当时看娘那个慌里慌气的样子,又看到血止不住地往下淌,蒋文道心想,莫非自己要死了?如果他死了,三姐不是要拿命抵命?好汉做事好汉当,就算自己死了,也不能连累别人。心中的英雄情结让他正义凛然地说了最后一句话:"娘,莫怪三姐!"然后,蒋文道就心安理得地虚弱下来,闭上眼睛,开始等死。他是被卫生所白大褂尖利的缝衣针戳醒的,那雪亮的粗针拖着长长的线,在他的肉里扎进拉出,痛得他嘴里咝咝冒着冷气。他叫不出来,嘴巴根本就张不开,任由上下的牙齿挫得吱吱响。就这样,四岁的蒋文道身上留下了成长的第一道印记,缝的四针长好了,在他的下巴底下留下拧巴的一道肉线。

因祸得福,蒋文道终于摆脱了被关在家里的寂寞。他被娘带到了田里。娘怕他再乱跑,在棉花田里,就在裤腰带上拴根绳子,另一头系在他的腰间,他一跑,就像被拦腰抱住了一样动弹不得。他只能跟在娘的身后,偶尔捉一只绿油油肥嘟嘟的棉铃虫玩。若是在水田里,就更无聊了。娘用旧被单做了一个简易的背篓,他的双脚插进去,双手箍住娘的脖子,身体整个趴在娘的背上。娘站着,他就立着,娘弯下腰去,他也跟着向前栽下去。娘的背上温暖软和,起起伏伏摇摇晃晃得像个摇窝,他不一会就睡着了。人们都笑话娘宠儿过了头,娘不言语,继续背着他下地。就这样在娘的背上腰间长到六岁,无病无灾,健康强旺,娘终于将他放了。

稻谷收割以后,生产队开始忙着收棉花。秋老虎威风凛凛,热浪在裸露着大片金黄色稻茬的田野里欢快地游荡。大中午棉花田里歇工,秋收后的稻田里总会出现一些不惧怕热浪炙烤的妇女和孩子们。他们弯腰低首,踟蹰在稻茬间,全神贯注地捡拾稻穗。颗粒归仓以后,那金灿灿的稻谷,将作为公粮,多数要上缴到公社的粮站去。谁家的婆娘和孩子不想利用这个黄金时节,到田间地头,连捡带偷地多弄几把稻穗呢?公社要求各生产队成立巡逻队,在秋收季节,到田野里强行驱赶捡拾稻穗的人。没人愿意干这份得罪人的差使,村里混吃骗喝的单身汉曹二被生产队安排去巡逻。他手里拎着两尺长吹火筒粗的一根棍棒,神气活现地逡巡在地头。当孩童在田野里低着脑袋弯着腰专心寻觅稻穗的时候,冷不丁地听见不知谁喊一句"曹阎王来了",大家就会撒开两腿,兔子一样跑得无影无踪。

曹二对从孩童手里缴获的"战利品",绝不据为己有,也不上交生产队,而是怒气冲冲地就地处理。一般情况下,他是雷声大雨点小,大声呵斥一通,气势汹汹地夺过大家手中捆扎成束的稻穗,顺手扔进身边用来蓄水灌溉的烂泥巴沟里。这种方式无疑是一种纵容,等他矮胖的身影嘟嘟囔囔一走远,孩子们就会迅速从沟里捞出沾了泥水的稻穗,一溜烟拿回家去晾着。但有时候,曹二也会大发雷霆,将缴获的成束的稻穗堆聚起来,付之一炬。这种极刑,多半是遇到村里性格泼辣的小媳妇护犊子,与他一拉一扯间发生激烈的争吵,恼火的曹二倔脾气上来,举着棍棒作势要打人,趁对方手松的时候,瞪着蛤蟆眼一把拽过来,再挥舞着棍棒赶走人。没得逞的小媳妇恨得牙痒口酸,叉着腰将曹二从祖宗十八代一顿辱骂,骂到他断子绝孙时,蒋文道他们就笑起来,曹二光棍一条,当然是断子绝孙啊。他们一边看着远处的武戏和曹二涨得通红的脸,一边看到暴晒多日的稻穗冒着青烟,升起若有若无的欢腾的火苗,顷刻间化为灰烬,好像是小媳妇解了恨,又好像是曹二出了气,莫名的一股惆怅涌上来。

蒋文道也有过和曹二狭路相逢的时候,他拔腿就跑,曹二拎着棍子在后头追。一直追到湖边,娘也慌着赶了过来。他躲在娘身后,大口喘着气。娘也不说话,张开双臂像老母鸡一样护着身后的蒋文道,瞪着圆溜溜的大眼睛,一动不动地望着曹二,仿佛他手中的棍子一举起来,她就要像母鸡一样扑腾起来,用锋利的喙去啄人。曹二直勾勾地看了一会母亲,掉头就走了。曹二不抢蒋家阿娘的稻穗,很快就由孩子们叽叽喳喳的嘴传遍了村子。人们再看娘,脸上就挤出不怀好意的笑来。不知道从何时起,不爱说话的娘开始变得凶悍,也像那些小媳妇一样叉着腰,可以骂上三两个时辰。对骂的时候,蒋文道听到他们提到爹,说汉奸反革命的婆娘还想翻天。每到这时,娘的气焰就会矮下来。蒋文道看到娘偷着抹眼泪,撸起袖子帮娘擦一擦,然后问娘:"为什么说爹是汉奸反革命?"话音一落,娘刚止住的泪水又滚滚落下了。蒋文道吓得不敢再提,他很想知道爹的故事,但是只能从零星的叫骂声里听出几个字眼,无论如何却凑不成篇章来。

孩子的忧愁总是来得快也去得快,看着娘哭的时候,蒋文道会恨那些骂她的人,恨这个莫名其妙的村子,恨那些带来阴影的过去,发誓一定要带着娘离开这里,离得远远的,再也不要回来。但是雨过天晴,他又忍不住和小伙伴们翻山下湖,摘柳条吹芦苇花,玩得不亦乐乎。当娘的身边出现那个编花环的男人,他就去上学了。后来,那个人来得越来越勤,他是公社的瓦匠,他们叫他石瓦匠。娘说:"叫石叔叔。"他脖子一梗,轻蔑地叫一声"石瓦匠"。石瓦匠却不恼,白胖胖的脸上露出金子一样灿烂的笑,白花花的一口牙齿,又像银子一样晃眼。蒋文道不喜欢他,却喜欢他这个笑,比起村里男人那口黄渍渍的牙齿,他的笑容可真明亮啊。娘大概也是被他这个笑迷惑了吧,要不她眼里怎么像炸开火星子一样闪闪发光?石瓦匠手巧,用木头削削刨刨,给蒋文道做了一把小手枪。蒋文道埋在书堆里,眼睛却忍不住一遍遍偷瞄,趁石瓦匠转身,抓起桌上的手枪跑出门就不再丢手。因为这把稀罕的手枪,蒋文道在小伙伴面前威风了好一阵子。他再看石瓦匠,就不再咬着牙恨着,而渐渐靠拢了他,看他手起刀落,又做出什么好玩意。娘眼里的火星子早已变成了细柴烧起来的一束小火苗,能烧好一会儿。看到娘那般光景,他又有些害怕起来,娘是他的,他是娘的,他怕娘有了心灵手巧又笑起来好看的石瓦匠,就再也不要他了。

揣着这样的心事去上学,蒋文道有些闷闷不乐。"咋的啦?你娘要嫁给瓦匠了?"一个小伙伴点了火,拱火的就都上来了。"天要下雨,娘要嫁人。你就从了吧……"蒋文道像一头发疯的水牛一样,顶着头上的犄角就往人堆里撞,一个来不及躲闪的小胖子被他压在了身下。他的拳头还没有挥舞起来,就被众人七手八脚架了起来。吃了亏的小胖子恼羞成怒,肉乎乎的拳头一把砸在他的鼻子上,他的鼻子口里鲜血直流。因为打群架,一群人被罚站在操场的乒乓球台上"示众"。整整一个上午,优秀学生蒋文道鼻子里插着卷成条的卫生纸,像一个怪物一样被来来去去的学生老师围观。他感觉到自己的脸皮从最初的火辣辣,到最后吃了花椒一样麻木。他就那样肿着一张脸回到家,娘在厨房里忙

9

碌,袅袅的炊烟旁边,石瓦匠正在屋顶上拾掇碎瓦。"屋捡好了,加了两片亮瓦。"吃饭的时候,石瓦匠与娘亲热地交谈。农村的瓦屋定期就要捡一遍瓦,翻出碎的,补上好的,这样下雨天才不会漏雨。家里没得男人,又舍不得花钱请瓦匠,常常一到下雨娘就发愁,这下她也不愁了。蒋文道见过别人家里的亮瓦,天晴时阳光从亮瓦里照下来,黑黢黢的墙壁泛着金光,屋里亮堂不少。但是此时不是讨论亮瓦的时候,他的心里堵得乌漆麻黑一片。

"你天天早晚摸来,路远,不安全。"娘给石瓦匠夹了一筷子肉菜。"那咋办咧?"石瓦匠又将碗里的肉拨到娘的碗里。"要不,太晚了你就歇在这里吧?"娘羞羞答答,石瓦匠乐开了花。娘留石瓦匠歇夜。蒋文道心里揪成一团,小伙伴的嘲弄在耳畔回荡。石瓦匠单独睡到一个屋里。那天半夜,外面的风吹得旧门板咯吱咯吱响,听到有人摸了进来,他心里一阵扑通扑通狂喜。突然,一股灼热浇在他的脸上,散发着一股浓郁的臊臭。他开灯一看,蒋文道正瞪着两只圆溜溜的眼睛望着他。"你干吗?找错茅厕了?"他没有生气。"找的就是你,你比茅厕还臭!"蒋文道大声大嗓的一句话让石瓦匠愣在了那里。脸上的尿被风一吹,带着浸骨的凉意。站在门口的娘冲了进来,一把揪住蒋文道的耳朵。"娘怎样教你的?石叔叔巴心巴肝帮助我们,是配你叫一声爹的。"她的声音高昂、急促,带着几分刺耳的剐蹭声。"我呸,我叫他爹,他叫我爹吧。"蒋文道愤怒地打断娘的话,梗着脖子,红通通的眼里像要喷出火来。"啪!"一记响亮的耳光扇在了蒋文道的脸上。那是娘第一次打他,娘一直宠着他,过去他闯了那么多祸,她也没舍得弹他一手指头。"我们家小五自小就没爹,总觉得亏欠了他。"娘常常搂着他跟坡下的徐二娘叹气。想起娘温软的话,想起遥远的爹,他的眼泪哗啦啦就喷涌了出来。娘举起的手僵在了半空中。石瓦匠连夜就走了,他说,孩子正在气头上,等他消了气再说,不要苦了孩子。

  第二日,蒋文道像往常一样起床,吃了一大碗剩干饭,闷闷地说了一句:"娘,我上学去了。"他的心里在酝酿一件大事,他已经琢磨了半晌,天快亮才想清楚。他想,光靠这样小打小闹调皮捣蛋是不起作用的,只有来一场大戏,才能将这个要做他爹的野男人赶走。放学的时候,蒋文道跟着一群嬉戏的孩子往湖边跑。跑在泥土松软的堤岸上,有人又在嬉皮笑脸地喊:"蒋文道,你认下小爹了?""不认,死也不认。"说着,蒋文道就作势往湖里跳。他早上专门绕过来看准了,湖边有一片草甸子,拿个石头砸了一下,稳稳当当落在上面,水肯定不深。他本来想顺着点身上的力道往下溜,结果脚下一个趔趄,扑通一声掉了下去。"救命啦,救命啦,蒋文道跳水了。"几个孩子围在湖边叫嚷,乱成了一锅粥。蒋文道脚下的草甸子早就被砸了个穿心过,他在秋天的湖水里扑腾,却叫不出来"救命",他一张开嘴,冰冷的水就咕咚咕咚灌了进去。幸好大人们正在收工,人来人往的多,蒋文道不一会儿就被救了起来。救上来的时候,他双目紧闭,嘴唇乌青。人们说,孩子是被吓的,应该不碍事。娘像狂风一样卷了过来。蒋文道已经醒了,却不愿睁开眼睛。他听见娘哭着喊着,声音都在颤抖,心里也酸酸的。但是这场戏不能这么轻易落幕,他得演下去。他被放在收粮食的竹箥卷上,由几个身强力壮的庄稼汉抬回了家。娘哪里也不敢去,眼巴巴地望着他。卫生所的医生来看过了,开了一些定惊安神的药,又吩咐保暖,别让孩子感冒了。人群一散,蒋文道就睁开了眼。娘紧紧搂着他,心肝宝贝地哭得哀切。蒋文道也啪嗒啪嗒地掉眼泪。他原本是想吓唬一下娘,想着轻轻滑到草甸子上,稍微沾点水,做个样子就好。没想到猛一下就掉进湖里,惊慌失措,差点淹死了。一想到都是被石瓦匠害的,娘还打了他,以后娘嫁了他,他还能活得出来?越想越伤心,哭得就越厉害:"娘,我爹会回来的。我不要小爹。""你爹不会回来了。"娘哽咽着。"那我只要娘,我一辈子跟着娘。求你了,娘!"蒋文道的哭声让娘肝肠寸断。不能为了自己的幸福,不顾自己的儿子呀。娘的心里已经有了主意,但是一想到就要失去好不容易得来的幸福,她的心里就像针扎的一样疼。娘又成了石泉村的新闻人物。"为了跟小男人睡觉,逼得自己的娃娃都跳井了,真没见过这么不要脸的女人,这么毒心肠的娘!"石瓦匠去县里学习了两天,刚回来就听说了蒋文道的事。他没顾上回家,径直就往他家里跑。娘一见到他,眼圈立马就红了。她不敢让石瓦匠进门,拉着他到屋后的柴垛边上。"咱俩就算了吧。"娘说出这句话的时候,感觉胸口像被尖刀生生地剜去了一坨肉,连带得呼吸都变得艰难。"我理解你,我愿意等。"石瓦匠说了八个字。事实上,他已经不是第一次等了。娘从隔壁村嫁过来的宴席上,他看到这个脸蛋白得像棉花,眼睛像一汪湖水的新娘子,就愣住了。她咋长得跟年画上的人一样好看呢?那个11岁的少年,第一次见识了女人的美丽。他看着这个女人一个接一个地生娃,又一个人背着抱着一个个带娃,白棉花一样的脸蛋子渐渐瘪塌了下去,一双水波流转的大眼睛变成暗幽幽的深潭,又痛又爱。他看到她的男人再次离开了家,并且再也没有回来。已经长成精壮汉子的他想靠近,又不敢。就这样一直等到他过了三十,胡须更硬楂了,他才悄悄地靠近来。疼一个人,就是要疼到骨头缝里,才有滋有味。他不顾爹娘的怨恨咒骂,不顾乡邻的讥笑嘲讽,但他不能不顾她的心,她的娃就是她的命,她的心。疼她疼到骨头缝的石瓦匠,默默地走开了。

他走后的两年,家里发生了不少事。二姐出了嫁,三姐说了婆家。大哥想娶媳妇,跟着村里一帮老爷们去公社炸石头挣钱,等年后准备将老屋翻新一下。一个塞在石头缝里的炮没响,作为最年轻的后生他自告奋勇去查看,被突然炸起来的炮炸飞了天。大哥死了,几片亮瓦早就被油烟尘灰蒙住了,屋里昏沉沉的,冷清得跟冰窟窿一样。蒋文道放学不愿回家,他常常坐在湖边,靠在柳树下温书。柳条被风吹动,柔柔地拂过额间,让他想起小时候被娘搂在怀里,她温暖的手轻轻抚摸他的头发。娘的脾气越来越古怪了,要么半天闷不作声,要么扯着嗓子冲人一阵大吼,眉眼里尽是尖刻。

石泉村也发生了大事,这个依山傍湖的村落,在一帮卓有远见的年轻领导支持下,悄然又率先地开展包干到户。蒋文道的爹已经平反,为表怜恤贫弱,村里将离湖最近便于灌溉的田地分给了他家。这样的喜事也没见得娘多开心,她低着头哼一声:"还不是怕我去上访,害我孤儿寡母这么久。"稻子熟了,金秋的稻田里,熟透的稻子像起伏的波浪,层层翻涌。娘瘦小的身子扎在里面,仿佛大海里被淹没的一条小鱼,躲着浪,又要迎着浪。"娘,要不我请假帮你割稻子吧?"蒋文道想帮娘。"瞎说,你也想像娘一样没出息?"娘凶巴巴地剜了他一眼。秋老虎毒得很,打早工的人们都收工回去了,娘不能停,这一片海还够她折腾的。"把饭吃了吧!"两个白胖胖的大馒头和两个圆滚滚的土鸡蛋出现在她面前。这个声音,依旧同从前一样敞亮。娘还在惊愕间,戴着草帽的石瓦匠就像一尾神气的大鱼,悠悠扬扬地钻进了金黄的稻浪。"你笑起来真好看!"石瓦匠的声音洪亮,似乎有回声在稻浪里盘旋,一浪一浪地扑过来,将娘覆盖、包裹。风儿清爽,湖水荡漾,欢乐的笑声穿过山涧,飞入云端。蒋文道放学回家,发现屋里又亮堂了,娘脸上惨白白的一层雾气突然消失了,像亮瓦一样折射着透亮的光。她的眉儿弯弯,眼儿弯弯,笑意里是水波一样的柔情。缸里从此有了满满当当的水,地里的活儿也忙得清清爽爽。蒋文道从左邻右舍的议论中,终于知道了改变的根源,石瓦匠又回来了。蒋文道这一次犹豫了,因为他好久没有见到这样的娘,这样的家了,他也实在很想一直有这样的娘,这样的家。石瓦匠没有在他放学的时候出现在家里,娘只字未提,他就装作不知晓。其实有几次,他看到娘期期艾艾的表情,她的嘴唇张了又张,硬是没有说出来。

过了这一年,蒋文道就该升初中了。他发蒙晚,已经开始发育,个头猛蹿,在一帮半大的孩子里显得突兀。蒋文道很满意自己的与众不同,他想起一个成语"鹤立鸡群",仿佛自己是一只展翅欲飞的仙鹤,与这些只知道传画画书,偷瞟女孩子小胸脯的凡夫俗子不一样。他在娘房里的木箱子里找出来几本旧书,其中有一本《新校九卷本阳春白雪》,封面已经残缺,页面发黄,里面文字竖排,个头小,还有一些繁体字。他用手指头按着,一个字一个字细细去读,有些只解大意,就囫囵吞枣全部咽下去。娘说那是爹以前买的书,他就如获至宝,原来爹也是个文化人,难怪他天生聪颖,识得阳春白雪,不像这些愚昧无知的下里巴人。因此,他更加觉得自己是逍遥九天的鹤了,摇头晃脑甚是得意。"金凤小斜簪髻云,似樱桃一点朱唇。"在他的心里,这样韵味的女子才是美女,娘在他的心里,好像也失了几分颜色。

这一年的天气尤其古怪。一个冬天没下雪,开了春就燥燥的。五月端午一场大雨应了时节,人们本以为雨旸时若,年成该顺了。结果没想到,雨越下越大,瓢泼桶倒一般。夜里娘翻来覆去睡不着,披着蓑衣戴着斗笠去秧田里看。一看就呆在了那里,往上走的几家看着雨大,将秧田挖了一个豁口放水,一个小小的坡度,水正好灌在了娘的地里。栽了不久的秧被齐刷刷泡在了水里,娘一边用手去刨豁口,一边破口大骂。她的眼泪和着泥浆,叫骂冲着雨水,看也看不见,听也听不清。娘又变成了汪洋大海里一尾艰难挣扎的小鱼。饶是这样也无济于事,雨下了三天三夜,小小的豁口根本泄不了奔腾成河的水。娘的一地秧苗被冲得七零八落,成了泥水塘。雨过天晴,石瓦匠来了,他挑着一筐子嫩油油碧绿绿的秧苗来到田里,与娘一前一后,像两尾游弋有致的鱼儿,信心满满地徜徉在泥水里。那天学校放了半天农忙假,蒋文道跑到田里准备帮娘的忙,看到了娘一脸安然的神情。他没有说话,一口气跑到神树下,在那里读了半日《阳春白雪》。

娘再一次孕育的希望渐渐成熟。稻穗拔节生长,伸出长长的剑锋,挂满颗粒饱满的谷子。太阳火辣辣地晒着,谷子慢慢地抽出淡黄,穗子沉甸甸地开始往下垂头。娘盘算着:"收了稻子留下来年的口粮,剩余的还可以卖一些贴补日常用度。等棉花一收就是净钱,正好够你去县里上初中。""娘,我上公社的初中就行。"蒋文道低声说。"那算个什么学校,我小五读书那么好,要念就念县城里的好学校。"娘的声音高了几分。蒋文道看到,娘的脊背已经微微有些弯曲了,就像这弯下腰的稻穗,但是又硬朗朗地饱含希望。娘蓬勃生长的希望再一次被天杀的大雨浇了个冷火熄烟。这一次的雨下得更大,老辈人说应该都赶上秀才死的那一年了。轰隆隆的雷声像过年的震天炮一样响彻天宇,一道道闪电劈开了天,劈裂了地,劈碎了农民的心。"要出大事了,雷泉村要换天了。"老人们的话像巫师的咒语,念得人心惶惶。温顺的雷泉湖发了怒,像一条咆哮的巨龙,摇着尾,腾起浪,翻了身。湖水漫延着,冲到了即将收割的稻田里。大雨继续倾盆,湖水狂兽一样肆虐田地,蒋文道家里的稻田地势最低,临湖最近,被完完全全淹没在了湖水里。湖水泡了数日,雨水渐弱,又连绵地下起了秋雨,阴沉沉的天同人们阴沉沉的脸一样,连日不开。娘脸上的泪水湿了又干,干了又湿,就像一块被风干的旧抹布,干瘪瘪的没有半点生气。蒋文道心疼极了,也害怕极了。

他们只能将所有的希望寄托在棉花上,收了棉花,不知道够不够去城里上学的钱。娘那样一番描述,蒋文道的心里已经装满了城里的旖旎灯火和阳春白雪,他不甘心再窝在全是黄土泥浆的小山村里,过着暗无天日的日子。棉花一般借着炎夏的烈日绽开。大太阳一晒,棉桃炸开四瓣,裂开的缝里,大朵大朵白花花的棉花就流了出来。可是这一年夏天的雨水多,影响了棉花的成熟,一层棉桃都没有炸开。不仅如此,种了几年棉花以后,越来越明显的一个问题摆在了大家面前。棉花开始生长时有一种虫子叫棉铃虫,小的时候像小青虫一样,它会钻到棉花丛里,从里面想办法直接破坏棉芯,还有的直接钻到花蕊,因此从外面喷药,也不容易将其杀死,只能在太阳最热的夏天,虫子才会出来乘凉,这个时候喷上农药,虫子被杀死的概率就大了;如果杀不死,虫子就会生长成蛾子,蛾子就会在棉株上产下成百上千粒幼虫的虫卵,它们会破坏更多的棉花。最开始人们用剧毒的1059、666等各种农药,尽管气味大,但毒性很强。后来也不知道是药掺假了,还是棉铃虫的适药性变强了,效果越来越差。蒋文道听人说别的村子里用一种叫作溴氰菊酯的农药特别管用。他便到处打听、购买这种新型农药,可惜当时是供销社独家管理农药和农资化肥,而这些东西都是有配额的,要想多买还真不容易。而且那个药极贵,糖浆大的一瓶,要卖到10块钱。当时娘的心思全部都在水稻田里,水稻一淹,他提也不敢提了。

于是棉花就错过了最佳的打药期。棉铃虫肆无忌惮地在棉株上产卵,娘急了,没日没夜去摘除产了卵的棉秆。蒋文道一步也不落地跟着娘,他知道,每前进一步,离希望就会进一步。船到江心补漏迟,再多的补救也无济于事,那一年,棉花几乎绝产。娘将剩下的枝干拖回家当柴烧,剪下的棉花柴中还有一些没来得及张开的棉花桃。娘说晒一晒,里面兴许还能得点棉花。秋风刮得格外紧,仿佛野兽濒死凄厉的呜咽。

蒋文道看着娘在昏暗的灯下,扒开未炸开的棉花桃,一点点抠出里头的棉花瓣,用手一撕,弄出棉籽,然后留下一小团棉絮。还没到冬天,娘的手已经裂开了一条条口子,嵌进去乌黑的尘土,看起来脏兮兮的。曾经那个细皮嫩肉像一块水豆腐一样青葱的娘,不知何时起已经

17

变得这样粗粝破旧。棉壳顶端的尖刺不时刺进娘的肉里,渗出殷殷的血迹。娘怕血污弄脏了雪白的棉花,时不时在腿上的抹布上蹭一下。娘好像不知道疼痛一样的,一边还在絮絮叨叨:"好一点的还可以拿去换点钱,次一点的给你弹床棉被,上中学用得上。"蒋文道眼里的酸涩终于化作冰凉的泪珠淌了下来:"娘,我去公社上初中,还可以跑读。""不行,我儿读书那么好,怎么能念公社的学?你爹不会允许的。"娘把头摇得像拨浪鼓。"娘,我爹在哪里?"娘提到爹,蒋文道已经死了的心突然又生出一些希望来。那个能念《阳春白雪》的爹,肯定也是个了不得的人物。娘不是说爹平反了吗?那爹肯定快回来了吧?或者,他可以去找爹。只要找到爹,求他,他一定会欣慰有个同他一样有文化的崽,也一定会掏钱供他念书的,念了初中,还有高中,还要升大学,他一定会到城里去,天天看着、嗅着、品着城里的阳春白雪,会将之前的苦难屈辱变成天上随风飘走的一朵云彩。只要找到爹,一切就会过去了,只要有爹,一切就都好了。"你爹……他死了……"娘咬牙切齿好像用尽了全身的力气说道,她的身体像一片秋风中的枯叶,吊在枝头摇摇欲坠。娘的话像冬天的冻雨一样,生生地砸在了蒋文道的心上。他感到心里那点燃起来的火苗瞬间被淋熄了,阴冷的寒风迅雷般地刮走了最后一点温热的余烬。"我爹,他死了?他怎么死了?我怎么办?我怎么办啊?"他发疯一般摇着娘的身子,那片摇晃的枯叶回首眺望了一眼空旷的青天,急速下坠,悄无声息地趴在了地上。

娘病倒了,一个冬天下不来床。大姐嫁得远,回不来。二姐刚生了娃在坐月子。三姐尽管怀了身孕,也只好挺着肚子回来照顾娘。三姐在家待的时日长,几乎是她带着蒋文道长大的,因此两姊弟的感情最为亲厚。蒋文道问三姐:"爹真的死了?爹咋死的?""我不知道,娘说死了那就一定是死了。"三姐从来没有揣摩过这些问题。在她有限的印象里,爹经常在外,回到家也是愁眉苦脸的,走的前一年,有了弟弟,脸上总算带点笑,抱着他不撒手。蒋文道一问她爹啥样,她就摇头,嘴巴里挤出几个字来:"爹不爱笑。"蒋文道也不追着问了,他想爹总会回来的,到时候就知道爹啥样了。可是娘告诉他爹死了,他还没来得及看到爹长什么样子,爹就没了。蒋文道捧着那几本旧书,仿佛是一头扎在爹的怀里,又怕眼泪流多了淋得爹心烦,只好强忍着。

蒋文道在心底盼着冬去春来。春天总是一年最好的时节,埋在地里的种子,到了春天会挤出黑暗,探出头来,昂扬地生长。春天又像一个界碑,好像很多苦难和病痛,被春天和煦的风一吹,被春天柔暖的光一照,就烟消云散了,万物生长,希望也跟着生长。石瓦匠过年的时候来看了娘,送了不少年货。春天的时候,他又来了,将屋上的瓦捡了一下,防着春雨多了,屋里漏雨。娘苍白的脸色开始有了一丝丝红润,看在娘的分上,蒋文道默许了石瓦匠的到来。石瓦匠中间有很长一段时间没来,蒋文道甚至有些念想了。"娘,那个人呢?""他去县里建筑队了。"提到县里,他的心里又有些蠢蠢欲动,再过几个月就要升初中了,眼见着的光明就被老天爷捉弄没了。他的脸色又灰暗下来,刚准备转身出去,娘开口了:"我想好了,嫁给你石叔叔,这样你就可以跟着进城念书。""娘,你说什么?"蒋文道感到头一晃,磕在了墙边的大衣柜上,撞得生疼。娘伸手过来给他揉着额头,他手一挥,打落了娘的手。他有三天没跟娘说话,看到娘的眼圈红红肿肿的,他也于心不忍,但他放不掉憋着的那口气。他想起小时候,那些追着他跑的七嘴八舌的议论。他想起他一泡尿把石瓦匠赶走的那个晚上。他想起死去的未曾留下任何记忆的爹。他其实已经接受了这个现实,但他抛不下已经形成的过去。仿佛接纳,就意味着背叛。他是一个有骨气的男儿,他不能背叛。

三姐生娃打喜,带信来说让娘把弟弟也带去。农村里打喜是个大事,红红火火地摆上两天宴席,三姐是想让他去打打牙祭吧。三姐知道,他们今年的日子很不好过。蒋文道感念三姐的挂怀,一言不发跟着娘去了。不知道为什么,见到三姐怀里抱着的熟睡的小婴儿,他突然又想到爹。爹曾经也是这样如娇似宝地抱着他吧,爹密匝匝的胡须肯定还扎过他。三姐说:"跟娘去城里吧,好歹有个男人照顾娘,照顾你。"他的眼泪就啪嗒啪嗒下来了,憋了几个月的泪水就像连绵不断的春雨,一旦开始就停不下来了。他后来干脆趴在三姐的床上,孩童一般哇哇地大哭起来。他哭了个昏天暗地,三姐腾出一只手来,轻轻拍着他的背。好在过喜事的鞭炮声响,要不然蒋文道这一哭,不知道会吸引多少人来围观。那大概是蒋文道多年来最酣畅的一次大哭,也是很多年后,都不曾有过的肆意。他在那一天,歇了一口气,也在那一天,当了一回柔弱的孩子。

蒋文道顺着一道道的田埂走。狂风卷着乌云,低低地压了下来。结了穗子的水稻没被日头晒蔫,却在即将到来的风雨中瑟瑟发抖。骄傲的棉花秆也被吹得东倒西歪,不时有咔嚓咔嚓折断的声响。看着这些惧怕不已的生灵,蒋文道发出轻蔑的冷笑,这些低贱的作物,终究是见不得世面的,而他的未来,却会像高傲的海燕一样,高呼着"让暴风雨来得更猛烈些吧"。他一定会穿过乌云,掠过大海,翱翔苍穹,俯瞰众生。蒋文道往山上走,豌豆大的雨点密密麻麻地砸了下来,地上的尘土卷起烟来,一股浓郁的夹杂着青草气息的泥土味扑鼻而来。他在唯一敬重的神树下站住了。风雨如磐,这棵历经几百年沧桑的大树岿然不动。电闪雷鸣,它面不改色地点头致意,仿佛万千气象都是它奏响的生命序曲。"人在做,天在看"。雷泉村的人像田地里的庄稼一样惧怕滚滚惊雷,他们等待着上天的旨意,动也不敢动地接受着上天安排的命运。神树不怕,它笑看云卷云舒,始终做天地间独一无二的自己。他也不怕,他决心像神树一样,仰望天空,做一个站在高处的自己。

蒋文道在很多年后,面对战战兢兢的中年危机时,不止一次回想起当年那个倔强的少年。不到14岁的年纪,他却不同于一般懵懂无知的孩子,天不怕地不怕,好像骨子里滋长着无尽的勇气。故乡永不凋零的山,永不干涸的水,永不倒下的神树变成一股无形的养分,流进了他的骨血,在他奔腾向前的生命长河里绵延不息。只是那时,他并没有意识到故乡潜移默化地滋养。折腾了半日的蒋文道,湿漉漉地回到家里,在娘的责备声中洗了澡,早早就睡了。一夜酣眠,次日清早,他被一阵接一阵的鞭炮声吵醒。他揉着迷糊的双眼,娘已经喜气洋洋地给他拿来一套新衣,当时稀罕的白色的确良衬衫,藏青色裤子。他抬眼看娘,娘穿着一条大红的连衣裙,妖娆的大摆裙一挥,好像撑起一片火红的天。他好像一直没有见过娘穿裙子,雷泉村的女人也都没穿过裙子。"娘,你真好看。"话就像豆子一样轻轻巧巧蹦了出来。裙子将娘的腰肢衬得细柳般柔弱,裙子将娘的皮肤衬得棉花般雪白,裙子让娘的脸颊闪着透亮的光,让娘的周身都闪着透亮的光。

娘领着他开门,一辆大卡车张红挂彩,热热闹闹停在了他家门前。石瓦匠威风凛凛地站在车厢里,脸上洋溢着跟娘一样灼目的喜气。他大手一挥,车上原本坐着的几个人立马站起来,将手里拿着、腰里别着和脖子挂着的家伙事全部操练了起来。一时锣鼓喧天,鞭炮齐鸣,将清晨的雷泉村搅得天翻地覆。远远地,听到此起彼伏的狗吠声,再远远地,看到提着裤腰带走过来的乡邻。石瓦匠从胸前的衣兜里掏出一包红灿灿的红双喜,朝着人群撒去。人越围越多,他走下车来,从黑色的公文包里打开一条红双喜,散给锣鼓队的师傅们一人一包,剩下的见人就发。得了烟的师傅唢呐吹得更嘹亮,锣鼓敲得更欢实。就在这样毫不掩饰的闹腾里,娘拎着几包早已打点好的行李,带着蒋文道登上卡车。蒋文道一脸诧异,很想问一问,家里那些桌椅板凳都不要了吗?雷泉湖边的田地怎么办?他还没来得及张口,娘就被簇拥着钻进了卡车的副驾驶。石瓦匠托举着他,上了车厢。他们上车的这会工夫,鼓乐暂停了一会。蒋文道第一次听到了人世间最恶毒的声音。"老寡妇吃嫩草,也不怕消化不好。""她本事大得很,还不知道小儿子是跟谁生的。""也是的,我看这个小五就不同于他那个窝囊的爹,倒像是瓦匠下的种咧。""难怪呢,瓦匠比她小了7岁,我说咋娶了这么个老寡妇。""她那个汉奸男人,八成就是被气跑的。"……人群里躲躲闪闪的辱骂声不绝于耳,像利剑一样深深地刺在蒋文道的心上。娘探出半个身子欲言又止,她脸上的红晕渐渐退潮,薄薄的脸皮变得纸一般的卡白。只顾着欢喜张罗的石瓦匠将行李安置好，总算留意到这些不怀好意的闲言碎语，他甩开膀子，"砰"的一声将车门关上，点燃一吊鞭朝好事的人群中扔去。在众人哗然散去的尖叫声中，锣鼓再一次响亮亮地敲了起来。那是故乡给蒋文道留下的最后一次回眸，一地飞舞的红屑，一坡蚊虫飞咬的荒山，一堆草芥一样卑贱的乡民。车渐渐地远去，他看到天边映得通红，一轮朝阳冉冉升起，新的一天到来了。

2

娘一路上少有的沉默。她坐在驾驶室里,蒋文道看不到她的神情。他站在车厢里,视线无比宽广。那幽碧的湖水在盛夏阳光的暴晒下,反射着鱼鳞一样银色的光。天空又蓝又远,清澄如洗。他觉得神清气爽,觉得这天地既广阔又透彻。解放牌大卡车载着他好像在沟壑梁峁的波峰浪谷里疾飞前游,晨间的风尚有几许清新,呼呼地掠过耳畔。卡车歪歪地翻过一道坎,满车人被晃得东倒西歪。他的手牢牢抓住车厢板,身体随着车的晃动而扭动,石瓦匠再三要求他坐下来,车厢里放了几把椅子。他摆摆头,愉快地吹了声口哨,把手翻转过来握紧车厢板,重新面对山林掩映间的雷泉村。树林蓊郁,看不见房舍和农人,只有依稀盘旋而上的几缕青烟。

卡车哐当哐当地走着,单调的噪音和一成不变的绿色让蒋文道有些困倦。他坐下来,后来索性躺在了车厢放东西的油布上,望着无穷尽的蓝天和无定所的白云。白云生自碧蓝色的远处,而不断地飘向更远的地方。他躺在这样的天地里,被白云发光的银边晃得昏昏欲睡。很多年之后,蒋文道依旧喜欢躺在地上看天时那种平静的、微微有点睡意的心情。在读了很多书以后,他会吟诵这样的诗句:"……做一个自由的、孤独的人,在无垠的大地的庄严的静寂之中,走自己的自由的宽广的路,没有未来,没有过去。摘下罂粟样的瞬息即谢的花朵,吸收像初恋一般的阳光,倒下,死去,浸入黑暗之中,没有一次又一次复活的苦痛的欢乐……"他会真正的感叹死亡里蕴含的生和生命不可阻挡的凋零,会将所有的感叹放逐漂浮的云端,放逐无垠的苍穹,放逐能容纳万物的天地。但是那时的他,只愿意这样久久地躺着、想着、看着天,再也不要别的。

仿佛过了很久,卡车正慢慢地停住,他吃惊地朝车外一望:炫目的阳光直射着一个热气腾腾的小镇。一条笔直的公路被不时飞驰而过的大车卷起烟雾般的尘土。灰尘散尽,街巷上小饭棚、小客店鳞次栉比。石瓦匠下车,买了一些油饼回来。那饼炸得又黄又脆,蒋文道香甜地吃着。卡车驶出小镇,换了挡,发出一种均匀的吼声。前方的路越来越宽,黄土地和小山沟都成了遥远的回忆。如果说黄土地的困窘和浅薄是蒋文道急于摆脱的过去,那么对人性的第一次深刻触碰则是蒋文道从精神意义上离乡的根源。

娘愤愤地说:"人还没走呢,庄稼地和祖屋就被那些人占了去。"娘口中的那些人,是爹的叔伯、兄弟。蒋文道的记忆里,亲戚们一向与他们家走得远。不光是别人从来不来他家,他们姊妹几个也从不到别家去,那是娘明令禁止的。有一次家里火柴没了,娘让他出去借个火。他顺着小路往坡下跑,徐二娘家的门开着,喊了几声没人应,蒋文道寻思着房前屋后找。徐二娘屋后头是幺婶娘家,幺婶娘人长得白白胖胖,看起来和善的样子,但是娘从不让他靠近亲戚,也包括她。他在幺婶娘的偏屋旁站了一会,听到徐二娘打哈哈的声音。她们聊得开心,徐二娘老是不出来,想着娘还在家里等他借火回去呢,蒋文道就有些着急。这一着急他就忘了娘的禁令,直愣愣扑进了幺婶娘的偏屋。

"徐二娘,徐二娘,我娘说找您借个火,等着咧。"蒋文道也不抬头张望,径直面向笑得满面红光的徐二娘。"晓得咧,你这娃娃咋急成这样?"徐二娘应声往起站,肥硕的屁股还在掉了漆的椅背上剐蹭着不愿离身。"文道伢子,找你幺婶娘不是一样吗?"幺婶娘在一旁搭腔。蒋文道闻声望过去,看到坐在灶膛前烧火的幺婶娘。她的手举着火钳在灶膛里拨拉着,明晃晃的火光映得她的一张圆脸红通通的,像抹了一层油一样光鉴。他不知道怎样搭话,伸手不打笑脸人,幺婶娘笑眯眯的,他又不好背出娘说的话,犹豫间幺婶娘的手拿了出来,啪啪的几个灰团团掉在地上,一阵香喷喷甜丝丝的味道钻进鼻孔。幺婶娘捡起其中一个灰团团,翻来覆去地在两只手上来回颠,草木灰簌簌地往下落,露出红褐色皱巴巴的皮来,是一个烧得耙呼呼的红苕。"接着!"幺婶娘把这个滚烫烫的苕递到蒋文道手上时,他的手本能地就握住了。苕的温热瞬间暖和了他冰冷的手,那灼热又钻进身体直往上蹿,他感到脸上热辣辣的烫。他窘得一句话也说不出,虎虎地就要往外跑。"火柴,你借的火!"幺婶娘追了两步,将半盒火柴扔在他的手里。蒋文道不说话,不回头,撅撅地往回跑。

跑到屋后,捏在手里的苕已经蹭破了皮,焦褐色的糖浆黏糊糊地粘在手指上。那黏糊劲儿就像有魔力一样,让他情不自禁地吮吸着手指,甜中带酸,隐隐又有些焦苦,丰富的口感最大程度刺激了他枯燥的味蕾。他揭开皮,露出金灿灿、软溜溜、软软稀稀的肉,大口咬下去,热乎乎地烫得舌头直哆嗦。似乎有金黄的蜜汁渗出来,舌尖一舔,甜得沁心透肺。他恨不得整张脸贴上去,钻到那丝丝缕缕的甜蜜里去。过足了瘾,才想起娘还等着火咧,赶紧抹一把嘴,走到娘的跟前。

苕皮上的灰、焦糖以及残存的瓤让他的脸上爬满各种黏糊糊的颜色,而这颜色显然出卖了他。那时各家都没有自留地,刚出来的新苕,还稀罕得紧,徐二娘家里光景不比他家强多少,肯定不舍得烧苕吃。"说,哪里偷吃的苕?"娘的语气里透着严厉。娘总说人穷志不短,她不许他们吃别个的饭食得别人的恩惠。"幺婶娘给的。"蒋文道说完这句话就发现了异样,娘伸进灶膛的手猛地一抖,哐当哐当,她一把拖出来夹着细柴的火钳,高高地扬在头顶。那火钳像雪亮亮的兵器一样,眼看着要敲在他的头顶,娘没打过他,更别提下这么重的黑手。蒋文道一下吓蒙了,随即"哇"的一声大哭起来。他一哭,娘举起的火钳僵在了半空,空气就像冬夜里结了冰一样凝固起来了。娘的火钳最后稀软地落了下来,娘的脖子梗到一边,一抽一搭的,也软软的没有力气。蒋文道想问娘为什么不让吃幺婶娘的东西,为什么不让踏进亲戚们的屋头,但是他又害怕,他不怕娘横眉斜眼地骂人,但是怕娘这样没有气力地抽噎。娘的心里,像存了很多委屈一样,她不说,只是任由这委屈憋在那里。

这次是娘主动提起亲戚。娘是外村人,这里都是爹的亲戚。"娘,为什么我们不能走亲戚?"蒋文道终于问了这个憋了好些年的问题。"也罢,我小五也大了,要上中学了,告诉你吧。"娘于是幽幽地讲了一段往事,关于爹的。

娘是1953年嫁给爹的,那时爹已经27岁了,算得上老光棍了。娘才18岁,为什么嫁给爹呢?因为爹生得好看,一米八的大个头,虎背熊腰的,看起来就威风凛凛。爹好看还因为他有文化,念过九年私塾,又上过农专,写得一手好字,七乡八邻过年的对联都是他写的,文质彬彬又给爹添了几分与众不同的气质。爹年轻的时候家里给定过一门门当户对的亲,后来人家退婚了。因为爹读的是日伪农专,毕业了在日伪农场工作过一段时间,后来日本投降后爹到国民党的乡公所当录事。新中国一成立爹定了亲的老丈人家就嗅出了不一样的味道,果断退了亲。这时爹23岁了,一晃几年再也没有人来提亲。爹在公社的中学里教书,也算是有头有脸的人。娘没想过这些,她只是去给弟弟送干粮的时候见过爹,见到就对上了眼,然后义无反顾地嫁给了爹。娘嫁给爹没过上几天好日子,几年来他反复经历了几场运动,虽然爹曾经在乡公所与地下党员接触并被秘密发展为团员的历史让他躲过了劫难,但爹身上那些熠熠生光的东西渐渐被磨平了。爹高大的背脊有些微微的弯曲,爹滔滔不绝的谈吐变得温吞。娘一个接一个地生娃,爹一支接一支地抽烟。

娘是个贤惠的女子,她自小生得苦,也不怕吃苦。一个人操持着家里家外所有的事情,公婆死得早,她就将爹的叔叔伯伯当作自己的公婆一样恭敬侍奉。爹只有两个姐姐,她就将叔伯家的兄弟当作爹的亲兄弟一样热心招呼。哪家生了娃,她必挑灯夜战,拆了家里最好的棉絮,用细细密密的针脚缝好小被子小棉袄亲自送去。幺婶娘嫁过来,幺叔在大队里当干部不管家,娘就当自个家里的事一样帮着操持。幺叔的娘过世,寿衣都是娘帮着穿的。

但是娘做梦也没想到,差点逼死爹的居然是幺叔。幺叔大义灭亲,亲手将爹抓到"四清"工作组。娘去求幺婶娘,幺婶娘不让进屋,隔着门缝说:"男人们的事,我也管不了。"娘又去挨个求所有的叔叔伯伯和兄弟姊妹,指望着有人帮忙劝劝幺叔,但是大家都像被药迷了口一样沉默不语。

爹实在受不了,夜里趁幺叔睡熟,在石头上蹭断绳子,逃跑了。幺叔醒来见不到爹,打着火把去寻。看到火把一晃一晃地过来,爹吓得滚下湖。爹最终也没死成,湖边长大的汉子很多都会水。爹扑棱着呛了几口腥臭寒冷的湖水,就被幺叔像拎鸡雏一样毫不费力地拎了起来,扔在了湖边的碎草里。娘第二日清早去看爹,爹高大壮实的身板突然变得干巴巴细溜溜,蜷缩成小小的一团,全然没有一丝当年的神气。爹的胡茬和头发像秋天的草一样,打了一层白白的霜。娘轻轻择着爹乱蓬蓬的头发里半黄半绿的枯草,爹不说话,只是默默地流泪,半蜷在娘的怀里,像个弱小的孩子一样。1965年,爹被放回了家。幺叔来看他,对娘说:"身不由己!"身不由己的幺叔将大队长前面的"副"字去掉了,而父亲却成了一只窝在巢里的惊弓之鸟。关于这些,爹和娘无法释怀。

在娘的温存和家的温暖下,爹渐渐平静下来,后来就有了蒋文道。蒋文道知道了,娘和姐姐们一直说爹稀罕他,从生下来就抱着他不撒手,原来是这个缘故,他是爹新生的希望,是爹余生的托付。爹以为自他开始,就有了太平日子。他万万没想到,不过一年时间,另一场更浩大的狂风暴雨就刮到了山村里。一个电闪雷鸣的夜晚,爹跑了。他临走之前,应该是抱着蒋文道亲了又亲的,将他轻轻放在了熟睡的娘旁边,又替他掖好了被角。娘说清早醒来的时候,爹就不见了,脚头的蒋文道不知何时趴在她的身边,睡得正香。娘说她瞌睡一直浅得很,打个雷刮个风就醒了,但是那个晚上她好像被梦魇摁住了一样,怎么也醒不过来。十多年过去了,娘似乎还记得那晚醒不来的梦魇。

泪花在娘的眼里闪烁,却迟迟不落下来。打记事起,娘从来不正面对着人流泪,她总是将脖子梗到一边,肩膀一耸一耸暗暗地抽泣。蒋文道真想走过去,轻轻掰过娘的脖子,将她搂在怀里,让她哭一场。但是他显然还没有这样的力气,也没有这个胆量,只能任由着娘无力、无声地发泄。"太缺德了,人还没走,就急吼吼地占了庄稼地和祖屋。"娘一提起这些,软弱的情绪荡然无存,她上面的牙齿紧紧咬着下嘴唇,哼哧哼哧喘着粗气。蒋文道发现,娘来了城里,声音好像低沉缓慢了许多,即使是愤恨不已,也不像往日在雷泉村那样破口大骂、歇斯底里。"过去的就让它过去吧,人总要朝前看。"石瓦匠好像天生的乐天派,总是这样安慰娘。好吧,朝前看,从到了阳平县的那日,从娘讲了爹的过往那日,蒋文道就再也没有提过雷泉村,他的故乡。

蒋文道不知道为何夏天总是会发生一些故事。也许是因为夏季的天雷地火风雨交加会打破世间的平衡吧。1986年的夏天,高考之后的蒋文道收到了省立师范大学的录取通知书。从7年前他在娘的木箱里找出爹留下来的那本《新校九卷本阳春白雪》开始,他的心就开始像天上的鸟儿一样跃跃欲试,总想飞向天外更远的天。如今他的羽翼终于丰满,他可以飞走了。娘既高兴又不舍,一边帮蒋文道打点上学的铺盖被褥,一边絮絮叨叨眼泪汪汪:"这一走又不知何时才能见到了?""娘,我又不是不回来了?"蒋文道觉得娘有些小题大做,省城到家里坐车一天能到,放寒假自然就回来了。他不再是那个小小的依在娘的身边啼哭撒娇的孩童了,而娘却从过去的强悍坚韧变得越来越磨叽了。这些年,因为有了男人撑起这个家,娘倒好像退步了,变得柔弱了。也幸亏娘的身边有了石瓦匠,要不然他这一走,娘成天哭哭啼啼的,还真不放心。多年的养育之恩,蒋文道在心中认下了这个亲人,但他永远难以将他视作父亲。打断骨头连着筋,骨子里流淌着的血缘亲情是无论如何也不会被轻易代替的。更何况,读的书越来越多,明的理也越来越多,他渐渐理解了当时的时代背景下,爹的沧桑和无奈。在他的心里,爹一定是惦记着他,惦记着娘,惦记着家的。这些年,爹一定想回来。但是,娘跟了石瓦匠,亲戚们占了祖屋田地,爹就再也没有办法回来了。他在心里恨不起娘,但是又忍不住会去怨,怨娘为什么不等一等爹。这股怨恨在心里隐隐地烧着,又不能生出明火,使得他不由自主地将情绪落在了石瓦匠的头上。他没喊过他一声爹,甚至连叔都不愿意叫,好像就没有称呼过他。

蒋文道考上了大学,石瓦匠比娘还要高兴。拿到通知书的那天晚上,他亲自下厨,整了一桌好菜,在卧室柜子里取出一瓶珍藏了很久的茅台。那瓶茅台是他和娘结婚以后,他一个家境很好的朋友送的。当时朋友想与他一醉方休,他拦下来这瓶酒,说是这么好的酒,可不能糟蹋了,得等到人生某个重要的时刻再喝。朋友"嘿嘿"笑了:"明白了,你老兄是想抱小子的时候再喝!"当时蒋文道听到了这句话,狠狠地瞪了他们一眼,他一心想要砸了这瓶酒,娘只好把酒收到了卧室的衣柜里,眼皮子不离。过了一年半载,看着娘的肚子没有鼓起来,蒋文道渐渐也就忘了这句戏言。

石瓦匠用肥皂洗了手,又用毛巾认认真真擦了又擦,才一脸郑重地打开这瓶珍贵的酒。澄亮的酒液缓缓滴入透明的玻璃杯中,泛起朵朵细腻的酒花,一股特殊的香味迅速回旋在屋内,那种馥郁浓重的甜丝丝的味道像秋葡萄躲在落叶下自然发酵以后的醇厚,令人想吃又不敢吃。蒋文道喉头有些发涩,不禁顶了一下喉咙,咕隆吞下一口口水。石瓦匠将半杯酒放到他的面前,又在另一个杯子里倒满了酒。"文道今天喝一点。"他的嗓门敞亮如昔。"娃子咋能喝酒?"娘在一旁嘀咕。"文道快20了,大小伙子了,咋不能喝点酒?"石瓦匠亲昵地拍了拍他的肩,像一位欣慰的父亲一样。那天晚上,在石瓦匠的坚持下,蒋文道喝下了人生的第一杯酒。他很奇怪,第一口酒入喉,并没有传说中的辛辣呛口。他学着石瓦匠的样子,轻轻地呷了一小口,缓缓地抿上嘴唇,冰凉的液体漫过舌尖,滑入两侧,有些微微的酸,微微的甜,微微的苦,微微的辣,又有甜甜的香,浓浓的香,满满的香,随着液体滚落喉中,翻入肺腑,沁入心脾。那特殊的香味好像并不安于沉入身体,他一哈气,又从下往上翻涌了上来,从鼻腔里喷香而出。看着他享受的样子,石瓦匠在一旁哈哈大笑:"文道是个喝好酒的命咧,天生就能品出味道来。"娘也在一旁看得高兴,在娘的心里,就盼着儿能有出息,能有好命。蒋文道忘了后来的事,他欣然喝了两个半杯酒之后,就飘飘然了。娘后来告诉他,那晚上石瓦匠哭了。

蒋文道不知道石瓦匠为啥哭,他不清楚那个看起来蠢头憨脑的瓦匠居然存了那样细腻温柔的心思。在他知道的时候,石瓦匠已经死了。石瓦匠从7层楼的高架子上摔了下来,后脑勺着地,当场殒命。娘带着蒋文道去殡仪馆看他的时候,往日红光满面的石瓦匠变成了一具灰白僵硬的尸体。工友们告诉娘,石瓦匠在架子上突发高血压,于是坠地而亡。娘一脸惊愕,她不知道高血压是个啥病,也从未听说过石瓦匠有高血压。建筑公司每两年会组织一次体检,身体有毛病的人是不会上高处作业的。石瓦匠不知道用了啥法子,将体检指标让给娘和蒋文道,甚至三姐二姐都来检查过。石瓦匠的事故是他自己造成的,因此公司仅仅出于人道主义,承担了丧葬事宜,并给了一点抚恤金。蒋文道不懂这些,娘当时也吓蒙了,只是一个劲地哭,呼天抢地的,根本听不进任何话。石瓦匠和娘并无子女,公司与娘商量,让蒋文道作为孝子端灵尽孝。这下娘终于清醒了,拉着蒋文道的手,要他在石瓦匠棺材前磕头喊爹。蒋文道当然不愿意,虽然情感上他对石瓦匠的死有伤痛,但是让他喊出那声从未开口的"爹",他打死也做不到。从小到大,他没有喊过一声爹,如果有,那也是在梦里,对着远隔千山万水的亲生父亲,发自心底的呼唤和思念。

被娘逼急了,蒋文道哭着说出了埋在心底的话:"如果不是他抢了娘,爹就能回来,家就还是家。"他的话像锋利的刺刀一样扎进娘的心里。娘像一头发怒的母狮,红着眼,抹着泪,生拉硬拽地将他拉回家,揭开了一个埋藏了多年的秘密。泛黄的信纸,诉说着多年前的出走与背叛。那是他亲爹寄给娘的信,爹说已在新疆安家,为了领结婚证要先和娘脱离,盼娘理解成全。那是爹给娘的一纸休书,寥寥数语,不见温情。墨迹有淡淡的晕染痕迹,空白处落有暗暗的黄渍。信纸的折痕像老树的年轮一样深刻,边缘的碎末像娘的脸一样坑坑洼洼不再齐整。这封信娘一定是读了千百遍,信上的只言片语一定像钢刀一样一片一片凌迟了娘的心灵。看落款日期,信寄来的时候,正是娘带着哥哥姐姐,腰带里拴着蒋文道在田地里忙碌的时刻。娘佝偻着腰,脸卑微地贴着大地,眼泪却不能落下来。娘必须像个石磨子一样僵冷无情,一天一天,一圈一圈地转着,养育着这一窝儿女,支撑着飘摇欲碎的一个家。蒋文道不知道娘是出于什么目的,没有将爹的休书公之于众挡住那些流言蜚语,没有告诉儿女他们爹的懦弱与背叛,没有诉说日日夜夜的煎熬与委屈。但他知道,娘这些年,受苦了。

他像小时候娘抱他一样,轻轻揽过娘的肩,要将娘搂在怀里。娘的肩却倔强地扭了出来:"我和你石叔叔是清白的!"她一字一句近乎控诉一般说出来这句话。"你赶他走,他不怨你。我们走投无路,他又回来救我们。你对他冷眼相向,他却对你嘘寒问暖。不是他,你早就饿死了,还哪里来的大学念?他为了你,和我商量不要孩子。我觉得对不起他,他说是自己甘愿的。你考上大学,他哭了,说这辈子有这么争气的儿,死也值当了。他一直在等你叫一声爹,你却是块焐不热的石头……"娘凹陷下去的眼睛瞪得圆圆的,死死地盯着蒋文道的眼睛,就像要从那里看到他的内心,就像要钻进来,把他的心掏出来看一看。蒋文道从未看到娘这个样子,娘是真的伤心了,生气了。蒋文道最后当了孝子,奉灵磕头,将石瓦匠送入公墓。直到最后,他也没有哭出来,没有如娘的愿叫一声爹。他不是不感激石瓦匠,也不是不心痛他的突然离开,但是他的心里真的就像变成了亘古不化的石头,那处柔软的关于"爹"的记忆被这块石头像门一样,封在了另一个世界。故乡没有了,家没有了,爹也死了,他像浮萍一样,摇摇晃晃,跌跌撞撞,飘荡在这无边无际的尘世里。

他和娘的话越来越少。寒假回来过年,他看到娘的头发已经白了一层,松松地在脑后绾一个髻,几缕飘散的白发像冬日里下了霜的枯草,毫无生气。娘老了,娘的春天再也不会来了。看到娘,就像嗅到了死亡和衰败的气息,就像尘封的痛苦被打开了一条裂缝,蒋文道感到莫名的心慌。第二年暑假,他借口勤工俭学,没有回来。寒假的时候,他又说留在学校值班,可以挣来年的学费,也没有回来。过年的时候,他在学校食堂和留校的老师同学简单吃了一顿年夜饭,早早地窝在冷冰冰的被窝里,不是没有想念过娘,但他好像失了勇气,不敢与娘相处。他用学业忙、挣钱等各种理由挨过了大学四年。娘没有怀疑过他,三姐跟他写信说娘常常念叨:"小五命苦哇,家里供不起他上学,得自己挣钱供自己。"娘在心底是记挂远方的儿的,娘在心里也觉得愧对了这个最小的儿。她不知道,蒋文道念的师范大学根本不用交学费,还补贴生活费。她深深惦念和颇感愧疚的幺儿,只是为了避开心里那些见不得光的痛楚,为了逃离挥之不去的卑微与困窘。

蒋文道每每想到这些,就突然自责,自己的行为是不是像极了当年离家出走的爹？然后他又自我安慰，他不会像他一样抛下娘不管，他一定会出人头地，将娘从那个腌臜的小地方接出来，让娘过上扬眉吐气的日子。奔着这样的念头，他拒绝了毕业分配。暑假他回去了一趟，他跟娘说："我不想回到阳平一高教书，我要继续读书。"娘的头发已经白了大半，她就那样顶着一头晨霜一样的白发，难以置信地望着蒋文道："咋好好的当个先生也不愿意？""娘，我不愿意回到这个小地方！"他耐着性子解释。"阳平咋小了？路那么宽，楼也盖得高，我摸都摸不着边了。"自从石瓦匠死后，娘终日在他留下的几间屋子里摸来摸去，很少出门，外面日新月异的变化已经远远超出了她贫瘠的想象，在她的心里，阳平就是远胜于雷泉村的大地方了，她不知道儿子还要去哪里。蒋文道知道跟娘说不通，娘也变成了一块沉默固执的石头。他带着行李回到省城，去了同学万真那里。

他的性子孤僻，总是独来独往，大学没交什么朋友，万真是他唯一走得最近的同学。"我们是兄弟。"万真总是跟他这样说。万真跟他性格截然不同，他像天上的太阳一样耀眼夺目，又像鸟雀一样在人群中叽叽喳喳，吸引着所有人的注意。万真在同学聚会中逞能喝酒，被北方来的几个男同学围起来灌酒。关键时候，蒋文道站了起来，救了他。蒋文道虽然沉默寡言，但他从20岁那年和石瓦匠喝酒那次，好像就被定义了天生有种能喝酒的本事。大冬天一个人待在宿舍里过年，实在冷得受不了，他买了那种劣质的烧酒喝了取暖，不知不觉喝了一瓶，除了第二日头有些涨以外，倒没有其他喝醉的感觉。但他不好喝酒，他后来喝过的酒没有一次有当年那种甜香萦怀的滋味。此时他站起来，是因为他实在看不下去了。他们说南方的人都是尿包,死要面子活受罪。这句话激起了蒋文道久违的热血。他和万真一个省的人,不能被骂作上不得台面的尿包。他就那样,拎起桌上的酒瓶,仰着脖子像喝凉白开一样咕咚咕咚,一口气灌了一瓶酒下肚。他的身材本就高大,常日里微含的脊梁此时大义凛然地挺直了,看起来越发勇武有力。他炯炯有神的大眼睛直直地扫视着眼前的几个北方大汉,好像有一种不怒而威的力量。就那样,他解救了万真。万真说,那一刹那完全被他征服了,他身上那种不可一世的气度真的像是鹤立鸡群。"鹤立鸡群?"蒋文道突然想起小时候他生出过这种感觉,一种潜伏已久的豪气好像瞬间被激活,他也对这个点燃他力量的万真表示了真诚的感激与好感,从那日起,他们就成了朋友,用万真的话说,是兄弟。

万真家就在省城,爷爷是全省有名的老中医,父亲母亲也都是省中医院的医生,旧时的杏林之家多为书香门第,万真自幼耳濡目染,国学自为强项,于是大学修了中文。"其实我爷爷和我父亲都是想让我承继祖业,继续学医的,可是我真是闻够了那刺鼻的中药味,非得跳出来不可。"万真还引用了他家老宅的一副楹联:万里晴光闲采药,春风夜月静烧丹。"你说万里晴光采药踏春还勉强说得过去,春风夜月无限好,干吗躲在炉子旁熬苦药?"万真的眼里,要么是"春风得意马蹄疾",要么是"春宵一刻值千金",哪里受得了这份寂寞的熬煎?于是他的大学时光可谓是春光旖旎春情无限。蒋文道对他那些莺莺燕燕不感兴趣,他的心里始终藏着"金凤小斜簪髻云,似樱桃一点朱唇"的那样一幅美人画像,"秋水清,春山恨",眉眼里的碧波荡漾楚楚柔情无不激荡着他青春萌动的心。可惜这样的女子在大学四年未曾遇到,蒋文道不明白身边的那些女孩子怎么都像注入了雄性激素一样,个个生龙活虎,处处飞扬跋扈,活泼得不像样子。

他去过万真的家里几次,相比而言,他更向往那里的世外桃源之感。万真一家住的老宅是一个晚清时期的院子,是万真太爷爷一辈添置的祖宅。宅院原本分为前院后院,正门进入,有照壁,有大厅,有院落,穿过长长的甬道还有一个供主人日常家居的后院,设有侧门。新中国成立初期,万真爷爷主动将前院上交给国家开设国营药房,一家人住在了后院。后院有一正两偏三处屋舍,大小六七间房,相对于一般人家来说,算得上豪宅了。万真第一次带蒋文道进去,他像刘姥姥进了大观园一样震撼。西洋式的黑铁栅栏围成的围墙上爬满了忍冬和紫藤,院里一片绿荫,青苔石阶上纷扬着的是淡紫色的花瓣,一院迷醉,一院芳香……时光荏苒,裂痕已爬上了雕花的门窗,雕花的门窗不再鲜亮,鲜亮的明堂已织上了蛛网。然而阳光透过雕花的门窗,映在明堂的地上,窥见一位老人安详的脸庞,就像穿越到了另一个世界。正屋有一大一小两间房,是爷爷的居所。大房间充当了爷爷的会客厅和书房。厅堂正中放着一张老红木长案,案上置有一方镶有木座的大石,石上寥寥数笔,似是山水之色。长案前设有一张方桌,两把太师椅。案顶墙上挂着一幅中堂画,但见一老者依山傍石,身旁靠着一个竹背篓,手上拿着几根药草,不见落款,不知出自何人之手。蒋文道不懂书画,不做评判,倒是画两旁的楹联引起了他的注意:金银花小,香飘五六七里;梧桐子大,每服八九十丸。典型的药理对联,语言朴素,却余韵悠长。厅堂右首是几排药柜抽屉,每个抽屉上都有标明是什么药材,有的抽屉拉不动,有的抽屉能够直接抽出来。厅堂左面则是半面墙的书柜,摆置了许多中医书籍。蒋文道未来得及翻阅一下书墨香,就被拉到了东侧房屋去了。

"我爷爷有怪癖,不喜别人动他的东西,小心他一会拿拐杖揍你。"万真脸上嘻嘻笑笑,也不知是真是假。东侧房屋是万真一家三口的居所,与爷爷的房间不同,这是典型的中西合璧陈设。客厅正面有一架西洋壁炉。壁炉上面,横挂一幅复制的油画,画的是一个少女,一手支颐,美妙的眼睛微微下垂,在那里沉思。两只绵软的布艺沙发呈"八"字分开,摆在壁炉前面。沙发套有深紫色的短幔,显得庄重典雅。沙发前设有一张白色茶几,置有一套黑陶烧制的茶具,形成鲜明的对照。房间正中一张圆桌,四把圆椅围着。地板上铺着地毯。圆桌上随意放置一套白瓷咖啡具。"我爸爱喝茶,我妈偏偏只喝咖啡,我爸在中医院当中医,我妈则是西医,两个人南辕北辙,不知道怎么生活在一起的?"万真的话颇为有趣,好像验证了他家丰富的日常生活,这也许是万真身上总有一股活力的源泉吧。明亮的光线从两个又高又宽的窗台间射进来,右壁悬挂的一只挂钟嘀嗒奏出轻巧温和的调子,空气中不时飘来一阵花香,时光竟是那般幽静美好。

躺在万真松软的席梦思床上,看到雪白的墙壁,银白的书架,一盆三尺多长的绿植柳条般地垂下,绿色的叶子后面隐隐可见簇新的书籍。精致的写字台上,放着几本英文书,一个大理石的墨水盒,一个小小玲珑的月份牌,一个镶有银灰色边框的相框。这些装饰和情调,分明显示出主人优越的物质生活和高雅的生活情趣,这些似乎就是蒋文道心里苦苦追寻的阳春白雪,他的心里百感交集,又是羡慕又是莫名的幽怨。

有人敲门,一位白须白发精神矍铄的老人站在门口,竟然是爷爷。"万真的同学来了,我该请客人到厅里坐坐。"他的声音洪亮,话语不疾不徐,全然没有万真口中的凶神恶煞模样。万真吐了吐舌头,示意蒋文道跟着爷爷去叙话,他则假装拿起一本英文书坐在了窗前。蒋文道后来知道,万真是真的惧怕爷爷,也不喜他喋喋不休的训导,而这些却偏偏是蒋文道珍惜不已的。爷爷用紫砂壶沏了茶,忙着分杯,蒋文道不知道怎么帮忙,他惊得站了起来,怎么也不能劳烦这么大年纪的老人给他端茶倒水,他不知晓城里人的礼仪,但懂得尊敬老人的基本礼数。他站在爷爷旁边,惊奇地发现紫砂壶上的图案与长案石头上的图案一模一样,忍不住脱口而出:"爷爷,这难道是您自己画的?"他听万真提过,爷爷是老秀才,琴棋书画无一不通。"哈哈,有眼力见啊,这墙上的画也是我画的呢。你咋看出来的?"爷爷笑得爽朗。蒋文道很想说实话,因为所有的画没有落款,一般名家书画会盖有自己印章,他于是猜测为自画,但看着爷爷舒展的皱纹,他说了让爷爷更开心的话:"常说字如其人,我不懂画,但我想画也应如其人,这山水间的疏朗浩然之气,正是爷爷的气度嘛!"爷爷果然听了更喜。趁着爷爷开心,蒋文道一边装模作样地品茶,一边把书里看到的青原行思禅师说的参禅三境界与爷爷卖弄:"禅师曾说,'参禅前,看山是山,看水是水;参禅时,看山不是山,看水不是水;参禅后,看山仍是山,看水仍是水。'爷爷,您现在应该就是第三个阶段,看山仍是山,看水仍是水,虽是山水,却得了自由之真。"蒋文道大学修中文,尤其爱读古代汉语,又最爱古人舞风弄月、游山玩水的洒脱恣意和悟道参禅、天人合一的自然才思,见了仙风道骨的爷爷,他就迫不及待地想效仿古人,切磋一二。爷爷顿了顿,抚一抚须发,含笑说道:"你这娃娃,比我家真真有出息,爱读书,爱思考。"接下来,爷爷给他讲了一个故事。

翰林学士苏东坡,因与照觉禅师论道,谈及"情与无情,同圆种智"的问题,忽然有所觉悟,因而作未参禅前、参禅时、参禅悟道后三偈,表明心得。未参禅前的境界是:"庐山烟雨浙江潮,未到千般恨不消。及至归来无一事,庐山烟雨浙江潮。"到了参禅时,其心得是:"横看成岭侧成峰,远近高低各不同。不识庐山真面目,只缘身在此山中。"及至参禅悟道以后,其心境是:"溪声尽是广长舌,山色无非清净身。夜来八万四千偈,他日如何举似人?"苏东坡自此禅悟后,对佛法自视更高。有一天,听闻荆南玉泉寺承皓禅师禅门高峻,机锋难触,心中甚为不服,因此微服求见,想要试一试承皓禅师的禅功如何。才初见面,苏东坡说:"闻禅师禅悟功高,请问禅悟是什么?"承皓禅师不答反问道:"请问尊官贵姓?"苏东坡道:"姓秤,乃秤天下长老有多重的秤!"承皓禅师大喝一声,说道:"请问这一喝有多重?"苏东坡无以为对,遂礼拜而退。

爷爷接着说:"苏东坡参禅的三个层次是不是与青原行思禅师说的相符?"看着蒋文道点头,他继续说:"那苏东坡为何会落荒而逃呢?参禅不仅讲究开悟,还需修证。悟是解,修属证,故禅者由悟起修,由修而证。苏东坡虽然聪慧,但尚属开悟之前,也即将要开悟的阶段,因此,比他修为更深的禅者,自然是大有人在的。这样的无修证者自恃清高,觉得自己已经可以睥睨天下了,殊不知遇到承皓禅师此等禅宗大匠,对他大喝一声时,即瞠目结舌哑口无言了。"这一番剖析蒋文道听得如坠云端,迷迷蒙蒙,爷爷哈哈一笑,跟他解释:"简单地说,完全不懂者,多低调,因为听不明白别人在说什么,自然心生崇敬,而不敢多言。所知甚多者,也往往低调。因为他们知道得多,所以也知道自己不知道的还很多。只有处在这中间的,那些一知半解者,才异常高调。他们了解了大概面貌,所以谈起来也像那么回事儿,但又因为没有穷极义理,因此不知道还有很多细微之处自己不懂。只是觉得自己已经是无所不知了,这正是其自大的原因,也是苏学士丢丑的原因。"如此一说,蒋文道就完全明白了,爷爷是在借机告诉他,做学问要沉下心来,务求甚解,知其然,知其所以然。很多年后,当蒋文道与人品评看山三境界的时候,不禁想起万真爷爷当年的教诲,可惜我们很多人在"看山不是山,看水不是水"的藩篱里矛盾挣扎,真正能开悟的人尚且少,更何提修证呢?那天傍晚从万真家里出去,他特意绕到正门,远远望去,青淀色的瓦一片一片挨着,在金色的光辉中沉淀着古老的岁月,静淀出了那碧绿,就像翡翠在珍珠盘中那么耀眼。天空的云丝似一根根的轻柔羽翎,飘浮在仲夏的蓝天里。他伸出双手,感觉触摸到了什么,又好像什么也抓不到。

可惜此次来找万真复习备考,没有住在他家里。万真在学校外面租了一个房子,信誓旦旦地说:"不破楼兰终不还。"事实上,那间房子是他与一个新疆女孩的爱巢。新疆女孩是他们一个年级的同学,被"乐于助人"的万真带到校外,解决生活不习惯的问题,用万真的话说,这是伟大的友情。女孩的家庭在当地算得上贵族,蒋文道于是调笑:"公主不远万里来到此地,不承想遇到的不是王子,而是御马的骑士。"万真果然是见一个爱一个的,他大言不惭地说:"女孩是水做的不错,我不仅爱大江大河,也爱小溪小池。"新疆女孩最后被万真的博爱放逐,带着满心满腹的幽怨和眷恋回家乡嫁人去了。房子是以考研的名义租的,付了一年租金。万真于是将伟大的友情辐射到了兄弟蒋文道身上,蒋文道正好无处可去,也就顾不得那么多了,欣然应允。考研是各招考学校单独命题,第二年春天考试,半年多的准备时间,事实上是很仓促的。首要任务是选定报考学校,要到当地去报名。蒋文道对着偌大的一张中国地图犯了难,他迄今为止最远到了省城,想出去看一看、闯一闯,但又不知道去哪里,心里连个想头都没有。

"要不我们去晖城吧?"万真突然提议。"晖城?"蒋文道有点丈二和尚摸不着头脑。"我们两个立志研究古代文学的,当然要去有点文化底蕴的地方。我看了一圈,北京、上海、南京那些大学都有点难考,毕竟要看出身,我们这样一个省内一般学校的学生,那些名校就不要高攀了。而晖城虽抵不上五千年风云激荡的那些名城,但好歹也是唐宋以来迅速崛起的'东南名郡'。那么晖大呢,它虽然成立时间不长,但是它的文学院渊源颇深,可以称得上系出名门,我预感分分合合,兄弟姊妹最终还是要大团圆的。所以,我们报这个学校,现在好考,将来重要,岂不是一个字——妙!"万真的一番"宏论"令一头雾水的蒋文道如同在迷茫中看到了一些光亮。他虽然没有去过晖城,但是在书上文字里是神交已久的,况且万真从实际情况分析的报考要略不是没有道理。二人于是迅速达成一致意见。

这是蒋文道的第一次跨省远行,他没跟娘说,反正大学几年他做勤工俭学攒下了一笔钱,足以支撑眼前的开销。他拎着帆布包,和拎着行李箱的万真一起踏上了远赴晖城的火车。这不是他第一次坐火车了,但他看到窗外疾驰而过的田野、山峦,星罗棋布的湖泊池塘,还是抑制不住的兴奋。火车走得越远,景色就越不相同。临近晖城,看到河道两旁招手可见的房舍,清一色的黛瓦白墙、雕花门窗,他竟有些心驰神往了。他是带着这种向往的心情踏上晖城的土地的,那时只是单纯的好奇和喜欢,却没想到,他长长的一生,竟然与这座地图上随意一点的城市结下了难分难舍的缘分。人生就像长在枝头的一粒蒲公英种子,还在枝头迎风摇曳的时候,哪里想过未来会飘向哪里,又在哪里扎下根基?做一朵绽开鹅黄色花瓣的蒲公英花儿吧,带着无限的生机和无限的憧憬去眺望远方。

枕水而居的古街,历史与现实的重叠让蒋文道十分好奇。三五米宽的河渠如玉带抛行,石桥横卧,白墙青瓦,木栅花窗,斑驳的外墙如丹青淡剥,藤蔓攀缘增添了几分灵动的色彩。岸边是鳞次栉比的街铺,石板小路上是穿行不息的人流,大柳树下,有敞着汗衫的大爷乘凉;树荫长凳上,有你侬我侬的青年男女窃窃私语;夏末恼人的蝉鸣里,绵软酥糯的戏曲杂谈随着丝丝的风隐隐传来。慢慢地走,看到主街向两旁延伸的小巷比较清冷,高高的垣墙夹着曲折狭小的街巷,紧锁的旧门隔绝了外界的喧嚣。这沸腾闹市里藏着多少庭院深深的深宅大院?这清修别院里又酝酿着多少烟柳繁华的故事？蒋文道想象着亭台回廊里立在月色下的佳人，回眸间雾锁春山。正愣神间，一位身穿碧色荷花旗袍的姑娘从他身旁经过，飘扬的一缕发丝拂过他的脸颊，像幽幽的花香钻进全身的毛孔，又像嫩嫩的柳条招摇他的心田，继而又像细细的干松毛，丢下一根火柴，噼噼啦啦地蹿起鲜艳的火苗，烤得人一片灼热。就那样，爱上了这座城，这里的河渠、屋舍、小巷、佳人，好像就是他梦中流连的阳春白雪。他怀揣着满腹的心事与荡漾的情思，与万真一起报了名。万真与他不同，他是一个目的性非常强的人，他能做到对周围的一切熟视无睹，心无旁骛地经营眼前的事情。他们两个，一个像活在理想王国一腔孤勇的书呆子，一个却是为现实东奔西走信心满怀的圣斗士，用万真的话说，一个是多情公子，一个是翩翩公侯。公子也多亏了有这位公侯的照拂，才能一路无恙。

  万真在报名的时候用尽浑身解数想与老师套套近乎，但是坐在明处办事的工作人员都是一副正义凛然公事公办的原则，除了填表签字，旁的一个字也不愿意多说。倒是有一个清秀的小姑娘在看起来大她几岁的男子陪同下来报名，她看起来有些忧心忡忡，男子安慰她说："没事，学校自己出题就有办法。"万真很想凑上去听听他有什么办法，却被男子发现，警惕地拉着姑娘离开，并回头瞪了一眼万真以示警告。万真去找过原来学校的老师，可不可以帮忙联系晖城大学的研究生处，咨询一下考试准备情况。老师很为难地告诉他，若是考本校的，几乎没有什么问题，但是这样跨省的，太难了。他很想知道这位男子有什么样的门路，于是顾不得危险，假装往一条岔路走了几步以后，又悄悄地跟了上去。

他后来就发现了他们所谓的办法只是一个旧书店,去那里淘晖大的专业书籍。许多读完研究生的人,将不用的书折价卖到旧书店换取一点路费,在本科毕业时也是常有的事。万真想,既然有旧书,那说不定还有秘密武器,比如记满了重点内容的笔记本,比如一些考试卷子。不得不说,他的大脑灵活,思路极其正确。他趁店里人少时,追着老板进到内堂,淘了一堆颇有价值的书本卷子,老板甚至高价卖给他一套不知真假的历年真题。老板暗示,若是想知道更多的消息,等春节前与他联系,能聘请重要老师专门授课。他眨了眨眼,表示自己是有特殊渠道的。万真对他的话半信半疑,能弄到这些资料,确实是有一些本事的,也可能有亲戚在学校教书,但也可能就是待价而沽,拿钱去请有经济头脑的老师来客串重要老师。命题都是经过精心安排、秘密进行的,哪里那么容易找到渠道?虽如此,他还是假装喜不自禁,留下了老板的电话,并塞给他一包老爹那里偷来的进口香烟。万真出来以后,将所有的资料递给蒋文道看,并将老板所说的话一字不落地都说与了他。蒋文道很感谢这位真诚又有本事的朋友,但是他相信万事有道,不可贪图捷径,更何况即使有便宜占,也是要付出高昂代价的,他哪里来的那一大笔钱。因为穷困,反而成就了他的清高。

考试在春节后进行,蒋文道从回去以后,就一头扎在了书海里。报考和录取比例约 6∶1,对没有任何退路也没有任何门路的他来说,只能像"苦行僧"般苦修。幸好万真租的房子就在学校旁边,他每天从早到晚都待在自习室里。早上 6:00 起床,背一个小时英语单词。洗把脸就背着书包去食堂,8:00进自习室,一直学习到12:00左右吃午饭。吃完午饭,又去自习室,困了就趴在桌上睡一会。中午不敢回万真那里,因为在床上睡午觉太舒服了,担心起不来。下午5:30左右去吃饭,然后回到自习室一直学到晚上10:50左右才回去。他放弃了一切娱乐,几个月都不去逛一次街,甚至洗头洗澡的次数也要压缩。万真跟他坚持了两天这样的作息规律,就与他分道扬镳了。"这是泯灭天性人伦的。"他摇头说道。蒋文道不能跟他比,他考不上可以凭关系读本校的研究生,再差也能在省城谋一份不错的营生,而他考不上,就只好回到阳平去了。他本来上学晚,就比一般同学年纪大,回去第一件事肯定是被安排结婚,一想到要回到那个甩一块石头都能砸到三五个熟人的小地方,找一个龇牙咧嘴的粗俗女人度过一生,蒋文道就觉得比死了还要难受。他是用死亡来做对照的,因此什么样的苦都可以吃,什么样的欲望都可以禁。那个除夕,他又没回家。万真邀请他去家里过年,他说做题晕头转向,想躺下来好好睡一天。大学四年,蒋文道已经习惯了这样的孤独,更何况,此时他的心里怀有火热的梦想,就像点燃了满天的烟花,绚丽而热烈。

第二年春天,他们如愿以偿,都考上了晖大文学院的研究生。两个年轻人在这间十平方米的屋子里,孩子一样欢呼雀跃,又像老成的男人一般举杯痛饮,一醉方休。喝着喝着,蒋文道哭了,他想起考上大学那一年石瓦匠与他喝酒,娘说后来他也哭了。这样的眼泪都是热的,辣的,像烧灼在喉道腹腔的烈酒一样甘醇,因为经历了漫长的蒸煮酝酿,因为盼来了气凝于水的圆满结果,是喜极而泣,是宽慰于心。"我很想敬我继父一杯酒！"他喃喃自语。他不曾与万真讲过自己的家事,男人之间也很少像女孩子一样家长里短婆婆妈妈。万真没有追问,蒋文道以为寻常。

他却不知,万真也有自己不可告人的心事。他通过考试不像蒋文道一样是走的正途,那条捷径他还是走了,不过是家人带着他走的。万真的父母原本是希望万真读本校的研究生,留在身边,因此故意让万真去外面闯一闯,想让他知难而退,没想到他还真的下定了决心要考晖大的研究生。既然如此,父母也不能不替这个唯一的儿子着想,于是他们假借爷爷的名义,去找了爷爷在晖城的一名故交。那人颇有些名望手段,所以说,万真几乎是不费吹灰之力就上了。他原本是想将这个好消息与蒋文道共享的,但是被父母坚决阻止了。父亲很严肃地跟他谈了一次话,讲了男人的责任和道义,利益面前,杀伐果断,容不得儿女私情。父亲还告诉他,知人知面不知心,防人之心不可无,若是得到内部题目的消息被泄露,不仅害了帮忙的人,也害了爷爷和全家人。爷爷是个正直的老中医,一生最爱惜自己的名节。若是知道儿孙背后干的事,非气死不可。万真尽管耳濡目染,一直凭借着自己的小聪明小手腕在这个小江湖里游刃有余八面玲珑,但是就像孩童般的戏耍一样,他自认为是有底线有边界的,对兄弟的道义是他很看重的。只是这一次,他只能按照父母的安排,被动地踏上一条"男人"的道路。步子一旦迈出,他就只能沿着这条路向前了。他从来没有想过,这会是一条孤独的不归路。

3

店里的人不多,此时正好是午饭后到晚饭前的空当。笼子里关了大半日的猫咪被放出来,饱餐一顿后,趴在新月的怀里打盹。新月的手轻柔地抚摸它的脖颈,不一会它就舒服地发出呼噜呼噜的熟睡声。服务员趴在进门处的桌子上浅睡,后厨里一番叮叮砰砰之后,此时也陷入了安静。墙上的老式挂钟嘀嗒嘀嗒地走着,时光好像马车驶过驿道,留下了两道清晰的辙痕。蒋文道不知为何,待在这里,便觉得平日里慌乱的时间慢了下来,喧嚣的生活静了下来。这不过是第二次与新月见面,他竟然与她讲了这么多深埋在记忆里的故事。"进入晖大的第一年,除了万真,我又认识了陈钰,也算是我人生中的贵人。"

蒋文道口中的陈钰后来成了他的妻子,他们的相识很普通,之后发生的故事却颇为有趣。那时的研究生属于国家公费培养,学费全免,每个月还固定发放一笔生活补贴,平日的考核与管理抓得十分严格。为了发挥学生自主管理作用,减轻学校教师管理负担,学校在学生进校前就根据考试情况和综合鉴定等多方面因素指定了临时学生会成员,一般情况下,只要不出大的差错,临时的差不多就变成了正式的。

高分录取的蒋文道和万真同时入选。蒋文道是生活劳动部长,万真是学习部长。万真一听这个分工,就直嚷嚷要和蒋文道交换:"我这个人搞搞生活还是蛮有品位的,学习就算了,只有你这个呆子才能胜任。""你们以为这是菜市场买菜啊,这个萝卜不行就看那棵白菜?"一个脆生生的声音在一旁响起,俏生生的一张粉脸。"那我们谁是萝卜谁是白菜?"万真饶有兴趣地搭讪。"哈哈,你呀啥都不是,实在要说就是个地瓜吧。"女孩子咯咯地笑着,两朵红霞在白玉一般的脸庞上飘浮,两排编贝似的牙齿在灯光下格外耀眼。这个活泼的女孩子就是宣传部长陈钰。万真先是因为眼前女孩的明眸皓齿产生了浓厚的兴趣,后来得知她是院长的千金以后,就直接穷追猛打去了。蒋文道不知道里面的细节,只知道没追到陈钰,他却得到了陈钰爸爸的赏识。也是因为这个原因,他毕业后顺利留校。一年后,又转到院办从事行政工作。而阴差阳错,在日复一日充实的学习生活和密切的工作交集中,陈钰居然和蒋文道走到了一起。蒋文道曾表示不解:"你这只骄傲的白天鹅怎么也应该和万真那样的人中翘楚配成一对啊?"那时的陈钰单纯可爱,搂着蒋文道的脖子咯咯地笑:"就是讨厌上蹿下跳的孙猴子,喜欢你这个憨憨傻傻的猪八戒。"当然,很多年之后,陈钰收回了当时的话,并且直言瞎了眼。

说到这里,蒋文道沉默了。人生多少阴差阳错机缘巧合,谁能料得到呢?他点燃一支烟,在一个一个缓缓上升的烟圈中若有所思。"我觉得你才是孙悟空,万真是猪八戒。"新月打破这微微有些伤感的沉默。"为什么?"蒋文道反问。"因为猪八戒贪啊,孙悟空聪明。"新月眨着眼。

"哈哈,这个说法有趣。"蒋文道笑了,他在心里讶异,只不过见过一次,她怎么看出来万真贪的。"说说你吧?"蒋文道倒真是对眼前这个年纪不大但似乎洞察世事的年轻女孩子刮目相看。对于一个文化研究者来说,生活处处皆文化,对生命个体的观察和体悟是验证理论升华理论的重要步骤。彼时的蒋文道,对于新月尚是一种审视评判的态度,他不知道,这种审视评判某种程度上仍是一种高高在上的姿态。那个站在人群里张皇仰望他人的孩童,那个躲在角落里卑微倔强的少年,那个埋在书海里沉默谦逊的学子,在岁月翻云覆雨的洗礼中,成长、蜕变,渐渐长成了立在树尖俯视众生的一片叶子,不再惧怕风雨,也淡然面对蝼蚁。

  他的1991年是新生活的开始,是人生真正实现转折的契机。而新月的1991年,则是人生最黑暗最凄冷的时刻。凌晨三点,一阵噼里啪啦的鞭炮声响起,这个瑟缩在一床旧包被里的婴孩,仿佛被一声惊雷炸醒,竭尽全力地哇哇大哭。凉秋的山风吹过,她细弱的骨头都在咯咯作响。农村里除了过年,平日大半夜放鞭,多半是家里死了人。躺在床上辗转反侧的老向被这一阵莫名其妙的鞭炮声吓了个半死,迷迷糊糊的脑壳瞬间清醒,这不是从他家柴垛那个方向传来的吗?"狗日的,大半夜咒老子死啊?"老向一边披衣起床,一边骂骂咧咧。"好冷!"他打开门闩,被一阵冷风浸得打了个寒战。举起手电筒洒过去一束光,没看到人影,一阵赶一阵的婴孩啼哭声唤得人心里发毛。"哪里来的娃娃?不会是闹鬼吧?"他的心里咯噔咯噔的,但还是壮着胆子向前挪动着步子。哭声越来越清晰,柴垛旁的松毛堆里,一床红花抱被包着一个刚出生的婴儿。婴儿一丝不挂,小脸冻得青紫,身体在包被里抖动。

　　他顾不得思索,一把抱起她,飞跑几步进屋,塞在了婆娘温暖的被窝里。"哪里来的娃娃?"望着这个不停号哭和发抖的婴儿,老向病恹恹的婆娘一阵剧烈的咳嗽。"哪个缺德鬼扔在我们柴垛那里的,快冻死了。"老向给婆娘捶了捶背,掖紧被角。"咋哭得这么凶?怕是饿了咧?"婆娘仰头望着老向,"要不你去小卖部里弄点奶粉来喂喂吧?""这深更半夜的……"老向一边嘀咕着,人却朝风里夜里去了。他咚咚咚地震天雷一样敲响小卖部的门,免不了惹来一顿怒气冲天的牢骚,但他还是硬着头皮买了奶粉奶瓶。山里的娃娃都是吃母乳长大的,小卖部按说不会卖奶粉奶瓶。偏偏那两年猪价高,母猪营养好,动不动就一窝下十七八个猪崽,奶水根本不够吃,人们便想出了喂奶粉这个主意。小卖部于是进了一些便宜的奶粉和简易的奶瓶。"你家老母猪下了崽,也不急这个夜啊?"老张收了钱还在咕叽,老向的身影已经远去了好几丈远。"慌啥,跟他婆娘生了娃一样!"后来老张眼见到老向怀里抱了个粉嘟嘟的婴儿,自是惊讶。他哪里晓得,卖给小猪崽吃的奶粉居然救了一个女娃的命,老向当时也不知道能不能救活她。

　　这个女娃太瘦了,仅有一张薄薄的皮覆住骨头,青白色的皮下,粉红色的血管清晰可见。"这才两三斤,喂得活吗?"婆娘在一旁说。"谁说要养她的?不过先救了她的命,赶明儿再说。"老向打定了主意,太阳一出来,就抱着娃娃去乡政府,家里已经有一个卧病在床的婆娘了,哪里还养得起一个小奶娃?那年头计划生育抓得紧,怀上了就被围追堵截抓去引产,万一漏网生下来的就要交罚款。饶是如此,农户家里还是将生儿子当作天大的事,一胎接一胎地生,越生越穷。听说有些刚落地的女娃,还没来得及哭,就被捂在被子或是溺在水缸里处理了,有些有门路的,就将娃娃送人。这个女娃也是一样的来历,没有看到送来人的模样,包被里只有一张红纸片,上面写着女孩的出生日月和时辰。她出生才三天!"真是缺德的爹娘,才三天的娃扔在黢黑的夜里,要是没人捡不就冻死了?"老向气得直摇头。他就着壶里的热水冲了半瓶奶。刚举到女娃面前,她就停止了哭泣,一口咬住了奶嘴,大口大口地喝奶。她皮下的骨头伴随着吞咽起起伏伏地跳动,乌溜溜的眼睛盯着老向。"嘿,这娃娃好像天生有股奔命的狠劲呢。"老向还生怕娃娃太小,不会吃奶,没想到她咬住奶瓶就不松手,似乎有着逆天的倔强,在他们犹豫的时候,用无声的行动告诉了他们,她能活下去。

天明了,是个阴阴的天。"天这么冷,就不要送娃娃出去了吧?"婆娘护着怀里小小的婴儿。老向也不是铁石心肠,就默许了。第二日,天又淅淅沥沥地下起雨来。如此一来,就过了足足一周。女娃养在热烘烘的被窝里,咕咚咕咚地喝奶,脸上的青白色早已褪去,露出几丝粉嘟嘟的颜色来。女娃的皮肤白,生就的一双乌眼珠越发衬得晶莹剔透,乌墨如漆。"这娃娃越看越精灵爱人!"婆娘好像欢喜得紧,抱着娃娃亲了又亲,不愿意撒手,豆子大的眼泪扑簌扑簌地往下落。怀里的婴儿好像知道什么似的,也跟着哇哇大哭起来。老向的眼里有些酸涩,他点了一个旱烟袋,蹲在门槛上狠命地吸着。

他知道她是心病犯了,想起早夭的明娃。那也是个冷雨天,他天抹黑了才从山里回到乡卫生所。那时没得救护车,病得起不来床的老人只好请卫生所的医生去家里看病。老向成分不好，又年轻，一般难得走的路不好伺候的病人都派他去。老向也不挑，能有这样一份公家的活干，又托这个被人尊敬的身份，娶了贤惠的妻子，成了家，对于他这个天生烂命的人来说，是不得不倍感珍惜的。如果不是那天突如其来的厄运，他真想每天都烧三炷香，感谢老天爷的眷顾体恤。

那天他的脚刚一踏进卫生所的大门，值班室的大喇叭里就喊了起来："向医生，你家里人来信，娃病得厉害，叫你回去看看。"家里的电话是一大清早就打来的，但是老向进了山，就找不到人了，一直等到他回来，才得到了信。他知道一定是出大事了，因为打电话要到村部去，他跟婆娘说过，除非发生了天大的事，一般不要给卫生所打电话，公家的事重要，影响不得。他每个月发了工资，就会送钱送粮票回来。这样说来，明娃的病一定不轻。天已经黑了，又寻不到拖拉机，只能摸黑回去。五十多里山路，刚下过雨，到处是烂泥巴浆。他就那样深一脚浅一脚，一秒也不敢停歇地往家里赶。他记不得跌了多少跤，糊了多少泥巴，直到天蒙蒙亮的时候，才终于回到家。刚走到门口，就听到屋里"哇"的一阵大哭。他赶忙进去，看到婆娘怀里，搂着四岁的明娃。明娃脸上烧起来的赤红还没褪去，看上去像睡着了一样。他抖抖索索地伸过一根手指，明娃已经没气了。她是急惊风，头一天烧起来的，夜里高烧了一夜，婆娘灌了多少石膏水也降不下来，于是托人去给他打了电话，哪个晓得他偏偏下了村，一直到晚上才回，两天两夜的高烧，他年幼的女儿就这样被带走了。婆娘当年也是像搂着眼前的女娃一样，死也不愿意撒手。他含泪扒开她紧箍的双手，她突然栽倒在床前，赫然吐出一大口殷红的鲜血。她就那样吐了三年血,他只好从乡卫生所申请回到村里当了一名医生,使尽浑身解数,才治好了她的吐血症。但她的身子骨却弱不禁风了,常年无法劳动,一点风吹草动,就缠绵病榻,下不来床。

"我晓得你思挂明娃呢,可是眼前这个女娃不是明娃,我得去乡政府问个清白。"老向不敢说是将娃娃还到乡政府去的,只说是去问问。他抱着粉粉肉肉的女娃,心里也是百感交集。他多么期盼他的明娃还活着呀,那他现在说不定都抱上孙子了。明娃走了以后,婆娘的身子骨弱,再也没有受孕,他们就这样无儿无女,活成了孤老。他也稀罕眼前这个凭空而降的女娃,很想把她当作明娃一样痛惜,但是他知道眼前的光景很艰难。婆娘的身体越来越差,每天全靠补药养着。村卫生室2个医生的位置早就被占了。一个年轻的女娃说是专门读了医校的,现在都信西医,老向的中医没了市场。村里给了一点钱打发老向的时候,他愤愤不平,说不跟人家年轻的医生争,但那个比他小不了几岁的婆娘凭什么顶替他?村会计不说话,拿眼神瞟一旁的支书。老向后来才知道,那个婆娘是支书的弟媳妇,村卫生室改革,于是看上了这个好位置,打个针发点药也不是多难的事,自然就顶替了老向。老向当年是自己申请回来的,如今落得这般,也怨不得别人。只能怪命,他的命确实越过越糟,没下过田的人种起地来,也是摸不着头脑,牛高马大的一个汉子,硬是将日子过得捉襟见肘。

"哎!"他只能叹气。他没想到的是,乡里居然出了新政策,收养娃娃政府发给生活补贴。一个月虽然只有几十块钱,但足够娃娃的奶粉钱了。"你看你正好无儿无女,这不也给自己留个后吗?以后养老送终,还有个人咧。"他因为村医的事到政府上访了好多次,早就成了"名人"。民政办的嫂子们一番劝解,他本就不坚定的心更加动摇。最后,他拎着乡政府赠送的几袋奶粉,揣着几十块钱的补贴,抱着女娃有些兴冲冲地回了家。"可怜九月初三夜,露似真珠月似弓。"就叫她新月,向新月,他在路上就想好了名字。

"你这个名字好听,意思也好,新月弯弯,看起来孱弱,却好像有一种充满希望的力量。"蒋文道颔首赞许。"那是,我的爸爸原本就是个读书人。"新月的父亲出生时家境优越,承袭下来的祖屋光正屋就有7丈多长,爹当保长月月有进账,他六岁就在祠堂的私塾发蒙读书。后来设了学校,他连跳几级,16岁就上完高中。在这期间,爹因此被判了三年管制。娘担惊受怕,抛下一窝儿女,撒手人寰了。老向感谢党和政府,没有因此中断他的学业。老向是家里老幺,5个兄长相继早逝,2个姐姐像母亲一样照顾他。高中毕业,他应召入伍,成为一名光荣的人民解放军。16岁的小伙子,高高大大,胸前别着一朵大红花,在人们敲锣打鼓的欢送中奔赴崭新的前程。一个月后,尚处于幸福旋涡中的他就被部队退了回来。

消沉了一段时日,家族里有个颇有见识的长者让他去学医,不到两年,他修完了中医全科的课程。乡卫生所正好缺人,就将他招去了。别人都是几个月就转正了,老向的转正之路却持续了两年。直到两年以后,老向的爹死了,老向主动将爹缝在被褥里的"小金库"上缴,他才因检举有功,被宣布转正了,他从此成了一名正式的医生。人们叫他向医生,他美美地听着。

长得一表人才的向医生到了谈婚论嫁的年龄。他跟卫生所一个护士谈起了恋爱。护士虽然是临时身份,但是长得眉清目秀,用老向的话说,新月的长相就有好几分随她。"窈窕淑女,君子好逑",男人娶妻首要看的就是能不能入眼。入了眼的护士自然成了老向心中不二的结婚对象。直到有一天,护士眼泪汪汪地拉着他的手说,母亲病逝,父亲要她回去照顾弟妹。那是他第一次牵着女人的手,他明白了为什么形容"手如柔荑",仿佛没长骨头般的纤纤细手柔滑细嫩,不由得激起男人心中的怜爱之情。然而,他的柔情还没开始泛滥,护士就走了,并且一去不复返。她走的时候告诉他,过两年等弟妹大一些她就回来找他。没等上两年,就听她的同乡说,她回去就嫁人了,她家里早就给她找好了一户好人家,对方是个当兵的,根红苗正。老向生命里唯一的爱情之花还没完全绽放就这样凋谢了,好好的一个后生愣是没有姑娘愿意跟。老向后来才明白,先前是家庭出身,后来是因为一穷二白的家境,好人家的女儿,哪会嫁到这个火坑里来煎熬。除了桂枝,这个傻姑娘,心甘情愿当了他的婆娘,并跟着他受了一辈子苦。"我家里姊妹多,爹妈顾不得挑拣。再说,我……稀罕你,你是个好人。"就因为老向去桂枝家里给她爷爷看咳喘病,不顾恶心帮他吸了哽在喉咙里的痰,桂枝就一眼爱上了这个被众人当作废物的男人。桂枝长得也瘦,但她那种瘦是营养不良的削瘦,高高的颧骨,尖尖的下巴,苍白的脸色,一双眼睛大而无神,像两个黑洞般嘀挂在两座山石间。这样的长相无疑不讨老向的喜欢,在他的心里护士那种精灵般跳脱的小巧瘦弱才是瘖寐思服的佳人,眼前的这位像挂在墙上的旧画一样模糊且单薄。但是她说"你是个好人"，在众叛亲离的马坪乡，只有她称呼他是个好人，只有她是真的稀罕他。老向握着她的手，虽然没有找到柔荑般的细滑，相反，她长期干活的手结了茧子，像山林间的刺棘花一样粗糙刮手，但是他依旧充满感激地牢牢握住了它。他居然看到，她苍白的脸颊上悄悄爬上两朵绯红的云霞，她的大眼睛像一潭死水复活了一般，漾漾地流动起来，山石溪流和天边彩霞相映成趣，这幅生动的画让他的感激里又多了一份冲动。那冲动蛊惑着他，怂恿着他，一路摸索，一路攀爬，一路喘着粗气，一路唱着欢歌，在这绵延起伏的山石间撒下了生命的种子。那个珍珠一般莹润云霞一般灿烂的女孩，他给她取名叫"明"，愿她向阳而生，奔赴光明，也期待着她扫除遮挡他许久的雾霾，让他光明正大、神清气爽地活一回。

"这大概也是你父亲给你取名叫新月的初衷。你代表着新生，又走向圆满。"是啊，老向幻想得到的崭新的明天没有到来，明娃养到四岁夭折了，婆娘再没怀上过孩子。从乡里到村里再到家里，从意气风发的青年到两鬓染霜的半百，他尽心尽力伺候着躺在病榻上的桂枝，尽心尽力去过好正常人的日子。他不明白，曾经力争为人上人的他，都已经将高高的脊背弯得快要趴到地上了，残酷的命运怎么还不能跟他叫一声"停"。曾经那个斯文有礼的知识分子成了扯皮的破烂户，曾经那个悬壶济世的热心医生成了冷面冷心的木头人，如果不是婆娘撕心裂肺的眼泪，他大概不会多看这个女儿一眼，如果不是因为几十块钱的补贴，他大概不会答应留下这个可怜的生命。他一边因为命运的折磨变得硬邦邦冷冰冰怨气冲天，一边又因为心底未曾完全泯灭的善良而唤醒了生命的热情。新月就在这样一个故事像野草一样多、命运像野草一样衰的家庭里活了下来,并依靠着她野草一样倔强而旺盛的生命力活得朝气蓬勃。

新月的到来给这个暗无天日的家注入了新鲜的力量,连她那常年卧病的母亲也渐渐地好了起来,一天倒有半日能下地了。她对这个意外得来的女儿视若珍宝,未来得及对明娃奉献的母爱全部倾泻在了新月的身上。她在床上,新月就被她紧紧搂在怀里。她下了地,新月也被一个花背篓牢牢背在肩上。她与新月寸步不离,新月就这样在小小的一方天地里长到了2岁。她到2岁都不会走路,因为脚从来没有沾过地。"新月从娘胎里生出来就弱,不像别的孩子,晚一点等胳膊腿更有力气了再学走路也不迟。"她舍不得新月摔跤生病,失去明娃的伤痛已经长在了她的骨子里。但是蓬蓬勃勃生长的新月就像土里拱出头来的嫩草,潜滋暗长的一股力量在她瘦弱的身体里奔涌,她早就按捺不住向上向前奔跑的冲动了。就这样,2岁的新月在比她矮了半截的背篓里使出浑身的力气蹦跳晃动,病歪歪的母亲栽倒在灶台旁,她像个皮球一样骨碌碌滚出背篓。母亲还歪在地上,看到滚出来的新月,吓得哇哇地号哭起来。等她强撑着扶住灶台往上爬的时候,新月已经贴着墙站起来,晃晃悠悠地走向门外去了。新月就这样学会了走路,几乎没有学,好像天生就会走路了。

老向惊喜地发现,这个女儿不一样。她一点也不像个柔柔弱弱的女孩子。她骨子里的倔强随他,血液里的骄傲随他,生命里的热情也随他。学会走路的新月一路跌跌撞撞地连走带跑,再到后来爬树上房,蹦沟跳坎,活脱脱一个假小子。母亲直叹气,一心想将新月养成娇滴滴的女儿,过上娇滴滴的日子,不料却被她爹带出去,变成了一个无所不作的浑球。"女娃养成这样刁,以后怎么嫁得出去嘛?""我不嫁人,就要在这屋里守着爸妈。"每当这时,新月又像个黏人的小丫头一样,在母亲的怀里靠一靠,蹭一蹭。

无忧无虑的日子一直持续到上了小学。报名那日,新月背着新书包,拉着老向的手一路东张西望,好像这条走了无数遍的山路变成新的一样了。"新月上小学啦?""嗯。""好好读书,以后孝敬你爹不?""孝敬。""好娃娃,老向有后福啊!"一路上,平日里熟识的大娘大伯好像格外热情,不停地打着招呼,说长道短。渐渐地,新月有些不自在了。她不明白,同样是上学,她为什么像被牵着绳子的猴子一样,遭到一群人的围观。父亲叼着个旱烟斗,不时停下来,在树兜子上磕一磕烟斗里的灰,一言不发。送了两日,新月跟老向说:"爸爸,以后我自己上下学,不用你送了。""那咋行,路上遇到狗子,你又只晓得跑。"老向摇头。"狗都跑不赢我呀。"新月神气活现。"那是主人家叫住了狗,要不然你早被咬了。"老向亲眼见过新月被狗追着跑。"我晓得咧,遇到狗蹲下来捡根棍子或石头,狗就吓跑了。你放心,我保证比狗还凶!"新月吐了吐舌头,"汪汪"叫了两声,逗得老向笑了。桂枝仍不放心,让老向悄悄跟了两次,发现新月果然沉稳得很,就由着她自己去了。

"二八月,乱穿衣。"过了八月十五以后,山里的天气就凉了起来,遇到下雨变天,冷风飕飕的,就像进入了隆冬。这天早上起来,老向看到天上灰麻麻的,远处一座座的山脊像没睡醒一样,笼罩在一片乌云中。这样的天,八成有雨。"新月,带上雨伞,要下雨咧。"老向冲着慌忙洗漱的新月喊。农村里都是跟着日头过活,鸡叫过几声,天刚露出一点细亮,忙碌的庄稼人就起床了。也许是头日里忙晚了,也许是阴雨天的缘故,今天一向准时的老向也起晚了,新月被他从温暖的被窝里扯出来,慌慌张张。"新月,我骑自行车驮你去吧?"山里其实骑不了车,得扛到山下平一点的地方才能蹬一程。新月羡慕别人家的自行车,老向于是也买了一辆,放假的时候可以驮着她去镇上赶集。"不要!"新月很干脆地拒绝,话音刚落,她已经背着书包一溜烟地跑出门了。

　　细细密密的雨果然下了起来,到了午后,雨越下越大,屋檐下挂着长长的水帘。老向将坡里淋雨的牲口牵回来,两只淋得湿漉漉的老羊一边嚼着稻草,一边冲他咩咩地叫着。老向突然想起,新月早上走得急,还是忘了带伞。"这个丫头,病了又害人。"老向皱着眉头去拿伞。新月虽然在他的精心调理下长成了人,但是她先天不足,一不留神就会感冒,回回感冒了都发烧,非得打针才能压下来。他跟屋里歪在床头摘菜的婆娘说了一声,戴个斗笠就出了门。

　　老向低着头,迎着风雨,一路走得很急。新月是个急性子,他怕去晚了,丫头淋着雨跑了。还好,赶到校门口,正好碰上学生放学。校门口守着不少家长,孩子一出来,一群人就呼啦啦围了上去。条件好一些的给孩子披上雨衣,安置在摩托车上,在众人追逐的目光中,"突突突"威风凛凛地离去。一旁的人来不及避让,被溅了几个水点子,哇啦哇啦地叫唤着,掀起一阵恼人的喧嚣。老向顾不得看这些,人多得他眼花。他唯恐看掉了,就跑到一旁的值班室,求值班的大哥让他进去。"我家孩子生病了,淋不得一滴雨了。"他只好撒了个谎,从校门口到教学楼还有几十米的距离。门房的人看看他半个身子都淋湿了,胡子茬上还挂着透亮的雨珠,额头上不知道是汗还是水,眼里满是焦急,心里也就软了。"一年级一班的向新月同学,你爷爷在校门口值班室等你,请到门口来拿伞。"值班室高音喇叭里传出来的声音通过广播瞬间响彻了整个校园。正在教室里跃跃欲试准备和几个小伙伴一起冲进雨中的向新月一头雾水:"我哪里来的爷爷?""向新月,你爷爷是谁?"住在家附近的几个小孩嘻嘻哈哈地跟着她一起出门。

值班室的门口,站着一个戴斗笠的老头。大大的斗笠盖在头上,一串串的水珠往下淌,看不清已经斑白的头发和额头刀刻一般的皱纹,但从他那件藏青色的破棉袄下勾勒出的弯曲的脊背线条看,是一位与他们父母不一样的老者。他的裤腿湿了半截,星星点点布满了黄泥巴,脚上一双看不清颜色的球鞋下,泥水流出了几条弯弯曲曲的黄线。"新月!"他一眼就看见了女儿,摇着手中的黑雨伞冲她挥舞。"哈哈,这就是向新月的爷爷?这哪里是她的爷爷嘛?这明明就……"隔壁的小孩显然认出了老向,夸张地大笑。新月回头,狠狠地瞪了他一眼,并晃了晃手中的拳头,他吓得止住了下半句话。新月一把拿过伞,闷声不响地走了。她的步子迈得极大,老向都跟得有些吃力,不一会就被远远地落在了后面。看着那个瘦弱却倔强的小女孩,老向有些酸楚,他仿佛明白了新月长大了,她的心里也开始藏下小小的心思。

新月是在众人同情的目光中长大的,他们这一家人都是在这种同情的目光中挨过了一年又一年,然而这些过度的同情有时候变成了一种别样的歧视。就像新月还是一丁点大的时候,大家都说:"这孩子养不活。""就算养活了也不是自己生的,还指望她以后能养老送终。"指长道短的关心,话语里却透着一种让老向不舒服的味道。那天回家,新月什么话也没说。他后来在新月的作文里看到她写我的爸爸:那天,他们讥笑我有个爷爷一样的爸爸,我才意识到,我与他们不一样。别人的爸爸在乡里做生意或者在县里的工厂上班,骑着摩托车来接孩子。别人的爸爸脸上没有皱纹,胡子剃得干干净净,亲一口应该是不扎人的。别人的爸爸穿着干净整洁的西服,脚上的皮鞋能照见人的影子。我多么希望我能有一个年轻的爸爸,但这个希望又是不可能实现的,所以我只希望我的爸爸老得慢一点。还有,我能长得快一点。那是几年以后了,事实上从那天以后,老向一般不去学校,除非开家长会的时候,他会提前一天找出最好的衣裳,对着镜子一根根拔下长长的胡须。

新月跟蒋文道讲这个小故事的时候,眼里噙着泪水,这样的经历,蒋文道也曾有过。那是石瓦匠第二次回来以后,他上小学六年级,有一天遇到寒潮降温,去学校不多久,竟然飘起了雪花。娘每天都絮絮叨叨,让他多穿点衣服,但他着实不愿意在裤子里多塞一条毛裤。他个头长起来快,头年买的裤子第二年冬天就短了一大截,娘给它接个边边,刚好到脚踝处,可是一穿上厚厚的毛裤,外面的裤子就老往上爬,看得到里头的裤子。他穿的毛裤是姐姐们穿旧了,拆了线又织的,这条裤子就点线,那条裤子接一团,整个连起来花花绿绿的。反复拆打的毛线失了弹性,织的毛裤松松垮垮,显得臃肿滑稽。他每次一穿上毛裤,就有同学讥笑他穿女娃的衣服。但是那天,天气着实有些冷。他感到大腿都冻得发硬了。

娘就是在快吃午饭的时候来到学校的。她趴在窗户上，静静地张望着里头，在一群娃娃里寻找着自己的娃。她圆圆的眼睛溜溜地转着，几丝散乱的头发一会被吹到额前，一会又刮到脑后。蒋文道在心里暗暗祈祷，娘一定不要进来，不要在大庭广众之下拿出他的花毛裤。他揪着一颗心，上下牙齿都在颤抖。然而，娘还是进来了，下课铃声刚敲响一声，娘就迫不及待地挤了进来。"小五啊，冷吧？娘给你送毛裤来了。"说完，她窸窸窣窣地解开手中的包袱，抖落出那条引人注目的花毛裤，一片似乎带着陈年霉味的灰尘洋洋洒洒地飞在空中，惹得周围几个女同学鄙夷地捂住了口鼻。蒋文道真想夺门而出啊，可那股泛着霉味的灰尘就像故意整人一样钻进他的鼻孔口腔，他大声地咳嗽起来，呛得眼泪汪汪。娘手忙脚乱地拍打着他的后背："受凉了吧？我说受凉了吧？来来，快把毛裤穿上。""娘，你走吧，我一会去厕所穿。"蒋文道将头扭向一旁，竭力不去看那条裤子。"怕啥咧，都是娃娃，又不是脱个赤条条，不还穿着裤衩了嘛。"娘居然在笑。她居然还笑，周围的哄笑声已经盖住了她的声音。"噢，对了，还有你石叔叔从城里买的芝麻饼子，我给你带了两个。"娘再次打开包袱。蒋文道终于压制不住心中的窘迫，一挥手将娘手中的芝麻饼子打落在地。扬起来的白芝麻粒稀稀拉拉落在揉成一团的花毛裤上，像冬天干燥的皮肤上搓下来的死皮屑，蒋文道的胸腔里泛起一阵恶心。那是他第一次感受到贫困是一种耻辱。这种耻辱，让他心里翻江倒海，却偏偏吐也吐不出来。

"穷人活着，真像一句可怜的废话。"新月噙着的那一滴泪水，哗啦啦流了下来。她真正体验到这种贫困带来的耻辱,是因为另一件事。父亲去学校掀起的轩然大波虽然被新月以沉默平息了下去,但同她纤细的身体相匹配的那根纤细的灵魂线索好像被唤醒了。她看起来依旧大大咧咧,男孩子一样的天不怕地不怕,内心却隐隐有了某些敏感。娟子是她为数不多的朋友,是那种可以安静下来你看着我笑我看着你笑的朋友。

娟子的父亲是中学的语文老师,母亲是乡卫生院的医生,在这个农业为主的乡镇里,双职工家庭算得上是优越的环境。娟子家里有一间书房,这在农村人看来,是想都不敢想的事,事实上,一般的城镇家庭也不至于在几间并不宽敞的商品房里专门腾出一间屋子做书房,更要拿出并不宽裕的钱来源源不断地买书。娟子家里的那间书房,是一间小卧室改成的。房子本来是医院分的两室一厅,房子的厅不大,两间卧室却很宽敞,娟子的爸妈于是将其中更向阳的一间隔成两小间,一间娟子住,靠窗的另一间预备留给未来的儿子住。可是这个儿子却迟迟不来,娟子的爸爸等不及,就坚持将那间空着的房间变成了他的书房。说是书房,最开始就是个储藏室,将教材、专业书籍和其他资料全部堆进去。娟子的妈妈要考职称,也添了不少书,最后也堆了进去。娟子的爸爸又爱看书,一边堆一边买,杂七杂八的书堆了半间屋子。实在没有办法,他就效仿学校的阅览室,去县里的旧货市场淘了一组简易的铁货架,将琳琅满地的书拾掇起来,分门别类地码在了货架上。如此一来,屋子就空了起来,他又从学校废弃的旧办公桌椅里挑拣了一张全乎的办公桌,扛回家里抛光上了新漆,作为批改作业、看书学习的一块宝地。儿子没盼来,去年又生了个闺女,小闺女自然跟着父母睡,书房于是安然无恙地保留了下来。娟子的妈妈也习惯了有这间书房,并且以此作为品位的象征。市场经济的滚滚洪流让他们这个自命不凡的双职工家庭开始在经济上落后于那些有门面的做生意的小老板,而这种书香门第的卓越气质正好弥补了她心里的失衡。每当家里来人,她必引着人家到书房看一看,听人家夸张地赞不绝口,说他们都是别人比不了的文化人,心里甚至比那些阔绰的小老板暴发户还高出一截子来。新月第一次看到这间书房的时候,明白了娟子的妈妈为何会有这种良好的感觉,因为真的看起来不一样。一整面墙的银色货架,高处是娟子爸妈工作获得的奖杯、荣誉证书和合影相框,也有一些出差带回来的小玩意作为摆件。下来就全是书籍了,除了各种成色较新的专业书籍以外,还有很多文学读物,其中一整套精装的四大名著格外显眼。为了打破单调,娟子的爸爸在合适的位置钻进铁钉,挂了几盆垂藤绿萝,足有三尺长的藤蔓青青翠翠地悬了下来,看起来平凡的植物因为书香的映衬,显得生机盎然。而那些死气沉沉的书,在绿叶的招摇下,竟然也像活了一样,散发着夺目的光辉。傍晚的阳光跃过窗户,斜斜地照进来,将叶子照得透亮,将书籍镀上金光,又将影子投射在雪白的墙壁上,有一种征服人心的高大。"娟子,你家里真高级,真有文化啊!"新月情不自禁地感叹。她的这句感叹虽然是娟子妈妈听惯了的,但她还是听了高兴。"以后常来我家玩啊!"娟子的妈妈热情招呼。十岁的孩子感觉不到热情背后沾沾自喜的优越感和基于这种优越感的俯视。再说,她是娟子的妈妈,她最好朋友的妈妈,而且是与别人不一样的文化人,新月根本就没有做过他想。

娟子邀请新月参加她的生日聚会。这是她第一次正式地独立的去参加一个宴席，以前都是跟在爸爸身后去的。"要准备一份像样的礼物。"新月差点忘了,爸爸也曾经是一个知书达理的读书人。她想来想去,后来拿着爸爸给的钱去买了两本泰戈尔的诗集,一本《飞鸟集》,一本《新月集》。"你看完了借给我看,《新月集》是以我的名字命名的呢。"新月兴奋地与娟子分享她的快乐和祝福。她没读过这两本书,但是她一眼就看中了这个礼物。绿色的原野上,一群展翅高飞的白色小鸟,多么像她和娟子,她们终将羽翼丰满,自由自在地飞翔。关键的是,这片翱翔的天空上她们还可以彼此做伴，就像枝头两只叽叽喳喳的喜鹊,总有唱不完的歌讲不完的话。而另一本呢,深蓝色的天幕上,依稀可见几颗星子,一弯浅浅的月牙挂在那里,有些孤单又有些宁静。安静里照得见一种淡淡的但是持续的力量,这种力量应该就是爸爸经常说的希望。她把她自己送给娟子,把希望送给最好的朋友。

新月有新月的忧伤,而娟子也有她不得已的烦恼,她不止一次跟她讲妈妈是如何嚣张跋扈,爸爸怎么沉默寡言,妈妈又是如何偏袒妹妹忽视她的感受。新月没有一个嚣张的妈妈,也没有一个温和的爸爸,更没有兄弟姊妹让她去感受偏心。她有她的剑拔弩张,有她的横冲直撞。比如学校有人传言,她不是她爹妈亲生的,是捡来的野丫头。她放了学追着那孩子一直到家,人家吓得缩在屋子里不敢出来。她就站在门口大喊大骂,非把那家的大人喊出来,气势汹汹地质问:"你怎么教育的小孩？我是捡来的吗？我是谁生的？"她用野蛮直接的方式捍卫了

67

自己越来越强大的自尊,她却解决不了娟子的问题,也回答不了她的困惑。她只能这样,将她最纯真最热烈的祝福送给她的朋友。

第二日,娟子没来上学。第三天,新月在教室一看到她,就激动不已。她想问问娟子怎么了,书看了没有,喜不喜欢她精心挑选的礼物。娟子一直低着头,不回应她热切的眼神。她砸了几个纸团给她,她也没在纸条上回话。中午娟子没去食堂拿饭。早上学生们从家里带来饭菜,放在食堂的大蒸笼里热一热,中午就吃各自带的饭菜。娟子说她不舒服,没带饭来。新月赶紧将自己手中的饭盒往她面前推,她还有些懊恼,今天早上应该多带一点的,尤其是妈妈让她带的蒸香肠应该多夹两筷子。她心疼生病的妈妈和干重活的爸爸,每次家里省给她吃的肉菜她都会装作吃不下,再剩很多给他们。但是今天她怎么没想到多带一点呢?娟子生病了,娟子就爱吃她家里的腊香肠。"我……我不吃……我带了东西的。"娟子躲躲闪闪,从书包里拿出一个面包。哦,也许是发烧了吃不下咸东西。新月知道,发烧了吃咸菜是苦的。"好,好,我去给你倒点热水来。"新月说完,不由分说就拿了娟子的杯子,到一楼过道的开水房给她灌了满满一杯开水回来。上了楼,她又有些后悔,热水加多了,娟子烫得进不了喉,于是边走边小心翼翼地吹。等她回到教室,却发现娟子已经趴在桌上睡了。"好吧,你多休息。"她真心疼柔弱的娟子。一直挨到放学,娟子都是耷拉着脑袋,无精打采的样子。新月心想娟子病得还不轻,该送她回家吧。可今天出门没跟家里说,回去晚了,妈妈该着急吧?正在抓耳挠腮想办法时,娟子朝她走了过来。她似乎是下了很大力气一样,脸涨得通红。

"对不起,我妈让我把这个还给你。"娟子将一个厚厚的东西塞在她的手里。东西用土黄色的档案袋装着,依稀感到是书本之类的硬东西。她只打开轻轻地瞟了一眼,就知道娟子还回来的是什么。"这不是我送你的生日礼物吗?怎么这么快就借给我?"新月还没明白过来,她以为娟子记得她的话,将书带给她看呢。"不是借给你,是还给你。"娟子的眼泪唰地一下涌出来,"我妈说太贵重了,不合适。""这是我爸爸让买的,再贵也是给你的,我愿意啊。"新月看着娟子落泪,急了。她将纸袋子往娟子怀里塞,娟子像看到炸药包一样猛地往回退。"我妈说你哪里来的钱买书?大几十块钱的东西,肯定是偷。"慌乱之下,娟子脱口而出。这个炸药包刹那间在新月的眼前炸开,新月听到"轰"的一声巨响,眼前是灰蒙蒙的一片。她的嘴就那样惊讶地张开,久久合不拢。她说不出一句话,只听到娟子抽泣着在说:"我也不信,我昨天都借口身体不舒服没来上学,我不知道怎么面对你。可是你知道我妈那个人是说一不二的,我要不按她说的把书还给你,她会打死我的……"

事实上,娟子的妈妈看到新月礼物的第一时间就表示了巨大的怀疑,这个世上,除了她这样的家庭有思想和能力去买昂贵的书,那些破烂或庸俗的人谁会做这样的事?更何况新月那样穷困不堪的家庭,她那个不知道是爷爷还是爸爸的爹怎么会给女儿一笔不少的费用去给同学送礼物?她在当天晚上就直言不讳地说出了心中的猜疑,并且不容分说地告诫娟子,要将这笔不义之礼还回去。"就算是偷家里的钱也是偷,她家里那么穷,万一她爹娘追究起来,我们这样体面的人家,脸上多不好看。"她是打定了主意。因此第二天,娟子借口生病不去学校,她以一名医生的专业试图来戳穿她。娟子来大姨妈了,这是她猝不及防的事情。第一次来大姨妈的女孩有些不习惯尚属正常,她于是一边帮着她处理了眼前的麻烦,一边默许她娇惯一日。娟子脸色苍白地在床上捂了一日,今天一大早就被妈妈叫起了床。"长大的姑娘更要懂得交什么样的朋友。"妈妈再一次将包好的书扔给她。

娟子在进入青春期的第一天失去了这个最好的朋友。新月在仍然迷茫无知的少年岁月第一次感到了人世间的冰冷。那天晚上,她抱着两本书,径直跑到坡下的麻婶家看电视。麻婶是个碎嘴的女人,心里的黑点跟她脸上坑坑洼洼的麻子一样多。但她看起来很热情,她一直招呼新月去她家看电视。麻婶的儿子在外打工,年下买了一台大彩电回来。新月一脸麻木地走进了麻婶的家,坐在她家的电视前,一言不发地看重播了几次的《情深深雨蒙蒙》。看到依萍找上门去找父亲讨要生活费,被父亲恶狠狠地鞭打,她昂着头不肯服软,麻婶在一旁唏嘘不已:"哎哟,多狠心的爹呀,多可怜的娃。"她依旧是不哭不笑的表情。她一直看到电视剧放完了还呆呆坐在那里。"新月啊,播完了,明天再来啊。"麻婶开始对着这位古怪的不速之客下逐客令了。正在这时,新月的父亲找了过来。他的额头上出了一头汗,显然是挨家挨户寻来的。他举着一根篾条,一把将新月拽了出来。新月磨磨蹭蹭地走,他就一边挥着篾条打她,一边撵着她往回走。"说,你哪里错了?"父亲挥舞着篾条,逼着她反思错误。她就是不承认自己错了。打疼了,就跑快一点,却并不求饶。父亲的篾条都打折了,也没听到她一句认错的话。回去以后,她偷偷将那两本书扔进烧了一天的火笼里,捂得热乎乎的书瞬间化作熊熊的火焰,转眼就消失了。看到新月失魂落魄的样子,老向不明就里,但又心疼得很。第二日,老向咬咬牙,抱回来一台小彩电。

4

"我从那天起,就暗自发誓一定要离开这个见不得人的穷地方,我要让这些看扁我的人刮目相看。"新月的眼里,总有一股火苗一样灼灼燃烧的东西。蒋文道第一眼看到新月,就从这个年轻的姑娘身上,看到了这种热烈的东西,只是那时他还不知道那种如同阳光照在湖面上金子般的东西是什么。

夕阳穿过无遮无挡的天宇,利剑一般悬在了办公楼的蓝色玻璃上。蒋文道躲过那道炫目的金亮,正好看到玻璃上一层薄薄的浮灰,也许是哪个刚挨了批评的年轻女老师,伸出手指头,在浮灰上悄悄画了一张哭脸。他盯着那张哭脸发呆,又有些想笑,好像回到曾经在作业本上涂涂抹抹的年代。办公室里的人早就走光了,城市里总是没完没了地堵车,因此大家尽量抢占高峰期到来前的黄金时间,踏上回家的征途。儿子中考完了,一家人住回了晖大的房子,因此蒋文道并没有这个后顾之忧。事实上,他也并不着急回家。回不回去又有什么意义呢?儿子一张接一张地做卷子,一场接一场地赶培训,陈钰的眼里牢牢盯着儿子,嘴里不停地叫嚷着:"快点,快点,来不及了!"看着他们风风火火地出门、进门，蒋文道突然觉得，要是自己站在房里，就会变成一道挡路的墙，说不定会遭来一顿怨责，然后被毫不留情地推开。他也曾经反抗过，据理力争陈钰的教育理念多么不合乎人的科学成长规律，力陈发挥人的主观能动性比外力驱动式的学习教育更高效更持久。陈钰并不停下手中正在忙碌的事，由着他说完，再来一句简单的盖棺定论："我只知道，大家都是这样做的。"是呀，大家都是这样做的，谁也不敢冒然去背离公众秩序和法则，并且独自承担这种不合群也许会带来的严重后果。就像池塘里扎着堆摇尾乞食的金鱼，你随着大部队游过去，很大可能会捡到一点食物渣渣，偶尔你争一争，或者运气好一点，没准能抢到一大块美味的面包屑。但是你若脱离了这个队伍，很大程度上就会被人们忽视，甚至被哪个胆大的人偷偷钓起来，白白丢了性命。三岁的孩童都知道让金鱼快快游，不要掉队，陈钰的做法你又怎么能说她不对呢？因此，涛涛上幼儿园的时候，蒋文道因为天性激发式的理想教育模式与陈钰发生过争执，而后来发现所有的家长都站在陈钰这一边，连涛涛也会哭着回家，嚷嚷要报阅读班书法班和其他小朋友保持一致的时候，他退出了无谓的抗争。孩子的教育大权牢牢握在了陈钰手里，随着他的成长，陈钰投入的精力越来越多，蒋文道在这个家里的地位就越来越微不足道。他就像那个看戏的人，看着他们忙忙碌碌精神抖擞，又或者精疲力竭垂头丧气，他走不进戏里，只需要做一个称职的看客，定时支付一笔不菲的戏票。儿子刚中考完，陈钰找人去提前打听了成绩，上一中重点班有点困难。"我想好了，让涛涛去上金湖国际学校，为到时候出国做准备。"这是蒋文道最后的一道底线，他坚持不让儿子上昂贵的私立学校,但是这一块阵地显然也要沦陷了。陈钰步步为营步步紧逼,他已经溃不成军了,有些懊恼,却又无计可施。他感觉自己像那块蓝色玻璃,乍一眼看去深不见底亮如明镜,洋溢着令人仰慕的高级感,但躲在无人的暗处望去,就能瞅见它被覆盖的尘埃。

他起身走过去,站在那个巨大的哭脸面前,伸出右手中指,在下垂的眼睑和撇着的嘴巴之间,画了长长的两条泪线,那个哭丧着脸的影子,顿时就哭了出来。这是他和涛涛唯一的共鸣,涛涛小时候和蒋文道一起坐过几次公交车,冬天的车窗上被乘客哈出的白气晕染出一块天然的黑板,涛涛用胖胖的小指头在这块黑板上画上笑脸,蒋文道在一旁画上哭脸,然后重重地点上几滴眼泪,涛涛在一旁看得拍掌大笑。每当此时,陈钰就会捉住涛涛的手指:"多脏啊,涛涛要讲卫生。"蒋文道像犯了错误的小朋友,窘得要命,涛涛躲在妈妈的怀里,冲他眨着眼睛,他俩的眼神一起瞟向那个哭脸,然后一起撇嘴,又一起大笑。大多数时候都是自己开车出行,涛涛也渐渐大了,这个游戏就玩得少了。哎,不知不觉涛涛就长大了。他昨天说最近要抽空一家人出去吃个饭,好好犒劳一下辛苦的儿子。正在这时,手机响了起来,也许是陈钰的电话吧,他竟然有点隐隐的期盼。而他很快就陷入了失望。

"文道,咱哥俩今晚聚一下如何?"电话那头,是那个熟悉的声音,但是陌生的口气。万真一直喊他教授,从那年他评上教授开始,他就那样叫他了。他郑重其事地让他还叫他名字,万真摇头拒绝:"那怎么行呢,你现在是名副其实的教授了,该得到应有的尊重。"他说这话的时候,眉眼里含着一如既往的笑。不知怎的,蒋文道竟然觉得这笑容里多了几分戏谑和嘲讽。一切细节,万真都知道。他像一面镜子一样,照见了他不得已的虚伪。万真每喊一次教授,蒋文道就感觉被针刺了一下。好像是为了刻意躲避这个声音,他不自觉地与万真拉开了距离。事实上,不管他回不回避,万真都与他走远了。今天他一反常态的称呼,倒是让久不联系的两人骤然多了几分回到往昔的亲近感。这种亲近感让他的心头突然一热,顿时没有了拒绝的力气。"好,我把楚老师叫上。"这是他挣扎之后唯一的盾牌。好像多了一道盾牌,他就避免了与万真短兵交接的尴尬。"行啊,你把张思瑶叫上也行。"万真好像并不在意。"张老师回家去了,女同志就算了吧。"蒋文道很反感此时提到这个名字,他甚至觉得万真是故意的,心里有几分被勾起往事的不快。"嗨,不在就算了,我是想着好久不见了,你俩一个办公室嘛,联络一下感情。"万真打着哈哈略过了这一章。

  蒋文道给楚震宇打电话,他正埋在书堆里奋笔疾书。"我正好要跟你说说,张老师弄的那个提纲不行……"楚震宇还沉浸在繁琐的文字里,似乎没听到万真请客。当蒋文道走过去,将他从一堆杂乱的书籍里拎出来的时候,他还在喋喋不休地诉说课题的烦恼。吃饭的地点选在学校后门的新月楼,蒋文道听说过,这是近两年火起来的一个网红小饭馆。据说装修返璞归真,颇为别致,女老板是一位天生丽质的美女,还会唱山歌。蒋文道对美女并无什么特别的兴趣,吃饭也是简单家常能填饱肚子就好,因此听张思瑶说过几次,他们这个课题组也没有去那里聚过一次餐。楚震宇还没结婚,蒋文道闲着无事,于是拿他打趣:"听说是个美女老板咧,怎么样感不感兴趣?""美女不好惹,你看张思瑶那样的,谁伺候得了?"楚震宇这个书呆子倒不痴语"书中自有颜如玉",在他的心里,真的害怕女人是老虎。想当初,他们还极力撮合过张思瑶和楚震宇,不料女有情男无意,楚震宇对这个娇滴滴的老公主没有表现出一丁点的热情,张思瑶借着讨论课题与楚震宇单独相处了两次,被这个不解风情的书呆子气得够呛,最后对外宣称"木讷的楚老师让人不堪忍受"。楚震宇对此也不辩解,反正他本来就沉默寡言,让着女同志搏回一些虚头巴脑的脸面也无伤大雅。他们继续合作课题,他继续帮张思瑶修改文理不通的文章。"没有办法,谁叫张思瑶有资源呢,你就把她当作一尊菩萨,供着摆着就行了,反正菩萨会保佑我们的。"蒋文道说这些话的时候,几乎忘记十多年前,他同楚震宇一样义愤填膺。他和楚震宇也相差不了几岁,这个家伙,一没结婚,二没变节,始终如一地呆板固执,也始终如一地埋头做事,当然也始终如一地被钉在了副教授的位置上。

楚震宇终于听明白了是万真请客。"是万处长啊,那我要不要回去换件衣服?"楚震宇当初来学校,接的是万真的班。万真到院办以后,他那个晦涩枯燥的宋学研究课题一直后继无人。那是陈院长亲自带领的课题,他一直致力于将它打造为学院的招牌项目。万真不知道从哪里寻来了楚震宇,总算填补了他的空缺。不得不说,万真在某些方面自有他的天赋。比如说在理论研究上他没有十分的兴趣和十足的投入,但他擅于组织力量聚合资源。当初他就是投其所好,选择了与陈院长一致的研究方向,欣然拜在了陈院长门下,而得到其后的青云直上。后来,他将业务精湛任劳任怨的楚震宇弄过来,撑起了宋学研究的四梁八柱。不说陈院长是如何对他识人辨才的能力给予高度赞扬,单说楚震宇从那所名不见经传的学校被调到这所重点大学,心里就对这位有知遇之恩的万大处长有了滔滔不绝的敬仰和感激之情。因此,听说万真要来,他的第一反应是激动,就像相亲的男子一样双手摩挲着裤缝,有些不知所措。

楚震宇搓着裤缝的样子一如往昔。当年他被万真带到文学院的办公室,在众人的打量之下,他目光躲闪地笑着,双手从裤兜沿着裤缝上下磨蹭。蒋文道想起自己刚从小县城到省城上大学的时候,第一次进到万真豪华的家也是这般局促。他擅于掩饰,而楚震宇却将内心完全展露于表。他穿了一身不合体的西服,瘦削的身体在衣服内晃荡,这样的体格是不适合穿西装的。西服内穿着一件锈红色的T恤衫,显然不合乎服装搭配礼仪。褐色配上绣红,又是另一种脏兮兮的夺目。西服的裤缝熨得平整,看起来簇新的样子,而后背赫然几条横七竖八的褶皱,开衩的一角已经卷了起来。他前额的头发抹了头油,梳了个一丝不乱的三七分,后脑勺几根翘起的头发则跟西服的背面一样,于细节处暴露了这个人生活的粗糙。

万真嘱托蒋文道带一带新来的楚震宇,蒋文道于是带着他在学校里转了一圈,向学院的各个办公室打了个招呼。在食堂吃饭的时候,蒋文道知晓了楚震宇的大致情况。他是徽北农村来的,当地不生儿子的户叫作绝户,是会被村子除名的。他的父母一口气生了六个姐姐,才有了他这个独苗,于是自小就疼爱有加。虽然家里穷得叮当响,还是砸锅卖铁供他念了大学。他读书成绩很好,发蒙早,小学又连跳了两级,研究生毕业的时候刚满22岁。毕业后他留在安徽一所大学任教,在某核心刊物上发表了一篇关于宋学的文章,因为这篇文章的缘故,被慧眼识珠的万真挖到了晖大。"我留在省城家里就庆幸祖坟上冒青烟了,这下被弄到晖城来,简直像做梦一样。"楚震宇的脸颊上有两团天然的红晕,他一笑,那红晕一层层加深,再一层层荡漾开去,耳朵脖子都红了起来。他用弯曲的手指推了推鼻梁上架着的黑框眼镜,一双大眼直直地望着远处。这个眼神跟搓裤缝一样,也是楚震宇的招牌动作,他说话时眼睛从来不直视对方,要么微微昂着头向上翻看,要么目光掠过眼前飘向远方。"楚震宇,你要学会跟人交流,就比如说对视也是一种交流。"蒋文道好心提醒他。他想可能是楚震宇读书早,比同学年纪小,又一心读书,缺乏人际交往常识。没想到楚震宇清晰地回答:"人与人相处,难免有人情往来,但任何事情一落到人情这一框框里,就失却了自然的真趣。凡属于不自然的事,我希望不至于被我遇上。我只想安安静静做学问,此外的一切,我都无所谓了。"楚震宇的一番理论令蒋文道惊讶,他不是不知人情世故,按理说研究历史和人文的知识分子单单从书里也能明白这些道理,他只是不愿落了人情世故的窠臼,白白浪费了宝贵的时间。这世上的"正常人"比比皆是,像楚震宇这样"不正常"的人倒是有几分难得的真意。从此以后,蒋文道不以先来者带路人自居,反而真心交上了这位行为怪异的小友。

万真打电话说堵在了路上,要晚一点才到。"多有得罪,一会自罚三杯、自罚三杯!"他在电话那头打着哈哈。请客的人反而比客人晚到,这样的事情对于万真来说,真不是什么稀奇事。他一贯都是看碟下菜,如果是宴请领导或是求人办事,他一准早早地来候着,进门必远远迎出去,小碎步领着客人进门,一双手自然地伸到后头接着领导脱下来的外套,恭恭敬敬挂在衣架上,奉茶倒水点烟也撇开服务员,一溜烟地亲自上阵。陈钰经常要蒋文道学着点万真要会来事。"学他那副奴才样?损了我文人的气节。"蒋文道鼻子一哼。"那不管怎么说,人家领导就吃这一套啊。"陈钰抢白。"是啊,你爸吃这一套,但你怎么不吃这一套呢?"蒋文道一句话战得陈钰接不上话来。想当初,万真像伺候公主一样天天跟在她屁股后面大献殷勤,陈院长笑纳了这位谦逊有礼的学生,但陈钰嗤之以鼻,选择了清高勤奋的蒋文道,如今想想,这傲人的风骨又如何能抵挡岁月无情的洗刷,还是万真这样能屈能伸的骨头到哪里都能拜上一拜爬上一爬。原本蒋文道和万真是大学同学,旧年好友,后来虽然疏远一些,但也保持着联系,加上蒋文道评教授那年万真帮了忙,陈钰与万真的老婆走得亲近,于是两家人逢年过节也还聚一聚,来往来往。但是两年前的一件事,让他们当场翻了脸,两年都没有说话了。

那是他们毕业二十周年校友会,参加完学院的活动以后,一帮好久不见的同学约了晚上一起聚聚。"你们先把场子热起来,我将那边安顿好了就马上过来,等着我啊,等着我!"万真热情地打着招呼,脸上的褶子都堆满了亘古不变的笑容。他用嘴努一努那边校领导的位置,暗示他要先登上那个不一般的舞台,事后才能象征性地出席一下。"忙嘛,在校办跟大老板服务,那当然忙。"同学们纷纷表示理解,目送他离开。作为剩下来的那个留校者,蒋文道自然成了攒局的东道主,在大家的起哄下,陈钰也被叫了过来。聚会选择了学校附近的一家海鲜酒楼,当年不过是一条两米来宽的小道,自行车丁零零地川流不息,下了课的学生在两边的小摊上觅食,一不留神碗中的油渍蹭在擦肩而过的女同学身上,惹得一阵惊呼一连声的对不起。如今这里变成了两车道的小吃街,学生热衷的都是日韩料理甜品奶茶,还要在装修精致的店里坐着,吃一口蘸着芥末的三文鱼畅想一下海风习习的济州岛。

"你们随便点,今天我请客。"蒋文道也不再是当年那个给陈钰买一个烤红薯都要摸摸口袋狠狠心的穷学生了,请远道而来的同学们吃一顿饭,似乎就能洗刷过去的寒微记忆。"哪里能让你请客,AA,AA制啊!"同学们纷纷叫嚷,都是工薪阶层,大家都能体谅家家有本难念的经。"是啊,我们同学聚会都是AA的,这样公平又亲热,大家都没负担。"陈钰也在一旁附和。"谁说的,到我的地盘来了,就得听我的,谁也别跟我争,尽管敞开肚皮吃好喝好。"蒋文道坚持,大家只当一句笑言,嘻嘻哈哈开始了晚餐。满满当当的一桌子菜上了桌,大家推杯换盏,好不热闹。陈钰从家里带来的4瓶白酒很快被扫荡一空。部分声称自己不能喝酒的同学端起啤酒,也大口喝得畅快,个别女同学也被灌了几杯啤酒。

正酒酣脑热之际,万真腆着肚子满面红光地进来了:"哎呀,不好意思,我来晚了,老板高兴,非要我陪着喝了两盅。我自罚三杯……教授,拿酒来……咦,酒呢?"万真看看桌上地下空空的一堆瓶子。"你来晚了,我们喝得差不多了。"陈钰在一旁说道。"谁说晚了?只要有心,啥时候都不晚……服务员,上酒!"万真一声吆喝,两个服务员都跑了过来。"万处长您要什么酒?"服务员显然认识这位校领导身边的红人。"我们都一把年纪了,也该享受享受了,要不今天就要点茅台喝喝吧。女同学来点红酒!"如此有情怀的提议瞬间引起众人附和,掌声雷动。蒋文道都没来得及出声,4瓶茅台和4瓶干红就被摆在了桌子中间,明晃晃一片夺目。

"烟花散尽人将去,把酒言欢再十年。来来来,满上!"在如此高昂的激情中,聚会被推向了高潮。大家像众星捧月一样簇拥着万真,听他眉飞色舞夸夸其谈。"万真,哦,不,万处长,你这样子,过不了两年下到院里,就该当个院长了吧?"有同学说道。"哈哈,哈哈,世事难料,世事难料,一切都说不准啊。"这话显然说到了万真的心坎上,他脸上的红光又亮了几分,虽然不置可否地笑着,但明显上扬的声调里,流露出他满心的欢喜和得意。"是啊,谁说不是世事难料呢?你和文道一起留校,哪承想你竟然弃文入仕,走得这么顺畅。""教授,教授他也混得不差啊,人家是凭真本事吃饭。"万真像突然想起了蒋文道,走到他身边敬酒,右手用力地拍了拍蒋文道的肩。蒋文道的脊背变得僵直,他一直为自己说不清道不明的教授来历耿耿于怀,万真在大庭广众之下称呼他教授,心里十分不是滋味。他站起来端着酒杯,刚仰脖准备饮下杯中的酒,就被万真拦住了:"呀,忘了弟妹了,怎么着弟妹今天也要陪一杯啊?""陈钰她不能喝酒。"蒋文道护着老婆。"她怎么不能喝酒,那会我追她的时候,吃西餐非得来一杯红酒呢。"万真借着酒意,提起了尘封多年的往事。蒋文道举着酒杯的手微微一颤,满溢的酒洒出来些许。喝得醉醺醺的同学们并没有会出其中的味道来,有好事的男同学甚至在起哄:"那得喝啊,还得喝个交杯,敬不堪回首的青春!"在一片闹哄哄里,陈钰红一阵白一阵的脸挤出一个苍白的微笑,她力作镇定地冲万真举了举杯:"感谢万处长的照顾。"蒋文道借口喝多了,将杯中的白酒一饮而尽之后,就离席去了卫生间。等他再回到包房,万真已经堂而皇之坐在了他的位置上,一旁的陈钰面色绯红,醉眼如星。蒋文道佯装不胜酒力,斜倚在沙发上。

万真高亢的声音像一群扰人的苍蝇一样,嗡嗡嗡地在耳畔盘旋。这不绝如缕的噪音惹得人心烦意乱,心里像一星火苗被点着了,呲呲地吐着猩红的舌头,渐渐膨胀成一团旺火,烧得心里干枯焦躁。火焰似乎带着一股热气向上顶,顶得蒋文道的身体坐也不是,卧也不是,直愣愣地站了起来。"服务员,买单!"他大声叫唤,像烈火中的青竹竿"砰"的一声爆裂发出的巨响。喧闹的人群像暂停的电影画面,骤然僵在了那里。"我来,我来。"万真是第一个醒过来的人,他挥一挥手,一副财大气粗的轻慢。"哈哈,万处长豪气!""还不是全凭万处长一支笔?"停顿的画面重新被激活。蒋文道望着这群叽叽喳喳的人,突然觉得像在动物园里看猴子,大公猴子噌噌地向高处爬去,毫无羞怯地露出红臀长尾,在世人的观瞻下,它洋洋得意。身边一群小猴子鞍前马后地围拥效仿,摆弄着一堆有碍观瞻的红屁股。一种一定不能输给这群猴子的意志力促使他发出急迫的反抗:"谁也不能跟我抢!""教授,你这是何必呢,都是亲同学,谁又不是不懂,工薪阶层能有几个钱瞎折腾……"万真的话像揭开了遮羞布一样,令蒋文道无地自容,随即又恼羞成怒。不管他在外人眼里如何被尊重,在万真这里,他终究是连会爬树的猴子都不如的。他想起往昔的窘迫,万真那副什么都懂的轻蔑神情让他恼羞成怒。"不要以为你有权力,就有什么不得了的。出这几个饭钱的本事我还是有的……"看着蒋文道有些口无遮拦的样子,陈钰赶紧站起来将他往外推,"走,咱回家去。"

蒋文道坚持结了那顿饭钱,23460元的巨额账单让陈钰肺都气炸了。"你逞什么能?本来人家万真大笔一挥就能解决的事,你非要当什么冤大头!""是啊,跟着人家能喝红酒开洋荤,选择我你后悔了吧?"蒋文道想起晚宴上的一幕,也气呼呼的。"人家就是比你有本事,不像你只会假清高真酸臭!"陈钰有些上头,想起晚上为了不得罪这位领导而受的委屈她就心酸,偏偏她在孤军奋战的时候,他却不知道去了哪里。眼看隐忍着将一切应付过去了,他又跳了出来,在众目睽睽下整这么尴尬的一出,她想想就气不打一处来。这对本就一人一个被窝的夫妻,从那晚上变成一人一个房间,并且将这种同在一个屋檐下的分居状态长期维持了下来。虽然第二日蒋文道将万真送来的一沓钱原封不动还了回去,他还是没有任何赢的快感。无论怎样,万真笼罩在他头上的乌云从一团变成了一片,沉重得令他窒息,于是从那日起,他也不与万真说话了。万真也许是工作忙碌且与蒋文道没有交集,也许只是单纯的不屑与他计较,总之两年来他们没有打过一个电话,甚至在校园里偶尔碰到过一两次,也只是礼节性地点点头。

然而这两年来,随着他向现实妥协的程度越来越高,心中那道曾经不可逾越的围墙早已经坍塌殆尽了。万真给他带来的那片乌云早就不足为道了,因为他终日生活在阴云和雾霾里,已经过滤掉了昔日的敏感因子。他可以面对一群装模作样却难掩铜臭气息的所谓企业家,面无惭色地将金石学讲成鉴宝栏目,也就无所谓考究万真是否因为炽盛的权力欲变得惺惺作态面目可憎。哪个猴子不是红臀长尾呢,只是有人坐着看不到而已。在他眼里,世人皆是如此,甚至他也为了五斗米不惜出卖了藏起来的红屁股。

"哎呀,不好意思,我来晚了,恕罪恕罪。"万真洪亮的声音像带着咸腥味的海风一样席卷而来,他一个劲儿地拱手作揖,满脸的谦和表情。蒋文道稳稳地坐在那里冲他点头,倒是楚震宇有些受宠若惊地站了起来,又是拖椅子又是招呼服务员上茶。蒋文道有些好笑,在一头扎进书海里的楚震宇心里,万真仍是那位学术有见解管理又有道的前辈师兄,他不晓得其中的弯弯拐拐,因此看人始终是挚诚的,这样倒也好,至少不会费尽心机去琢磨人性规避风险。难怪这些年过去了,他竟然像一点变化也没有一样,蒋文道甚至怀疑古籍古迹研究多了,他也石化成了亘古不变的一尊文物,不以物喜不以己悲,超脱于万丈红尘了。

"文道啊,好久不见了,最近可有什么大作没有?"万真笑着说,"想当年文道可是咱们晖大研究生院的诗人呢,填的一手好词。""还是古人告诫得对,莫吟诗,诗能穷人君不知。古人作诗穷到骨,今人方笑古人痴。我愚笨,不像你万大处长醒悟得早,处处高人一等。"蒋文道的几句话戗得万真有些语塞。"妙了妙了,我正在研究科举制度的历史变迁,看到一篇写诗工命穷的文章,说是南宋江湖派词人领袖刘克庄曾自嘲曰'余少喜吟,所至龌龊;是后禁不为,然后稍官达'。如此正好印证两位前辈的感慨。"楚震宇在一旁说道。"噢,对了,听说你们最近有新的课题,是不是你说的这个?"万真赶紧借坡下驴,将话题引了过去。"是啊,这个很有意思的。比如我们就说宋朝,宋初进士承唐及五代之制,主要以诗赋取士。到了宋神宗熙宁四年,变诗赋取士为经术取士。哲宗绍圣元年,又把进士殿试内容由诗赋改为试策。科举制度的变革,也渐渐导致文可以发声,诗的没落……"听着他又要将话题引了回去,万真赶紧打断他的高谈阔论。

"你们研究进度如何?""我们讨论了大致板块,分头在弄各自的提纲,可是那个张思瑶弄的提纲真的不行,完全浮在表面,光有个框子,仔细推敲逻辑都不通。"楚震宇开始抱怨张思瑶人浮于事的研究态度。"都不知道这个人当初怎么考到晖大,还留校了的。完全叫没有学术精神,根本不能沉下心来读一本书……"楚震宇的话可谓点到了重点,其中的内幕万真和蒋文道都心照不宣。其实蒋文道也跟楚震宇提过多次,因为张思瑶的社会资源十分丰富,课题组需要一个外联人员来攻克各种社会关系,但是话尽于此,楚震宇也不愿揣摩其中的利害关系。他们这个课题组,楚震宇负责内容输出,蒋文道负责整体把关、统筹、联络和推介,而一些关节就要靠长袖善舞的张思瑶去打通了。现在做课题写文章,内容只是基本的一环,关键是要有关系能发得出去送得到领导的案台上。张思瑶往往就承担了这项重要功能,因此无论蒋文道多么反感这个庸俗市侩的女人,却仍尊称她一声"张老师",并竭力邀请她加入他们的课题组。因为过去一些渊源的缘故,张思瑶也自认为是蒋文道一条道上的人,并不排斥与他们合作,只是经常被不通世故的书呆子楚震宇气得够呛,两人常常发生争执,往往是她甩门而去,而楚震宇在蒋文道的安抚下,一边怒骂"唯小人与女子难养也",一边默默地将一堆稀烂的文字推倒重来。此时他好不容易逮住了一个机会,又将当初慧眼识他的伯乐万真当作最可亲近的人,好一通痛快淋漓的抱怨。

万真并不制止他,端起一杯热茶慢慢吹拂着漂在上面的茶叶末。他也没有像蒋文道一样语重心长地告诉他张思瑶的重要性,只是在他的话语渐弱之后,悠悠地说了一句:"张思瑶离婚了。""张思瑶离婚了?"蒋文道和楚震宇异口同声地问。张思瑶30多岁了也不结婚,是学校有名的眼高于顶的老公主,后来听说在她父亲的安排下嫁给了社科联的一个副局长。那个副局长是他父亲一手提拔起来的心腹大员,他在退休之前完成了两件大事,一件是给独生女儿找了一个富贵安稳的归宿,另一件是将苦心经营的江山托付给了信得过的人,这人又成了他的女婿,颇有几分江山永固的自得。据说她那个老公虽然比她大了十岁,但是个博士,又是丧偶未育,也算得上门当户对。奇怪的是张思瑶结婚几年了,身体越来越圆润,肚子却没大起来。陈钰在家里还八卦了,说张思瑶的老公肯定是年纪大了,天天喝酒打牌,那方面不行。后来又传是张思瑶那方面冷淡,她老公在外头有了别人。蒋文道并不关心张思瑶是什么原因离婚了,只是在意她的重要功能还能不能发挥。相比而言,楚震宇的震惊倒有几分发自内心的关心和嗟叹。

"震宇,听说当时你和张思瑶处过对象?"万真问道。"谁说的,我俩是谁也看不上谁。"楚震宇说完又补充了一句"道不同不相为谋"。"也别这么说,听说离婚是张思瑶提出来的,她说受不了家里也变成了官场虚与委蛇的做作。"万真这话倒是有些出人意料,蒋文道顺嘴猜测:"大抵就是肉吃多了腻味的厌恶,张思瑶从小到大都浸淫在道貌岸然的名利场里,也许是人到中年真的倦了,反而幻想得到几分纯真。""哈哈,此中有真意。"万真在一旁点头。"对的,一个是返璞归真,一个是生性本真,难得真到一块了!你们两人旧情可复燃,可复燃。"蒋文道信口诌来。"休得胡说!"楚震宇的脸憋得通红,半晌挤出几个字来。看他急了眼,他们于是不再乱点鸳鸯谱,可是缘分这个东西,往往就是兜兜转转,峰回路转。原本擦肩而过的两个人,有时会因为某些机缘再度重逢,并且产生新的刻骨铭心的故事。谁能想到,不久以后,楚震宇真的和张思瑶在一起了。

　　酒过三巡之后,万真果然步入了正题。校长据说要调走了,文学院院长可能要进班子,正好空出来一个位置,万真想趁着这个机会回来当院长。虽然一切还是捕风捉影的事,但未雨绸缪审时度势一向是万真的强项。当初他追陈钰不得手,立马就从她的父亲陈院长身上着手,跟从他的研究方向选择课题,成为他的得意门生。其实那时蒋文道也想选陈院长的课题组,而且因为陈钰的关系,他进课题组易如反掌。但是他多少有些骨子里的清高,认为借由裙带关系去做事有些为君子不齿,再加上万真找他谈心了。万真从祖上如何源远流长喜欢国学,他自幼耳濡目染痴迷宋学,一番声泪俱下的深情演绎,其结果是说他想进陈院长的课题组。蒋文道本身也无意去争,更何况万真是他大学以来最铁的兄弟,君子成人之美,他当然乐见其成。为此,他还专门从陈钰

87

那里打听了陈院长的嗜好并告诉万真,万真以一套宋代画家王士元的碑刻拓片敲开了陈院长的大门。那套拓片是他从城东一家废品收购站的旧书堆里翻出来的,据他爷爷所说,是宋代一位晖城名人的墓志铭,应该与王士元交情颇深,虽拓印字体并不十分清楚,且无法与龙门二十品拓片和石窟寺帝后礼佛图拓片等名家手笔相比较,但对研究晖城走出去的历史文化名人具有重要的参考价值。不贵重但有研究价值,这样的礼物自然深得陈院长喜爱,由此与万真一番宏谈阔论,竟成了亦师亦友的关系。这一点是蒋文道望尘莫及的,他即使与陈钰结婚,也是靠陈钰苦苦坚持得来的,他与岳父一直保持恭敬但疏离的关系。万真傍着陈院长这棵大树,留校,进了院办。又借由陈院长的关系,与校领导打了照面,成功迈入了校办。他凭借本身不错的理论功底和高超的人际交往能力,在暗潮涌动的校办里如鱼得水游刃有余,成为校长一系眼前的红人。

他要回学院当领导,民主推荐也是很重要的一个环节。他离开文学院很久了,近些年人事变动大,他即使先回来过渡一段时间,群众基础也不容易在短期培养起来,院里个别有资历且有一定背景的老教授在蠢蠢欲动,他得先下手为强。思来想去,蒋文道是他最优拉拢对象。50岁的他无意仕途,但因为深厚的学术背景和近几年四处讲课积累的社会资源,在学院有好几名相对年轻的追随者。拉拢他就相当于直接拿下了好几张稳当当的选票,而其他无欲无求的教授碍于他的情面,自然也会做个顺水人情。

"文道啊,咱俩是兄弟,这几年因为工作忙,走得不那么亲近了,但是兄弟间的情谊是一直存在的嘛。要是我回来，咱们哥仨一起重振雄风，一定会大有作为的。"他一边与蒋文道推心置腹，一边不忘将楚震宇拉入兄弟的行列，令一旁不明就里的楚震宇感动不已。蒋文道已经不是当初那个清高孤傲的破学究了，其实谁当院长本来跟他没有多大关系，但是眼下张思瑶那条绿色通道快要走不通了，他得找到更便捷的路，若是他帮了万真，作为交换，以后他的路也能走得更通畅一些。

他们点了店里推荐的桃花醉，不同于市场上卖的那种桃花酿，这里的桃花酿以土法高度老烧酒做基酒，以当年三月三树梢新开的野桃花捣烂，调和上一年的野桃花蜂蜜入酒，发酵月余，沥除花瓣杂质，装入陶罐封存。据说新月楼的桃花醉最有名的还不仅于此，而是将封好的酒放在山间一处天然岩洞内窖藏，岩洞穿山而行，冬暖夏凉，春天之后洞里的气温明显低于室外，放在天然的冰箱里储存，保存了桃花自有的芬芳清冽。因此在仲夏喝桃花醉是最佳时节，而且万真说提前打听了，这一批桃花醉是老板刚从山洞里拉过来的，堪称尝鲜。打开陶罐上塞着的木塞，浓烈的酒香四溢之后，一股清新的花香混着蜂蜜的甜香余韵悠然。桃花味微苦，以蜂蜜中和其味，色泽由此略有变化，入杯呈现若有似无的绯红，恰如少女脸上按捺不住的两团红晕，令人遐想联翩。因为基酒都是60多度的老酒，入喉依旧辛辣，然而像气体一样滚烫而下的时候，又有一股甜香扶摇直上，回味良久。

"好酒！花香醉人！"楚震宇率先发表评论，他的酒量不错，但不热衷应酬，往日被迫跟着蒋文道出去，多饮瓶装的白酒，私下二人小聚，就随遇而安，店里有什么酒就来什么酒，并不讲究。那种喝酒叫喝，此时的喝酒却可以称为"品"了,一向沉默寡言的书呆子此时也添了几分怡然的情致。"《太清草木方》里有云:酒渍桃花饮之,除百疾,益颜色。一会文道回去,可以给陈钰带一点尝尝。"万真此时的提议十分诚恳,提到陈钰并无任何轻薄之意,蒋文道不觉欣然应允。"我还是听我媳妇介绍的这家店,现在两家走动也少了,以前陈钰和我家媳妇关系多好啊,以后没事还是要多联系多聚聚。"万真与蒋文道将杯中酒一饮而尽。

桃花醉美妙温柔的滋味过后,是一阵一阵荡漾的酒劲。正事谈完,进入了闲散的自由交谈阶段,卸下了彼此心中的防备和壁垒,在晃晃悠悠的酒意中,蒋文道微微眯着眼睛,靠在椅背上。老式木窗外,一轮弯弯的月牙在薄薄的云雾间穿行。满月从云层中钻出来的时候,仿佛美人出浴,容光焕发,皎皎夺目。而她是那样孱弱,好像使尽了浑身的力气才从云层中挤出身体,湛蓝的天幕飘忽的云彩为巨大的背景,愈发显得她茕茕孑立、楚楚动人。这样的月牙令人心生怜爱。忽然,一阵悠然的歌声响起。"采一朵云雾茶哟/挑一担山泉水/烤一壶清香的浓茶/色泽似翡翠……"只闻其声,不见其人,清丽婉转的歌声宛如山妹子端上的茶香,飘荡在缥缈的云雾里,飘荡在透彻的溪水里,飘荡在渐行渐远的峡谷中。他的思绪已不知在何时沉入了这如诗如画、如梦如幻仙境般的世界里,心灵也早已摒弃了尘世的一切嘈杂,在这净水碧波之上,归于清澄。

正在半梦半醒之间,"啪"的一声巨响,有酒瓶砸在地上的声音。"唱的什么玩意?给爷来段《十八摸》。"一阵杂乱的淫声浪语打破了眼前飘飘欲仙的情境。正在懊恼间,一位腰肢纤细但身段凹凸有致的姑娘从吧台后面掀帘而出。她穿着一袭翠绿白花的软缎旗袍,娉娉的步伐勾勒出柔美轻巧的曲线,仿佛三月里迎风拂面的翠柳,青葱葱,明艳艳。"大哥莫急,我陪你喝杯酒再唱?"脆生生的声音。"好,哥哥我怜香惜玉,你喝啤的,我来白的,一杯换一杯。"叫嚣的男人堆里发出一声刺耳的长啸。"好,好!"众人起哄,一些邪恶的咸猪手已经摩拳擦掌蠢蠢欲动了。蒋文道心里暗暗为姑娘捏了把汗,他知道很多酒馆的老板娘都泼辣得很,对付几个痞子流氓不在话下,但眼下这位姑娘生得娇小文弱,又看着年轻,能应付得来吗?蒋文道不禁掀起遮挡的布帘,打量着大厅里的一切。只见姑娘不慌不忙地举起一瓶啤酒,依旧笑意盈盈地说:"大哥豪气,那这样,小妹喝一瓶,大哥也陪一瓶啰。"说完,她一仰脖,咕咚咕咚地往下倒酒。她的脖子是那样细弱,昂首间可见青色的血管。她的手指是那样修长,握着的酒瓶显得异常笨重。但她的姿态又是那样豪爽,半闭着眼睛,一口气也没歇地灌进去一瓶啤酒。她将空酒瓶重重地搁在桌上,两根手指轻轻拭去唇角的酒渍,微微向上扬着眉,看着之前还狂妄的男人。众目睽睽之下,男人骑虎难下,只好勉强拿起桌上的一瓶白酒。蒋文道看到没喝几口,他的手就在筛糠般颤抖,心里顿时有种解气般的畅快。酒没喝完,男子捂着嘴巴向门口奔过去,然后他的狐朋狗友匆匆买单,他再也没有进来。"好,好!"大厅里又有人叫喊,此时却是礼赞英雄般的喝彩。

年轻的老板娘也不羞涩,理一理鬓边散落下来的几缕秀发,盈盈浅笑站在了吧台前。"采一朵云雾茶哟/挑一担山泉水/烤一壶清香的浓茶/色泽似翡翠……"悠扬的歌声再次响起,大厅重归于静。"姑娘亲手采的茶呀/姑娘亲自端的水/土家姑娘烤浓茶唷嘿喂/味道真鲜美/远来的朋友们啊,请你喝一杯,喝一杯……"姑娘的气脉很长,音质温润,一连串的长调拖下来不见一点干涩,似乎有几分童子功。这是清江河畔的土家山歌,蒋文道去过那里,见过那碧波万顷的江水,见过云雾缭绕的青山,见过笑容明媚的采茶姑娘,也听过翻山越岭的土家山歌。而眼前的姑娘,面容清秀,一双大眼却像潭水般深邃,偶尔颔首低眉,目光像云雾锁江的迷蒙淡远,抬眸一笑,又是云开雾散的粼粼波光。

一旁的万真看蒋文道难得地反复打量一个美女,不仅生了好奇之心。一曲唱罢,他借着去买单的工夫,将唱歌的美女带了过来。见惯了大场面的蒋文道一时竟有些局促,只好借着酒说话:"你这酒很好喝,桃之夭夭灼灼其华。店名干吗不叫桃夭?""因为我叫新月啊。"姑娘的回答言简意赅。"可怜九月初三夜,露似真珠月似弓。"楚震宇吟道。"对啊,一看您几位就是有学问的人,我就是九月初三生的。"新月不失时机地奉承令人如沐春风。"你是哪里人?""大场县桃花村人。""对了,那就对了。"蒋文道频频顿首,自言自语。楚震宇突然回转过来,望着他意味深长地笑了。而万真却全然不知其中的缘故。

5

"像啊,真像!"楚震宇盯着眼前的人,喃喃自语。姑娘清秀的面容,清水般的眼眸以及一颦一笑间的风情都与汪美玲形似神通。那是十年以前的一段往事。男人通常不喜欢拿着故事下酒,更何况这里有万真在场。蒋文道不知怎么心里竟然泛起了波澜,但他又不想由着微微的波澜渐渐涌动起浪花,于是伸手去拿酒壶,2斤装的陶壶见不到底。他抱起酒壶用力晃了晃,壶里的酒好像喝尽了。"老板,再上一坛酒。"蒋文道的话让万真有些诧异,在他看来今天的酒已经到位了。"不好意思,本店桃花醉每桌限量1壶。您今天的指标已经用完了。"新月微微弯腰,轻声笑语。"好了好了,咱们也不为难美女了,今天酒喝到半酣,甚好,甚好。等我回到学院,咱们再一醉方休,一醉方休!"万真结束这场酒局的同时,也不忘再次强调一下今天的主题。楚震宇拉着蒋文道起身,蒋文道甩开他的手,踉踉跄跄地朝门口走去。

万真吩咐楚震宇务必将蒋文道送回家去,就先行坐车离开了。校办的小伙子已经在附近等了很久,见到他过来,驱车远远地迎了过去。"我呸!"蒋文道冲着绝尘而去的黑色轿车,啐了一口。"楚老师,你回去吧。我没醉。"蒋文道突然站直了身子。"你真的没事？那你刚才……"楚震宇一脸诧异。"吃了生鸡蛋，腥！"蒋文道一脸嫌恶，"真没事，我就住在学校，走几步就回去了。"在蒋文道的再三坚持下，楚震宇打车离开了。穿过小吃街，从南门进入校园。一方大湖映入眼帘，夏日蓊郁的树木遮住了路灯，湖水一片深黑，与黑夜相交相融，显得格外旷大。一阵清爽的风吹来，这世界终于恢复了宁静。想起万真那张油光可鉴的脸，他就真的像吃了一枚生鸡蛋一样作呕。一只猫蹲在湖边，冲着林间声嘶力竭地叫唤。不知树林里是有一只老鼠还是有一只野猫，它不进去，也不离开。这声音竟像万真洪亮的嗓门一样聒噪，蒋文道走过去，它往后退了两步，瞪着眼睛翘起胡子，虎视眈眈瞅着眼前的庞然大物。校园里的流浪猫见惯了人来人往，并不怕人，它只是不知道眼前这个人想干什么。猫的轻蔑和敌意激怒了蒋文道，他对着它大声训诫："这是高校，你每天在这里读书学习，要做一个有礼貌懂规矩的猫，不该说的话不要说，不该看的事不要看，就是看到了也不要说。闭上你的眼睛，关上你的嘴巴，老老实实当你的猫。如果你做不到，逐出校园，杀无赦！"他说完，举起右掌，快速做了一个下劈的动作。猫吓得胡子一抖，转身就跑，跑了几步还回头看了一眼这个凶巴巴的怪人。蒋文道似乎有了一种发泄的快感和胜利的喜悦，深深地吐出一口胸中的浊气，背靠着栏杆仰望天穹。弯弯的月儿静静地挂在深蓝色的天幕上，像一双水汪汪的眼，在这寂静的夜里，又添了几丝淡淡的忧愁。

是寂寞吗？他想起了汪美玲，那个和今晚的月儿一样目光清澈又忧郁的女子。"晚风轻轻摇树梢，月亮静静上楼角，幺妹轻轻往外走，金竹林里会阿哥。"刚走到会议室,一阵悠然的歌声就传了出来。"我们文化中心小,会议室不开会的时候,就是活动室,汪美玲老师在教学生唱山歌呢。"文化中心的姜主任介绍。蒋文道轻轻走进去,唯恐打断了这美妙的歌声。一位娟秀的年轻女子头裹刺花青丝帕,身着无领对襟藏蓝长衣,下着同色罗裙,从上领到下摆到衣裙脚绣有一寸来长的五彩绲边,像是某种花卉的图案。听到有人进来,她侧脸微微颔首致意,接着唱歌。她的声音极为干净,像叮叮咚咚的山泉水,从山谷间坠落到石头上,发出清澈悦耳的滴答声。在蒋文道的眼里,这是一个地道的土家妹子,淳朴天真。三个学生围在她的面前,跟着她唱了两遍之后,她让学生继续练习,走到了来客面前。"这是咱们土家族的山歌,土家族的山歌不像汉族的歌曲一旦完成即便定型,它是口头传承的民间艺术,是在不断的口耳相传中衍化与完善的,它的艺术风格也是在这种传承过程中得以形成的。山歌口头传承主要是歌师所授,学习者从其音响去感悟,体验语言中的美及音高的准确。它没有系统的音律理论去教授,主要是从气口、气息、语气、句法去获取柔中有刚、刚中有柔的强弱关系,把握音响变量,所以对歌者的音乐天赋要求很高。但是,真正有天赋的歌者又是可遇而不可求的,更何况现在的环境下,愿意来学习唱山歌的人是越来越少了。喏,都去学撒叶儿嗬去了,现在农村办个丧事,跳丧的受欢迎,挣得也不少。一切奔着经济价值去了,谁还能管什么艺术不艺术呢?……"汪美玲误以为又是上头有领导来检查工作,逮住机会争取上级领导对文化传承的支持。她这噼里啪啦蹦豆子一样的一串话让大家都笑了,这个看起来柔柔弱弱的小姑娘,讲起意见来一套赶一套的,颇有几分辛辣,蒋文道忍不住多看了几眼。"汪老师,慢慢讲,这是晖城大学的蒋文道教授和楚震宇教授,远道而来做民俗文化调研的,来日方长,你慢慢讲。"姜主任打断了她的"牢骚"。听闻是前来调研的学者,汪美玲有些不好意思,又恢复了娇俏温软的神情:"您好,欢迎来到马坪乡。"她主动一一握手,仪态大方自若,清洌的笑容让人如沐春风。

中午汪美玲被邀请来一起吃饭。"听说楚文化区域和与其相邻的巴文化等区域,流传一种五句子山歌,又称五行诗,你们这里属于传布区域吧?"楚震宇来之前查阅资料,做过一些功课,就直奔主题了。"对呀,五句子歌也是土家族一种独具特色的山歌。关于五句子歌的渊源,民间流传着这样一种传说:'董仲先师三尺高,挑担歌书七尺长,挑到洞庭湖中过,湿了歌书几千行。西米山上晒歌本,狂风吹得满山冈,一本吹到天上去,取名叫作麒麟歌;一本吹到湖海去,渔民捡到唱渔歌;一本吹到院坊去,女儿当作私情歌;一本吹到法坛去,端公当作祭神歌;一本吹到田野去,种田人拾到唱山歌。'更多的说法是秦始皇修筑万里长城时,秦小妹见众多民众远离家乡,孤独寂寞、思念家人,便创作了许多民歌在劳动中传唱,很受欢迎,于是,一代代流传至今。虽然这只是一些传说,但有一点可以肯定,那就是五句子有着相当久远的历史。我国最早的一部诗歌总集《诗经》的《郑风》《唐风》《召南》中,皆有五句子歌谣的影子,《秦风无衣》中:'岂曰无衣?与子同袍。王于兴师,修我戈矛,与子同仇!'《诗经》还对山歌做了清晰的分类:'心之忧矣,我歌且谣。'把'歌'和'谣'分别看待。《毛传》注解为:'曲合乐曰歌,徒歌曰谣。'即配合乐曲来唱的叫'民歌'或'民间歌曲',不配合乐曲自由咏诵的叫'民谣'。五句子山歌属于民谣一类。无独有偶,屈原的《九歌礼魂》中,也发现了五句子的身影:'成礼兮会鼓,传芭兮代舞,姱女倡兮容与。春兰兮秋菊,长无绝兮终古!'战国时期,民曲《下里》《巴人》就盛传于巴山楚水。'伐鼓以祭祀,叫啸以兴哀'的'踏啼之歌'后,巴人歌韵分别以'竹枝词''五句子'为载体,逐步凝聚成土家的哭嫁歌、丧鼓歌、薅草歌、情歌等。明代冯梦龙搜集的民歌专集《山歌》,其中就记载了数十首完整的五句子歌,许多至今还在传唱。比如'茶斟不出茶来把口吹,壶嘴放在姐口里,不如做个茶壶嘴,常在姐口讨便宜,滋味清香分外奇'。清代诗人彭秋潭在《竹枝词》中写道:'此是下里巴人音,短歌不尽此情深,夜雨潇湘一樽酒,请君试听竹枝斟。'小小的五句子,是土家儿女创造的以歌代话、借歌传情的工具。喊起五句子山歌,万水千山总是爱,翻山越岭都是情。"汪美玲的一番讲述引经据典,援古溯今,听得两位城里来的教授频频点头称赞。"没想到汪老师这么年轻,对传统民俗文化研究如此之深。"蒋文道说道。"哪里呀,这也不是我的研究,这是我在书上看到的,像你们这样的大专家写的,我不过是背诵和转述而已。"汪美玲笑起来大眼睛里像有一汪泉水在流淌,清凌凌地闪着光。这个眼神好像在哪里见过一般,蒋文道不禁有些失神。

"那五句子歌的艺术表现形式有哪些讲究呢?"楚震宇依旧询问自己感兴趣的专业问题。"自古以来,诗歌讲究格律和意境、对偶,而五句子山歌以五句歌命名,以五句直接挑战传统诗歌,成为民歌中的另类,深深扎根于民族民间这块沃土。五句子山歌从诗的角度看,结构形式独特,内容情真意切,是盛开在大山里的一枝古老的民族民间文艺奇葩。它以七言五句为基本格,五句为一段,一段独立成章。如'问声歌师几多歌,山歌硬比牛毛多,唱了三年六个月,歌师喉咙都唱破,才唱一个牛耳朵'。也有若干段五句子连缀,最长有32段,称为'赶五句'或'排子歌'。五句子山歌的第五句最有艺术魅力,它往往是意境升华,艺术情趣之所在,故有'五句山歌五句单,四句容易五句难'的说法。本地人有一种'亲嘴要亲头一口,听歌要听后一句'的说法,说的就是最后一句的重要性。五句子对韵律有其特殊要求。一般除第三句外,一、二、四、五句要押韵,且一、二句用仄声韵,四句要用阳平,五句要用阴平。也有一批传统五句子歌词并不一韵到底,而在第三句或第四句上转韵,如'太阳渐渐往上升,来姐门前放风筝,郎放风筝姐放线,风筝落在姐花园,千里姻缘一线牵',通过转韵,节奏更强,富有音乐性,又增加了用词的容量,增强了艺术感染力。五句子在语言上没有避俗求雅的要求,而是将习语俗谚大量入诗,使之葆其清新、朴素的自然美,标记浓郁的生活气息和地方元素,易懂易记、顺口成诵、郎朗上口,韵味无穷。例如'一把扇子二面花,隔扇看见俏冤家,我看情哥会种田,情哥看我会绣花,大风吹不倒犁尾巴'。这首五句子以俗语'大风吹不倒犁尾巴'作为点睛之笔,寥寥数字就勾画出了一幅男耕女织、相爱相守的画卷。还有唱法上,五句子山歌的演唱风格一般有五种:一喊,二唱,三穿号子,四小调,五儿歌……"汪美玲一讲起专业知识,便如数家珍,侃侃而谈。说话间,菜上齐了。"好啦好啦,汪老师别上课了,咱们喝酒吃菜。"姜主任再一次打断了汪美玲。楚震宇的书呆子气一上来,恨不得拉着汪美玲立即离席,寻一片僻静的地方,专门解答他所有的问题。而蒋文道倒是更为好奇,这个年轻的美女到底是什么来头,怎么懂得这么多,明显已经超出一般的歌师了。

  吃的是地道的山野菜。初冬的天气昼夜分明,日头一收,冷冽的寒气就铺天盖地地袭来。餐桌上已经炖上了热气腾腾的腊猪蹄。金黄色的肉皮连着白花花的肥肉在锅里颤颤巍巍,沁出来的油脂被白气推到锅的边缘,红红黄黄的一层油。陈钰做饭一向清淡,蒋文道有些不习惯眼前的大油大辣。看着他吸溜吸溜地哆着嘴,额头上布满了密密麻麻的汗珠,一旁的汪美玲轻轻巧巧举起酒杯:"喝口酒清凉一下。"土黄色的酒盅里,那些清亮的液体看起来好像有些诱人。蒋文道慌忙举杯大饮一口,一股辛辣呛喉,从四面八方钻进鼻腔和喉咙深处,他顿时涕泪俱下。汪美玲连忙抓了几张餐巾纸,站起来想帮他擦拭。蒋文道一边窘迫地摆手,一边剧烈地咳嗽。"蒋教授没有喝过我们的苞谷烧,这酒跟我们山里的土家妹子一样,入口绵柔,实际度数高易上头,要悠着点,悠着点啊。"姜主任在一旁笑意盈然。"入口也不柔啊?"蒋文道心想,原本有些酒量的他此时嗓子里像点燃了一团火,噌噌地向外冒着青烟,一句话也说不出来。汪美玲本来是开个玩笑,没想到他真的喝了一大口酒,而且貌似不胜酒力,有些难为情地红了脸。

  "好啦好啦,汪老师给两位教授唱个敬酒歌,让二位慢慢喝,喝个高兴。"汪美玲也是一心想表示歉意,于是按着土家族的习俗,端着酒杯站了起来,站在蒋文道的身后,悠悠然然地唱起了敬酒歌。"土家山寨(嘛)风俗多呀,贵客(那个)来了请上坐,先敬一碗(嘛)苞谷酒呀。再唱(那个)一曲(哎)敬酒歌。请您喝。请您喝。喝。一杯酒敬(个)一枝花呀。贵客(那个)好好把酒饮,虽是粗茶(嘛)和淡饭啦。杯杯(那个)薄酒(哎)表心意。请您喝。请您喝。喝。二杯酒敬(个)百花开呀。百花(那个)开放贵客来,客来山寨(嘛)也增辉呀。二杯(那个)苦酒(哎)表情怀。请您喝。请您喝。喝。三杯酒敬(个)情谊深呀,良辰(那个)美酒逢知己,酒逢知己(嘛)千杯少啊,再敬(那个)一杯(哎)增情义。请您喝。请您喝。喝。四杯酒敬(个)四季财呀,祝您(那个)财源滚滚来,心宽体健(嘛)事业旺啊。一步(那个)一步(哎)上高台。请您喝。请您喝。喝。酒已敬完请客把酒添呀,祝愿(那个)生活像美酒,永远芳香(嘛)永甘甜啊。祝您(那个)幸福(哎)万万年。请您喝。请您喝。喝。"她这一开唱不要紧,蒋文道和楚震宇跟着倒了大霉,每唱完一段,姜主任和随行的几个人就跟着大声吆喝:"喝,喝。"一曲唱完,他们连喝了四杯酒。蒋文道从耳根子到脖子一溜通红,他摇着头喘着粗气说:"不行了,不行了。""哎哟,在我们这里男人千万不能说不行哦。一定要说还来,还来。"姜主任在一旁开着带荤的玩笑。汪美玲红着脸,小声说:"我还没唱十碗酒呢,只选了这个四杯酒的。"她的样子有些小女孩的娇羞,绯红的云霞衬得眸子更加如水似雾,在酒意的膨胀下,蒋文道感到从内到外一片灼热。

  蒋文道从文化中心的小院里醒来时,金色的阳光已经越过低矮的墙头和密密的树梢,毫不吝啬地洒满院子。几乎没有人不喜欢冬天的阳光,春天的阳光有些躁动的喧嚣,夏天的烈日又是白炽灯般的烤灼,秋天的太阳挂在浩瀚的碧空显得疏朗遥远,只有冬天的阳光是明亮而温暖的金黄色,照在眼里,像炉火一样生动活泼地跳跃,晒在身上,又似棉衣一样熨帖舒适。他站在院子里,享受着冬日暖阳的抚摸,情不自禁地闭上眼。再抬眼,万物清明。一棵高大的银杏树已经披上了一身黄金般华丽明艳的袍子,在阳光的照耀下睥睨众生,又在一阵轻拂的风里漫不经心地抖动着柔软光泽的翎羽,几片随风坠落的叶儿悠悠扬扬,美人抚扇一样轻悠自如。一旁还有一棵不知名的老树,已经率先褪尽了枯叶,裸露的枝丫像男子遒劲有力的筋骨一样,笔直地插向蓝天。他听见头顶一片叽叽喳喳的声音,仰头看见枝丫间有只巨大的鸟巢,几只鸟儿围着它蹦蹦跳跳,还招来一些好奇的朋友前来围观。天地间只有阳光、大树和鸟雀,一切像是朴素简单的,但是这些简单朴素的生命好像又自带一种高傲脱俗的力量,它们只管高昂着它们的头,或迎着风雨阳光,或欢乐地歌唱和舞蹈。蒋文道莫名感到一种欣喜,这是一种久违的力量,让人神清气爽。

他出了院子往东头走去,是一片杂木林。顺着砍柴留下的小道穿过去,竟然看到了一方碧幽幽的清潭。"mimimimi……mamamama……"清越的声音像偶尔投进波心的小石头,溅起一圈一圈柔美的涟漪。昨日那个身穿华服面若桃花的女子,此时穿了一件月白底子暗红碎花的亚麻棉裙,站在潭边的大石头上,双手抚在腹部,心无旁骛地练声。阳光照在她缎子一般顺滑的头发上,又爬上她粉红色的耳垂,在她翘挺的鼻尖投下灼灼的一个光圈。她窈窕的侧影,竟然同院子里那些生灵一样,也带有一种与众不同的清新脱尘。

她不知道他站了多久,看了多久,所以当她终于从忘我的境界里醒过来,感到有一束热烈的光直直地投射她而忍不住回头时,除了那一刹那的错愕,继而就是难以抑制的娇羞。她红了脸,便不再是那个骄傲的云雀了,而是天边粉红色的一抹朝霞,让人想伸手拥入怀中。再一次感到胸中荡漾的热流时,蒋文道有些惊讶。他一向是个稳重自持的男人,用楚震宇的话说,有几分知识分子的清高。他不知道此时的自己是因为什么,从昨天晚上到今天,水平如镜的心里为何一次次泛起波澜。他这样讶异,就忍不住盯着眼前的女子细看,想从她身上找到这股魔力的源泉。他这一看,她的脸红得更厉害了,鼻尖上的光圈像晶莹的露珠一样闪闪发光。为了粉碎眼前的慌乱和尴尬,他主动找话题聊。"汪老师是真的爱唱歌啊,每天早上都练声吗?""这是我必练的基本功,怕影响你们休息,我就找到了这块风水宝地。"说起音乐,汪美玲的脸上又浮现出动若脱兔的自信光彩。她告诉蒋文道,自己原本是县文工团的歌舞演员,后来费尽力气进了文化站,本以为捧上铁饭碗,不料乡镇文化站改制,又没了编制,成了聘用人员。"18岁就是登台演出的演员,兜兜转转一圈,居然只能躲在这深山老林里唱歌了,还不如一个随意欢歌的麻雀呢。"汪美玲一脸自嘲。

接下来的几天,主要在查阅和整理相关资料,却没有再见到汪美玲的影子。沉浸在文字资料里的时候,倒是像一头扎进了深海里,停止了对外面世界的感知,然而一旦从海里探出头来,被清新的海风一吹,人的思维就又活跃起来了,对那抹云霞的思念竟然随着时光的流逝在潜滋暗长。"你说汪美玲去了哪里?"他与楚震宇小声交谈。"你管汪老师去哪里做什么?现在又不需要她帮忙。"汪美玲被安排给他们的调研提供帮助,书呆子楚震宇只在工作上面打转,压根没意识到蒋文道心里的波澜。"不是从明天起要到村里去了吗?应该跟汪老师商量一下行程吧?"蒋文道找了个合适的理由。楚震宇一拍脑门:"对啊!"他于是去找姜主任。姜主任不好意思地告诉他们:"全县教育系统要搞迎新春文艺会演,汪老师被中学请去指导排节目了。一忙起来就忘了告诉你们。""我们去学校找汪老师吧?"蒋文道提议。"为什么?"楚震宇不解其意。"汪老师回来肯定不会早,我们趁他们排练间隙,正好可以讨论一下调研方案啊。"蒋文道依旧拿调研当了借口。

排练场上的汪美玲被众星捧月一般围在了一群老师中间。这是一台别具一格的歌舞剧,将土家民俗文化山歌和现代舞完美地结合在了一起,反映了一对恋人从相爱相守到为社会主义现代化建设劳燕分飞却又不离不弃的故事。"生不丢来死不丢,好比青藤缠石榴。青藤缠了石榴树,花死藤干两不丢。"一开始,青年男女沉浸在爱河里,生死相依,犹如青藤缠树一般缠绵深情。这一段山歌唱得气韵悠长,无限柔情。舞蹈也是姿态柔婉,神色明媚。而到了后来,男子响应国家号召支援边疆,女子留在家乡参加集体劳动,一边是万马奔腾一望无际的大草原,一边是刀砍斧凿热火朝天的开荒场面,相隔万里的眺望中,旖旎的歌声又一次响了起来。这个节目无论是寓意还是形式都十分富有艺术感。"山歌的唱法没什么特殊的技巧,大家一定要注意其中蕴含的情感,情感的起伏会带来声调的转换,由此产生山歌的韵律感。尤其是领唱的老师,在第一部分唱山歌的时候,你要体会男欢女爱的热烈和美好,这时的歌声是高亢的,又是湿润的,就像春天里正在蓬勃生长的青草,要有那种润泽的力量。而到了最后的山歌部分,会有一种爱而不得的心酸,又有一种为爱坚守的悲壮,此时音色不会那么嘹亮清澈,会有一些暗哑干涩,就像草枯了叶落了。"汪美玲详细讲述歌唱的注意事项。"汪老师,你还不如打个简单的比方,你跟海哥亲嘴的时候,就是湿润的,纠缠的,而吵架赌气的时候,就干涩了,心酸了。"有个调皮的男老师在起哄。"严肃点,严肃点。在老师面前,没大没小。"那个被称作海哥的男老师跳出来敲了一下他的头。"哎哟哟哎哟哟,师郎打人。"年轻的老师顺着海哥的话头,夸张地唤了一声"师郎",惹得众人大笑。汪美玲气得脸上红一阵白一阵,只好宣布暂时休息十分钟。

她看到了操场边上站着的蒋文道和楚震宇,赶忙朝他们走了过来。"不好意思啊,我临时被喊来给他们排节目,想着你们这周正好查资料,就没跟你们说。""汪老师,原计划是明天开始下乡去走访调研的……"楚震宇直奔主题。"我们是来问一下,如果汪老师暂时抽不出身的话,我们就商量调整一下计划吧?"蒋文道在一旁打圆场。"没问题啊,这边排得差不多了,在抠细节,今天晚上合上几遍,就让他们自己排练一段时间,演出前我再来看看就行了。"汪美玲说着,又想起来明天的事,"哦,明天我们去桃花村,我都联系好了,其他的去了再说也行。"她的麻利爽快让他们吃了定心丸。正在寒暄一些客套话的时候,那个叫作海哥的老师走了过来。"这就是你说的大学教授啊?幸会幸会。"他拱手作揖,言谈有几分斯文。"哦,忘了介绍了,这是学校的张海老师……我的男朋友。"汪美玲略微停顿了一下,说出来男朋友几个字,又侧过身指着蒋文道他们,一一介绍给张海认识。张海长得高高大大的,金边眼镜下一双笑起来眯眯的眼睛,看起来人很和善,但不知为何,蒋文道总觉得他身上少了一股气息,就是汪美玲身上那种草木的生机和鸟雀的灵动,他好像欠缺了几分,于是他跟汪美玲站在一起,不像一棵大树,倒像是一只木讷僵硬的鸟笼了。汪美玲后来又给老师们示范跳了两段舞蹈,当她时而妖娆扭动身姿,时而铿锵纵身跳跃的时候,蒋文道更加觉得,她像一只自由飞翔的小鸟,而那个张海只是一个再普通不过的鸟笼。

他在回去的路上跟楚震宇讲述这个比喻。"蒋老师,你这是戴着有色眼镜看人啊。"楚震宇揶揄,"我看那个张海为人谦和憨厚,对汪老师也是言听计从,分明是汪老师囚禁了他嘛。""难道我监禁你?还是你霸占我?你闯进我的心,关上门又扭上锁。丢了锁上的钥匙,是我,也许你自己。从此无法开门,永远,你关在我心里。"楚震宇怪腔怪调地模仿着《围城》里苏文纨飞金扇上的小诗。蒋文道瞅了他一眼,这个一贯呆板的人,竟然也变得活跃了。"蒋老师,你有没有觉得来到这里,空气好像格外清新一些。"楚震宇有感而发。"是啊,心灵也变得自在轻松了。"蒋文道由衷感叹。"我好像回到了老家,回到了小时候。"楚震宇一脸神往,可能他原本也是乡间一个自由奔跑无拘无束的孩子吧,一步步远离故乡浪迹城市,在纷繁复杂的人情世故里选择了沉默和逃离。他是一个表里如一的人,心里逃避了,脸上也就是一副离群遁世的茫然。而他蒋文道则不一样,他在光怪陆离的世界里渐渐学会了掩藏,将真实的那个自己藏在世人看不见的地方,只露出一面和光同尘的顺从。那个真实的自己在黑暗里潜伏了太久,都快要被他遗忘了。

晚上楚震宇兴致盎然,邀请他在宿舍喝了两盅老烧酒。夜已深,蒋文道推门出来,天上好大一轮圆月,地上明晃晃恍如白昼。那种白又不同于阳光下的清明,就像在天地间织就了一张巨大的银丝网,将万事万物都笼罩在这张网里。他的眼睛望不到远方,就像被粘在了这张柔软的网里,任是一草一木,都不像白天看到的那样真实了,它们褪去了原本的色彩,闪烁着模糊的、奇幻的白光,白光背面细碎的暗里,又像藏了数不尽的秘密,使人有一种走进梦里走进幻境的恍惚。他就那样,鬼使神差地站在了汪美玲的窗前。她没有关窗,薄薄的白纱帘不时被风拂起,皎洁的月光洒了半间屋子,与床头一盏暖黄色的灯交相呼应,那盏孤灯像极了苍茫大海上的一星渔火。而随着海浪摇曳的这个人儿,此时手里正捧着一卷书,眼睛里蒙上了一层迷蒙的水雾。"金凤小斜簪鬓云,似樱桃一点朱唇。秋水清,春山恨……"他的脑海里突然浮现出这样的句子。那弯似蹙非蹙的蛾眉,那双如烟似雾的眸子,那点欲说还休的惆怅,与刻在灵魂深处的这个影子如出一辙。这是梦吗?还是一幅画?他想伸出手去,摸一摸虚实。

"独倚春寒掩夕霏,清露泣铁衣。玉箫吹梦,金钗画影,悔不同携。"忽然,这幅画活动了起来,发出呓语一般的呢喃。"刻残红烛曾相待,旧事总依稀。料应遗恨,月中教去,花底催归。"一首纳兰性德的《眼儿媚》,蒋文道情不自禁地吟哦着,应和着窗里的低语。露湿铁衣,红泪暗垂。声声玉箫恍然如梦,月华弄影佳人若在。你近在咫尺了吗?我伸手,却是无尽的虚空!悔不当初啊,明明牵了你的手,今生为何不能一起走? 曾经红烛相对,一刻一刻相对的是你酡红的容颜,一滴一滴流淌的是我温润的心田。旧事依稀。空留遗恨。从此后,对月伤情,见花落泪。花底中,明月下,红烛里,无不是你。蒋文道陷入了这来来去去无穷无已的遗憾里,竟然不知何时门开了,梦里的佳人站在了他的身旁。"蒋老师,您怎么在这里?"他仿佛被从梦里叫醒,还来不及擦去眼角的泪痕。"你怎么不关窗?"他终于回到了现实。"哦,我睡不着,看着今晚月亮好,让月光晒晒被子。"汪美玲俏皮地答道。第一次听说用月光晒被子的,蒋文道不禁莞尔。"蒋老师,您喝酒了?别站在风里了……要不,进来喝杯茶吧。"汪美玲稍微顿了一下,看了看蒋文道,发出真诚的邀请。

月光下的汪美玲,目光清亮,肌肤似雪,如同一个没有沾染任何尘埃的天使,美好得令人不忍触碰。"你喜欢诗词?"她转身烧水泡茶的工夫,他环视了一圈屋内,窗前的书桌上方立着一个简易的三格挂壁书架。一排是歌唱专业书籍,一排是土家族民俗文化,还有一排全是诗词。"班门弄斧了,因为我唱歌爱分析歌词,所以也就喜欢读读古诗词。"汪美玲答得中肯。"其实诗乐一体,我国自古就有诗词吟唱传统。诗歌的平仄、押韵等格律要求与配曲节奏、旋律等相互作用,才能成就古典诗词的文辞美、格律美、意境美和音乐美。"触及专业,蒋文道侃侃而谈。"你喜欢纳兰性德?"他问道。"是啊,他的词里,总有一种消失的美。"汪美玲幽幽叹道。"这是荣格的一个观点,'真正的美,其实是一种消失。'"蒋文道惊讶汪美玲不过随意读读,居然领略了这深奥的美学原理。"您说的美学我不懂,但我就是在他的词里,感受到一种走近又远离的伤感,好像那种伤感,在我的骨子里也有。我好像看到了什么,伸出手去,又抓不住,就像这月色,明明就亮亮的在眼前,你去抓,它又是空的。"汪美玲若有所思地望着窗前的月亮。"凉云万叶,断送清秋节。寂寂绣屏香篆灭,暗里朱颜消歇。谁怜照影吹笙,天涯芳草关情。懊恼隔帘幽梦,半床花月纵横。"蒋文道随手翻到了这首词。"是啊,光阴流转,韶华老去。顾影自怜,离合也是一帘幽梦。"汪美玲叹息。"懊恼隔帘幽梦,半床花月纵横。这倒蛮符合此情此景嘛。"蒋文道指着洒了半床的月光,打趣道。花月兀自纵横半床,哪管得了人的隔帘幽梦。汪美玲看着也是好笑。笑声中,他们的目光突然汇聚在一起,又像花儿在月下一样沉默地纠缠了片刻。"择一城终老,遇一人白首。携一帘幽梦,许一世倾城。"就在那一瞬间里,汪美玲的心里骤然荡漾起春风十里的柔情。

那个夜晚,就像梦一样留在了蒋文道的脑海里。一片布下天罗地网的月光,他的记忆里,装满了温润如玉的莹白。他惊奇地发现,汪美玲居然与他心中的那个影子重叠了。他一面惧怕着这种不可逃离的渴望,一面又憧憬着再度入梦。那个一向稳重、风度翩翩的蒋文道已经连续犯了几次小儿科的错误,在桃花村村委会开完会,茶杯忘记拿了。汪美玲递给他的时候,他的手竟像触了电一样,猛地往回一缩,"砰"的一声,玻璃杯掉在地上摔了个粉碎。中午吃饭,村里人已经开始杀年猪了,热情的村干部安排了招待贵客的土家抬格子。桌面大的一个木蒸屉,密密麻麻摆满了苞谷面和新鲜肉做成的蒸肉。"汪老师,给城里来的贵客夹块大肉。"乡村以肥肉膘厚为佳,猪本身喂得壮实,肉切得也厚实,显示土家人日子的殷实和待人的诚实。村长一授意,汪美玲便狡黠地眨着眼睛,夹了一块足有3寸长拇指厚的五花肉给蒋文道。一看到她似笑非笑的眼睛,蒋文道就慌了神,夹起肉来一口扔进了嘴里,肥肉饱满的油脂在他鼓鼓囊囊的嘴里四处飞溅,贴着舌头口腔烫得他上下嘴皮直哆嗦,眼泪汪汪地流了出来。"看来蒋教授是真的喜欢我们乡下的蒸肉啊。"村长在一旁俯首微笑。连楚震宇都看出来蒋文道浑身像长了小刺一样不对劲,蒋文道决心要摆脱这种恼人的困境。

他钻到一个酿酒的小作坊去了。山里自产的苞谷经过浸泡、蒸粮和两次发酵以后,就会在时间的撮合里,与酒曲合谋,平凡的谷物开始升华,自此酿泉为酒,积微成著,点石成金,完成令人惊艳的酝酿。发酵好的苞谷被铲起来,端到灶上,均匀地撒在大甑里,用铁皮做的大锅盖盖严实,熊熊的大火烧了起来,一股浓郁的发酵后的刺鼻酸味随着腾腾升起的白气充斥在屋里,锅盖顶上有一根铁管通向冷却池,锅里的蒸汽通过铁管到冷却池时,遇冷凝成水珠,这就是酒。大约一个小时以后,就可以出酒了。等待的间隙,汪美玲和楚震宇寻了过来。楚震宇一脸兴奋:"刚才我看到杀猪了,那头猪太肥了,四五个壮汉挣了一身汗才摁住,杀猪佬一刀子进去,殷红的血飙得到处都是。吹气才好玩,杀猪佬对着猪后腿开的口子鼓起腮帮子吹气,猪鼓成了一个皮球,我终于明白了什么叫气得像吹猪⋯⋯"蒋文道瞥了他一眼,自顾自盯着烟雾缭绕的酒甑,听着灶膛里哔哔啪啪的柴火炸裂声,好像小时候过年打糍粑,眼巴巴地望着娘蒸糯米的大蒸笼。

"酒有五行,你知道吗?"汪美玲问道。"金木水火土。怎么讲?"蒋文道有些好奇五行如何用在酿酒上面。"金,是挥舞的镰刀,是翻动的铁锹。木,是饱满的粮食,是烧煮的柴。水,是酿酒的泉,是滚烫的汗。火,是烧起的焰,是撩起的希望。土,是发酵的窖,是蒸煮的甑和藏储的坛。五行聚汇,大自然的朴素包容与生命的坚韧不屈,构成了世上最美妙的化学反应。"汪美玲的声音仿佛空谷来风,干净缥缈。"我父亲以前酿酒。"见到他们疑惑的眼神,她解释道。"确切地说,是我的继父,我出生在比这山里更偏僻的地方,出生后的第五天就被连夜送走,送给了一户没有子女的家庭。那家人对我倒是看重,他们将家里的肥肉煮烂了喂我,鸡蛋炖了也喂我。但年幼的我因为吃了过多的脂肪和蛋白质而伤了肠胃,上吐下泻,在医院里几次抢救,吓坏了他们。他们不要我了,父母便把我接回了家中。可没多久,父亲意外去世了,那年我4岁。母亲带着我和姐姐弟弟改嫁到了桃花村,我的继父是一位酿酒的师傅,我就是闻着酒香长大的。后来苞谷涨价,勾兑酒更便宜,继父的酿酒作坊就难以为继了,为了养活三个孩子,母亲出去打工。一到寒假,我就蹲在村口的大石头上,等我母亲带着大包小包回来。可是有一天,我趴在石头上睡着了,不知什么时候被继父背了回来,但是那一年,我没有等到母亲。以后我就再也没有等到她了。从此,我就只有父亲,没有母亲了。我的父亲是一位了不起的人物,他用农民特有的善良包容和坚忍不屈拉扯大了三个与他毫无血缘关系的子女。我爱读书,后来读到一篇文章,说酒有五行一说,我就想起了我的父亲,虽然他已经不在人世了,但他一直活在这绵绵不断的酒香里。"

听她忘情地诉说着自己的身世,蒋文道的眼前不觉浮现起这样的场景。一个脊背有些佝偻的男人,在8月的烈日下,光着黝黑的臂膀,

——割断苞谷笔直的茎秆,握住的苞谷棒子丰盈而沉实。"今年收成好啊!"露水和汗水交融,天上的阳光和眼睛里的希望之光闪烁,这是男人最动人的时刻。江河天成,生生不息;夏收苞谷,冬酿美酒。此时的收割,孕育着未来的琼浆。这是男人的力量,也是父亲的力量。"你是幸福的,你有这样伟大的父亲和无私的父爱。"蒋文道明白汪美玲身上那股子劲儿来自哪里了,既有山川日月的孕育,也有人情冷暖的滋养,而他,是没有父亲的,是没有故乡的,也是没有根的。

"出酒了,出酒了!"酿酒的师傅大声地吆喝。开始出来的酒淅淅沥沥,浓香扑鼻,带着一股子烟烧味。"这是头子酒,70°以上,泡酒好得很。"师傅接了一小瓶送给汪美玲,他应该是知晓她的一切,就像父亲一样给她一抹关爱的笑容。铁管里的流量渐渐粗了些许,这是日常饮用的粮食酒。"酿酒可不能加水,兑了水的酒一喝就知道,不能掺假。"酒存放的过程中,酒精会挥发,所以度数会降一些。于是师傅一遍又一遍认真地用酒精计测量一下度数,实在不行,就将他珍藏的头子酒加一点进去。从酿酒坊里走出来,蒋文道的心里漾起一股奇异的热浪,当他看到忙着劈柴堆柴垛的农人,当他听到猪临死前的哀号和众人满足的大笑,当他看到村口挂着拐杖或背着书包等待远方家人归来的老人孩子,当他被生活的火热场景和生命的热烈奔波所感动时,这股热浪就奔涌到无边无涯的境地,好像他的生命也被延展到无穷无尽。也许每个人都是一棵岁月里的庄稼,酝酿生命为酒,辛辣而芬芳。而这些辛苦劳作一生的男人,便是红红火火、呛口冲头的苞谷烧,烧到极致,戛然而止。因为这种难以抗拒的燃烧,蒋文道不再躲闪。那个不眠的夜晚,月做媒,酒为引,他就那样把自己当作一粒金黄的玉米,与酒曲纠缠融合在一起。他们在时光老人的凝视下,肆无忌惮地沸腾,心甘情愿地发酵,酝酿着生命的芬芳和甘甜。

"我不知道我怎么了?我不该这样的。"酒醒时,蒋文道想起残酷的现实,他是一个有家的男人,还是一个恪守道德律的知识分子,怎么会做出这样违背道德和良心的事来?眼前的这个姑娘,爱得赤诚热烈,爱得满怀希望,他却给不了她任何未来。他想起家里的陈钰,从相识到今天,他一直是平静温和的,他甚至不知道这世上还有这样浓烈酣畅让人难以自控的爱。她从青春少女的天真活泼到为人妻的雍容大度,再经历了那些生离死别从沉郁慢慢走出来,她是一个将全身心都交付给了他,完全信任和依赖他的女人。她给了他一个家,一份安稳的生活,一份平坦的未来,他怎么能舍弃这一切?突如其来的爱就像烈火一样,烧得人灿烂淋漓,但也烧得人刺痛无比。

"我不知道我怎么了?我不敢这样的。"酒醒时,汪美玲也是泪眼婆娑。是的,她爱了,勇敢无畏地爱了,就像一只扑向烈火的飞蛾。她完成了生命不朽的涅槃,却也被火焰灼烧得肝肠寸断。她有一个憨厚踏实的男朋友,张海是乡里中学人品和教学质量都被认可的优秀语文老师,他也能陪她读书吟诗,散步看景,他是真心将她放在手心里疼。但是不知道为何,他和她无论如何靠近,总是两个人,她能分明地感受到这种难以弥合的距离。而眼前的这个男人不一样,她和他在一起时,就像木楔被打进了楔头,就像骨头长在了肉里,自然而然地相融在一处,仿佛他们就是连在一起的,长在一处的,仿佛他们前世就是一个人,走散的另一半终于找回了这一半,于是合成了一个完整的人。可是这样的结合若是被拆开,就像剥皮剔骨一样锥心疼痛啊,她不敢想象分离该是何等痛楚。

"你带我走吧。"她抚摸着他的脸颊,一寸一寸地期盼。沉默,叹息,是答案。等他过了年回到这里,收拾行囊准备离开时,她又说了同样的话。"你带我走吧。"她凝视着他的眼,看到他眼里已经黯淡下去的光。春天的草蓬蓬勃勃地长了起来,春天的花也预备着热热闹闹地绽放。她让他陪着再去了一趟桃花村。酿酒的师傅和周围的农民一起,在犁得成行成列、并经历了隆冬的霜雪捶打和春日的阳光雨露沁润以后,变得松软肥沃的土地上,撒下希望的种子。生命正以这样不容更改的秩序在轮回。山林间,一片寂静绽放的野樱花格外醒目。那些白嫩娇小的花儿,一丛丛一簇簇,如云如雾,开得软软绵绵,却又铺天盖地,显得轰轰烈烈,有一种装满了眼球又溢满了心间的盛大的美。樱花娇柔,一朵一朵俏丽地张开花瓣,不张扬,但足够舒展,就像青春里任何一张阳光满满的脸。透过明亮的光线,你可以看到她纤细的血管在盈盈流动,细微的汗毛在轻轻颤抖。"你不知道吧,桃花村里也有樱花。我甚至觉得她们就是姐妹,不过樱花不一样,敢从寒冬开始酝酿春寒料峭就率先绽放的她,才是春天的信使。"汪美玲的眼睛里干净清透,樱花映在如水的眸子里,仿佛盛开在春日的雪,蓬松柔软,纯洁无瑕。"可惜啊,你看不到她的妹妹了,你应该是更爱桃花的吧?妖娆明媚,灼灼生辉。"她眼里的雪渐渐化了,闪动着丝丝落寞的寒意。"我会回来的。"他终究是不忍看到她凝结成冰,打破了连日来的僵冷。"好,那我等桃花开了,用上次大叔给的那瓶酒做一坛桃花酿,等你回来喝。"她的脸上瞬间冰消雪融,艳若桃李。

6

报春的樱花就像一个从天而降的天使,悄无声息地来了,又寂静无声地走了。桃花村的人们由着年年岁岁的时节赓续,踏着春天的鼓点犁开冰雪消融的土地,播种一年的希望。一张张热切的笑脸,氤氲着融融的暖意,明媚的暖春好像一夜之间就到了这片热土。桃花一朵朵绽开粉嫩的笑靥,又一簇簇连成妍艳的朝霞。这一年的春天,桃花村的桃花好像炸开了锅一样的米花,开得格外热闹。

"到了秋天,新月就该上初中了,过得真快啊。"桂枝倚在床头,织着一件去年冬天尚未织好的毛衣,不时到来的一阵呛咳会骤然中断她手里的动作。"她娘,别忙活了。天眼见着就暖和了。毛衣娃娃用不上了。"老向看着婆娘病恹恹的样子,一脸愁容。她本就瘦削的下巴更尖了,腮帮子深深地凹陷下去,显得颧骨更加突出。两团不自然的红色就像洗不掉的油漆,抹在蜡黄的双颊。往年只要熬过冬天,她的身体就会一日日强健起来,到了春夏,总能过一段看似正常的日子。但是这两年,这样的日子越来越短了。整个冬天,她都蜷缩在床上,日日夜夜地咳嗽。直到开春,也迟迟没有起色。以多年从医的经验,老向知道桂枝的生命已经像快要燃尽的蜡烛了，只有一点芯子还在发出微弱的亮光，可能随时到来的一阵大风，就会刮熄余烬。"现在织好了，以后会用得上。"桂枝好像知晓一切，着急地安排着以后的生活。老向背过身去，喉头有些哽咽。"以后你也可以出去打工，日子总能过得宽裕点。""你说啥呢。"老向打断了桂枝的胡话。其实桂枝说的是实话，这几年国家统筹城乡发展，打工经济就像春风一样刮了过来，很多农民如同燕子一样大胆地飞出了冷寂的山村，投身于城市火热的大建设中去了。到了年底，这些燕子又兴高采烈地飞回巢，穿戴一新，从鼓囊的编织袋里拿出城里的时新玩意，再从一堆破烂的衣物里掏出厚厚的一叠钞票，惹得全家人欢呼不已。几只燕子带动了一群燕子，打工挣钱变成了桃花村最热门的话题。青壮年劳力都走出去了，房前屋后的桃树却因此蓬勃生长了起来。

　　桃花村的桃花开得漂亮，结的桃子却见不了人。个头小不说，还长满了毛，好不容易洗干净咬一口，干巴巴的没有水分，寡淡的味道。这些无用的桃树像地里的野草一样，自顾自地繁衍生长。桃花村的人们将它们赶出了房前屋后的空地，它们又躲进山林里，一丛一丛一堆一堆地长了出来。硬劳力走了，留在家里的老人没有精力顾及这些生命力强硬的桃树，孩子们又天生热爱明亮的花朵，于是桃花村的桃花就回到房前屋后，大大方方地出现在人们的视线里。"呀,这桃花开得真鲜艳。"那些从城里归来的青年男女，就像从来没有见过它们一样，新奇地打量着一树树的花儿。桃树依旧结无用的毛桃子，却被人们忽视了它的无用，好像长得好看就是它的价值。"美"像一个新鲜事物一样，突然来到了这个山村。谁也不知道,因为"美",因为进城带来的思想变化,给这个与世隔绝的山寨注入了一股新鲜的能量。这股能量暗暗地生长起来,后来变成了滋养和改变山村的强大力量。

新月顺着那条熟悉的山路去学校。早晨,看到桃花在阳光中醒来,一颗颗的露珠让它们闪烁着盈盈的光彩,像天上的星星一样耀眼。傍晚,沐浴着夕阳的它们变得清透,就像少女的面庞一样干净又柔软。一路盛开的桃花让这条山路变得生机盎然,新月突然很想带着妈妈在这条路上走一走。在她的记忆里,妈妈好像从来没有离开过家。她总是病着,除了做饭,一年有大半年的时间躺在床上。"你娘受不得风。"从小爸爸就告诉她,不能像别的孩子一样,缠着妈妈陪她出去。妈妈身体好的时候,也坐在门槛上,晒着太阳,远远地看着外面。新月不知道外面有什么好看的,不过是一样的土墙黑瓦,田地山林。但是现在,她看着这满眼灿烂的桃花,她突然想起妈妈眺望远方的神情。妈妈也应该像那些有滋有味活着的人一样,看到花开,感受这无用的美。可是她的妈妈,从冬天到春天,永远在无休无止地咳嗽。

多嘴饶舌的麻婶在那个冬天突然离开了人世。新月悄悄地跑过去,围着那口漆黑的棺材走了一圈。那个厚厚的吐着唾沫星子的嘴唇再也发不出任何声音,她安静地躺在杉木板子做成的房子里,她的样子变成一张黑白照片,在一片烟雾缭绕里,沉默地立在黑色的棺材前。那是新月第一次直面死亡,她理解的死亡就是那个人再也不会发出声音,再也不会睁着一双眼睛滴溜溜地转动,而你将再也不会在这个世界里见到她的面容,听到她说话。死亡,对于死者来说,是生命的消失。

对于活着的人来说,是记忆的永远离开。她的妈妈,虽然没有牵着她的手,走在温暖的阳光下;虽然没有远远地张开双臂,将奔跑的她搂在怀里;虽然没有陪着她去赶集,也没有给她讲书里的故事;虽然她只是一个不识几个字没有文化的妈妈,虽然她只是一个常年病着没有能耐的妈妈,但是她会掀开被窝,小心翼翼地将她包围在一片温暖里,她会温和地笑,目光像长在身上一样跟着她蹦蹦跳跳,她会喘着气给她唱歌,她的声音像水滴一样清澈。她的妈妈,给她留下的记忆是鲜活的,温热的,有声的。她害怕温度会随着生命的消失而冷却,声音会随着生命的消失而静止。所以,麻婶的离开带给她一种对失去的恐惧。

她嚷嚷着要跟爸妈一起睡。只要她一撒娇,妈妈就会劝说爸爸顺从她的意见。于是,爸爸在大房间里给她摆了两条长板凳,搭了一块铺板,给她支了一张小床。陈年的木板,一翻身就会咯咯吱地响。"新月,怎么还不睡觉?"妈妈的声音里饱含着关切。新月怕她担心,翻身转向墙壁,不敢再动。她听到妈妈一阵赶一阵地咳嗽,在她咳得急促剧烈时,爸爸会扶着她坐起来,轻轻拍打着她的背。"喝不喝水?""不喝。"他们小声对话,虽然妈妈说着不喝,爸爸还是会时不时起身,从暖壶里给她倒一杯热水。新月一动不动,静静地听着这些细碎的声音。她害怕突然就听不到妈妈的咳嗽声,从冬天到春天,新月都紧绷着一根弦。直到樱花开了,春天来了,然后桃花又热热闹闹地开了起来,万物舒展的姿态让新月紧张的神经暂时舒缓了一些。"妈妈。等你好点了,我们去看桃花吧?"再过几个月,新月就该去镇上念初中了。初中实行全员寄宿,周末才能回家。新月多么想在这个春天实现这个愿望。"多久没有出去过了啊。"妈妈的脸上浮现出向往的笑容。

　　桃花开到极致,便开始凋谢了。空气里弥漫着一股馥郁的温热,天气越来越暖了。青绿的桃儿冒出头来,夏天不经意间就来了。整个夏天过完,妈妈的病也没见任何起色。带着满腹的担忧,新月跨进了中学的门槛。娟子和新月又进了同一所学校。那件事之后,她们没再说过一句话。虽然新月悟过来那是娟子妈妈的主意,娟子的本意是不会那样做的,但是她的心里还是希望娟子能跟她道个歉,再主动靠过来,只要娟子主动跟她靠近,她是愿意再做回朋友的。奇怪的是,娟子竟然像忘了这件事甚至忘了她的存在一样,转身就有了新的朋友。娟子的爸爸在中学教书,很多老师都认识娟子,因此她就像一个小明星一样,骄傲地昂起头。娟子倨傲的神情,带着优越感的笑容,越来越像她的母亲。她们已经是两个世界的人了。从娟子的事情上,新月第一次明白人和人之间的距离不仅仅是时空距离,还有阶层的差异。她失去的不仅是一份少年时代纯真的情谊,还有简单透明的心思。

　　无忧无虑的小小少年长大了,过了十二岁,就不再是那个撒娇任性傻傻快乐的小新月了。她开始明白,无论她如何不舍,有些东西终究是留不住的。她亲爱的妈妈,承载了她柔软心思的妈妈,终究没熬过那个寒冬。就在那个雾气沉沉的早上,班主任张海将她叫到教室外面,一脸严肃地跟她说:"你的妈妈去世了。"新月的妈妈在那个北风呼啸的夜里离开了这个世界,一挂鞭炮,静悄悄地送走了她的亡魂。山里,每死去一个人,都会在他落气的那一刻,烧一刀黄纸,点一挂鞭炮。夜里听到鞭炮声响,村里的人张着耳朵辨别声音传来的方位,念叨一声,桂

119

枝死了,然后翻个身,继续睡觉。天明时,睡醒的人们知道今天要去送桂枝了。帮忙操持丧事的班子很快就搭了起来,报信的人开始通过各种途径报丧。过去报丧是个重活,得在最短的时间内靠两只脚跑到各家各户,如今一个电话打到学校,就算完成任务了。新月听到妈妈去世的消息,没有马上流出泪来。她有些蒙,虽然知道这一天迟早会到来,但是她没想到就是这个看起来并无异样的早上。"要不要安排一个同学送你回去?"张老师关切地说。"不用。"新月的话音还在风中飘荡,她的人已经跑出去很远。她的脑袋里嗡嗡的,只想快点回去看一眼妈妈。

屋里已经不是往日寂静的模样。踩着厚厚的一层鞭炮红屑,一片奇异的热闹便奔涌而来。唢呐,锣钹,混合着的"哀乐","某处倒茶,某处散烟"的叫声,人们一浪盖过一浪的说笑声,混合着空气中刺鼻的磷硝味道,弥漫了老屋以及周围的山林。"新月回来了,新月回来了。"眼尖的婆娘们看到了跌跌撞撞的新月。新月尚在愣神,戴着黑纱的执事便将又长又阔整段白布做成的孝布扣在了她的头上。大门口以及灵堂前的两班鼓乐手不换气似的吹着打着,鞭炮刹那间震耳欲聋。伴随着这股更大的热闹,她被推搡着跪在了妈妈的灵前。雕龙画凤的大红棺罩下,漆黑的棺材隐约可见边角。黑白相框里,一张有些木讷的笑脸,似乎在向她证实,躺在棺材里的正是她的妈妈。照片上的妈妈腮窝里卧着两团圆圆的肉,看起来脸颊还算饱满。虽然笑容有些不自在的僵硬,但是眉眼里还有光亮,嘴唇也有些许滋润。那个妈妈看起来有些陌生,高耸的颧骨,深陷的眼窝,蜡黄的脸色,这才是此刻留在心底的妈妈。"妈妈,妈妈,我的妈妈在哪里?"新月盯着那口硕大的棺材发呆,她的眼睛张皇四望,想在某个熟悉的角落里再看到那个熟悉的妈妈。冰冷的风吹进来,好像妈妈笨重的咳嗽声就要响起来了。"孝子磕头上香。"执事用响亮的声音提醒跪在灵前的新月。"新月,给你妈妈磕头。"爸爸红着一双眼,轻轻拍了一下新月的后背。新月就像个提线木偶一样,被安排着做完了所有的仪式。"病了几十年,总算是解脱了。"身后的人们谈笑风生,像说着一个遥远的故事一样轻松。

坐丧鼓敲了一夜。一阵密密麻麻的鼓点,几嗓子干干的唱腔,拖到最长处,棺材两旁匍匐在地的"孝子"们便哭天抢地地干号一通。桂枝没有其他的子女,山里办丧事图个热闹风光,针对这种孝子不多的情形,早就自发探索出了"孝子"出租的业务。只要主家愿意出钱,想要多热闹就能办得多热闹。这一切都像戏剧一样滑稽,而真正的孝子新月在这种诡异的气氛里,却一滴眼泪也流不出来。好事的女人们发现了这个情况,三五成群地凑在一起议论纷纷。"可怜啦,到底不是亲生的娃,眼泪都不晓得流一滴。""我那时就说老向干这种事吃力不讨好,别人家的娃娃哪里养得家。""哎,可怜的桂枝,要是她的明娃在,也不会落得这般恓惶。"鼓声停顿的间隙,一些词句像珠子一样滚落在新月枯涩的心里。"明娃,明娃是谁?"她想起来那些装睡的夜里,曾听到妈妈呜咽着跟爸爸说:"终于可以去见明娃了。""不要瞎说,咱们不是有新月吗?"爸爸低声打断她。"新月是好,可是我的明娃遭业啊,要是她活着,我们都该抱孙子了。"妈妈提到明娃,咳嗽声里都饱含着眼泪。"爸爸,明娃是谁?"新月曾经问过父亲。"哪里有什么明娃?"爸爸一脸不悦。"可是我明明听到你和妈妈议论的。"新月辩解。"你听岔了。"爸爸不容置疑地说。那时新月就以为自己做梦了,但是此刻,分明听到大家都在说明娃。寒风停止了呜咽,鹅毛般的大雪纷纷扬扬地落了下来。这是今年冬天的第一场雪,白茫茫的像是要掩盖暗夜中的秘密。

雪停了,阳光从屋角转了出来,覆盖在青瓦上,屋檐下一片湿嗒嗒的明亮。新月坐在又暗又冷的屋里,借着屋顶亮瓦投射下来的一片亮光,收拾妈妈的遗物。山里的人说,人死了要把他用过的东西烧了,传到另一个世界,他还可以用。妈妈的东西并不多,到了那个世界,她会不会不够用?新月这样想着,便慢慢地收拾,生怕漏掉了什么东西。一尺来长的凌钩子在融化,冰水滴在石板子上,嘀嘀嗒嗒地响。偶尔一整根凌钩子完全折断,摔在地上,发出啪的一声脆响。时光好像在这样的静谧中缓慢地回放,记忆中所有妈妈的影子都清晰地浮现在她的眼前。含着笑的、皱着眉的、嗔着的、喜着的,她的妈妈好像永远是那般温和。她没有吼过,也没有哭过。"妈妈,你怎么从来不生气,也不伤心?"她好奇地问她。"因为我感到满足啊。"妈妈还是那般笑着。"为什么满足?"她追问。"因为有你爸爸,有你啊。"妈妈的笑容里,好像闪烁着星光。新月不知道,经历了撕心裂肺的疼痛以后,人的表情也会变淡。她真的以为妈妈是爱极了他们,爱极了这个家,爱极了平静的生活。而如今,这个深情厚谊滋润着她的妈妈永远地离开了,她那份无私无怨的爱也随之消失了。新月像被抽离了魂魄一样,久久失神,直到此时,当她终于意识到失去不再来的现实时,巨大的悲楚像排山倒海的巨浪,瞬间袭击了她。新月趴在妈妈的被褥衣物里,嗅着渐渐在散开的味道,哭得难以自已。她的双手紧紧抱着枕头,手指像触碰妈妈的皮肤一样摩挲着向前向深处去。软绵绵的枕头像妈妈年久生病失去水分的皮肤一样,按着就会陷下去一个深深的窝,但它又是那样软和,如同妈妈的脾气。她从来没有这样细细密密地去抚摸过妈妈,长大以后也没有像个贪心的孩子一样眷念过妈妈,她和妈妈的距离伴随着成长,好像越来越远了,直到现在,再也摸不到,再也不会得到任何回应。她的心里,装满了不能再有的悔恨和遗憾。

就在那样执迷的痴恋中,新月的手指突然被一个生硬的东西阻挡了去路,像是一个硬纸壳之类的小东西,嵌在枕头的丝棉里。当那个暗红色的小本本被扒出来,收养登记证几个醒目的烫金大字赫然映入眼帘的时候,新月宁愿时间回到几分钟以前,她没有抱起这个枕头,没有摸到棉花里的异物。然而,时间是不能再退回去的,她只能为自己执着的行为付出代价。打开小本本,在一栏栏白底黑字的表格里,她发现了那个惊人的秘密。收养人一栏里,写着爸爸和妈妈的信息。有无子女一栏写着向明明,死亡。而被收养人写着她的名字。那么,她果然不是爸爸妈妈亲生的女儿,而他们口中的明娃,应该就是这个已经死去的向明明。新月在一瞬间,明白了为什么她的爸爸年龄那么大,从小被同学误以为是爷爷;为什么她神气活现地穿着新衣服去上学,那些乡亲们总是意味深长地告诫她要孝顺父母;为什么妈妈的葬礼上她哭不出来会遭到那么多的议论……原来,这些年来,她一直活在别人的审视里,她叫着"大伯""婶婶"的那些人,心知肚明地看着她,看着他们一家人,看着这出戏往后会怎么演。在他们的眼里,亲生的儿女尚且不懂得孝顺,更何况这捡来的丫头,养了也是白养。他们就像看一个笑话一样,打量着她的一举一动,好奇地等待着最后的结果。她的爸爸妈妈,这些年来躲躲闪闪地不肯告诉她真相,不回答她的疑问,是不是和这些人一样,在心底是有怀疑的,担心她知道真相以后,真的不会再孝顺他们,真的成了徒劳无功。那么,这样的所谓深爱,原来只是一场交换,她是那个死去孩子的补偿和替代,妈妈凝望着她的笑容,只是冲着明娃的影子。他们爱她,也许就是因为她像那个孩子,他们养她,也许就是为了未来能有一个养老的依靠。是的,这就是一场苦心经营的利益交换。她想起小时候曾有一个同学和她吵架,那个孩子气急了大喊:"你是没人要的野丫头,被你爸妈捡回来的可怜虫。"她回家问爸妈,他们十分笃定地告诉她,她是他们亲生的,不要听那些胡说八道的话。妈妈当时还心疼地搂住了她,小心翼翼地替她擦去眼角的泪珠。她决心报仇,于是一溜烟地跑到那个同学家门口,站在稻场里指名道姓,将他的妈妈叫了出来。"你是怎么教育的孩子?他在学校造谣,骂我是野丫头,被捡回来的。"她怒气冲冲地质问,大声地咆哮,成功地吸引了众人的围观。她看到同学的妈妈站在那里瞠目结舌,看到她拿起墙角赶鸡的竹条,冲他狠狠地抽了下去,解气的快感让她得意扬扬。她从此一发不可收拾地霸道,像个假小子一样,动不动就跟同学争吵打架。再也没有听到过这样无聊的闲言碎语,她快乐地做着爸爸妈妈最心爱的女儿。

此时此刻,她终于明白那些传言并不是空穴来风,这里的人们都在心里暗暗地发笑,像看个笑话一样看着她气势汹汹的表演。他们不过是可怜她,才懒得与她计较。这样高高在上的怜悯,让她觉得无地自容。她是那样要强和自得,原来只是别人眼里的无知。新月感到自己从小垒起来的高墙崩塌了,她变成了颓垣断壁下一粒飘浮无根的尘埃。"我是谁?我来自哪里?"新月陷入一种深深的疑惑和惊惧,她在一无所知的茫然里困顿、挣扎。她一面在心里涌起一股热切的冲动,她要去找爸爸,要让他告诉她真相,一面她又害怕,一旦揭开真相,她就不再是他钟爱的女儿,那么,她该去哪里?

新月将这样的心思藏了起来,她的沉默没有被粗心的老向看出端倪。她脸上不时浮现的伤感,在他看来不过是失去亲人的痛苦。时间会抚平一切的,生活,现实残酷的生活也会让人来不及沉浸在自己的情绪里。就像他此刻一样,桂枝的离去虽然暂时将他从繁重锁人的照顾看护中解脱了,但是她看病留下来的债务以及无人料理家务的客观事实让他左支右绌。活着,是一件多么艰难的事啊!天晴了几日,雪已经化尽了,万物又露出它本来的面目。牲口棚里的几只羊在暗无天日里囚禁了好久,昂着头"咩咩"地叫唤。"好了,好了,放你们出去。"老向一推开圈门,羊呼啦啦一拥而上,像迫不及待要出征的士兵。眼前它们的热情拥戴让老向黯淡的心情突然明亮了起来,他就当起了将军,雄赳赳气昂昂地领着它们向林子深处走去。路上的草已经冻得枯黄了大半,而林中的落叶覆盖之下,青草不知岁月般的一茬接一茬生长,正是羊的饕餮盛宴。老向看着他的五只羊迅速分散在密林里,拱着层层落叶下的青草,发出哗啦啦嚓嚓嚓的细密声响。"吃吧,吃饱一点,再长点膘。"老向盘算着,这五只羊喂到年底,趁过年价格好的时候一卖,能卖三四千块钱。两头猪杀一头卖一头,如果不行,再卖半头猪的肉,新月明年的生活费和家里的日常开支、农药化肥足够了。再卖一批柴,可以先还一部分钱。等开春了,田里多种点苞谷,多养几头猪,多喂几只羊,账慢慢还清了,日子也就能过下去了。他看着欢快吃草的羊,琢磨着是卖活的还是杀了卖肉划算,羊不知人的心思,沉浸在眼前的自由和富足里,不时仰天"咩咩"叫上两声。如果日子真的这样,也就能好好过下去了。

眼看着到了腊月,年越来越近了。老向开始寻思卖羊的事。他想好了,将羊牵到镇上去卖给餐馆和单位食堂,要比直接卖给来家里收羊的贩子划算多了。他听人家说了,有些单位发过年物资,羊腿是个好东西。这几日,他便开始上街联系主顾。快过年了,偷鸡摸狗的多了,老向晚上将羊牵到了正屋里,陪着羊睡。天大亮了,他把羊拉到山坡里去,天离黑还远着呢,又赶了回来。这天运气好,医院食堂订了两只羊,让他晚上就将羊弄过去。老向喜滋滋地回来,医院给的价格比他预想的每斤多了两块钱,这可是一笔不小的横财,多的钱正好用来办年货。"咩咩",老向一边朝林子里走,一边学着羊的叫声。往日里,他叫一声,羊就此起彼伏地回应好几声。今天怎么一点动静也没有。老向又连着叫了好几声,还是没声响。老向心里有些慌了,腿下一哆嗦,摔了个跟头,坐了一屁股稀烂的黄泥巴。最后,老向气喘吁吁地从林子里钻出来,他的心里冒出一个不好的预感,羊丢了。老向弯着腰仔细寻,发现大石头的平坎旁有一处散落的粉末,是苞谷面掺着麦麸皮的精饲料,老向平日舍不得喂给羊吃这样的好东西。从平坎望过去,林子里有一条新砍出来的路。正是卖了大树的半边林子,藤蔓被割得七零八落,新长的小树枝砍成了一排小桩。清晰的羊蹄印密集地踩在湿润的黄土里，不时留下一个溜滑的痕迹。顺着那条小路走一段，就上了主路。水泥土上看不到羊蹄印，但不时会看到一堆新鲜的羊粪蛋。大概能估计到方向，老向就根据有限的线索，顺着一路寻，一路问。羊被偷到了山的那一面，新月亲生爹娘家的隔壁。老向寻到了主，去找新月爹娘求证，她爹将头往大棉袄里一缩，闷着不作声，她娘欲言又止，被她爹狠狠瞪了一眼，就转身忙活去了。

老向气急了，就去派出所报案。农村里偷鸡摸狗的多了，派出所几个民警也管不过来。"你说人家偷了你的羊，有证据吗？"警察有些不耐烦。"我自己家的羊我认识。"老向十分笃定。"你的羊难不成做了记号？还是你叫它名字它能答应？"警察觉得有些好笑。"我摸了大半年了，还跟我睡了那么久，模样气味我都熟悉。"老向也有些着急了，早知道给羊画个记号的，哪个想到光天化日之下会有人偷羊。"我是跟着羊粪蛋找到羊的，林子里也有羊蹄印。"老向突然想到这些天然的记号。警察答应第二天去看看现场。那天下午天开始下起雨来，整整下了一夜。第二日警察来了，怎么也不愿去林间："雨下得那么大，哪里还有什么痕迹。"他们开车带着老向走了一路，羊粪蛋也早就被冲刷干净了。"你再有什么新的证据，来找我们吧。天冷了，早点回去。"看着老向要哭出来的样子，有个年纪稍长的警察多少有些于心不忍，劝慰了一句。

老向回家越想越咽不下这口气，雨停了，老天爷也像戏谑他一样。他一口气跑到山后面，远远地看到一群羊系在山上吃草。他转来转去地打量，硬是找出来他的五只羊。偷了羊的人毫不畏惧，蹲在羊旁边的

127

大石头上抽旱烟,乌黑的一溜烟上去,他得意扬扬地眯缝着一双三角眼。那神情似乎在嘲笑老向的窝囊,又在调笑他无可奈何。老向感到心里的火苗腾地一下燃烧起来了,嗓子眼里都在喷火。他径直冲进新月爹娘家的厨房,案头上抓起一把亮晃晃的菜刀就往羊群中冲。"你干吗?"三角眼露出凶光。"我牵我的羊回去。"老向竭力压住怒火,声音变得沙哑。"哪个是你的羊?警察都找不到证据,你凭什么说是你的羊?"三角眼轻蔑地冷笑一声。"你不还我羊,我就把我的羊杀了,不,我把所有的羊都杀了!"老向挥舞着菜刀,怒吼着冲过去。挤在一起的羊群似乎发现了这个不速之客正在靠近的危险,开始惊慌地向四处逃窜,有的将拴绳子的树绷得摇摇晃晃,跌落好几片枯叶,有的羊在慌乱中将绳子一圈一圈缠在了枯枝乱石上,发出凄厉的叫唤。一阵骚乱更增添了老向豁出去的勇气,他红着眼,高举的菜刀向离得最近的羊瞄准靠近。"老向!你敢!"三角眼慌得跳进了羊群,用身体挡在前面。"遇鬼杀鬼,我连你一起杀了!"老向不甘示弱。"好了,好了,你把羊牵走。"三角眼终于败下阵来。老向死了老婆,无父无母,只有一个捡来的女儿,这样的人穷凶极恶起来,不是一般人能抵抗得了的。在三角眼的眼里,老向疯了。

老向自从16岁那年跳到批斗台上,发了一回疯以后,这些年来一直沉默寡言。他默默地承受着命运给他带来的各种不公、痛苦、困难,他的心已经从偌大的世界缩小到眼前的五只羊了。他不明白,为何他连五只羊也要被夺去?老向从此以那副一点就着的火暴脾气来面对残酷的生活了。新月在放寒假回家的时候,发现了父亲身上这个明显的变化。杀年猪时,负责摁猪屁股的一个人分了一下神,刚挨了一刀的肥猪嗷的一声惨叫,从板凳上连滚带爬跌到地上,热乎乎的血喷了一地。正在往大腰盆里倒开水的老向气得扔下水桶,冲着他们破口大骂。猪是杀完了,但是最后帮忙杀猪的几个人悻悻地走了,一个也没留下来喝杀猪血。砍树的人不小心越界,误砍了一棵樟树,拿着卖树的钱来道歉,被老向骂作偷树贼。隔壁家的鸡闯进了菜园,老向用一把拌了老鼠药的米将它们全部药死了。老向变得性情急躁,甚至不可理喻了。左邻右舍的人怕他,坡上坎下的人怕他,十里八村的人都怕他,老向于是神气起来了,好像憋了大半辈子的一股恶气终于发泄出来了。

这样的父亲让新月害怕,但是那个无能为力的爸爸又让她心疼。腊月二十八,她发现往年都会来拜年的那对男女又来了。不知道为什么,爸爸见到他们,还是像往年一样客气又疏远,好像拒绝不了,又在刻意回避。他们坐在火笼屋里聊天的时候,老向照样将新月赶到堂屋里去玩。心里藏着秘密的新月悄悄躲在了门后的柴火房里。"大哥,你还好?上次羊的事,我们也没办法,都是邻里邻居的,不好得罪人。"男子眉间的皱纹拧成一团,像风干在树上又快要腐烂的野苦瓜,褐黄褐黄的,显得苍老又沮丧。这是乡里很多中老年男子的模样,一副被生活折腾得无可奈何的愁苦表情。"算哒,反正羊也要回来了。"老向弯腰加了一根干柴进去。"向大哥,新月还好?"女人一脸讨好的表情。"好,都好。"老向低着头。"还是那个事,上次嫂子过世以后,我们跟你提过的,新月的事。你看,我们今年接她回去过年行吗?"女人的笑容有些僵硬,她嘴里说出来的话像是预习了很多遍一样,豆子一样一股脑撒了开来。老向一言不发,低头拿火钳拨弄着几根燃烧的柴火。干柴遇到充足的空气,噼噼啪啪炸裂火花,烧得更加旺盛了。沉默的三个人皱巴巴的脸被火红映得通红,就像电影胶片一样,将丰富的表情打成了特写镜头。新月看到,女人脸上的笑容凝固以后,下垂的眉眼随即又挤到一处,不一会,肿泡眼里居然流出几滴泪下来。"大哥,您是知道的,那时谁家的日子都不好过,我家已经有三个娃子了,新月是早产,身子骨弱得很,我们怕养不活她才送到您这里来的。我们知道您是医生,肯定能医好她。我们也是为了救她一条命啊。都是身上掉下来的肉,哪里有不疼的道理?"女人的眼泪淌成了河。"你们是有别的道理吧?"老向打断了她的哭诉,站起来拎着篓子去拿柴火。新月怔怔地站在门口,老向推门见到她,也愣住了。新月转身就跑。那天老向将来客打发了回去,他说娃娃已经大了,得让她自己拿主意。

晚上,新月帮着老向一起做饭。过年的猪头肉已经煮好了,老向兑着干辣椒皮子炒了一盘,新月用拆下来的猪头骨熬了一锅萝卜汤。新月娘死了以后,老向是第一次端酒杯。老向喝一口酒,咂巴着嘴巴,有滋有味地嚼着脆生生的猪耳朵。酒过三巡之后,老向终于打开了话题。"新月,你是不是听到了今天的对话?"新月点了点头,等着爸爸继续往下说。她一句也没提早已经看到领养证的事。"那是你的亲生父母,你是我领养的女儿。"老向说完,喝了一大口酒,呛得直咳嗽。新月慌着给他倒了杯凉开水,老向咕咚一口喝完,站起来去卧室拿出那个红本本。"你是1991年生的,出生三天就被送到了我家的柴垛旁。国家的《领养法》1992年才颁布,所以这个领养证是后来办下来的。我们开始以为养几天,你爹娘还会来寻你,再说你那时才两三斤,跟一只大老鼠一样的,也不知道养不养得活。没想到,一晃就快十三年了,你都长成一个大姑娘了。"老向将红本本递给新月,一看到它,隐忍了一个多月的眼泪像打开了闸门的洪水一样,一泻千里。"你的亲生父母也不是不要你,只是那时情况特殊,都身不由己啊。"老向虽然劝慰着新月,但还是不能不将那家里的情况如实告诉她,也许他也存了某种私心,因此说得格外细致。

新月上头有三个哥哥姐姐。农村的老习惯,儿子是家里的硬劳力,自小就稀罕,女儿是泼出去的水,是赔钱货,因此家家户户都想多生几个儿子。新月的爹妈生了三胎,终于有了一个男丁,自然宝贝得不得了。当时他们的条件也不算很差,但都是农村人,养了三个孩子,日子也不宽裕。生儿子还被罚了一笔款,更是雪上加霜。新月是意外怀上的,知道的时候就已经快四个月。去引产的时候,多嘴的医生说了一句可能是个男娃,她爹妈就不干了。新月她亲娘躲到娘家的山里不出来。本身营养不良,又加上担惊受怕,新月八个多月就生了下来。一落地看到是个女娃,新月亲爹转身就走了。她舅舅说溺死了算了,省得罚款。好在她外婆说俗话"养七不养八",这娃娃肯定养不活。等了三天也没死,新月她亲娘不忍心再溺死这个苦命的女娃,只好央求她爹抱着她找户好人家。

没想到,他们辛辛苦苦养大了三个孩子,日子也不好过。新月的大姐早早就嫁了人,嫁到县城里,荣光了一阵,却生了个脑瘫儿子,自顾不暇。二姐中学毕业就跟着别人出去打工,说是去了广东,一去就再也没有回来,音信全无,听说那边很多传销的,八成是被骗了。哥哥从小娇生惯养,花花肠子多,偏偏不争气,花大钱从四川山里给他娶了个勤扒苦做的媳妇。谁承想媳妇老实,管不住他。他依旧每天游手好闲,喝酒打牌,喝多了就回来耍酒疯。两个老人无奈,只好分了家,各过各的安生日子。不料媳妇有一回被打狠了,忍无可忍,在饭菜里下了药,两口子同归于尽了。曾经风风光光嫁姑娘娶媳妇,热热闹闹一大家人,如今膝下一个传宗接代的儿女都没有,因此这两口子就起了心,将新月接回去,以后招个上门女婿,还是有名有姓的一家人。

"这种情况,他们是不会亏待你的。再说,他们日子过得还算可以,比跟着我强多了。我年纪大了,又负不得力,实在不知道能供你读多久的书。"老向的分析也合情合理,满心满意都是在替新月着想。"我不会回去,我只有你这个爸爸,还有死去的妈妈。你赶我走我也不去。"新月就回答了这么一句,就再也不说话了。有了她这句话,下次那两口子再来的时候,老向就拉下脸,粗声大嗓地逐客了。

日子好像又恢复了正常。春天里,老向的两个姐姐带着儿女来帮忙,将他家里的田地耕了一遍。老向撒了苞谷种子,没想到过了半月,稀稀拉拉生了几棵。他只好又补种,一来二去,误了时节,也不知这一年收成如何。老向的脾气更大了,不是吼着圈里的猪,就是鞭打着不听话的羊。新月也越来越沉默,她总是想起死去的妈妈。桃花开了,比去年还要旺盛。新月做了一个梦,她的妈妈变成了枝头的一朵桃花,穿着粉红的衣裙,沐浴在阳光下,素日苍白的脸颊像涂了胭脂一般明媚。一阵风吹来,她在风中翩翩起舞,粉红的衣裙随风飘动。而新月突然长出了翅膀,她轻轻一拍翅膀,居然飞了起来,妈妈冲她笑着,她轻盈地落在枝头,与她对视而笑。她欢乐地唱起歌来,满树的桃花随着歌声舞蹈。忽然,乌云密布,狂风卷着漫天的黑沙袭来,桃花一瓣瓣无力地挣扎在空中。她看到摇摇欲坠的妈妈想用翅膀拖住她。可是她的翅膀竟然消失了,她的眼睛进了沙子。她拼命地揉眼睛,眼前一片昏天暗地,光秃秃的桃树仿佛从来没有盛开过。"我从无边的旷野蜷缩进一个漆黑的角落,就如同十几年前的那个暗夜,除了一张四面透风的包被,一无所有。缩得紧一些,身体也许就能暖和一点。而心肝脾胰肺挤压在一处,冷风就再也灌不进去了吧。"新月将这个梦写在作文里,她的春天显得格外灰暗。

班主任张海看到作文,找她谈话,终于知道了这个女孩连日忧郁的原因。过了两天,张海将泰戈尔的两本诗集送给她。"《新月集》《飞鸟集》?老师,您怎么知道?"新月惊讶地合不拢嘴,那是埋藏在她心底的第一颗忧伤的种子。张海没有意识到她的异样,依旧自顾自地解释:"这两本诗集都是描写爱的,《新月集》是孩童和母亲之间的爱,'如果我闹着玩儿,变成一朵金香木花,长在那树的高枝上,在风中笑得摇摇摆摆,在新生嫩叶上跳舞,妈妈,你认得出是我吗?'你看到妈妈变成桃花,某种程度上不是和这个梦一样美好吗?《飞鸟集》则是对自然生灵的博爱,小草、流萤、落叶、飞鸟、山水、河流,这些生命承载着人性对自由和永恒的向往,草荣草枯,叶生叶落,无常中却孕育着无尽的希望。我希望你难过的时候,就好好读书,将苦难当作前行的礼物……"新月摩挲着书的封皮,出神地望着张海。"哦,这些都是我的女朋友跟我讲的,她很喜欢看书,她说你愿意的话,周末可以去找她玩。"这才是张海的话风,温暖又朴素。

因为喜欢共同的书,也因为冥冥之中的缘分,新月去见了汪美玲。看着眼前这个花朵一样娇艳的女孩仿佛在雨中挂满了露珠,有种别样的清澈寂静,汪美玲又喜欢又心疼。她也是一个苦难中成长起来的女孩,而眼下正为机构改革以后失去编制的形势懊恼,但她还是耐心地去抚慰这个与她一见如故的小妹妹。她讲了自己的故事,她那不幸的童年。新月一脸惊奇地望着眼前的大姐姐,她像早春的樱花一样清丽动人,原来也是经历了那样备受摧残的寒冬。"奇怪我为什么看不出来任何悲伤吧?因为我喜欢唱歌啊,从小到大,无论多么难过,只要我对着山川日月、花草树木,自由地歌唱,我也就像小鸟一样丢下了所有桎梏。泰戈尔说,'世界以痛吻我,我报之以歌'。看看,我唱歌多有道理!"汪美玲的笑容里有种骄傲的狡黠。新月被她孩子一样的表情逗笑了。"你笑起来好像一朵桃花啊,明媚艳丽,生机勃勃。"汪美玲由衷地赞叹。从此,这两个花一样娇艳的女子就成了亲姐妹一样的朋友。新月跟着汪美玲学唱歌,春天里一起酿桃花酒,月光下一起读诗。新月跟汪美玲分享了小学时代的秘密,她和娟子的故事。"我觉得吧,有些事说不上谁对谁错,结果如何呢,也得交给时间。相信时间会给我们最公正的答案。"从此以后,新月看到娟子,也会点头微笑,偶尔打个招呼,但她们终究是两个世界的人了,就像平行线一样,再也不会产生交集,直到若干年后,时间让她们再次相遇。

一大一小两个女孩子躺在草地上聊天,身下是脆油油的青草,眼里是蓝莹莹的天,和煦的春风拂过脸颊,带来春天馥郁的香气。"我好想当一只自由自在的小鸟,飞到天上去看看,飞到外面的世界去看看。"新月的脸上浮现憧憬的热切。"我也一直想离开,但是现在看来,我好像离不开了。"汪美玲幽幽地说。"为什么?""因为我的翅膀断了。"汪美玲的回答让新月惆怅。她默默地想了一会,轻轻说道:"'有一个夜晚我烧毁了所有的记忆,从此我的梦就透明了,有一个早晨我扔掉了所有的昨天,从此我的脚步就轻盈了。'美玲姐姐,只要放下了这些过往,就能飞起来了。"新月的安慰有些笨拙。汪美玲被她逗笑了:"我倒觉得这两句可以改一改,'有一个夜晚我告别了所有的过去,从此,我的梦就有了翅膀;有一个清晨我安顿了所有的昨天,从此,我的脚步就坚实了。'新月啊,这句话送给你。"那时的新月尚不能明白汪美玲改动的意义,也许汪美玲自己也未能完全做到,但是那个陷入身世苦恼的新月正在抛开这些枷锁,生机蓬勃地生长。

7

　　这个世界很大,其实也很小,人们来来去去,不承想到会有另一种形式的重逢。新月离开桃花村去阳坡上中专,汪美玲邂逅了蒋文道。十年后,蒋文道又认识了向新月。谁说命运不是兜兜转转呢?还有一个深藏在蒋文道心里的隐秘,让他欣喜又错愕。新月,这个与女儿同月同日生的女子,就像是星星在这个凡世投射的一个影子。尘封的往事,历历打开。那一天,是他亲手在放弃治疗意见书上签字了,那一天,他失去了星星,他唯一的女儿,那个灿若星辰的孩子。他看到那些笑靥如花眼眸清亮的女孩,总会情不自禁想起他的星星,若是她还活着,也该这般清澈明亮地美着。

　　星星是他和陈钰的第一个孩子,婚后不久就有了她。那时的陈钰,还常常亲昵地搂着他的脖子喊"二师兄"。星星出生的时候,月微明,深蓝的天幕繁星点点。城市里难得见到那样清朗的夜空,蒋文道便欣然给她取名"星"。"星星,星星。"他一唤,她就冲他笑着,调皮地眨着眼睛。星星的皮肤随了蒋文道,并不白皙,但她的五官清楚,尤其是一双眼睛,黑白分明,眼珠漆黑如墨,一笑一颦间眼里星光闪烁。"星星啊,你真是一颗明亮的小星星。""爸爸,星星有多大?""爸爸,我可以摸到星星吗?"星星总是缠着他问一些奇奇怪怪的问题,那个浩瀚无边的宇宙,藏着她无穷无尽的乐趣。"爸爸,听说萤火虫像星星一样,我想捉萤火虫玩。"有一天放学回来,星星扯着蒋文道的衣袖撒娇。一直生长在城市的星星并没有见过真正的萤火虫,但是童话故事、动画片常常会出现这个可爱的生灵。况且,快要上小学的星星在成语故事上知道了"囊萤夜读"。"爸爸,你说我捉很多萤火虫放在袋子里,然后再打开袋子,是不是像满天飞舞的星星?"星星侧着脑袋望着他,一脸憧憬。蒋文道突然很内疚,有了星星这几年,他一直忙着评职称,星星放寒暑假,他也放假了,但他要趁这段时间抓紧写论文,就算有陈钰爸爸的关系兜底,核心期刊发文等硬指标也是必须完成的。"爸爸,你什么时候带我出去玩?"星星一次次重复这个问题。"等我忙完了这一阵,你看书吧,乖啊。"蒋文道亲昵地摸了摸星星的小脑袋。"可是老师说读万卷书不如行万里路啊?"星星有模有样地学舌。"别的小朋友一放假都跟爸爸妈妈出去玩。"星星嘟着嘴巴。好不容易评上职称,陈钰的妈妈身体不好,她也出不了门了。

　　星星反复提到萤火虫,他忽然想起自己也好久不见萤火虫了。童年的夏天,总是热得睡不着,一两只提着绿灯笼的小家伙在他的窗前晃悠,他伸手去抓,它们就飞走了。他于是跟在萤火虫后面一路追,到了湖边的草丛里,点点行行,忽出忽没,到处都是萤火虫。夜幕像一块巨大的黑水晶,四处飞舞的萤火虫闪着幽绿的光,像灯的长阵,像星的河流,像丝丝银线上下飘飞。他拿手中的蒲扇一扇,就有几只萤火虫掉在地上。他小心翼翼地捧了回来,一撒手,它们就在蚊帐里闪闪发光。等它不亮了,轻轻捏一下它的尾部,又会执着地再次发光。他后来拿着罐头瓶去捉了很多回来,娘发现了吵他,说这是鬼火,他虽然放了,但是心里不怕鬼。那样轻盈又美丽的鬼,有什么好怕的。"星星,这个暑假,爸爸一定带你去山里看萤火虫。"他有些动情地说。

可是这一去一波三折。第一次出发,车刚开出城,星星正在欢呼,接到杂志社的电话,他的论文有一处要讨论修改一下,要得很急,蒋文道只好打道回府。原以为只不过推迟几个小时出发,午后风云突变,闪电劈开黑压压的乌云,炸雷轰隆隆地响个不停,手机不停收到防汛提示。台风改道,一场罕见的特大暴雨突袭晖城。台风过境,雨又淅淅沥沥盘桓了几日。五天过去,雨过天晴,他们终于再一次踏上了旅程。"妈妈,我都不敢叫。"星星有些委屈地说。"为什么?"蒋文道回头看了一眼女儿。"我怕一高兴,爸爸又被叫回去了。"星星可怜巴巴地趴在窗户上,眼睛一眨不眨地盯着窗外。不过几个小时的车程,已经是千差万别的世界。晖城是一座水城,有湖有渠,湖中央的丘陵小岛是星星以为的山。她坐船到了山脚,不歇气地爬到山顶,再登上山上的古塔,眺望着波光粼粼的湖面。"爸爸,我觉得这世上没有难事。"她笑着说。"为何?"他惊讶。"因为'世上无难事,只要肯登攀',可是爬山很轻松啊。"星星的解释让蒋文道哭笑不得。此时,一座座绵延起伏的山峦被缥缈的云雾环绕,偶尔一座突兀的独峰直插云霄,恍若《西游记》里孙猴子翻筋斗的祥云碧空。有些山峦像是被劈开削平一样,露出黑色褐色白色黄色各色的山石,像青面獠牙的怪兽。星星被鬼斧神工的大自然惊呆了!

终日伏案的蒋文道回到奇山秀水的环境,也颇感清爽舒适。

若不是意外发生,那该是一个多么美好的夏日啊!但连日雨造成山石松动,一块从天而降的石头不偏不倚正好落在车顶,砸在了星星的头上。蒋文道不知道怎么回去的,又怎么到的医院。他只看到殷红殷红的鲜血汩汩而流,星星明亮又闪烁的大眼睛紧紧闭着,玫瑰花一般的面容被鲜血覆盖,小小的一个人儿成了血雨中一片摇摇欲坠的花瓣。"医生,救救我的孩子!求求你,救救我的孩子!"陈钰凄厉的哭喊声疯狂地撞击着他的耳膜,就像雷泉村那一夜的惊雷,震得他心慌,眼前的天和云都是红色的,血一般鬼魅。闪电劈过,像尖刀插进心脏,带来死亡的腥气。星星在ICU躺了两天两夜。她全身插满了各式各样的管子,像一尊僵硬的泥塑。"她颅脑受伤过重,虽然手术暂时保住了生命,但始终没有脱离危险,很有可能醒不来了,即使醒来也是植物人。"医生的话很明确,抢救几乎没什么成效,"等"成了唯一能做的事,一般这个时候理智的家属都会选择接受死亡准备后事。"不,就算是植物人,我也要她活着!"陈钰的声音像生锈的刀刃,缓慢的一字一句,死死地碾出血印子来。ICU的花费每日过万,看着手中的钱像流水一样哗啦啦流走,蒋文道起初是麻木的,但是后来岳父母给的钱也用完了。陈钰的哥哥将他拉到一旁,很郑重地跟他谈了这个现实的问题:"活人还得活,这样无止尽地砸下去,最后可能是人财两空。就算是人活下来了呢,但是星星以后再也不会睁开眼睛,不会开口说话,她这样活着又有什么意义?"

"她这样活着又有什么意义?"大舅子的话触到了蒋文道的心坎

139

上。这些天,他不管多么担忧、思念、心疼,都只能眼睁睁地看着星星一个人孤零零地躺在那间冰冷的房间里,她连打预防针都会哭,这么多管子插进她的身体,会不会疼?她那么害怕孤单,没人陪她说话,会不会感到寂寞?她喜欢彩色有香味的世界,这个房间清冷且充斥着消毒水的味道,会不会梦到妖怪?等到探望的时间一到,他就心急火燎地奔进去,坐在星星的病床前,一刻不停地跟她说话。他给她讲她一路成长的故事,讲他记忆中和梦想中的童年,讲他想要陪她做的事。他讲着讲着喉头哽咽,便抬头仰望着天花板,强忍着即将夺眶而出的眼泪,握紧的拳头被指甲嵌进了肉里,并不觉得疼。这种肉体的疼痛就像鸦片,可以暂时麻醉惨痛的心灵。他多么希望他的坚强能唤醒奇迹,那个活蹦乱跳的星星突然被恶魔释放了,又一头扎进他的怀里。但是那个星星已经远离了,躺在这里的不过是一具毫无生气的躯壳。他读过的书告诉他,肉体不过是生命存在的一种表象,当下的生命形式消失,会以另外一种形式存在。他们这样守着失去了灵魂的一具肉体,星星在另外一个世界会难过的。

蒋文道最终在放弃治疗意见书上签下了自己的名字。那支重如千斤的笔,一笔一画,尖刀般地刻在了他的心底。然而签完的那一刻,他突然感到一阵轻松,好像那个被他牵绊和囚禁的灵魂释放了,轻盈地飞向了广袤的宇宙。他痛痛快快地哭了一场,算是送别这个世界的星星,然后就一如往常地上课、读书、做学问。而陈钰从星星的氧气面罩被拔掉的那一刻,就晕倒了。虽然强撑着参加完星星的葬礼,但她因此一病不起,缠绵病榻好几个月。

九月初三，星星的生辰，他带着陈钰去郊外的湖边给星星烧纸钱，放纸灯。他放了一只小兔子灯，"小白兔，白又白，两只耳朵竖起来，爱吃萝卜和青菜"，星星小时候不爱吃青菜，他就学着儿歌里的腔调竖起两只手指，酷爱小兔子的星星只好乖乖咽下青菜。"星星，愿你在另一个世界做一只无忧无虑的小兔子。"蒋文道含着热泪祈祷。忽然，草丛里一点黄绿色的萤光闪动，追着湖水里飘走的纸灯。"已经是农历九月了，现在怎么还会有萤火虫？"蒋文道暗自惊诧，随着工业建设城市周边也很少见到萤火虫了，更何况是露气微凉的秋天了。"腾空类星陨，拂树若生花。"暗夜里流光溢彩的萤火虫多么像天空中最亮的那颗星，草丛中翩翩飞舞的它又比天上的星星还要自由，这颗独一无二的星星就是他的女儿吧，她化作了不惧风霜的流火，用她的微光照亮着这个世界。"我可怜的星星，到死也没看到她心心念念的萤火虫。都怪你，如果不是你终日没完没了地瞎忙，怎么会连女儿如此一个小小的心愿也不能满足？我问你，你忙来忙去又得到了什么？还不是最后连星星的医药费都承担不起！若不是没钱，你怎么会狠心拔掉管子？若是坚持下去，我的星星又怎么会死？……"陈钰突然像发了疯一样，甩着手里的包包，去追打那只可怜的萤火虫。她扇起一阵风来，萤火虫在空中画出最后一道优美的弧线，无声地落在了水里。蒋文道怔怔地望着落水的萤火虫熄灭了最后的亮光，心里也随之黯淡下去。

那一天起，蒋文道和陈钰之间竖起一堵看不见的墙，她咬牙切齿，满目的狰狞、满心的怨恨让他觉得寒意深深。而她对金钱名利的欲望猛烈滋长所表现出来的疯狂又让他感到陌生和害怕。她总是伸出两只手,想要将一切都紧紧抓在手里,仿佛一撒手,就什么也没有了。她的这种控制欲和支配感让他窒息。两年后有了涛涛,原以为新生命的到来能抚平过去的创伤,没想到她变本加厉。"你的那篇文章什么时候发?稿费有多少?""你什么时候才能评上教授?""你看看人家万真,一路顺风顺水,都买了一套别墅了。""爸妈的钱什么时候才能还完?我妈最近身体又不好。""涛涛断奶后得继续吃进口奶粉,我儿子不能有一点闪失。"她像一个念经的和尚,每天在他的耳朵旁念叨着"钱""权"二经。每次一走进家门,就像走进空荡荡阴沉沉的考场,蒋文道总能想起当年研究生面试时战战兢兢的心情。那时是怕答错了所有努力付诸东流,而此刻却是怕说不好掀起轩然大波。多言无益,他干脆关上了耳朵,也闭上了嘴巴,只求在这个高压舱里能安然生存。

"我现在回想星星的事,就觉得命中自有定数。那次出门,第一次被叫回来,第二次天降暴雨,其实老天爷都是给了提示的,如果我们不出门,待在家里,也许一切灾难都不会发生。偏偏我们逆天而行,于是自食恶果。所以纵浪大化,一切应随缘、顺因。"蒋文道开始笃信因缘、禅机,他这些心得只能跟楚震宇分享。楚震宇整日忙着看书钻研,埋在书堆里,根本顾不得他在说什么。所以他从不打断蒋文道,他偶尔也会抬头看看他,冲他点点头。蒋文道就像得到了某种安慰,心里轻松不少。大家都在竭尽全力地忙碌,尤其是万真,像一只猴子一样上蹿下跳,陈院长退休之前又瞄准了新院长,人一来就巴巴地攀了上去,不多日就成了新院长助理,跟着院长常常在学校里露脸。也奇怪,他每天忙于行政事务和各种应酬,居然在重要刊物上频频发文,还顺带着读了个博士。"这有什么奇怪的,人家跟着领导,眼观六路耳听八方,资源和门路自然多,路子宽了,就走得远。"陈钰一副见怪不怪的神情,逼着蒋文道去求万真。现在学校招的年轻博士越来越多,再过两年怕是正高职称更难评上了。一切该来的自然会来,蒋文道心里这样想着,嘴上却不敢说出来。再说,让他低声下气去求万真,他还真觉得难以启齿。一直以来,他都在内心深处有一种骄傲,哪怕是在大学时两人的家庭出身天地之遥,在万真书香门第的家境和满腹经纶的爷爷面前他自惭形秽,但跟万真本人比起来,他仍有一种不输于人的傲气。就从研究生考试来说,万真走了多少门路,而他是全凭自己的本事考进来的。当时万真想尽办法追求陈钰,她却毫不犹豫选择了他。这些年,他在万真面前仅存的也就是这点傲气了,如果把这份尊严都丢掉,他觉得自己就一无所有了。

"文道,今天下班后我想去你家看看涛涛。你跟陈钰说一声啊,方婕也来,在你家吃晚饭。"蒋文道刚起床,就接到了万真的电话。"真是太阳打西边出来啊,这个大忙人怎么想到来看涛涛了?"蒋文道一边冲奶粉一边说。陈钰正在给儿子换尿不湿,闻讯脸上泛起难得的笑容:"那是好事啊,求之不得呢。""黄鼠狼给鸡拜年——没安好心。还要来吃晚饭,带着老婆来。"蒋文道走过去逗弄儿子,小家伙眼睛盯着晃动的奶瓶骨碌碌地转,双手划动间嘴巴里也咿咿呀呀,可爱的模样让人忍俊不禁。"妈最近身体不好,我一会跟陈姐商量一下,晚上给她一百块钱,帮忙做个晚饭。"陈钰轻盈的语调里满是开心。"陈姐不是每天都做了晚饭才走吗?干吗还要加钱?"蒋文道问。"今天不是不一样嘛,有贵客登门,得准备丰盛一些。再说,陈姐早就嚷嚷着加钱了,涛涛要学走路了,可是离不得人。"陈钰今天针对蒋文道的质疑,没有半点怒气,反而耐心地解释。"干吗又要加钱,三个月前不是刚涨过工资吗?"蒋文道有些恼。"那有什么办法,谁叫咱家涛涛只认陈姐呢?人家可是金牌家政。行了行了,你赶紧走吧,下午没事早点回来,买点酒水饮料,我回来还得收拾家,你有空就回来帮帮忙。"陈钰说着,把一脸愠色的蒋文道往外推。往日蒋文道是不会在这些琐事上嘀嘀咕咕的,因为陈钰就像火药篓子,一点就着。好像夫妻天生就是一物降一物,今天陈钰弱了,他的气焰就长了几分,一股脑将憋了好久的怨气发泄出来。"还金牌家政?就连当个保姆也分三六九等。这世上的人都钻到钱眼去了。"走出门,蒋文道还在兀自气恼。他也不知道今天哪里来的这么大的气性,看到听说万真要来陈钰那张笑逐颜开的脸,他就来气。

"涛涛,你干爸来看你了!"万真一进门,就将手里拎着的玩具大礼盒往涛涛的婴儿床上塞。"慢点慢点,小心磕着宝宝。"方婕在一旁说。"欢迎万大领导,呀,哎呀,这位年轻的美女我都认不出来了,乍一看还以为是万大哥带的学生呢。"陈钰故作惊讶状,夸张地打着招呼。方婕笑得花枝乱颤,咧开一张烈焰红唇,眉眼上的金粉随着笑声闪闪发光,蒋文道扭头瞟了一眼,这个女人比起刚结婚那会,除了更俗更艳,没有其他。他看着见面一秒钟便亲如姐妹的两个女人,心下赫然。"要我说,两位夫人都年轻貌美,都像大学生呢。"陈姐麻利地端茶倒水,还不忘巴结主客二人一番。"陈钰,你家阿姨口齿伶俐,我喜欢呢。"方婕环视一圈屋内,"嗯,活也干得不错,家里收拾得很干净呢,完全看不出来是有奶娃娃的家。""哪里哪里,用文道的话说,我们这是陋室,哪里比得上你们家的豪宅?"两个女人一唱一和。

蒋文道搭不上话来,看了一眼儿子还在熟睡,于是带着万真到书房喝茶。"锺书先生说得还真是啊,'鸡鸭多的地方粪多,女人多的地方笑声多。'我们家陈钰好久没这样开怀笑过了。"客厅的笑声不绝于耳,蒋文道站起来关上门。"哎,这几年你们也是不容易,经历了那么多事。慢慢会好的,瞧瞧儿子长得多强旺啊。"万真体贴地拍了拍蒋文道的背。瞬间竟有一种重回大学时代的惺惺相惜,蒋文道绷了一天的心也松弛下来。"我有时候真是羡慕你啊,'两耳不闻窗外事,一心只读圣贤书。'不像我,终日忙忙碌碌,也是跟在领导屁股后面瞎忙,真正能坐下来看书做学问的时间不多,就算坐下来,心也浮躁得很,哪里还有半点知识分子的样子。"万真噘起嘴吹着玻璃杯中的茶叶,茶叶沉下去又浮上来,翩翩的像在舞蹈,一缕淡淡的白烟缓缓上升。"'苔痕上阶绿,草色入帘青。谈笑有鸿儒,往来无白丁。可以调素琴,阅金经。无丝竹之乱耳,无案牍之劳形。'哎,有时真想抛开这一切,一间陋室,静享余生啊。"他的脸上浮现出一种向往的神情,在湿润的雾气中显得格外真诚。就像久旱的河流里突然开始灌水,蒋文道对万真的芥蒂刹那间通畅了许多。"分工不同而已,再说你也不简单啊,成果出了不少,博士文凭都拿上了。"蒋文道由衷地赞叹。"哎,你又不是不知道,这里面占了多少人情分?我哪有你那个做学问的本事。"万真摇头笑着,接着话锋一转,"对了,说到博士论文,我有个想法,想跟你商量一下。有个出版社想找我出书,我这几年也没写什么长文,找了一圈,就博士论文有个上十万字,还勉强可以用一用。你对宋学的研究也不少,我在想咱俩可不可以合作一把,以我的论文做底子,你在上面雕龙画凤,咱们一起出本专著。当然,我是觍着脸借你的光啊。"万真的口气越显得谦卑,蒋文道越不好拒绝。更何况,他心里明白,以万真的人脉,出个书绝对没问题,而且出版社还指定是国家一级的,陈钰一直逼着他去求万真,眼下是送上门的机会,而且学术合作也不算违背他的文人气节。

饭桌上,两人推杯换盏,像不曾有过龃龉的兄弟。"文道兄啊,就拜托你了,妙笔生花。"万真笑得灿烂。"哪里哪里,咱俩一起努力。"蒋文道醉意里夹着几分自得。陈钰看得开心,也频频与方婕碰杯。今天就连陈姐也忙得分外卖力,方婕的夸奖让她有些飘飘然,更何况听她说等涛涛大点,要介绍她到她娘家去做钟点工。她私下听陈钰跟蒋文道吵架的时候提过,万真的老丈人是个开公司的大老板,去阔气的人家做事进项自然不会少。"呜哇,呜哇",涛涛嘹亮的哭声突然响彻房间。陈钰刚准备起身,厨房里的陈姐马上冲出来:"您忙,我去。"她一进去,涛涛哭声就弱了。"哦,我们宝贝饿了呀,姨姨给你冲奶粉啊。"陈姐学着婴儿奶声奶气地说话腔调,顺手抱起了手舞足蹈闹腾的涛涛。陈钰站起来要去帮忙冲奶粉,陈姐笑着挥挥手:"行啦,我一个人就行,您陪方姐好好聊聊。"她今天的殷勤劲儿完全不同往日的懈怠,果然是有钱能使鬼推磨,蒋文道看得直发笑。

陈钰看出他眼里犀利的嘲讽,唯恐他借着酒劲胡说八道,破坏了好不容易经营的良好气氛,赶紧侧身望着方婕,将话题岔了开去:"涛涛还没足岁呢,就要加奶粉了。""你喂的时间不短啦,我们家小子才勉勉强强吃了半岁。"万真插话。"怎么啦？我喂半岁怎么了？我跟你说，你们那些老一套的育儿观念早就过时了，什么吃母乳好，人家现在配方优秀的奶粉比我们这些饱受摧残的黄脸婆产的奶营养好多了。"方婕不乐意了，一阵唇枪舌剑。"也对，也对，咱家小子个头也确实高。"万真赶忙赔笑。看到在学校目高于顶的万真此时被一个泼辣的妇人训得服服帖帖，蒋文道又觉得好笑。

"现在就是国产的奶粉不放心，进口的奶粉又不好买。哎，实在是令人着急！"陈钰故意抱怨。"进口的奶粉也未必放心啦，这两年国外奶粉先后出现问题，所以食品安全问题未必是西方风景独好。"方婕俨然化身育儿专家。"对吧，要我说还是咱中国人吃中国人的奶放心。"蒋文道一向反对陈钰盲目崇外嘛，这下捡到了话柄。"你说的对了一半，应该是亚洲人的肠胃适合亚洲奶粉。"被两个男人一附和，方婕有些洋洋得意，"日本的一些奶粉就很不错，陈钰啊，你们儿子可以试一试，口感清淡，吸收也好，喝了不上火。"听蒋文道在这里夹枪带棒，方婕一脸居高临下的神情，陈钰心里便憋了几分不快，但碍于大局仍佯装赞同："哎，还是你见多识广，不像我们都困在书斋里，变傻了。"她又故意接着犯难："可这进口奶粉价格贵还不说，也不好买呀，之前是托的文道他出国访学的同学代购的，人家年底就回国了，以后还不知道怎么办呢。""那没事，你找我就行了，我爸爸公司的业务海外也有不少，买点奶粉小意思啦。"方婕的优越感发挥到极致。"那好，那好，下次就请你帮忙买奶粉。"陈钰顺势加了方婕的QQ，两个女人就此建立同盟关系。

两个男人的同盟也心照不宣地开始了。可是等蒋文道拿到万真的博士论文,就叫苦不迭了。虽然都是宋学研究,但万真的研究方向是金石文献,而他是人物研究,完全不在同一个领域。其实早该想到的,因为新院长就是金石专家,万真嗅觉灵敏,不可能不投其所好。为了权力,万真可谓无所不用其极,当年陈院长研究宋史,他就毫不犹豫跟了这个方向……好在很快有个寒假,蒋文道谢绝一切应酬,闭门在家写作。陈钰知道他所做的事十分重要,关系到明年的职称评聘,因此格外支持,一放假就主动带着涛涛去娘家玩。

一直熬到正月十五,好不容易将论文扩容提质,洋洋洒洒十七万字,可以出一本专著了。万真随手翻了翻,十分满意,顺便提了一个建议:"你今年可以就其中一个部分申报社科联课题,现在这一块越来越热,肯定能获奖的。"蒋文道感激他设身处地为他着想,但他有他的考虑:"我本身的研究方向是人物与思想,今年打算申报《宋元时期吕夷简的传记谱系与形象变迁》。""这不冲突啊,一个申报校级重点课题,一个申报校外的,能者多劳嘛。再说这个课题你本身就有了深厚的研究基础,现在只是成果转化嘛,又不是做不下来。你们这些老师啊,就是脑袋有时过于僵化,一个个吃力不讨好的迂腐先生。"万真的话虽听起来不动听,但有几分道理。"不要忘了,黄院长是研究这方面的,你到时候评职称,还不是他说了算。"万真将话再说得透了一些。蒋文道回来想想,万真也算是推心置腹了,他这几个月为了专著也做了不少研究,从中选取一个角度做一个专题也不是很困难。于是申报了《宋代寺院对御集、御书、御笔的安奉与收藏》课题,他本来写了万真的名字,拿去给他看,他笑着说:"我的名字倒未必要写,但是有一个人的名字你是万万要加上去的,并且要排在第一位。我不说你也明白。"他眨着眼睛,蒋文道顿时悟出其中的精妙,他说的那个人就是黄院长。

经此一事,蒋文道和万真不觉近了好几分。春回大地,万物生长。涛涛跟土地里冒出嫩芽又立起身子的小草一样,芃芃地长大,咿咿呀呀地叫唤,跌跌撞撞地奔跑。当他叫出第一声"爸爸"时,蒋文道的眼角湿润了。他抱着这个柔柔软软的人儿亲了又亲,他想起人生第一次被叫"爸爸"时,他脸上笑着,但心底是惶恐的,唯恐自己担不好做父亲的责任。而这一次,已近不惑,再次拥有当爸爸的机会,他的心里只有满溢的柔情。他要将过去错过星星成长的遗憾全部弥补到儿子身上来,他很庆幸,老天爷惩罚的同时,又心怀仁慈,给了他重新来过的机会。涛涛被他抱久了,不情愿地在他的怀里拱来拱去。一撒手,他就跳了下来,追着草坪上的小鸟跑远了。"慢点,慢点!"蒋文道的目光追随着远去的儿子,脸上浮现出慈爱的笑容。万真的儿子已经大了,跟一群教职工的子女在一起踢足球,跑得满头大汗。陈钰和方婕凑在一块聊着家长里短。

"我跟你说个事呗。"万真递给蒋文道一支烟。"不能抽,涛涛还小。"蒋文道说着,朝不远处的陈钰努努嘴。"那个……"万真刚开口,前方就传来了哇哇大哭的声音。是涛涛,被一只身躯高大的白狗吓住了。蒋文道和陈钰闻声赶紧奔过去,看到是一只通体雪白的萨摩耶,这个品种的狗虽然身形健壮,但是性格温和,蒋文道悬着的心顿时放了下去,走过去将跌落在地的涛涛抱起来,悉心地擦拭着他脸上的泪珠。护子心切的陈钰就不依了,扬着手里的提包用力冲白狗挥去。狗却没有跑开,而是吓得趴在地上,一副动弹不得的样子,嘴里发出"呜呜"的低鸣。"欺软怕硬的东西!"陈钰冲它啐了一口。"你干吗欺负我家宝宝?"一个身材瘦小的女人冲了过来,俯身搂着狗脖子,一双吊梢眼面露凶光。"明明是你家狗欺负我家宝宝,怎么还倒打一耙了?"陈钰的音量明显盖过那个女人。两个女人互不相让,眼看一场恶战即将爆发。蒋文道去拉陈钰:"算了,算了,你何必和一条狗计较呢。"说者无心,听者有意。他这句话正好戳中了狗主人,她尖细的嗓门一下炸了起来:"你骂谁是狗呢?"万真听到动静,赶忙跑了过来:"哎哟,嫂子啊,不好意思。真是'大水冲了龙王庙,自家人不识自家人'了。您看都是一个单位的,大家就各退一步吧,别伤了和气。"看着他一脸笑,女人的神情缓和了几分:"我家小萨脾气温和,胆子又小,我是知道的。它不过是活泼了一点,想和孩子玩,哪里至于去打它。你看,它的毛都吓黄了。"说着,她轻轻摸了摸萨摩耶竖立起的毛。"我知道,知道您教育得好,狗狗一定是听话的。也难怪,蒋老师家的宝宝长得太可爱,狗狗就太热情了一点。误会,都是误会啊。"万真一句话,滴水不漏地夸赞了两家。

"宝宝,咱们走了,回去喝奶。"女人温柔地唤着萨摩耶,狗一跃而起,跟在主人身后欢快地跑了起来。"喂——"陈钰还要争执,万真拉住了她:"嫂子,那是校办主任的老婆。""校办主任老婆怎么啦?她的狗就可以横行霸道了?"蒋文道一听这话,就不干了。"啊?"陈钰愣了一下神,随即明白过来,立马制止蒋文道,"行了,行了,都是小事,宝宝没事就行。""恶狗当道!"这下轮到蒋文道愤愤不平了。万真突然意识到,眼前的蒋文道依旧是十年前那个愣头青,满以为他跟陈钰结婚,算是一只脚踏入了权力的大门,又在现实里浸淫日久,能悟出一些道理来,没想到他还是这般固执己见。几个月来因为合作达成的某种隐秘的默契此时打了折扣,即将要脱口而出的话也没再说了。等到生米做成熟饭,这个呆子也无话可说了。万真在心里盘算。

生活这艘大船驶过了惊涛骇浪,进入了平静的港湾,即使偶尔有风袭来,船轻轻摇晃一番,很快又回归了平静。这是一段难得静好的岁月,陈钰的心思全在孩子身上,少了很多对他的挑剔。陈姐又涨了一次工资,再三表示舍不得孩子,会好好在他们家做下去。气候越来越温暖,陈钰妈妈的病也平稳了下来。没有后顾之忧,蒋文道一门心思地扎进书海,两个课题都有了眉目,社科联那个课题因为有专著做基础,转化得很快,暑假前稿子一定能出来,暑假再打磨一番,离九月底的提交报告日期绰绰有余。与万真合著的书九月初应该也能出来,今年可真是一个丰收的金秋啊,蒋文道心里十分满足。"方婕说暑假咱两家一块出去旅游。"陈钰一说完,蒋文道就应了声:"好啊,最好八月去,我手上的事能理个七七八八。""你呀,真是比人家当领导的还忙。"陈钰嘴上虽在嗔怪,心里却很高兴,难得这个大忙人愿意腾出工夫来带他们出去玩。

"蒋老师,你是不是得罪万主任了?"放假前一天,楚震宇悄悄问蒋文道。"什么意思?没有,没有啊。"蒋文道被问得丈二和尚摸不着头脑。"哦,那就是我师兄说的那个道理了。"楚震宇嘀咕。"你小子,心里憋着什么,给我直接说来。"蒋文道拿书拍了一下楚震宇的头。"就是你之前和万主任合作的那本专著,我不是听你说过吗,还帮你指出了几个历史问题呢。前两天我听我一个在出版社工作的师兄说,咱们晖大真奇怪,书都编校定稿送到印刷厂了,又临时改了作者,还是通过社里领导开的绿色通道。我也是好奇,就顺嘴一问,竟然就是你们合著的那本书,把你的名字换成了黄院长的。"楚震宇说出的消息无疑是一个惊天响雷,震得蒋文道头顶嗡嗡作响。"不可能。"他直摇头。"难道万主任就没跟你商量过吗?难怪我师兄说,肯定又是为了巴结领导,临时贴上的金砖。这种事情,一般双方都心知肚明。可我是真的不信,我觉得以万主任的科研能力,独自出书也不是什么难事,他应该是想到朋友了,后面的事情肯定也是被逼无奈……"楚震宇不肯相信他的恩人是个见利忘义之人。他满腹疑虑地揣测,蒋文道早已经走远了。

他是个直性子,吞不下这么大一口冤气,径直去找了万真。看他怒气冲冲的样子,万真忙拉着他出来:"走,有什么事咱们找个地方坐下来说。"快到吃晚饭的时间了,万真带着蒋文道到校外一家临湖的小餐馆。学生放假早几天,校园里已经稀稀拉拉不见几个人影了,平日里川流不息的小餐馆此时门可罗雀。见到两个老师模样的人过来,老板娘殷勤地亲自招呼,领他们在临水的一个小包间坐下。"老板娘,您随意给我们配几个下酒菜,先来五瓶啤酒,要冰的啊。"虽然没说什么事,但万真看得出来,蒋文道是有什么着急的事找他,而且是带着怒气。一醉解千愁,两个男人之间谈话,往往借酒打开更为顺畅。"啪"的一声,啤酒的泡沫像雪花融化后的冰水一样溢了出来。俯身喝了一大口,冰爽的感觉瞬间浇灭了几分火焰。

"我听说你将我的名字换成了黄院长的?"蒋文道开门见山。"是的。"万真将杯中的酒一饮而尽,浮沫在他的唇边挂着,像一位白胡子的小丑,滑稽得很。"我之前就有这个想法,并且想跟你商量的,那时我是想能不能加上黄院长的名字,可是总没瞅到合适的机会。后来我问黄院长,他说不用了,是谁写的就署谁的名。以为事情就这样了,好歹咱俩是多年的兄弟,这么多年总算有个像样的合作了。"万真的话听起来有几分真诚,尤其是说到"兄弟"二字,他的眼里似乎闪烁着泪花。"可哪里想到,前段时间黄院长突然跟我说书的事……"万真突然压低了声音。"我不懂,难道为了他。"蒋文道憋屈。"怎么会让你白白牺牲呢?你做的事,领导都是看在眼里的。"

"我一个穷教书的……"蒋文道冷冷地哼了一声。"文道啊,我知道这件事对不起你,让你受委屈了。但是你放心,你不会白白受苦的……"万真捶着胸脯,信誓旦旦。

事已至此,就算闹破天也更改不了结局,蒋文道只好闷闷不乐地喝酒。晃着一肚子冰水出来,奔涌而来的湿热空气让人汗如雨下,蒋文道站在桥上望着天上一轮长了毛的月亮,看样子快要变天了。门口的桥洞下,两个流浪汉正在吵架。年老的说:"这个地方明明是我先看中的,我东西都放在这里了,凭什么要让给你?""凭什么?就凭我是五哥的兄弟。"年轻的两眼之间有个疤,眉头一锁,扭曲的疤痕看起来分外狰狞,他一边说着一边将小老头破旧的编织袋往路上扔。"你们这些人都是土匪,不讲理,不讲理!"小老头看起来是个老实人,气得说不出来一句狠话。"哈哈,有本事你也去投奔五哥啊,在这一片,都是五哥的地盘。五哥说是谁的,那就是谁的。五哥的话,那就是理。"年轻人笑得猖

153

狂。不知道五哥是个什么厉害人物,只见小老头一边骂骂咧咧,一边将散落一地的东西往编织袋里塞。看着他佝偻的身影慢慢走远,蒋文道泛起一股辛酸,胃里冷的热的东西像造反的土匪,一时翻江倒海,涌了出来。

回到家,陈钰搂着涛涛的脖子,已经睡着了。书房的灯开着,折叠沙发摊平,已经铺上了席子。自从有了涛涛,蒋文道就经常被赶到书房睡。"你回来晚,怕吵着孩子,这么大的孩子就是要多睡觉。"陈钰开始还半撒娇的口气,时间长了,就理所当然了。蒋文道躺在床上,翻来覆去睡不着。他反复思考矛盾的由来,为何会那么生气?是因为万真欺骗了他,还是因为没有达到想要的目标?两者都有。然而更在乎的好像是后者。那为什么要出书?这个研究方向并不是自己喜欢和擅长的,所以立言立功说不上,那么就是想增加评教授的筹码。为什么要评教授?这一条蒋文道还真没细细想过。因为对于他这个年纪的老师来说,评教授好像还是一个不算紧迫的事,甚至是有些人想也不敢想的事。他似乎是一个不那么热衷争斗的人,但是这些年不知道为何,总被推着向前走。这个推动他的力量有来自家人的,娘时常问他,跟县长比谁的官大?娘指望他光宗耀祖的心一直燃烧着。陈钰天天提醒他,进口奶粉又要买了,岳母的营养品要添置了,金钱成了生活的必需品。再过些日子,涛涛也会与小伙伴们比谁的爸爸更厉害吧。这个力量也不仅仅是为了现实的生活,即使在看起来风平浪静的校园,激烈的暗涌也让人不得不强打精神。绩效考核的成绩是要张榜公布的,不仅是多拿几块钱的关系,还有人人都在意的一张脸。他架着陈院长这架喷气式飞机飞在了一群人仰视的高空,尽管现在没有助力了,他依旧要平稳前行,任何一次跌落都是狼狈不堪万众瞩目的。陈钰说得不无道理,进来的年轻博士越来越多,他已经没有多少优势了,再过几年也许就要从飞行员转为地乘了,他真的愿意吗?

所有的问题在脑海里盘旋来去,人生的很多矛盾是思考不出答案的,想明白的不一定能去做,做了的又不一定想得明白。究竟怎样,还是由着生活自己去安排吧。八月就那样浓墨重彩地来了。这是一个奇热的夏天,立秋那天滴雨未下,三伏过了,高温预警却一直未解除。阳光一出来,院子里连条狗都见不着。"我跟你说啊,两家一起出去的事黄了。方婕说他带着儿子去夏威夷度假,她爹妈安排的。万真有事去不了,我看是不是怯场啊,害怕跟丈母娘一起出去?"陈钰的眼里有一种羡慕与嫉妒交织的复杂心理。出国旅行,而且是到一掷千金的美利坚,是蒋文道想都不敢想的事,他唯恐妻子突然说出一个大胆的提议。"那我们怎么着也要去海边玩一趟吧?"陈钰的话让蒋文道如释重负,去一趟海边,是无论如何也要信守的承诺。"好,马上就走!"莫可名状的一种感激与兴奋充斥着他的心。

海风涤荡了暑热和烦躁,许多在现实里困顿挣扎的人们,无不为它的博大浩瀚所抚慰。千帆过尽,大浪淘沙,前一刻的失去,会以后一刻的获得来弥补,这种对失望的释怀和希望的实现让人忘却了很多具象的苦恼,海边没有争吵和喧闹的复杂声音,每个人都深情地望着大海,就连两个因小事而打架的小男孩也面对大海快乐地欢呼。蒋文道不是第一次看到大海,就好像洞穿了它善意的欺骗一样,他感怀于大海的包容和净化,却难以真正接受它的洗礼。目光尽处只见一条水平线,天和海在那里交界,云和浪在那里汇集,看起来那条线就是尽头,是可以到达的彼岸,事实上,那又是一个永远也到不了的幻境。大海奔涌不息,磅礴的大海尚且不能靠岸,更何况渺小的人呢?沧海一粟,云天一埃。人类,不过是个偶然,不过是日光和月光下的一群生命蝌蚪,不过是宇宙恩泽下的一条灵性的小溪,背叛了这一本分,才是悲剧的开始。卑微,乃人类最大的美德,或许也是最后的美德。"罢了。"蒋文道叹了口气。而此时,万真的图书研讨会正在晖城隆重举行,黄院长亲自站台,业内许多专家名人出席,也有各界领导前来捧场,纷纷给予了高度评价,一时新闻铺天盖地,场面蔚为壮观。

8

"不管怎样,咱当初的目的是评教授,那就继续朝着这个目标努力呗。"陈钰可谓一语中的。人们时常讥笑女人见识短小、格局不高,但女人近乎执拗的坚持往往又能无坚不摧。因为这未曾改变的执念,陈钰迅速从迷雾中拨云见日,重新踏上了征程。她以买奶粉的名义去找方婕,含蓄地表达了希望万真帮忙的心思。刚从夏威夷度假回来的方婕,正想找人炫耀她奢华浪漫的旅行,两个各取所需的女人因为彼此欲望的满足迅速达成同盟。"真羡慕你啊,嫁了个这么有出息的老公。像我们家这位还不知道什么时候去掉那个副字,总是在瞎忙,说出来不怕你笑话,今年暑假还是我们婚后第一次一起旅行。"陈钰的委屈发自心底,眼圈说着说着就红了。当初选择蒋文道还是"知识改变命运"的时代,虽然经济风暴开始席卷,但人们对知识的渴求和尊重没有动摇。而这个十年,世界几乎以分秒为单位在发生巨变,互联网异军突起带来的快节奏不断刷新人们传统的认知。速度、效率以及由此带来的财富膨胀让人们的价值观迅速转变。知识分子身上似乎一夕之间就被传染了铜臭气,他们眺望茫茫书海的头颅开始俯身向下,目不斜视的双眼开始左顾右盼。渐渐地,这个群体也被分出高下。蒋文道和万真原本是一条路上相伴而行的,十多年过去,竟已天差地别。"你也别这样说,我常听万真讲,你家那位的学术能力要比他强得多。他只是机会不好,你看上次写书那件事,要不是黄院长来插一杠子,参加图书研讨会的不就是他和万真嘛。"方婕安慰陈钰。不得不说,方婕还是单纯的,她没意识到没有黄院长,就没有所谓的研讨会,更没有这么大的影响力。万真正是看清了这一点,才毅然做出了选择。不过,从她的嘴里,陈钰听出来,万真还是存了几分歉意的。人和人之间,最怕没有关联,而亏欠恰恰就是一种很容易被利用的关联。陈钰一连来玩了好几次,有一次晚上带着涛涛来,正好碰到万真在家,他逗弄着胖乎乎的孩子,看似漫不经心地说:"最近一直在忙,欠你家文道一个道歉。我会找机会弥补他的。"终于听到了想要的答案,陈钰暗自欢喜。

没过多久,万真让蒋文道将社科联课题报告交上来,他亲自递给黄院长阅示。蒋文道来拿报告的时候,万真借机跟他聊了一会。"上次的事黄院长都清楚,你算是帮了他的大忙。黄院长这个人是重感情的,我跟他这么久,从来没见过他如此认真读完一份课题报告,还专门跟张主席打电话,让他帮忙指导。"事情到此,已经被推上了新的轨道,蒋文道来不及思考该原谅还是应该感激。

"嗯……好的……哦……"他进去的时候,张主席正在打电话。蒋文道刚准备退出来,张主席用手示意他在沙发上坐一会。真皮沙发太软,坐下去屁股像陷入泥里,越挣扎陷得越深,整个身体都凹进去了。再看张一致,同样一张脸,因为坐得高,有些发福的矮胖身躯立马就显得高大而庄重了,相形之下,身材清瘦的蒋文道倒有了几分低微。蒋文道深知此时来找张主席的用意。虽说会哭的儿多吃奶,蒋文道懂这个道理,但他就是哭不出来。眼下,有人抱着他送到奶妈前,他偏又生出一种不由自主的尴尬,不愿意张嘴去吮吸。张主席打完电话,招呼蒋文道坐到他办公桌对面的椅子上。他意味深长地上下打量了一遍蒋文道。蒋文道的脸一定是红了,脸颊连着耳根子都在发烫:"张主席,黄院长让我将课题报告送过来,请您审阅指导。"蒋文道像背书一样力求恭敬地汇报。"好,我知道了。"张主席接过厚厚的一沓纸,随意翻了两面,就丢在了一堆文件里。

"听说你当年是高分录取到晖大的,这些年教学质量也不错?"张主席突然转移了话题。蒋文道有些摸不着头绪,只能讪讪地应答:"嗯,算是尽力了吧。""我有个请求,不知道你能否答应帮忙?"张主席试探似的望着蒋文道。"您请说……"蒋文道不知所以。"那好,我就不客气了。我想请你给我的女儿辅导研究生面试。"张主席道出了真意。"面试?不是笔试都还没开始吗?"蒋文道掩饰不住心底的惊讶。"你只需要结合这些年考研复试的情况,给她辅导一下就行了。"张主席的话听起来有些含糊,顿了一下,他又接着说:"听说你和万真是大学同学,关系很好?我也一并请他帮忙辅导。改天我带小女拜师,请二位共赴拜师宴啊。"蒋文道大致听出来,请他辅导张主席女儿应该是万真的主意。

本来评上副教授以后就可以带研究生了,但蒋文道这几年诸事不顺,有限的心思全部扎在科研里,就没有着急。院里的研究生每年分得很快,他自己没提,也就没人给他留名额。今年万真主动跟他说,预留了一个名额给他。招七个人,过线的十一个,要淘汰四个。蒋文道被通知参加面试,他看了一下名额,张思瑶果然在名单之列。其实所谓的辅导面试也就是走了个过场,张思瑶过来打了个照面,后来就不见踪影了。看她那个上蹿下跳的活跃样子,也不像是个能沉下心来做学问的样子。

这是他第一次面试,出于郑重,他比规定时间提前到场。学生已经等在那里了,老师还没来。考场里叽叽喳喳的,紧张让一张张青春的脸颊生出激动的红晕,他们用这种特殊的形式缓解情绪。张思瑶正跟另一个打扮时尚的黄头发女孩子在分享新做的指甲,看到蒋文道,竟然夸张地打了一声招呼。她神色自若,而蒋文道被十几双明亮的眸光聚焦,倒有几分赧颜。这时别的考官陆续都来了,就开始面试。张思瑶做了自我介绍,黄院长提了一个问题,万真和另外一个教授分别提了一个问题,她都对答如流。蒋文道想了想,随便从复习资料里抽出排在前面的一个常识性问题,做了个提问。张思瑶略微迟疑了一下,竟也答了个七七八八。下午录取结果出来,张思瑶和那个黄头发的女孩子都被录取了,看着那几个被淘汰的学生一脸沮丧,有个长得魁梧的男生竟然当场就哭了起来,蒋文道心里颇不是滋味。

一通则百通,这一年,蒋文道终于拿到了教授的聘书。39岁的年轻教授,无疑是年轻有为的后起之秀。"万主任家的公子真是继承了他的天资啊,聪慧得很。蒋教授,你家公子以后也送到我老婆学校去呗。"有个老师的爱人正好是万真儿子的班主任,这是一所有名的私立学校,除了笔试按分数录取之外,面试更是严苛,据说能进去的非富即贵。显然，别人都将他和万真列入了一个阵营。

黄校长酷爱钓鱼，且喜欢找那种鱼少水浑的野坑，万真为此费了不少工夫。有时他们借着商讨课题，也将蒋文道和楚震宇叫着一起陪同。楚震宇第一次去就大显身手，成功钓起一条大青鱼。那条青黑色的鱼被甩在草甸子上，拖着鱼钩奔命地挣扎，溅起脏兮兮的泥点子。"哇，这得有十好几斤吧？"蒋文道在一旁拍着巴掌叫好。万真没有应声。

在那以后，他们很少再被叫去钓鱼，倒是楚震宇初战告捷，被巨大的成就感蛊惑得蠢蠢欲动，迷上了钓鱼。蒋文道并不喜欢钓鱼，但是工作之余也没什么爱好，在野外转一转，听不到陈钰的唠叨和孩子没完没了的纠缠，偷得浮生半日闲，也算是一种不错的生活方式。他们也懒得去找什么挑战技术的野坑，出二三十块钱，找个私人承包的池塘，几竿子下去，总能捞着一些不值钱的家鱼。这些人工饲养的鱼吃了太多饲料，一个个长得肥嘟嘟的，但是鱼肉面沙沙的不好吃。他们常常钓了又放了，蒋文道往往会挑一两条皮相和品质稍微好一点的鱼，带回去跟陈钰交差。

剩下的时间，他除了在池塘周围转圈，就是盯着池塘看浮浮沉沉的鱼饵，有时鱼将饵吃光了，他也忘了抬竿。有时实在闲得无事，就跟管鱼塘的师傅散两根烟，蹲在一起聊天。"我不明白怎么那么多人都喜欢钓鱼？风吹日晒蚊叮虫咬的，有什么劲？"蒋文道说。"这个事呀，就跟男人和女人搞那个事一样的，除非刚做过，要不怎么都不会嫌够。"师傅咧开嘴，露出一口熏黄的牙齿。他的话听着粗鄙，想想又果真是那么个意思，人生很多成瘾的事大概也是如此吧。看着蒋文道点了点头，师傅像是得到了鼓励,接着往下说:"你莫看一个钓鱼,就能将人分出三六九等来。一般来说,除了退休的老干部,像你们这个年纪来这里的,多半是生活有些苦闷的出来寻个刺激透个气。而你们又各有不同,有的人钓到鱼就兴奋不已,着急忙慌地往袋子里装,完了拎着一兜子死鱼美滋滋回去,这种人虽然比种地的农民多了几个工资,但是心里贪得很,也是穷人。像你们两个人,一个不好好钓,一个钓了又放了,比他们心里又多点东西。但你们又绝对不是无事寻乐的那种贵人,真正的那种人就不会来这个养鱼的池塘……"蒋文道脸上有些挂不住,就像被相面的瞎子猜中了命运的窘迫一样,嘴上说着"无妨无妨",心里却是硌硬。

楚震宇钓了几条鲫鱼,抱怨着手气不好。"鲫鱼就鲫鱼吧,聊胜于无。"蒋文道帮着楚震宇收拾东西。远处的几朵水云被风吹得挤到了一处,乌麻麻的一片,看样子有雨要来。他们将鲫鱼拿到附近的农家乐加工,边吃边等雨来。"你看这鱼也好玩啊,同样一片池塘,也分了上中下三层。像这个鲫鱼,生活在底层,暗无天日不说,不时还要躲避鲇鱼的追捕。好不容易抢到一点鱼食吧,却又贪得无厌,被你钓上来了。草鱼青鱼鲢鱼大多数生活在中层,算得上比上不足比下有余,有些草鱼青鱼挤入了上层,又是另一番天地。上层的鱼那就不用说了,氧气充足,偶尔还会到水底旅个游避个暑,悠哉乐哉,又不为小小一点鱼饵所动,没什么忧愁。"蒋文道对着一堆鱼骨头大发感慨。"你还别顾着同情底层的鱼,他们缺氧的时候,也晓得到上层透个气。偏偏是中层的,上不上下不下,挤在中间闷得慌,所以一面念着小富即安,一面又削尖脑袋想往上挤。"蒋文道本来是想借此赢得楚震宇几句同感的话,算作安慰,没想到他一针见血,反而补了一刀。天边滚过几声闷闷的雷,蒋文道的心里像吃了苦胆一样横竖不是滋味。

"你怎么还不回来?说好了下午去看房的。"雷声终于劈开乌云,亮堂堂地炸响了,豆大的雨滴疯狂地砸在池塘里,一条鱼儿也不见踪影。陈钰的声音仿佛架着闪电过来的,又通过雷声劈到了蒋文道的耳畔,好一阵嗡嗡作响。

陈钰是有怨气的,她原本是想让涛涛去上方婕儿子的那所贵族学校,小学到高中一条龙的服务,全程双语教学,以后无论是英语学习还是出国深造都是有根有底的。但是蒋文道死活不同意:"什么贵族不贵族?别的没学会,攀比倒是厉害得很。你看万真那儿子,跟他爹妈一样,钻到钱眼里了,小小年纪,一身的俗气。""你这就是偏见!"陈钰知道蒋文道心里对万真的成见,这种疼痛就像风湿痛一样,钝刀子割肉,死不了也治不好,碰到阴雨变天,就会一阵赶一阵地疼起来。他们这一次次争论无果,等到陈钰再去打听的时候,学校说名额已经排满了。"可是我们涛涛才上幼儿园啊?"陈钰不解。"人家每年就一百个招生名额,多少人从孩子出生就开始排队。况且,还要留一部分特殊名额呢。"方婕口中的特殊名额是陈钰不敢想但又不甘心放弃的通道。

结果没过多久,她又撺掇出一条新路,那就是买重点小学的学区房。"涛涛才三岁,现在是不是早了点?"蒋文道这一次的反抗明显力道渐弱,很快被陈钰歇斯底里的狂轰滥炸冲破了防线。他被迫跟着去看了几套房,鸽子蛋一样的老房子竟然被叫出天价,起先他们还挑剔楼层采光空间布局,没过上几招就被房产中介牵着鼻子走了。"我跟你说,不要不着急,自从国家进一步强调'就近入学'以来,形势就完全变了。好房子一出来,立马就被抢了。能够抢上就是赢家,这关系到咱们涛涛的未来。"陈钰将从中介那里听来的话说给蒋文道听。不排除有房产交易市场刻意营造的抢购气氛,但家长抢学区房在发展迅速的大城市也确实成了常态。

蒋文道突然发现自己还不如一条生活在底层的鲫鱼,既不愿觍着脸皮摇尾争食,又不敢大着胆子挤到水面上透个气。无论是哪个圈子,他好像都处于边缘。黄校长有个课题需要下乡蹲点调研半年,张教授资格老,是不愿意下去的,万真肯定走不开,一些年轻的门人又够不上资格,排来排去还是蒋文道和楚震宇这个二人档合适。万真本来想好了措辞,打算借着黄校长的威名和丰厚的科研经费来做工作的,没想到蒋文道一口应允:"只要楚老师同意,我没问题啊。"楚震宇一个利索的光棍汉,自然没有意见。万真哪里知道,蒋文道被学区房的事逼得无处遁形,求之不得找个偏远的地方躲着。

"哈哈,我们这算到底层避暑的青鱼,还是到上层透气的鲫鱼?"蒋文道一踏上到乡间的路,就莫名地轻松了。他在桃花村看着老师傅酿酒,情不自禁生出几分男人开疆拓土的豪气时,却不知道后方有一场看不见硝烟的战争正在打响。"我跟你说啊,房子我做主买了。"陈钰轻描淡写一个电话甩过来,表达了她先斩后奏的勇敢果毅。"单价1万五,加上中介费过户手续等七七八八算下来,一共接近150万。"这个数字无疑是一个天文数字,吓得蒋文道半天回不过神来。"你也别嫌贵,我跟你说,过了年才是房市小阳春,保证更贵。方婕都说了,这样的房子,买到就是赚到。"蒋文道不知道陈钰哪里来的底气。"哪里来的那么多钱?"他突然想起这个最关键的问题。"付了70万,剩下的我办的贷款。我爸找了个银行工作的学生帮忙,走的绿色通道,办下来很快。"陈钰在那头说。70万,依旧是一个不能想象的巨额数字。"哪里来的钱?"蒋文道依旧在追问。"除去我们的积蓄,我爸妈出了一部分,你妈也帮了大忙。"陈钰说得含糊。"我妈?我妈一个乡下老太太,能帮什么忙?"蒋文道更惊讶了。"哎呀,一两句跟你说不清楚,等你回来就知道了。"陈钰挂了电话。一团一团的疑云笼罩在头顶,化作一股邪魅的风,将刚刚陷入温柔乡的蒋文道打回原形,吹回了那个他急欲逃离的城市。

"妈,你怎么来了?"钥匙刚转了两圈,门就吱呀一声开了,那个满头白发的老太太出现在他面前。不知从哪一天起,蒋文道口中叫了数十年的"娘"变成了"妈",也不知从哪一天起,曾经发誓永远不离开的娘来到他的家里变成了稀奇的客人。他一声带了几分晖城软糯口音的问候让眼前的娘有些陌生。连续三个年她都在女儿家轮流度过的,还是刚生了涛涛她来看过孙子,然后就再也没来,蒋文道也没回去过。"妈,单位忙,回不来。"临近过年,他就一个电话打到姐姐家里。"涛涛还小,回来也怕生病。"娘心里头挂念着孙子。三年未见,娘的头发全白,并且像被绵延的野火燃烧过,稀稀拉拉的几根,松松地拢在脑后,露出千沟万壑的一张脸。娘的颧骨更高了,没了牙齿的嘴唇瘪在里头,尖瘦的下巴微微地翘了起来,不笑的时候有几分鬼魅一般的可怖。娘怎么老成这样了？他的记忆里，娘仿佛永远都是那个清秀但精干的女人，眉眼弯弯的娘，烟火香香的娘，叉着腰老母鸡一样护在他前头的娘，他甚至都忘了，娘经历了怎样的生离和死别，又经历了时光怎样无情的摧残和打击。娘怀里护着的崽长大了，变老了，娘也像被岁月压弯了的稻穗，不可阻挡地向土地匍匐，等待着最后的收割。忽然发现娘老得不成样子的蒋文道心里酸酸的，脸上又不得不挤出一个故作欢喜的笑来。

"爸爸，爸爸，你终于回来了。奶奶以后不走了，就住在我家了。"小脸嘟嘟的涛涛尖叫着扑过来，一头扎进他的怀里。"老家房子拆迁，我没有换安置房，把老房子卖了，咱涛涛上学要紧嘛。"娘的话犹如少年那个夏天的惊雷，沉甸甸的稻子埋葬在了恶煞般涌来的湖水里，心中的一线星亮一点点沉寂下去。他明白了，陈钰口中"妈帮了大忙"是指娘将寄托残生的希望都交了出来。娘就像那只吐尽丝的春蚕，作茧自缚并不是她苦难的终结，娘还要羽化成蛾，完成一轮生命的繁衍之后才能挣扎着死去。耗到油尽灯枯，还要经受多久的磨难啊，蒋文道再也强装不出一丝笑颜。他心里眷念着娘，心痛着娘，但又因为难以弥补的亏欠惧怕着娘，逃避着娘。

娘年轻劳作留下的身体疼痛让她在风烛残年里饱受折磨。她手上关节的骨头像拳头般凸了出来，像长的树瘤，秆却细细的，像折弯了的圆规。连绵的痛楚让娘习惯了日日夜夜不由自主地呻吟，有时痛得受不了，就会嘀嘀咕咕地怨一会不睁眼的老天爷。"爸爸，奶奶怎么一个人说话，是在念咒语吗？"涛涛跟奶奶还是陌生，他总是好奇地打量着这个口中念念有词的老太太。"带你妈去医院看看吧,总是这样,别人还以为在我们家受了多大的委屈呢。"陈钰也受不了了。娘不愿意去医院,蒋文道知道,娘的风湿病去医院也治不了。最开始因为老人卖房生出来的感激随着时日的延伸,逐渐地淡化了,而生活习惯和个人习性的不同导致的矛盾在逐步增加。娘在这个家里,竭尽全力又战战兢兢地活着。

开年后蒋文道回了一趟马坪乡,匆匆结束了蹲点调研。孱弱的樱花不过在他的生命里羞怯地露出一张苍白的脸来,就被料峭的春寒催促得悄然落幕了。他等不得桃花绽开,春色满园。望着那凄凉的樱花雨,他不忍地承诺还会回去的,但是他知道,这一走山高路远,被现实的洪流推动着迈步向前,他回不了头。就当是廊桥遗梦吧,蒋文道又回到了躁动的滚滚红尘。80万债务和娘越来越苍老的身体像两座沉重的大山压在他的脊梁上,他不得不弓起脊背。一些行政单位和企业为了提高决策的含金量,不惜花重金聘请大学教授参与研究,有些通过黄校长和万真联系,有些就直接找到了蒋文道。要是过去,他是坚决不肯为五斗米折腰的,一些跟专业关联不大的课题他想都不会想,但是现在他几乎是饥不择食。他一个接一个地接课题。

课题接得多了,应酬也就多了,常常半夜才回家。可娘却每天每晚都坐在电视机前等着他。有时电视还说着话,娘歪在沙发上睡着了。锁眼一转动,娘就会弹簧一样绷起来,给他开门。有几次可能是起得急了,撞在茶几上,疼得龇牙咧嘴,出了声。"妈,怎么还不睡?"几乎累散了架,蒋文道实在懒得说话。"小五,你吃饭了没?"娘颤巍巍地递过来一杯热茶。"都几点了,哪还有没吃饭的。"蒋文道不耐烦地搭理了一句。"你又喝酒了?"娘闻到了蒋文道鼻子嘴里喷出来的酒气。"你也老大不小的人了,要爱惜身体。你石叔叔当年就是好喝酒,要不然也不会得什么高血压……"娘咕咕叽叽的,像扑扇着翅膀的老母鸡,鸡毛粘着灰尘飞得到处都是。她没完没了的叨唠让蒋文道心烦意乱,重重地将杯子放在茶几上,拖拉着鞋走进卫生间。娘只好不放心地惴惴不安地睡觉去了。不一会,她悠长的呻吟声又传了出来。

娘习惯了小地方的泥瓦红砖,看不惯城市灰色的水泥地和晃着太阳的玻璃墙。娘住惯了小地方有花有树的小院子,住不惯城市鸽子笼一样的楼房。娘习惯了小地方巷头做饭巷尾都能闻见的热闹闹的烟火气,不习惯城市里家家户户关起门来过日子隔壁邻居都不认识的冷日子。在这座陌生的大城市,娘还不如一只栖息在树梢的麻雀。麻雀熟悉这个城市的一切,它能俯瞰车水马龙的喧嚣,也能自由自在地穿梭于每一条街巷,它甚至可以冲着某个不屑的行人或车辆拉下一泡稀屎,别人一脸嫌恶却无计可施。而娘呢?满城高楼大厦,没有一栋娘可以自由出入;满城人来人往,没有一张是娘熟悉的面孔;满城纵横的街道,没有一条通向娘的生活。"这城市里也有小院子啊。"娘见到老城区古色古香的小院,就像找到了熟悉的家。"这院子您几辈子也买不起。"陈钰一句话噎住了娘。院子与院子,人与人,尽管构造相差无几,但城市和农村划下了不可逾越的分界线。

纵使娘上下一心被打扮得体体面面,但风雨和日月的颜色无情地堆在了她的脸上,乡土和岁月的秉性固执地刻进了她的骨血。娘像山野里溅起来的一星泥点子,所有城市的光鲜,都会本能地躲避。娘坐公交车习惯性地坐在后排,掸了又掸身上并不存在的尘灰。娘经常悄悄地吐一口痰在地上,伸出脚使劲地碾着,妄图消灭不文明的痕迹。娘讲电话时对着电话大声地喊着,字正腔圆的方言,一栋楼都听得到,她还生怕对方没听清楚。娘的手机设了闹钟,一个小时报一次时,被取消之后她就坐立不安,央求涛涛帮她加回来。"妈,不设闹钟也可以看时间。再说,你要时间做什么?"时间被娘弄得像刻下了一圈一圈深深的皱纹,蒋文道忍无可忍。"我习惯了晓得时辰,就晓得该做什么活。"娘的底气明显弱了下去。因为在这里,她着实不晓得能做什么活。厨房里的电器,她不知道怎么用。衣服都放在洗衣机里洗的,她也使不上力。除了下楼倒垃圾,能遇到人,说上几句话。住在大院的多是学校职工的家属,知道这是蒋教授的母亲,有人也客客气气打个招呼。每当这时,娘眉开眼笑,凑过去想多说两句话时,别人已经转身离开了。

除了一个同样来自阳平的大娘,与娘一见如故,亲热得很。大娘比娘年轻,在一个刚生了孩子的年轻教师家里当保姆。那家还有专门的育儿嫂,大娘负责做饭洗衣洗尿布打扫卫生等杂务。她手脚麻利,倒有许多空闲时光。陈钰和蒋文道都上班去了,涛涛也上学去了,大娘有时就会到家里来串个门。就这样,娘跟着她学会了使用高压锅、电饭煲、微波炉,也学了几道晖城人常吃的家常小菜。晖城的菜做得精致,有些偏甜口味,娘吃不惯,但是陈钰和涛涛都爱吃。娘试着做了一次,涛涛直呼好吃,陈钰也默不作声地盛了半碗饭。娘见着心里欢喜,这是她来晖城之后第一次咧开嘴大笑。从此，娘在这个家里有了一席用武之地。陈钰不让娘洗衣服，她说衣服的材质不一样，洗涤模式就不同，怕娘分不清楚。"你儿媳妇是嫌你洗不干净。"大娘的话让娘眼里的光又黯淡了几天。她看着自己的一双枯树枝一样的手，指甲黑黄裂口，茧子翻着皮露在外头，褶皱深深嵌进了骨肉里，像满是铁锈的铁耙，又像是一块洗不干净的抹布。"也是，脏咧。"娘摇摇头，不敢再碰陈钰笔挺的衣服。

有一次，陈钰中途回来拿个资料，正好碰见了在沙发上和娘聊天的大娘。"你妈怎么带陌生人到家里来，多不安全啊。"陈钰晚上跟蒋文道抱怨。"妈，城里比不得乡下，不要什么人都往家里领，出了事谁负责？"蒋文道气得七窍生烟。"那不是别个，那是老乡，你们同事家的保姆。"娘低下头，像挨训又觉得委屈的孩子。"跟一个保姆玩什么，丢了东西都说不清楚。"陈钰小声说了一句。娘刚想辩驳，被蒋文道瞪着的双眼逼了回去。过了几日，娘一反常态，收拾东西要回家。她的房子卖了，哪里还有家。"我去你姐姐家住，城里待不住。"娘下了决心。送娘去火车站的路上，娘委屈地说："就因为她，害那家大娘丢了工作，都是一个县里的乡亲，以后没准还见得着，说出去多不好听啊。"原来陈钰不放心，去跟那家主人说了，年轻的女人一听自家保姆天天跑到别人家去，还被人家告上了门，就不乐意了，直接将大娘开了。看着娘郁郁寡欢的样子，蒋文道心想回去也好，娘能自在些。他跟大姐打了个电话，打了一笔钱回去。

娘在三个姐姐家轮流住了一段时间。大姐这几年随儿子媳妇进了城，媳妇刚生了老二，忙着带孙子。二姐男人不争气，成天游手好闲，喝了酒回来大发脾气。娘在她们家住得不安生,好在三姐性子好,家里也算周全,娘就长期住在了三姐家。蒋文道抽空回去看过娘,脸颊上长了一点肉,看起来精神了几分。蒋文道想起当年被三姐抱在怀里痛哭的场景,心里觉得温暖。"啊?还有那回事?"岁月太长,三姐都忘记了。她已经不再是年少时那个温柔细腻的姐姐,粗粝的时光让她变得张牙舞爪,直来直去,像极了以前的娘。

涛涛的小学直升重点初中,房子虽然买得贵,但这几年随着学区房的持续发热,房价已经涨了几番。过去的几年,陈钰将那套房子出租,赚了不少钱。涛涛初中学业加重,陈钰又张罗着搬去学区房暂住。驶过了风急浪涌的中年危机,蒋文道不再是那个慌慌张张奔波的穷教授了。在这个城市,他拥有了两套房,两辆车。他是声名显赫的大教授,被各大单位和企业争相请去上课,时常也在媒体上露个脸,他的夫人,依旧光鲜明媚,他的儿子,一路重点学校,前程远大。他曾经像一只蝼蚁匍匐在这个城市,如今可以挺起脊梁俯瞰众生,指着这个城市评点一二了。

"小五,来看看娘。"三姐的电话暂时中断了他日复一日的忙碌。娘出事了!蒋文道在省中心人民医院看到了娘。她躺在护理垫上面,脸朝着墙,三姐拧了毛巾给她擦拭身体。记忆里娘温温软软的身体,此时像一具嶙峋的平卧的石头,苍白的褶痕显出干裂的纹理和凌乱的白屑。尽管有侄女在一旁承托着娘,她还是不停发出"哎哟哎哟"的呻吟。"娘,你忍着点,半个月没洗澡了,都臭了。"三姐有些不耐烦地哄着。蒋文道快步走过去,伸手托着娘的脊背。"我五儿来啦。"娘欢喜地抓住他的手,细细地摩挲。"哼,就认得你!"三姐哭笑不得地说,"天天吵着要你,实在没办法了。"三姐告诉蒋文道,娘是左腿股骨骨折,已经做过手术了,还需要很长时间的康复训练。

"她怎么会骨折的?"蒋文道问。"你可别怨我,娘坐在沙发上看电视,突然看到你,高兴坏了,站起来要去电视上摸你。不知怎的,一屁股坐在了地上。当时没什么明伤,也没在意,夜里听娘叫唤得不同往日,我跟雨儿打电话,她爱人不是在医院工作吗,我那女婿说高龄老人摔伤很容易骨折。天一亮,我就赶忙把她抬到县医院去了,确诊是骨折,但是县医院不敢动手术,说只能保守治疗。雨儿说保守治疗会落下残疾,并发症也可能会要了命。于是我就把她弄到省里来了。耽误了几天,还是确定手术,但是医生说会有较高的风险,我跟你打电话,死都打不通。没办法,我们就先把手术做了。雨儿说你忙,没问题就暂时不要给你打电话了,省得你担心。这不娘这几天精神好些了,又总是要找你,好歹你接了电话。"三姐一脸嗔怪。蒋文道想起来,几天前是有好几个未接电话,当时他正在电视台录访谈节目,中场休息时打过去那边在通话中,后来一忙就给忘了。他只当是娘要跟他视频通话呢,也没当回事,哪里晓得出了这么大的事。蒋文道后悔不已,拉着娘的手晃了晃。"你别瞎晃,娘的身体脆弱得很,医生说像她这种瘦个子,又没补过钙的老人很容易骨折。"三姐的话似乎有些夸张了。"舅舅,您有空到詹磊办公室去一下,他有话跟您说。"小雨插话。"又有什么话还不能跟我说啊。"三姐在一旁抱怨。

詹磊在神经内科,蒋文道满腹狐疑地到门诊去找他。"舅舅,外婆阿尔兹海默症已经到二期了,您要做好思想准备。"蒋文道对这个名词并不陌生,老年人的常见问题,他理解的就是痴呆,没想到有什么风险。"老年痴呆发展到三期会卧床不起完全不能自理,一般来说干预得当,从二期到三期会有一个过程。但是外婆情况特殊,她现在手术后需要及时进行康复治疗,不仅是让她站起来的问题,还因为以她的年纪,卧床太久可能会出现心脑血管和肺部感染等严重的并发症,所以我们现在是在跟时间赛跑,必须以最快的速度让她的骨折能够痊愈。"詹磊的话有点绕。蒋文道有些疑惑:"你就直说吧,我们现在不是在医院吗?该康复治疗就治疗啊。""舅舅,有些话可能我说不大合适,毕竟我是晚辈,但是我是医生,也是男人,也只能我来说了。"詹磊停顿了一下,又接着说,"外婆的问题我还没告诉妈,因为以她的脾气,肯定怕影响您,会坚持让妈在这里治疗。但是我说实话啊,外婆不适合在这里继续做康复治疗。一是老年人的康复本来就很难做,也有风险,我们这里的医疗条件毕竟比不上晖城那样的特大城市。另外一个,这个治疗需要大量的人力、财力,钱我们可以凑,但是人力呢?以我妈的性格,舍不得请专业的护工,她非自己扛着,她能不能胜任咱不说,光说她的身体,也是小60的人了,前年才做了子宫切除手术,闹不好再弄一个躺下来。我们也是没得法,才跟您说,大家一起来想办法。"詹磊尽量委婉地表达了想让蒋文道将外婆接走的意思。她说的也是实话,30多岁的老小伙,在医院里正是拼事业的时候,上有老下有小,压力之大他可以想象得到。这些年,三姐夫去世,三姐生病,他们毫无怨言,帮衬着三姐照顾娘,从来没有跟他抱怨过一次。三姐对弟弟的呵护,侄女侄女婿的通晓大义,他想起来就感动。这一次,是遇到实在难以扛过去的坎了,他才开了口。娘的病,不是一两日的事,是余生都需要人照顾了。"你说的我都懂,这些年,多亏你们了,我这个当舅舅的说起来都惭愧。放心,剩下的问题我来解决。"蒋文道诚恳地说。"舅舅,您快别这么说。我跟您说这些,小雨能理解,我妈知道了还不知道怎么想我呢。也多亏您有文化,能理解我们这些小辈的难处。这些年,您前前后后花了多少钱,我们心里是有数的,真要说自责,那也该是我们,只怪我们没本事。"詹磊也是个厚道人,就这样两人寒暄推让了一番。

  蒋文道留在医院守夜,他让三姐回小雨家休息,催促了半天,三姐迟迟不肯动身。她喂娘吃了点稀粥,又伺候她大小便,一直到后半夜,娘睡着了,她才走。临走的时候,她还再三交代:"娘前半夜上个大号,一般下半夜就没事了,我给娘垫了尿不湿,如果有其他情况就按铃叫护士。你好歹也睡一会,赶了那么远的路。"三姐还是那个三姐,小时候看着他不许乱跑不许偷吃东西的三姐,眼里心里都是这个弟弟都是家人的三姐。蒋文道看着三姐花白的头发,鼻子一酸,差点流下泪来。夜里,蒋文道躺在窄小的陪护床上,翻来覆去睡不着。娘短一声长一声的呻吟像刀子一样割着他的心,三姐蜡黄瘦削的脸和枯糙的白发在他的眼前晃动。他想起14岁的那个少年,站在漆黑的夜里,仰天大叫:"让暴风雨来得更猛烈些吧。"那时,他是一只渴望飞翔的海燕。这些年,他是飞得高了,远了,却再也停不下来了。他不知道还要飞多久,也不知道等他飞到后来,是不是就成了孤独的一个人。

一大早,三姐拎着早饭来了。"趁热吃吧,你以前最爱吃的烙馍。"休息了几个小时,三姐脸上有了一点精神。蒋文道刚接过三姐手中的馍馍,娘突然晃动着双手呜呜呀呀。"娘,你怎么了?我在呢。"蒋文道以为娘梦魇了,赶忙过去扶住她,生怕她一用力动了伤口。"小五,我的五儿啊,娘问你,拆迁的钱你放在哪里了?快拿给娘,娘要回老家买房买地,你爹要回来了。"娘喊着,着急得眼泪汪汪。"娘,娘,你又犯糊涂了。"三姐轻轻抚摸着娘的胸口。娘歪着头,又闭上了眼睛。"娘说的老家,是阳平县,她说的爹,是石瓦匠。咱娘命苦,爹撇下我们姊妹五个走了。好不容易遇上石瓦匠,真心对她好。满以为能有个老来伴,结果还是早早走了。娘那些年一直守着石瓦匠盖的几间平房,一所院子,哪里也不肯去。那院子里的一草一木,都是石瓦匠亲手种下的。院子外的荒地,他也开了一块田,娘种着田,喂着牲口,日子才有了盼头。娘生生世世都是农民啊,她哪里离得开土地?拆迁的政策下来很久了,多少干部来做工作,娘死活不愿意松口。没想到这个钉子户倒是因为你,自动缴械了。你不知道,娘要走的时候,一宿没睡,围着院子转了又转,又给院子里的那些花木除了草,施了肥。坐在那棵大桂花树下,她望着天上的月亮说了半宿话。"三姐说着说着,眼泪就流下来了。

蒋文道知道三姐说的那棵桂花树,那是娘和石瓦匠结婚那天,石瓦匠亲手栽下的。当时是夏天,娘怕半大的树活不了,给它搭了个棚子,天天浇水。石瓦匠还笑话:"天上是吴刚砍桂花树,地上是嫦娥守桂花树。"娘就拿手里的瓢舀水浇他。后来桂花树长大了,石瓦匠在树下做了一个石桌子,他们常常坐在树下吃饭。桂花开的时候,吃着吃着饭,一粒碎碎的淡黄的桂花就会掉在汤里,蒋文道戏称那是桂花羹。那是一家人难得的其乐融融的时刻。石瓦匠下葬的那天晚上,娘也是在桂花树下坐了一宿。她一句话不说,也不哭出声,眼泪滚滚地往下落,地上浸湿了一大片。他可以想象到,那棵桂花树是怎样给娘留下了人生最美好的回忆,又是怎样陪着娘度过了人生最难熬的岁月,要走的时候,娘是怎样舍不得那棵树,舍不得那些她不幸的生命里仅存的温暖。他想起这些年对娘的忽视和亏欠,想起自己身不由己的奔波和麻木,说不清是难过,还是委屈,他已经干涸了很久的泪腺又活跃了,眼泪无声地滚落下来。他多想再同那个14岁的少年一样,趴在三姐的怀里,痛痛快快大哭一场,醒来后天地变得清亮。但是他再也不是那个少年了,而三姐也不再是那个青春的三姐。

他坚持带走了娘,三姐没有极力挽留。娘在晖城的医院里住了三个月院,腿伤痊愈了。但是娘的糊涂病越来越重了,她已经不大认识人,哭哭笑笑像个孩子。蒋文道将她接回家,她吵着要回家种地。"娘,娘。"蒋文道一遍遍喊着,想将那个糊涂的娘带到清醒的世界来。"哟,回了一趟老家,妈又变成娘了。"陈钰低声说了一句。她有意见,蒋文道知道。也难怪,涛涛的学业压力越来越大,陈钰一心想让他上金湖国际学校的高中。儿子的学习她要操心,生活要照顾,经济上更是一笔不小的开支。蒋文道最终下定了决心,将娘送到了一家专业的养老院。"那里有专业的医护人员,妈一定能得到最好的照顾。"陈钰安慰他。可是那也是一家价格不菲的养老机构,陈钰天天在他耳畔念叨:"涛涛高中毕业了就出国,我到时候办内退,陪他一起出去,你可得加把劲啊,提前准备好钱。""钱,钱,钱……"蒋文道觉得这个字像咒语一样,一念孙猴子就疼得打滚。后来,他常去新月的店里吃饭,有时也趁人少的时候去坐坐。

9

"你哪年来的晖城？"除了零零星星的一些事情外，新月很少提及自己的家事。蒋文道心想她也许是不愿触及辛酸的过去，就像他从来不提那个遥远的雷泉村一样。他于是和新月聊聊他们都熟悉的晖城。"2009年。那年我十八岁，中专毕业劳务派遣来的晖城。"新月说道。蒋文道没问她为何不念高中、上大学，因为以新月的谈吐来看，她上学时应该是勤奋好学的那一类好学生。他突然想起汪美玲，她是继父养大的孩子，因此选择了早早出来工作。新月应该也是这个原因，农村有太多这样的孩子，过早地背负起家庭的经济压力，因此身上有一种异于同龄人的成熟。

"我去过桃花村，在那里认识了一个女孩子，她跟你有些像，不过她是开在早春的樱花，而你是阳春三月明媚的桃花。"蒋文道的眼前浮现出那年的樱花。春早，樱亦早。尚在立春，便见到了山谷里寂静绽放的野樱花。一边是枯黄的草和腐烂的叶，一边是灿然开放的早樱。她的脸色苍白，身形孱弱，并不见得比身旁裸露的枯枝明媚了多少。但她，就像是一种信号，宣告着凛冽的冬天已渐渐过去，从此，日日生暖。所以,每一个看到她的人,都会被这种生机勃勃的美好希望所感染和鼓舞。他在人生的寒冬里,见到了那个温柔娴静又慈爱坚韧的姑娘。虽然最终错过了短暂的花季,那樱花如雪的情景却刻在了他的脑海里。"哈哈,以前还有很多人说我像山林里的野樱花呢。"新月说的是她刚来晖城的时候,模样清秀,衣着朴素,连笑容也有些半含半露的腼腆。

客房经理是个长相妩媚但性格泼辣的女子,长了她们几岁,却像隔了一轮辈分一样的成熟。新月的孤僻和倔强让她在一堆叽叽喳喳的女孩子之中显得颇有几分不同,她总是低着头默默做事,更换布草、打扫卫生都做得格外细致。有一次经理去巡检,正好看见新月跪在马桶旁,弓着身子拿小刷子细细刷着马桶背面的连接缝隙,整张脸几乎要贴了上去。打扫马桶是年轻姑娘们最不愿意做的事,尤其是一些素质不好的客人,常常会在酒后将卫生间弄得乱七八糟,稍微马虎一点就会留下卫生死角。因此行内有个不成文的规律:"看一个马桶就可以看出一个酒店的档次。"这个马桶不光是品牌和质量,还有卫生。为此,她不知发了多少脾气,甚至开了多少人。这个瘦弱的小姑娘她观察很久了,勤奋踏实又细致入微,还不像那些小姑娘一样聒噪,是酒店服务员中难得的一把好手。新月看到经理,连忙站了起来。"梅经理,上午好。"她微微躬身,礼节性地打招呼。"向新月……"经理念着新月胸前的标牌,颔首微笑。"我很少见到有人打扫马桶那样细致的,这背面不仔细看根本就发现不了啊?"经理明知故问。"可万一哪位客人很认真,看出来了呢?"新月没有像常规急于表现的员工那样,回答"我们要坚持用最高最严格的标准来提高服务水平和质量"这些冠冕堂皇但有些空洞的话。她只是很诚实地道出了一个也许会发生的真相。在她的心里,零失误就是标准。"嗯,不错。我也比你大不了几岁,以后就叫我梅姐吧。"平日里被传得神乎其神的经理也不是那般凶神恶煞嘛,新月浅浅地笑着叫了一声"梅姐"。看着她那个楚楚可怜的模样,梅经理若有所思。

新月很快就被提了领班,工资也涨了不少。她跟老向打电话报喜,那头传来洪亮的笑声:"'吃得苦中苦,方为人上人。'老话说的是没错的。"她寄了五千块钱回家,这是半年来她所有的积蓄,接下来工资涨了,能存下来的应该更多。她想到父亲拿到那样一笔巨款,在左邻右舍面前夸夸其谈的神气劲儿,心里就像刮进一场大风,清爽得很。她从此工作更卖力了,也不断得到梅经理的夸奖。"你们看看人家新月是怎么工作的。""要向新月学习。"这样的话不时从梅经理的嘴巴里传出来。"哼,也不知道是使了什么招数,竟把这个老妖精搞定了。""木秀于林,风必摧之。"渐渐地,一些闲言碎语纷至沓来。"身正不怕影子斜",这是桃花村的人常说的一句话,也是老向经常跟她讲的道理。行得正坐得直,管旁人说什么呢。

那天晚上新月在行政层值夜班,梅经理也在办公室加班。十点多钟,梅经理给她打电话,说家里送夜宵来了,让她下楼一起吃。新月从十九楼坐电梯下来,到地下一层的办公室。一出电梯,一股凉风吹来,地下室的灯光白森森的,有些莫名的恐惧。"小梅让我来接你,这大晚上的,一个小姑娘害怕吧?"梅经理的老公身材高大,声音却是本地人的温和软糯。他走得极慢,新月跟在他的身后慢慢地走。"你叫新月?长得可真漂亮,真的像天上的月亮一样干净。"男人的话语里含着笑。新月没有多想,以为他像梅姐一样怜惜晚辈。突然,感应灯熄灭了,周围陷入一片伸手不见五指的漆黑,长长的走廊,像是一条无尽的隧道。"哎呀,手怎么这么凉?"突然,一双火热的大手抓住了她的手,一种陌生的男人的气息紧紧地向她贴近。新月仿佛听到了自己心里扑通扑通剧烈挣扎的心跳声,她竭力保持镇定,身体却像筛糠一般不停地抖动。她几乎来不及反应,就被一股风驰电掣般的力量席卷过来,那个铁桶一般箍紧的双臂里,藏着她瑟瑟发抖的身体。当那股灼热的气息俯身下来,快要触碰到她的鼻尖时,她就像梦醒一般,下意识地尖叫一声:"你干什么?"

灯唰的一下亮了,梅姐站在办公室外的走道里,脸色铁青。"梅姐……我……他……"新月从男人的怀里挣脱开,心里的害怕还未散去,又添了焦虑,一时急得语无伦次,一张煞白的小脸顿时涨得通红。看着她那副可怜兮兮的模样,梅姐心知肚明。"都怪这丫头胆小,灯一黑吓得就扑了过来……"男人还在嬉皮笑脸地解释,梅姐已经一脸嫌恶地打断了他:"够了!你先回去!""那你呢?"男人在一旁磨蹭她的身体,一副精虫上脑的猥琐样子。"好了,我也回去。"梅姐叹了口气,去收拾东西锁门。自始至终,梅姐没有跟新月说一句话。从那天起,平日姐姐长妹妹短的梅姐与她疏远了几分。新月心里感到委屈,那天的事情她明明没有错,倒是梅姐的男人举动失常,事后明白过来,才想起那就叫作猥亵,虽是未遂,但想起来就恶心。

没过多久,客房部发生了一件大事。梅姐的男人跟客房部一个值夜班的小姑娘勾搭在一起,被梅姐捉奸在床。梅姐那天不知道是喝了

181

酒,还是被小姑娘的嚣张气着了,全然没有往日的进退有度,跟衣冠不整的小姑娘扭打在一起不说,还把值班室砸了个稀巴烂,将楼上楼下的客人都吸引过来围观,影响很坏。梅姐后来辞职了,据说是辞退,酒店考虑到她做的贡献,允许她按自动离职办理手续。她一走,那些暗流涌动的小道消息就成了茶余饭后的谈资。新月这才知道了众人背后议论的真相。原来梅姐的男人曾是酒店合作的一个大客户,洽谈时看上了年轻貌美的梅姐。本来是郎情妾意的一段露水情缘,没想到梅姐当了真,还怀了个孩子。梅姐不是刚参加工作的小姑娘,也算见过世面的,自然不是几两黄白之物可以打发的,于是趁机逼宫上位,凭着一个白白胖胖的小子坐稳了正宫娘娘的位置。

这种花天酒地的男人哪能轻易收心,酒店又是个美女窝子,他依然摸摸捏捏趁机揩一把油。梅姐原本也是见惯了的,只要不做得太过分,睁一只眼闭一只眼也就过去了。没想到这个小狐狸精段位不低,居然想效仿当年的她,一时气急,就失了分寸。新月在几年以后见到过梅姐,开了一家主题民宿,过得有滋有味,脸色也红润了几分。"当时孩子还小,看在孩子的分上想尽量维系一个完整的家庭,哪晓得烂泥扶不上墙,索性推倒了重来。"梅姐笑嘻嘻的,三言两语讲述了她离婚自立门户的事。"也不算白结一次婚,得了个儿子,分了他一大半财产。"这就是梅姐的厉害之处,能上能下,趴得下也豁得出。

"你知道吗?我是从梅姐身上得到的勇气,打破眼前的一切,开始了新的生活。"新月在客房部工作了好几年,蝇营狗苟的也见了不少。这是一家五星级酒店,来往的客人多是有些身份的高级人物。然而西装革履和香脂软粉也没能掩盖住他们皮囊之下的庸俗或不堪。她见过一对夫妻,老婆明明知道老公在外面有情人,依旧施施然跟着老公来赴晚宴,扮演恩爱夫妻。同事们都是一副见怪不怪的样子。婚姻到了这般田地,着实也就成了有着契约关系的特殊合伙人。那种跟踪的,捉奸的,当面一套背后一套的,台上一套台下一套的,各种各样的嘴脸,随着电梯门一关一合,像戏剧一样不停呈现。看得多了,心里都变得沧桑了,曾经美轮美奂的爱情和相濡以沫的婚姻,在新月的心里变得海市蜃楼一般虚无缥缈。

她在领班的位置上做了很久,按资历和能力足以升任经理了,但是迟迟没有动静。酒店是个吃青春饭的地方,她的学历有限,再蹉跎几年,显然就没有任何优势了。于是有人出于各种目的,游说于她:"好好的一张脸不能白白浪费了。""在客人中间也得发展一两个说得上话的人物。""最好在酒店高层面前伶俐一点,不要太正经了,该付出的就得付出。"新月不是不明白他们口中的伶俐,在很多人看来,这未尝不是一件划算的事情。但是新月,她是一个自小因为身世被众人打量的人,她一直在努力活出自己的骄傲,她比普通人更要要强,怎能舍弃引以为贵的自尊呢?

"他们以前说我像樱花,其实这个料峭寒意里的报春使者,还让我想起一个我喜欢的女子,简·爱,那个倔强而自尊的女子。面对命运曲折,虽然娇弱,她熬过了酷暑、秋霜、冬雪,不屈地绽放,'我希望做个比以往,比现在更好的人——就像约伯的海中怪兽那样,折断矛戟和标枪,刺破盔甲,扫除一切障碍,别人以为这些障碍坚如铜铁,而我却视之为干草、烂木'。"新月的眼里闪着亮晶晶的光,她口中提及的《简·爱》也是蒋文道很喜欢的一本书。那个骄傲的女子,说过一段广为人知的名言:"如果上帝赐予我财富和美貌,我会让你难于离开我,就像我现在难于离开你一样。上帝没有这样安排。但我们的精神是平等的。就如同你我走过坟墓,平等地站在上帝面前。""我上中专时第一次读《简·爱》,竟然是同情她的。觉得她最终没能拥抱一份光鲜明媚的爱情,甚至连健康和阳光都没有。过了这些年,当我领略了生活的酸甜苦辣、悲欢离合之后,深深地为简·爱强大的爱的能力所折服。即使她的生活那么阴暗,她也总能找到一点阳光。在爱情里,她坚守着自尊和平等,又秉承着善良与温情。她能跨越一切世俗的障碍,果断选择自己想要和不想要的,这份气魄,往往是常人难以企及的。"新月谈及她的爱情观,有一种立在高高的枝头,仰望蓝天的豁达和勇敢。简·爱最终在罗切斯特遭遇火海,残疾而贫穷时,用全身心的爱投入了曾被她拒绝的怀抱。他相信新月面对她心中神圣的爱情,也是像简·爱一样执着和坚毅。

"我正在被分手。"新月看起来满不在乎的笑容里,露出几分疲惫和无奈。她认识钟乔几年了,他经常来酒店见客户,身边总会带着一位漂亮的姑娘。姑娘流水似的换了好几个,钟乔望着她的眼神也越来越热络,而她却像冰湖的水一样,一池碧波不曾掀起一丝涟漪。玩世不恭的钟乔在她眼里,不过是一个依仗家世自命不凡的富二代,这样的人与她理想的爱人相差太远。新的经理上任了,是一个和她一起参加工作的女生,比她晚一年升领班,平日里对她显得亲厚,很多故事都是她告诉新月的,梅姐的事她也是了如指掌。梅姐辞退后她很感激昔日这个女生对她的提醒,当她试图接纳这样一个朋友时,她几乎没有任何征兆地越过了她,顶替了梅姐的位置。

就像从一团迷雾挣扎着坠进望不到底的深渊,新月陷入了无边的孤独。她一边收拾客房一边悄悄地哭泣,钟乔进来了。她质问他为何跑到这里来,他笑着说落了东西所以中途折返。"房间我已经打扫了,没发现掉了东西啊?"新月泪眼蒙眬。"我掉了我的心啊。"钟乔的话在此刻听来,更像一种戏谑。新月恼羞成怒。"你不也掉了你的心吗?我以前认识的那朵不怕寒冷不怕摧残的野樱花哪里去了?她的倔强和勇敢呢?"钟乔并不解释他的心,而是单刀直入,戳中了新月的痛处。无疑,他是了解新月的,也是真心欣赏她独特的气质。钟乔的陪伴,让新月度过了那段难熬的日子。他们就那样靠近了。后来新月受梅姐的启发,想要自己单干,也是钟乔忙前忙后,陪着她选门面、装修、买家具、招人。试营业的时候,钟乔带着一帮帅哥美女发传单,甚至暗暗掏钱请人来试吃,很快就让新月楼在校园周边大大小小的餐馆中异军突起。"只要是你想做的事情,我都会无条件地支持你,无论什么时候,我都在。"这大概是世上最动听的情话。孱弱而孤独的樱花,在爱的滋养下,变得灿烂而热烈,俨然成了灼灼其华的桃夭。

新月满了25岁,父亲来她的餐馆里看了一圈,也顺道见了见未来的女婿。"小伙子人很好,就是不知道能不能扛事?"父亲有些说不清楚的隐忧。他总觉得男人就像大树,只有经受了风吹雨打、寒霜酷暑,才能筋骨壮实、顶天立地。城里的空调、汽车和宽敞的道路让四季不再分明,奔波不复存在,这个自小养在暖春的小伙子,不知道能不能经受生活的磨砺?"他对我好,这就够了。"新月目光坚定。"如果你认定了,就早点结婚吧。以后的事以后再说。"老向对新月放心,她随他,是个野地里踩着泥水也能爬起来向前的犟驴子,她认准的事就索性让她放开手脚去做,真遇到什么困难他会陪着她一起扛。

但老向的担心不无道理,当钟乔兴冲冲回去宣告他的婚事时,遭到了母亲强烈的反对。母亲是一个相当厉害的人物,与父亲早年白手起家,辛苦创下了一番家业。父亲却在丰收时刻收获了人生唯一崇高的爱情,他最终选择了至高无上的爱情。而母亲坚持守住这份家业,并依靠自己的努力让它不断发扬光大,最终成为晖城屈指可数的企业家之一。母亲一直跟钟乔说,要做大事就不能拘泥于儿女情长,像他父亲那样的男人只会是作茧自缚。钟乔去看过父亲,当他看到曾经高大伟岸的父亲如今像孩子一样被那个女人数落而低头不语时,觉得母亲的话似乎有几分道理。然而,遇到新月,他又忘了母亲的忠告和父亲的教训,他也忘了母亲苦心为他张罗的门当户对的大家闺秀。

爱子心切的母亲只好亲自挥剑斩情丝。"你开个价吧,我收了你的新月楼,你离开我儿子,离开晖城。"那个微微有些发福的中年女人坐在新月的面前,丹凤眼向上斜挑着,似笑非笑间露出几分说一不二的凌厉气势。面对这个毫无背景甚至手无寸铁的年轻姑娘,她觉得连基本的客套都没有必要用,单刀直入。"我和钟乔是认真的。"新月素日的光芒在这个女人的强势对照下,晦暗了下来,她的话连自己都听不出来几分底气。她在心里想:"她来找她,钟乔知道吗?钟乔为何没有阻止？或者说，是钟乔同意她来的？"疑虑和痛楚让新月方寸大乱。"你和钟乔不可能结婚，你要想想你是什么身份！"钟乔母亲扔下一句掷地有声的话。这句话像一记铁锤重重砸下来，血泪飞溅的剧痛偏偏刺醒了新月骨子里的倔强。"身份？"她是什么身份？对，她只是一个一无所有的贫穷女子，甚至连亲生父母都不要的可怜弃儿，她可以打碎了牙齿往肚子里咽，她可以承受命运给她带来的所有苦难，但她绝对不允许任何人瞧不起她。她是一棵出生卑贱的野草，但她也是一棵努力在土里探出头来昂扬生长的生命！她憎恨所有居高临下的同情和自命不凡的鄙夷。自尊被践踏带来的强烈恨意让新月像一柄闪着寒光的利剑，她用缓慢而没有任何温度的语气一字一顿地说出心里的决定："第一，我绝对不卖新月楼，不离开晖城。第二，除非钟乔亲口告诉我他不爱我了，否则我绝不会背叛我们的爱情。""好，好，好！"钟乔的母亲一连说了三个好字。"那你等着！"临走的时候，她回头看了一眼新月，她那双犀利的眸子里，分明在向外喷着烈烈的火焰。叱咤疆场，游刃有余，她绝对不是一个善罢甘休的女人。

钟乔已经一个星期没有露面了，其实新月说的第二条已经有了答案。他的逃避已经算是做了回答。这期间，钟乔的母亲又安排人过来两次。第一次送来合同，付款金额数字空着，说是任由新月填一个数字。新月毫不犹豫地拿起合同，撕成两半，丢进了垃圾桶。第二次那个女助理过来时，就没有第一次客气了，先是晓之以理，短短几句见无成效，便拂袖而去，绷着脸丢下一句警告："钟总说了，事不过三。"

宁静，往往是风雨欲来前的最后挣扎。可怕的宁静维持了几日。

"新月姐,出事了。你先别来店里。"店里的服务员小金打来电话。连续几日被折磨得夜不能寐,早上新月依旧挣扎着从床上爬起来,预备按时去店里。钟乔母亲的警告言犹在耳,她隐隐担心最近会有事情发生。不过她相信晖城是个文明城市,光天化日堂堂一个大企业的老总也不至于对她做什么见不得人的迫害。只要她守在店里,安分守己地做事,还是那句话"身正不怕影子斜",怕什么呢。"怎么了,小金?"她的心里咯噔一下,追问道。"你别来店里……"小金的话还未说完,就被电话那头巨大的嘈杂声淹没了。"我说了,我们老板不在。"她听到小金在竭尽全力地压制那片喧嚣。

出事了!虽然不知道那边是什么局面,但是新月知道,无论如何她不能逃避。新月楼是她在晖城打拼7年唯一的结晶,就像她含辛茹苦养大的孩子,蕴结着她的全部心血,也饱含着她的所有希望,容不得一丁点闪失。一轮昏乎乎的太阳刚在天边露了个脸,就像打散了的鸡蛋黄,稀溜溜地氤氲开了。天上显出一大片迷迷蒙蒙的昏黄。这死寂的混浊往往酝酿着一场大雨,只是不知道大雨什么时候来,会下多久。

新月一路快骑,赶到店里。新月楼前聚集了不少人,小金正在声嘶力竭地劝说他们离开。有眼尖的人发现了她的到来,呼啦啦一群人迅速围了过来。她还没来得及开口询问,就被卷进了旋涡里,闪光灯咔嚓咔嚓闪过,几个话筒伸到了她的嘴前,这是电视剧里才能看到的镜头。新月只是晖城一粒看不见的尘埃,她从来没有想过有一天自己会像明星一样被媒体记者簇拥,曝光在大众面前。"我们在网上看到您从事色情服务打造网红店,请问您为何要这样做?""您将这样的店开到大学周边,是为了吸引不谙世事的大学生吗?""据说我市著名企业家钟女士的儿子被您色诱是真的吗?""我们搜索了您的个人经历,您曾在晖城国际酒店工作过,请问您是因为作风不端被辞退的吗?"咄咄逼人的追问中,新月像被剥光了衣服的少女,在大庭广众之下接受媒体无端的羞辱。她拼尽最后一丝气力,从人群中挤了进来,和小金一起关上店门。那群小报记者像疯狂的苍蝇一样在玻璃门外逡巡叫嚣,好事的人群停下脚步,伸着脖子朝里张望。

新月被小金拉到电脑前,网红店美女老板的暧昧画面令人触目惊心。古色古香的原木桌椅,七彩丝线织就的西兰卡普墙画和蓝色印花粗布卡座门帘,这是新月楼独一无二的装修风格。双凤朝阳的西兰卡普肚兜,藏蓝绲彩边的土家百褶裙,明艳艳的野性,这是钟乔最喜爱的打扮。"我们结婚,你就穿上你家乡的民族服饰,当我最艳丽的新娘。"这是脑酣耳热之际钟乔呢喃在她耳旁的情话。那一晚是钟乔的生日,他说这是他单身时代的最后一个生日,所以想邀请最好的朋友来一场疯狂的单身派对。新月担心钟乔的那帮朋友闹得过火,于是早早打了烊,将他们带到新月楼庆祝。一向矜持的新月穿上了钟乔最爱的服饰,芬芳的桃花酿入喉穿肠,羞答答的花儿炽热地绽放,飘飘然地摇曳在旖旎柔情的春风里。在一群年轻人的起哄喝彩里,她与钟乔随乐起舞。"贴面舞,贴面舞!"大家拍着巴掌叫喊。"挨到些,挨到些。"有人学着新月的家乡话怂恿。炽烈的爱情在酒精和欢呼里撒着欢地沸腾、燃烧,两具年轻的身体像磁石一般情不自禁地靠近、贴紧……新月不知道什么时候被拍下了照片,而这香艳的一幕又是如何被放到了网上,并被恶意解读,肆意渲染,包装成了一个百口莫辩的性丑闻。掀起波澜的是钟乔的母亲,而推波助澜的则是嫉恨新月楼红火生意的商家和看戏不怕台高的围观者。生活陷入枯寂的人们一旦卷入这种发酵的狂热,心底那些见不得光的邪恶就会无形被放大,畸形地滋长,汇成排山倒海的轩然大波。

天边的昏黄越来越浓郁,渐渐汇聚成黑压压的乌云。狂风闪电过后,豆大的雨点砸在了玻璃门上,围观的人群不甘心地散去。"休息吧。"新月楼被迫挂上了暂停营业的招牌。新月的心里像一团火在烧灼,她蹬着自行车往雨里狂奔。晖城的雨季很长,起初新月打雨伞,穿雨衣,但都没用,骑起车来,轮子溅起来的雨水泥沙都防不住,到家就一身湿透。后来天天下雨,不知道什么时候就会下起来,她就不再带伞,放开了骑,发现也没什么,反倒自由。很多这样的下雨天里,她见了很多人。有她认识了多年的朋友,在晖城的人海里浮浮沉沉,终究选择疲惫而无奈地离开,还有一些新认识的朋友,他们和她同龄,面临各种各样的问题,失业、失恋、失学,或者处在低水平的平稳里。她大概了解到,世界上没有哪个二十出头的年轻人过得很好的,这个城市就像一个长着三头六臂的巨型怪物,它有一种巨大的魔力吸引着五湖四海的年轻人奔过来,妄图在这里幸存,但它又长着深不见底的血盆大口,吞噬着一颗颗火热而勇往无前的心灵。她懂得这样的纠结,但她偏偏不肯臣服于这样的命运。

雨水淋湿了新月的身体,也冷静了她的灵魂。她想起读书时最爱听老师给她讲《论语》,张老师总是很努力地想让学生知道孔子这个人的鲜活可爱之处。她跟着他读完了整部《论语》,当时并不太懂,只觉得这是个了不起的人,心里有很多的失望和愤恨,但没有黑化,明知做不到却还要去做,至死也是个健康的人,这一点很难。辞职之后,她去了一趟曲阜。在孔庙,她看到了御赐的碑匾和府邸,兴旺的鼎炉和香火,卖纪念品的生意人和合影留念的旅客……她在庙碑面前站了很久,想起张老师跟他们说的话:"人当然要相信点什么,要信自己心里那个孔子。"发生在身上的事情,像乌云一样笼罩在她的心里。她一面在努力抗争,一面又心生困惑与惧意。"我该屈服吗?我是不是生来就是一个弱者,在这世界里,注定只能一事无成?"那些不断生出的阴影,在她心里形成了某种固化的情绪和思维,并千方百计地维持一种消极的自我认知,令她陷入了低迷和困境。而这些像水蛭一样覆盖在她头脑里的想法,其实是经不起推敲的,这种逐渐固化的对世界和自身的理解,需要她自己去打破,也只能她自己去打破。"如果我一直在打破别人,那我也能打破我自己。"

"不想回去,不能回去。"这是盘桓于新月脑海中的信念。从她第一次被"城里人"怀疑和嫌弃时,从她发现自己原来是被抛弃和同情的可怜人时,就下定了决心,要远远地逃离那个让她狼狈和卑微的地方。只要她不回头,哪怕一辈子在这个大城市买不起房子漂泊无依,哪怕无法拥有爱情和家庭,哪怕成为路死路埋、街死街埋的无根之人,在那些人的眼里,她也是个成功奔出大山的"城市人"。回去了,那些摆不脱的阴影又会卷土重来。在所有的事情上,她都已经走到了不得不进一步打破和释放的时候,否则就走不下去了。做了逆流,就不要怕做到底了。既然已经回不了头,就不妨这样,彻彻底底玩开。就像这样,不带伞了,在雨里放开了骑,也不会怎么样。没有人会死的,只会有人变得自由。

"新月,你怎么了?"蒋文道从外地出差回来,刚准备来新月楼坐坐,却发现门口挂了暂停营业的牌子。从他认识新月起,哪怕是她重感冒发着烧,也会强撑着来到店里,新月楼一天也没关过门。"蒋老师,您看了网上的帖子吗?"听到蒋文道关切的声音,新月一腔无边无际游荡的孤勇就像找到了驳岸,少了几分无往不胜的锐利。"没呢,出去开了个封闭的研讨会,没顾得上关注外面的事情。"蒋文道一边说着,一边打开晖城关注,网红店美女老板的帖子高居热搜榜首位,下面络绎不绝的留言充斥着诋毁谩骂和"过街老鼠人人喊打"的狂热。而帖子的主人公正是他熟悉的新月。"新月,你在哪里?"蒋文道着急地问。他知道,网暴给人造成的巨大伤害是无形的,但是足以摧垮人的意志。像这种明显有着人为操作迹象的网暴,在背后势力的推波助澜下,不仅会快速发酵,而且不会自然消退,往往会通过各种手段达到目的。他对新月充满了担忧。

蒋文道起初以为是生意场上的恶性竞争,但当他见到新月,看到她浑身湿漉漉像一只伤痕累累的小兽蜷缩在黑暗阴冷里时,心里被刺痛了一下。以他对这个女孩的了解,她不会是遭遇简单的生意失利,他听新月讲过那些蝇营狗苟的现实,也见识过她泼辣自如地处理那些棘手的事情。她就像一只刺猬,越是遇到攻击,身上的刺就伸展得越开越锋利,即使难以抗衡,她也会拼尽全力与敌人两败俱伤。眼前的新月,完全是一只被拔光了刺的刺猬,丧失了所有的攻击性。

"蒋老师,是钟乔,是他妈妈陷害了我。"蒋文道把身上的外套裹在新月身上时,她漆黑眼眸里用力憋住的那一串冰凉的泪再也止不住,珠线一样坠落下来。蒋文道听明白了,新月面临的不仅是一次无妄的人身伤害,还是无力抗拒的人性撕裂。钟乔之于她,不单单是一段浪漫热烈的青春爱恋,还有懂她惜她护她的亲情。她的世界是风雨飘摇的孤独,是尔虞我诈的伤痛,而钟乔是那个穿越了凄风苦雨守在她身旁的人,是一方抵御风雨的净土。她是刺猬,也是缩在壳里的蜗牛,她终于勇敢地拔掉了周身的刺,从坚硬的壳里爬了出来,但是这个令她放下戒备奋不顾身的人成了刺伤她的利器。那是一种信念摧毁世界崩塌的绝望,他能读懂新月心里的剧痛。

"不怕,有我啊,我来帮你。"蒋文道动用媒体朋友的关系,让事态暂时平息下来。"这种事情,删帖是治标不治本的,关键还是要从源头上处理,若是发帖人不罢休,这一次按下去了,但他还会用其他的手段发起第二次第三次攻击。"媒体朋友一语道出了问题的关键。蒋文道想起这些天新月闭口不提钟乔的样子,她嘴上不提,眼神里却是失望袭来的痛楚。事情发生以后钟乔迟迟不愿露面的态度,又给她带来了更为严重的次生伤痛。解铃还须系铃人,问题的关键是要找到钟乔。新月孤身一人在晖城,蒋文道算是她最亲近的朋友和亲人。她将钟乔介绍给蒋文道认识时,他还郑重其事地叮嘱:"要善待我的妹妹。"那是个阳光明媚的大男孩,他用灿烂的光照亮了新月的世界,但是蒋文道和老向有一样的忧虑,担心这个不曾经历风雨的男孩承担不了一个男人的职责。他被保护得太好了,以至于他的世界里尽是风花雪月的浪漫与风光旖旎的柔情。

果不其然,当钟乔站在蒋文道的面前时,他像一个犯了错误的小男孩,耷拉着脑袋,一脸的沮丧。"新月怎么样了?"他的眼神里还是满满的关切。看得出来,他对新月的感情是真心的,只是这感情像春风里飘扬的柳絮,无根无壤,无法生存。"你说呢?"蒋文道一句反问,钟乔的头低得更狠了,像埋在沙子里的鸵鸟。"我该怎么办?"钟乔抬头,眼圈红红的。这是一个从小到大被母亲控制的乖孩子,他根本不知道怎么跟强大的母亲抗争。"钟乔,你听我说,你跟新月以后的事以后再说。眼前已经不是爱不爱的事,而是首先要停止对她的继续伤害。你的行为已经对她造成了巨大的伤害,你明白吗?"蒋文道的语气十分严肃。"可是我不想这样的,我妈妈也说了,只是吓唬她一下。我不想跟她分手,我想等我妈妈的气消了,再好好跟她谈一谈,我妈妈是爱我的,只要我想要的,从小到大她都满足我。"这个傻乎乎的男孩,还以为他的母亲是一时的气愤,等她气消了,就能接受一切。他突然发现,跟这个没有长大的孩子讨论什么人性的问题,无异于对牛弹琴。"你想办法让你的妈妈停止网络攻击吧,她这是造谣诽谤,我们完全可以追究法律责任的。"蒋文道只好表达了眼前最紧迫的诉求。

钟乔的母亲是个精明的生意人,如果不是因为爱子心切,她估计也不会做出这种铤而走险的事来,当她知道新月不是一个一无所有的弱女子,自然也不敢再肆无忌惮。蒋文道的推测是对的,媒体有人告诉她被要求删帖的事,她就明白这一招失效了。她唯一庆幸的是,事情发生以后,钟乔乖乖地待在了家里。她是女人,深知儿子的退缩,对于那个女人来说,意味着怎样的伤害。从这个层面来说,她还是赢了。"那你答应妈妈,现在不要去找她了。"她给儿子上了最后的锁,这个傻孩子居然答应了。

风暴过去了,新月楼又恢复了营业。一场闹剧引发了人们的猎奇心理,店里的生意反而好了许多。新月更加忙碌,她穿着艳丽的民族服饰,百灵鸟一样唱着山歌,终日挂着灿若朝霞的笑容,但是蒋文道看得出来她眼里那抹黯淡下去的光彩再也没有亮起来。经此一事,他们的联系更紧密了。有时蒋文道忙了,隔一段时间不来店里,就会接到新月的电话。"蒋大哥,好久不见了。"她对他的称呼,已经变成了大哥。她坐在他的面前,常常会倒一杯酒,他阻止时,她便孩子一样娇嗔:"不嘛,就让我喝一杯嘛。"她白皙的脸上爬上两朵桃花瓣的霞彩,眼里又会熠熠生出光来。那晶莹的湖泊一样的眼眸,滟滟地浮动涟漪,若晚霞映照秋水般浮光跃金,时而又是晨雾云烟迷蒙了山色水光。这变幻莫测的深邃里,常常让蒋文道生出一刻的恍惚,他的心神仿佛回到了桃花村,回到了十多年前,回到了那个心儿荡漾的时刻。他摇摇头,随即清醒,这是新月,是他当作妹妹和女儿一样疼爱亲近的孩子。

不喝酒的时候,新月就清清冷冷与蒋文道对坐,时不时冒出一句无厘头的话。她的思维一直是跳跃的,好像在一堆乱麻里要理出几道经纬出来。"强盗的本质是破格获取,破格获取和直接获取是两个不同的概念。你们没有自信与强者在同一个规则下竞争,这只能说明你是弱者,因为弱势文化所追求的最高价值就是破格获取。所以,强盗的逻辑从本质上讲是懦弱的生存哲学。"新月念着电视剧里的台词,"蒋大哥,那你是不是代表强势文化,而万院长是弱势文化吗?"新月心里的蒋文道还是那个创造神话的男人,在她的心里代表着"道"。蒋文道的心里感到惭愧,他习惯性地在她面前充当剖析自然规律的智者,遵从心灵规则的圣人,却不知在那些神话的背后,原来装满了许多不能示人不能深究的笑话。也许,他呈现在她面前的,是那个虚幻的已经消失的过去的他,又或者是内心向往仍想坚守和追求的未来的他,他自己也是一片混沌。面对新月的崇拜,他笑而不答。"那为何弱势文化成了流行品种,推崇弱势文化的人反而当道了呢?"她指的是万真这一类人,万真蒸蒸日上的成功让新月困惑。何止她困惑,就连蒋文道自以为看透了生命的意义,不也常常被搅动得心神不宁吗?有句话说,"人不能太聪明,一聪明,上天就发笑",但是他看到的是万真那样的人凭借着自以为是的小聪明,活得顺风顺水,肆意妄为。现实世界里的他,一步步退让,一次次妥协,算不算也依附了弱势文化,失去了心中的"道"?

"万院长不在了!"那天,蒋文道正在新月楼望着茶杯里浮浮沉沉的茶叶发呆。他刚给一群彻头彻尾的商人上完传统文化修养课,被他们用临时借来的风雅来装饰门面的虚伪行径塞得胃里满满的,躲到新月楼享受片刻的清净。脑袋还嗡嗡的,电话就在这时响了,楚震宇慌乱的声音传了过来。这是一个让人摸不着头脑的消息。他昨天还见到万真在台上眉飞色舞大谈学术精神,好端端的一个人怎么就不在了?"你什么意思?什么不在了?"蒋文道定定神,也许万真是因为出事被抓了呢。"人死了,不在了!"楚震宇的话清晰明了,打破他心中的侥幸,这个人已经离开这个世界了,千真万确,永远地离开了!手机像一块僵硬的石头,重重地砸在了木桌上,茶杯里的水惊得溢了出来。

　　蒋文道几乎是本能地从座位上弹起,驱车赶到医院。一路的车水马龙,与往日并无什么不同。这个城市里的每一个人步履匆匆,正奔波在各自的轨道上。前方的车辆在一汪积水前没有减速,飞溅的泥水落到了环卫工人金色的工衣上,显出触目惊心的肮脏。那个满面尘色的老人,愤怒而无奈地望着黑色的轿车潇洒远去。他是这个城市被忽视的底层人物,但是他活着,卑微却长久地活着。而万真却死了。他想起万真,初见时他衣着光鲜眼神里都是不可一世的倨傲。他费尽力气和他站在了平等的位置上,甚至得到了他的尊敬,但是他骨子里的优越感仍然像夏天的太阳一样灼伤着他。他鄙夷他为了权势地位的嘴脸,但他又始终没有逃离他编织的大网。他原本是一个溺水者,后来却成了一条活在污水塘里的鱼,他在这张网里习惯着向前游弋时,也似乎接纳和理解了这种活着的方式。人的最高境界是自由,可是不到高处,怎么能得到自由?万真的人生就像爬梯子一样,努力地爬到了一个台阶,但是看看还有更高的天,他又马不停蹄地向上爬了。他就那样无休无止地奋斗和追逐。不知从什么时候起,蒋文道已经放弃了攀比和敌视,他成为一个盲目的追随者。他习惯了听他叫"蒋教授",也笑着喊一声"万院长",他们心怀默契地同向而行。

　　"他在接待时突发心肌梗死,送到医院没有抢救过来。"万真中午有个重要接待,他是个细致的人,提前到酒店看准备的有没有纰漏。客人还没到,他说有点累,坐一会再去门口迎接,让助理先在门口等着,随时给他打电话。助理一转身,他的身体就溜了下去,瘫软在地上。看到他唇色绀紫,双目紧闭,助理慌了,赶忙拨打了120。没想到人送到医院就下了病危通知书,手术室里抢救了几个小时,没有再醒过来。医院里,围着乌泱乌泱的人。方婕哭得昏死过去了,万真的脸上盖着惨白的布,他的身体直挺挺的,像一根刚砍下的木柴,等着被送入炉中,化为一缕烟尘。蒋文道怔怔地站在那里,不敢相信眼前的一切。

"万院长昨天晚上喝多了,还坚持回学校签了几个文件。""他今天上午看着脸色就不好,我们还以为是宿醉未醒呢。""万院长一向精力充沛,很少会叫累的,今天他说累,我还觉得奇怪呢。""他老是喝酒熬夜,毕竟不年轻了,身体哪里熬得住。"几个知情人七嘴八舌议论着他的死。"争来争去,万事成空啊。""没有福报的人,争到了,身心透支了,依旧无福享受。""风无定,人无常。世事无常啊。"众人纷纷感慨。仿佛他的死是一场蓄谋已久早有预兆的灾祸,这充满惋惜的语调里,似乎有一种不可言喻的幸灾乐祸。蒋文道感到窒息,匆匆逃离了现场。

一场隆重的葬礼之后,万真成了墓碑上的一个符号,他在这个世上留下的浓墨重彩的痕迹很快被新的色彩涂抹干净。万真的突然离开并没有改变蒋文道的生活,但是他莫名地感到厌倦。人们都说年过四十就开始急速下坡,蒋文道却在提前经历了人生的低谷之后,四十岁开始步入万物生长的春天。他平凡无奇的生命从那时才开始绽放。他一路奔跑着,跳跃着,有心力交瘁感到疲惫的时刻,但不会被这种疲惫羁绊住前行的脚步。一觉睡醒,看到乍明的天光,他又会穿衣梳洗,顶着一顶奢华无比的帽子去站在这个城市之巅。"蒋文道"这三个字在晖城已经成为一个响当当的名字,他早已习惯了这种被仰视被膜拜的表情,这三个字已经不再是一个空洞平凡的符号,而是被具体化成了一种形象,一种意义。立德立功立言,被看见被认可被尊重,这是一个知识分子的骄傲。但是此时,当他鄙视又依存的万真变成了一缕烟,一粒尘,轻飘飘地离开这个世界,仿佛在他丰盈的世界里凿出了一个巨大的黑洞,这黑暗无边无涯,尽是虚无,似乎要将他吞了进去。

他去养老院探望娘。娘已经意识模糊了,拽着他的胳膊亲亲热热地喊:"石头,桂花又开了,你摇一些下来泡酒好不好?"娘的眼里,竟然闪烁着少女一样羞答答又甜蜜蜜的光彩。娘香甜地吃着蒋文道带来的桂花糕,她苍老的心里只有那个人,那段被爱着的岁月。娘是一个平凡的人,她的世界简单到苍白,但是她的心里,仅仅有这样一点执念,这是多么的幸福啊。"如果我要死了,我惦念的又是什么呢?"蒋文道默默地思考着。他来不及思考清楚,又被拽回了活生生的现实。这个城市被笼罩在一片浓郁的桂花香里,人们贪婪地吮吸着鼻子,沉醉在此刻的芬芳和甜蜜里。越来越多的人打着"活在当下"的名号,空心人一样活着,又有几个人还记着心里那点微弱的惦念呢?

10

天还清亮,一弯淡淡白白的上弦月浮出了薄薄的云层。转眼又是新的一月了,即将步入夏天。初夏的夜晚不同春的馥郁,炎夏的灼热,自有一种干净清爽的温柔。新月打电话说老家有人带来了新茶,请蒋文道过去品茶。靠近吧台的卡座,差不多成了蒋文道的专座。新茶味淡,但胜在扑鼻的清香。一壶清茶,半弯弦月,这是蒋文道难得的放松时刻。隔着一挑布帘,他能清晰地听到新月忙来跑去招呼客人的声音。"新月,我们吃好了,就先告辞了啊。"发声清脆,余韵悠长,这个歌唱般的声音像安了滚珠的轮子,轻悠悠地滚动,嗒嗒嗒的余音不小心驶入了蒋文道的心田。他瞬间像被点了穴一样,周身的血液凝固,身体竟然动弹不得。"蒋老师,那我先回去了啊。"他似乎听到十多年前这个婉转的声音,还能看到她回首那眸子轻轻挑起的神采,她乌缎般的长发轻盈地划过天际,空气里影影绰绰的花香,甜丝丝的,滑腻腻的。"你说话就像唱歌一样。"他笑声朗朗。"好听吗?"她言语柔柔。"好听。"他点头,空气中摇曳着她像风铃一般清澈悦耳的笑声。

人和人之间的连接很神秘,有些人就像走一条宽阔的大道,非得扬着马鞭、驾着汽车,嗒嗒嗒、呜呜呜地弄出大的阵仗,才能赶得上去。而有的人,就是不经意的一个凝望,轻轻巧巧一个声音,都像被吸了魂灵一样,不管荆棘遍布还是曲径通幽,就入了心,分了神,不由自主地沿着小路去了。这种相遇,以及由这种相遇引发出来的刻骨铭心的靠近,究竟是心灵的自主靠近还是灵魂在寻找寄托,蒋文道有时也是困惑的。如果是后者,他是一个自视甚高的人,他的寄托可以在文字里,在山水里,在虚无的精神世界里,为何会是那样一个弱不禁风的女子?那么是心灵的自主靠近吗?是冥冥之中某种生命物质的吸引和交融吗?放到这个层面的纠缠就让人欲罢不能而心生畏惧了。蒋文道用现实的力量斩断了那场足以摧毁一切的相遇,却在漫长的岁月洗刷以后,仅凭着微弱的一点声音信号就被轻易触发了那个关掉的开关。记忆的闸水倾泻而出,一股强大的推力排山倒海,蒋文道一个踉跄,被掀了出去。

他走到门口的那一刻,她的后背刚好转过去,圆润的臀部落在了黑色小轿车的副驾驶座位上,纤细的手扶着车门,那张清秀的脸伴随着身体的落座,慢慢地收了进去。几缕散开的碎发被微风拂到额前,搭住了她的眉眼,事实上,她颔首低眉,眉眼里也定然是没有他的。他就那样远远看着她,上了车,又伴随着车的启动而缓缓离开。他的目光追随着她,她走在看得见的前方,时间仿佛在这一刻停留,只是感觉时间越走越远,留下一张孤独的侧脸。一想到她是孤独的,他的心里骤然升起一阵温热的冲动,仿佛她是冬去春来寒风中的一朵苍白的野樱花,而他是天上拥抱她的暖阳,是树下守护她的勇士。他想追上去,但车突然加速，眼前的一切梦幻一般迅速离去。蒋文道倚在门口，为她的离开怅然若失，又为畅想的重逢心生欢喜。"蒋大哥，你站在那里干吗？"新月一脸诧异地走过来。"哦，没什么，我看今晚的月亮好看。"蒋文道不自然地退回卡座。"月亮好看？月亮都长毛了还好看？"新月捂着嘴指指窗外，给他留的是临水的座，即使赏月，坐在窗前即可，何必舍近求远呢，这言不由衷的托词让新月好笑，她可爱的蒋大哥必是心里又在思忖什么秘密。

新月看破并不说破，拎着水壶进来给蒋文道添了点水，问他还要不要炒两个小菜喝点小酒。"不了，今天在食堂吃得很饱。喝点茶水正好。"蒋文道端起茶杯抿了一口。"这茶不错吧？我的一位故人来晖城出差，给我送来的。她这个茶不仅是明前毛尖，还是她亲手炒制的呢，可是珍贵呢。"新月熟稔地擦拭桌面上滴落的几滴水，言语间人已经飘到了外面。绿茶的基本工艺流程分杀青、揉捻、干燥三个步骤。杀青方式有锅炒加热杀青和热蒸汽杀青，就算锅炒，一般也是机器翻动炒制，而揉捻除了龙井、碧螺春等手工名茶之外，基本都是用机器操作。人工炒制费时费力，想象着那一双青葱般水嫩的手在上百度的高温里快速翻炒，这茶便添了几分熟悉的细腻温润的体香。茶也醉人啊，蒋文道闭上眼睛，任由绿茶苦涩入喉，回甘绵长。睁开眼，云彩散尽，月色朦胧。啊，月亮真的长毛了，那细细碎碎弥漫在周边的绒毛，四周晕着一圈圈的朱砂红……仿佛是楚人在美妙的乐曲中描绘的帛画。那个曼妙的身姿，着一袭碧裳，聘聘婷婷地出现在画里。"金凤小斜簪鬓云，注樱桃一点朱唇……秋水清，春山恨……"蒋文道醉在了袅绕的茶香里，醉在了迷蒙的月色里。

月亮生毛,大雨滔滔,大毛大雨,小毛小雨。雨水没有等到明朝,在午夜即将来临的时候,迫不及待地奏响狂奏曲。"哦,回不去了?"密集的雨点随风潜入室内,蒋文道若大梦初醒,急急忙忙去关窗户,一不留神碰倒了桌上的茶壶,叮叮砰砰,茶水流了一摊,笋尖般的茶叶也溅了出来。覆水难收,可惜一壶好茶了。蒋文道正在手忙脚乱间,听到外面有人用手捶门的声音。店里刚刚打烊,新月和服务员正忙着收拾打扫。"新月,让我进来,新月!"雨雾弥漫,玻璃门上紧紧贴着一个模糊的身影,听那火急火燎的声音,便是钟乔的。新月背对着门不看他,用力地拖地,似乎要将浑身的力气堆积在拖把上。蒋文道走过去开门。"不许开门!"新月一声怒喝。蒋文道愣了一下,新月在他面前几乎没有高声说过话。"别这样,新月,看看他来说什么。"蒋文道柔声劝道。话语里的意思,大有他在,一切都不怕的笃定。新月回头看着蒋文道,眼里弥漫着湿润的雾气。"小张,你先走吧。"蒋文道开门前,示意年轻的服务员离开。小张披着雨衣走出去几步,还忍不住回头看了一眼浑身湿漉漉的钟乔。昔日里风光无限的阳光男孩,此时脸色煞白,眼窝深陷,落汤鸡一样狼狈。

从他进门的那一瞬间,新月就像钉子一样,牢牢地钉在了原地。"新月,我想你。"钟乔冲过去一把抱住新月,她娇小的身体在瑟瑟发抖。这个叱咤风云天不怕地不怕的小姑娘,在爱情面前像一只无力反抗的小鸡雏,扑扇着稚嫩的翅膀在风中挣扎。看着她柔弱凄楚的样子,蒋文道的心里疼痛起来。一半是为眼前的新月,一半是为心底深藏的那个姑娘。"你来做什么?"新月终于挣扎着从钟乔火热的怀抱下镇定下来,她的声音有些疲惫的喑哑。她仰着头望着钟乔,雾气散尽,红红的眼圈里,有一束急切的光直直地注视着眼前的人。那束光里,有不舍的牵绊,有希望的探寻,哪怕事已至此,哪怕吃尽了苦头,哪怕说哀哀心死,但只要他能坚定地站在这里,满怀诚意地告诉她,他要跟她在一起!那么,这颗伤痕累累气息奄奄的心,就会被流淌的热血瞬间贯通,它又会鲜活地蹦跳起来,义无反顾地为爱继续向前。"说啊,说啊。"就连蒋文道的心里,都涌出强烈的期盼,希望这个男孩能承担起一个男人的担当,接住新月的一腔深情。"我……我是来道歉的……"他红脸嗫嚅的样子像极了一个做错事的小孩子,只是这个小孩还没意识到自己身上的问题,"我妈她不该那样对你,我替她向你道歉,但是……后来我妈也知道错了,所以她停下来了……"新月依旧一动不动地望着他,但她眼里的那束光渐渐变细,直至熄灭。亮光熄灭的一双眸子,黑白分明,像雪夜里的一棵落光了叶子光秃秃的树,散发着凛冽的寒气。"钟乔,我们不说你妈妈的事。我只问你,你呢,你怎么想?"清冷冷的声音,像一柄闪着寒光的利剑在舞动。钟乔分明打了一个寒战:"新月,我想……我想等我妈的怒气平息一些,我们还可以……""还可以怎样?色情引诱吗?苟且偷欢吗?"新月突然咆哮起来。枯枝上的积雪,被震得大团大粒纷纷而下。"新月,我不是那个意思,我……我……"钟乔似乎被一团雪噎住了喉咙,嘴张得老大,却发不出一个音调。"你给我走!"新月胸口剧烈地起伏,竭力保持最后一丝体面的冷静。"钟乔,你先回去,改天再说。"蒋文道见状,赶紧过来推钟乔。"我不走,我不走,我不要离开你……"钟乔再一次紧紧抱住新月,垂死挣扎般地呼叫。"走!……放开……滚!"新月拼命挣脱,钟乔却死命地紧紧箍住,挣不开的新月像一头发怒的狮子,低头一口咬住了钟乔的手臂。"啊!……"随着他一声惨叫,新月挣了开来,直奔门外,冲到瓢泼的大雨里。

"吱",一道刺耳的紧急刹车声让空气瞬间凝固,又响起"砰"的一声沉闷的声响。伴随着金属刮擦和玻璃撕裂的连串声响,一道触目惊心的殷红划出唯美的血痕。新月像一朵快速坠落的桃花,跌落的花瓣倒映出凄迷的雨色夜光,战栗的红色诉说着不尽的荒凉。雨点狠狠地砸在上面,蒋文道几乎是飞一样冲了过去。新月脸色苍白,一动不动地躺在地上。鲜红的血以后脑勺为中心,向四周的雨水漫延,慢慢地散开。蒋文道原本低沉的脸变得麻木,他急速地扭过头,面无表情地看着肇事的车主飞快逃逸,又很快地看了倒在血泊里的新月,抱起她双腿撒开了地跑,脸上不时有泪水滑落。雨,仍旧在下,下得很大,向大地射出了无数的锋利的箭,似乎要穿透他薄弱的心。蒋文道的眼前,浮现出那个夏天的血影,他的星星,那个小小的人儿,就像眼前看到的这样鲜血汩汩而流,她在他的怀里一动不动,流尽了生命的最后一丝力量。"新月,新月!"他听到了钟乔凄楚地嘶吼,一辆银色的跑车停在了他的身旁。他像落水的人抓住一块浮动的舢板,紧紧抓着不肯松手。如果当时,他那样抓着星星,她是不是就不会离去?蒋文道的心被剧痛割裂,憋闷地喘不上气。新月在刺眼的白光里费力地抬起眼皮,看到他眼里血一样通红的焦急。她嘴唇轻轻地动了动,用尽所有的力气,在薄薄的唇边绽放一个苍白的微笑。钟乔的车,光速一般冲到了医院。

205

"颅脑大量瘀血,需要马上进行开颅手术。"医生示意家属签字。蒋文道这才想到,新月的身边竟然没有一个亲人。躲在角落里面如死灰的钟乔,迟疑着不敢向前。"我来。"蒋文道大步走到医生面前。"需要跟你说明的是,病人情况危急,开颅手术有较多风险……"医生看了一眼焦急的蒋文道,低头照着一张纸照本宣科。"医生,救救我的孩子!求求你,救救我的孩子!"蒋文道的耳畔,回响着那日陈钰凄厉的哭喊。别无他选,只能生生扛起命运的不二抉择。"我是病人的朋友,她在晖城没有家属。"蒋文道接过护士手中的笔,一字千钧地签下同意手术的字。目送着新月被推进手术室,一扇门冰冷地隔断了视线。大厅里安放着几排蓝色的长椅,在惨白的灯光下发出莹莹的幽光。已是深夜,长椅上却没有一个人落座。几个等待的家属焦急地守候在门口,时不时走到手术室门口侧耳倾听,凑着门缝张目窥探。墙上的挂钟,嘀嗒,嘀嗒,一声一声敲在悬着的心上。

"兰兰怎么样,兰兰怎么样?"一个年轻男子趔趄着扑过来,嗓音里焦灼得冒着哭腔。"你还知道关心你媳妇啊,大着肚子让她一个人回娘家。"一个中年男子气呼呼地转过身,一把揪起他的衣领。"哎,算了,算了,救你妹妹要紧。"一旁面带愁容的清瘦老妇人扯着男子的衣袖。"孩子,孩子保得住吗?"一个身材矮胖的老太太圆球一般地滚了过来,她的叫喊又激起了中年男子的愤怒,手术室门口一阵骚动。"安静,安静!"护士面带愠色地过来喝止。又恢复了安静。守在手术室门口的母子俩,踱来踱去。矮胖的老太太一屁股坐在长椅上,面无表情地盯着手术室门口的指示灯。年轻男子蹲在大厅安全出口的角落里,低垂着头,手里紧紧握着一部手机,手指在屏幕上飞快地舞动,一副全神贯注的样子。

时间在挂钟的嘀嗒声里,在电梯门的开合中,在众人交会的目光中,缓慢地流淌。中年男子疲倦地瘫坐在长椅上,他的母亲坐不了几分钟,就颤颤巍巍地趴在门口去张望。矮胖的老太太翻了个身,瞟了一眼指示灯,咕咕哝哝几句,不一会又响起了均匀的鼾声。"王玉兰家属,王玉兰家属!"一个女护士从窗口里探出脑袋,向着大厅呼喊。"谁是王玉兰家属?"见没人答应,护士的嗓门提高了八度。中年男子出去接电话,他的母亲好像去了厕所。矮胖的老太太还在熟睡,角落里的年轻人依旧沉浸在手机的世界里。"王玉兰家属,王玉兰家属,王玉兰家属在不在?"女护士从手术室里出来,站在大厅里大声叫喊。众人的目光四下搜寻,期待那个王玉兰的家属能快快闪现。也许是护士的声音惊醒了安全出口角落里那个蹲着的年轻男人,只见他慌慌张张腾地直起身子,快速向护士走来,满脸涨红。"我,我是王玉兰家属。"男子的眼神躲闪,声音嗫嚅。"喊了半天,你都没听到吗?你老婆手术做完了,家属送她去病房!"护士狠狠地盯着男人,语气凌厉。"妈,妈,兰兰手术做完了。"年轻男子好像有些不知所措,焦急地呼喊着熟睡的老太太。"哦,完了,完了啊。"老太太站起身,打了个大大的哈欠。手术室里送出的女人,双眼紧闭,脸颊瘦削,躺在被单下平平展展,单薄得像个孩子。"孩子,孩子,我孙子呢?"胖老太太伸手去摸病人扁平的肚子,发出声嘶力竭的哭叫。"兰兰,兰兰,我兰兰还好吧?"清瘦的老太太快步跑了过去,中年男子收了电话,疾步围了过来。目送她消失在电梯里的背影,蒋文道的心里涌起一阵莫名的悲凉。失去孩子的痛苦,对于一个含辛茹苦的母亲来说,是人世间何等残酷的剧痛,更何况她接下来还要面对人性复杂的冷暖。

面对这一幕,好一会儿,人们都说不出话来,只是静静地坐着,静静地等待,任耳畔的挂钟嘀嘀嗒嗒。电梯门开开合合,大厅里人来人往,络绎不绝。天大概已经亮了,这个世界又开始车水马龙,热闹地运转起来。悲欢离合,幕幕戏剧正在紧锣密鼓地上演。3号手术室凄红如血的指示灯终于变绿,蒋文道的一颗心提到了嗓子眼。他屏住呼吸定在了手术室门口,指示灯熄灭,"向新月家属,向新月家属",传来护士急促的呼喊。钟乔不知道从哪个角落突然冒了出来,和蒋文道一起奔到手推床面前。新月的眼睛沉沉地闭合,若不是一张白纸样的脸,真以为是睡着了。"手术成功,送到病房里观察。"医生因为连续六个多小时的紧张忙碌,神色里尽是松弛的漠然。"她……"钟乔刚开口准备询问新月的具体情况,医生已经转身离开了,一群医护人员浩浩荡荡地跟在后面。"谢天谢地!她还活着。"蒋文道的心里,被一种突如其来的巨大的喜悦包围。是的,她还活着,只要活着,一切都能重新开始,又有什么好担忧和惧怕的呢?

病房里,新月沉沉地睡着。护士说,麻药失效就会苏醒,一般6小时左右,最多不超过24小时。但是意识清醒可能需要24~48小时。新月是脑硬膜外出血,跟其他颅脑手术一样,颅内感染和迟发的颅内血肿都是面临的风险。"家属可以先回去一趟,这一周内会不会出现并发症还不好说,所以病人身边不能离人。"护士的交代简洁而贴心。"蒋老师,您先回去忙吧,我在这里守着新月。"钟乔乞求的眼神望着蒋文道。看着他眼里的歉疚,蒋文道的心里顿时软了几分。他看看手机,已经快要上班了,十点钟还有一节课,得赶紧回家一趟。电话显示一连串的未接来电,顾不得细看。

天色大明,外面已是人潮涌动。紧张了一宿,终于松了口气。沿着人行道,蒋文道脚步松散,目光随意,这一夜的种种际遇像电影般在脑海回放,短短的十多个小时,竟然发生了那么多的事情。车来车往,闪烁的红绿灯,像多变的人脸。人生啊,处处是舞台。今天,那些躺在手术室的人,是我们眼里的主角儿;明天,我们亦会是他们眼中的主角儿。只是上演的戏剧和所用的舞台,包罗万象罢了。没有剧本,没有彩排,都是本色登场。而一切的际遇,有时候当局者迷,旁观者清,终将都会冷暖自知。回到家,蒋文道依旧为这种缠绕的思量神色恍惚。"你去了哪里?"陈钰阴郁的声音传来。平日她出门很早,没想到,此时她还在家里。蒋文道这才惊觉,自己一宿未归,也忘了跟陈钰打个电话。

"昨天晚上发生了太多事情,我一忙就忘了跟你说,害你担心了。"看坐在餐桌前眼睛红肿的妻子,蒋文道心里充满了愧疚。"你知道昨天是什么日子吗?我不知道你在外面忙了一夜,究竟在忙些什么?"陈钰的声音低沉,里面满是幽怨。蒋文道这才看到,她的面前摆着一个精致的玫瑰花蛋糕。"就连涛涛都记得我们的结婚纪念日,还专门给我们订了蛋糕,可是你在哪里?"陈钰的眼里是死一般的寂灭,看得蒋文道心里一惊。糟糕,竟然又忘了这个重要的日子。往年忘了,还能及时走出家门买一个礼物,哄一哄也就过去了。可是今年不仅忘了,竟然一夜没有回来。陈钰守着这个纪念日的蛋糕,孤零零坐了一夜。他不由得有些鼻子发酸。"我去新月楼吃饭,遇到下雨就耽搁了一会,谁知新月和她男朋友闹别扭,被车撞了,伤势很严重,我又送她到医院,抢救了一夜。"蒋文道尽可能平静而具体地讲述这一夜的忙乱。当然,他隐瞒了偶遇汪美玲引发的情绪波动,以及车祸想起星星的痛苦。

栀子花开的六月,空气里氤氲着甜蜜的芬芳,那个一袭白裙生如夏花的女子,带着对未来的无限憧憬,嫁给了他。无论怎样,这该是一个开心的季节啊。他走上前去,轻轻拥住陈钰,在她的额头印上一个浅浅的吻。这多么像二十七年前的那个夏日啊,他在这个纯洁无瑕的女孩身上刻下了自己的印章。他们已经很久没有这样亲近了,蒋文道感到怀里的陈钰身子一僵,继而就松软下来。"我先去上课了,晚上早点回来,给你补过。"难得的柔情驱散了笼罩的阴云。

是个好晴天,湛蓝的天空没有一丝云彩。走在校园里,丝丝缕缕的清香扑鼻入心,花坛里的栀子花开得正盛,青葱绿叶托起一朵朵雪团似的白花,层层叠叠的花瓣在阳光下晶莹透亮,庸常的日子平添了几分旖旎的诗情。青春少年发酵日久的春情到了热浪升起的夏日,已波涛汹涌滚滚而来了。校园里的绿荫下,随处可见拥抱在一起痴情缠绵的年轻男女,女孩的笑声在明朗的夏日里格外清脆。他恍然忆起少年时,他们都还青涩而矜持,趁着朦胧的月色,偷偷溜到花坛摘一朵栀子花,别在女孩的发间。双手拂过丝缎般柔滑的秀发,女孩的脸上浮现出娇羞的红晕,花香、发香和少女独特的体香似乎顺着指尖钻进了身体里,流淌到血液里,膨胀着,涌动着,身体变得燥热起来。夏天,就是这样热热烈烈地来了。

办公楼前,一个卖花的老太太不知怎么溜进了校园。三三两两的女老师被满竹篮的栀子花吸引住了,蹲下身来挑选。一个年轻的保安正满头大汗地驱赶老太太离开。"小伙子,可怜我老太挣俩钱不容易啊。"老太太衣着干净,一口软糯的本地话。"就是啊,跟你妈妈差不多大的老人,忍心吗?""瞧瞧,多新鲜的花。""买了放在办公室,可以香好久呢。"女人都是花痴,转眼就形成了联盟。小保安黑沉沉的脸霎时涨得通红,豆粒大的汗珠沿着他黑红的脸颊往下淌,他搔首踟蹰,叉棍在空中举起又放下。"算了算了,这篮子花我都要了。"蒋文道走过去就要掏钱。老太太和小保安的眼睛同时亮了,活像见到了一个救苦救难的菩萨。"蒋教授啊,不能这样夺人所爱哦。""咦,教授买这么多花是要献给哪位美人啊?"七嘴八舌的叽喳又转移到了他的身上。蒋文道最后给围观的女老师一人发了一小束花,剩下的让老太太帮忙送到图书馆去交给陈钰。

一场风波就这样平息了,甚至因为这场风波,夫妻间年深日久的坚冰融化了一些。蒋文道靠在办公室的大班椅上,随意拿起一本宋词,翻了几页就陷入了沉睡。他没有听到手机响了,也没有听到走廊上来来去去的人流。这一觉睡醒,太阳已经斜在了窗外。书滑到了腿上,打开的一页是李清照的《武陵春·春晚》。"物是人非事事休,欲语泪先流。"花香依旧浓郁,尘世依旧喧腾,物是人非,生离死别,却在心里雕刻了许多哀愁。血色残阳,睡意蒙眬间更添惆怅。蒋文道想起来该跟陈钰打个电话,先去医院看看新月,再约了她出去吃饭。手机显示十多个未接来电,全是钟乔打来的。新月出事了?蒋文道心里咯噔一下。他一边往外跑,一边给钟乔打电话:"怎么了?新月怎么了?""蒋老师,没事,新月没事。"钟乔有些支支吾吾。"没事你给我打这么多电话干吗?"蒋文道急了,打断钟乔的话。"嗯……是我有事……我不在医院了,我妈她……"蒋文道只听到钟乔说他不在医院了,就再也听不进去他在嘟囔些什么。新月此时生死未卜,一个人躺在医院!

蒋文道赶到医院的时候,新月刚好醒来。她的头发剃光了,头上缠满了层层叠叠的纱布。不过一天一夜,竟然清瘦了不少,脸颊凹陷下去,显得眼睛更大了。她漆黑的眼珠一动不动盯着天花板,看到他进来,没有什么反应。蒋文道想起护士的话,她现在只是生理机能苏醒了,意识还没清醒。些许的工夫,她好像累了,又闭上眼睡了。"老婆,对不起,新月身边没人,我走不开,不能陪你吃晚饭了。"蒋文道摁了电话的拨号键,又挂断了,他在微信上敲下这样几行字。没有收到回复,她肯定生气了。怨不得她,但他也着实没有办法,只能以后再弥补了。

"你好歹喝口汤呗,我妈说补好了元气才能再生儿子。"旁边的病床上,男人在劝说女人喝汤,好好的一件事,被他说得像完成任务一样沉重。说话果然是一门艺术,蒋文道好奇地侧身打量这个笨嘴拙舌的男子。这一看,巧了,这不是手术室门口看手机的小伙子吗?那个被唤作兰兰的女子死了一般躺在床上,额上缠着纱布,眼角无声地淌落着泪水。"你再不喝,妈一会来了又该生气了。"男子添油加醋的劝说让女子的悲伤转为愤怒。她使尽浑身力气,一挥手打翻了男子手中端着的碗。瓷碗砸在地上,发出清脆的一声响。男子捂着手腕,哎哟一声,蹲下来去收拾地上的残局。"哎——"他发出长长的一声叹息。自始至终,女子没有说一句话。婚姻,往往就僵死在这样的沉默里。你不懂我的艰难,我理解不了你的苦心,我们在漫长而复杂的岁月里,活成了遥遥相望的两座孤岛,这不是现代人婚姻的通病吗?男子收拾完东西,不再坚持喂女子喝汤,坐在一旁的椅子上,低头看着手机。

  蒋文道觉得有些沉闷,起身到楼梯间去透透气。夜幕已经笼罩了天地,然而城市永远是座不夜城。车流在昏黄的路灯下穿梭,人群向着斑斓的霓虹灯走去,远处高耸的楼房零零星星亮了几盏灯火,多少晚归的人还在路上奔波。家人闲坐,灯火可亲,慢煮生活,岁月深深。永远停不下来的欲望追逐让几个人还能心平气和享受家的温暖?这个城市是热闹的,这个城市又是孤独的。蒋文道点燃一支烟,吞吐间,看着烟圈绕着弯,打着结,扶摇而上,又缥缥缈缈地散开。他原本是不抽烟的,他不喜欢觥筹交错后一人发一根烟吞云吐雾的油腻,但是楚震宇跟他讲,抽烟是能带来快感的,就跟云雨之欢一样解忧。"你他妈搞过女人吗?"蒋文道爆了一句粗口。说完他也好笑,不结婚不代表没有男女之事,结了婚也不代表就能朝朝暮暮。他跟陈钰都多久没在一起了,所以那天,他大概是被楚震宇口中的快感所蛊惑了,也慢悠悠地点了一支烟。大口吸入带来的短暂眩晕,烟雾穿越口腔和鼻腔的刺激,以及烟雾缭绕的迷茫,让人暂时沉浸在这忘我的虚无里,的确有一种别样的松弛。从那天起,蒋文道在某些特殊的时刻,就习惯性地点燃一支烟,任由思绪随烟升起又远去。"星星!"他突然看到烟雾尽头,窗外的天际悬着一个忽明忽暗的亮点。也许是夜行的飞机,但那一刻,蒋文道就觉得它是星星,是一颗孤独而倔强的星星。

他想起他的星星,那粉嘟嘟美滋滋的女儿。她的长相很像妈妈,明眸皓齿,笑起来像阳光一样灿烂。但她的性格完全随了他,看起来随和无争,骨子里却渗透着一股倔强。他记忆中唯一一次对她动怒,就是她将他电脑上刚写好的论文给删了。"你干吗要动大人的东西?"他气得冲她怒吼。"谁叫你不收拾好自己的东西!"她仰着头大声回答。他又急又气,扬起巴掌就要扇过去。她将脸转向他,梗着脖子,瞪得圆溜溜的眼睛里没有一丝躲闪和畏惧。最终,他败下阵来,那黑白分明的眸子里满溢的无辜令他动容。而她也乖巧地承认了自己的错误,并煞有介事地叮嘱爸爸以后东西不要乱放。就是这个犟丫头,会在陈钰喋喋不休地抱怨时,搂住他的脖子亲一口:"爸爸,你最棒了!"也是她,在生病高烧不退时懂事地说:"爸爸,我影响你工作了。"她跟他说要"不畏强权",要"勇敢做自己",这个古灵精怪的丫头,就像飞入他苦闷生活的一个天使,给他带来了那么多的乐趣和力量。可是他的星星,最后却躺在ICU的病床上,全身插满了管子,在冰冷和孤寂中离开人世。他痛恨自己那时的软弱,不能一直陪在她的身边,更痛恨自己的无能,签下了那决定她生死的几个字。

蒋文道回到病房,旁边年轻的男子不知什么时候出去了,病房里悄无声息,只有监测仪上的数字和线条在不停闪烁,输液管里的液体缓慢地流入病人的体内。他坐在新月的身旁,静默良久,拿出手机给陈钰发了一条信息:新月与星星的生日是同一天。我想星星了。清晨,查房的护士告知蒋文道,有人给他送东西过来了,放在护士站。是一个折叠床和一些洗漱用品换洗衣物。这是陈钰送来的！蒋文道的心里，刹那间升起暖意。

天边的鸭蛋青渐渐被越来越浓郁的红色渲染开，一轮红日冲破云层，天空顿时变得金黄明亮。又是一个晴朗的天气。上午，新月醒了。她的眼睛清澈，转过头骨碌碌地望着他，但她好像听不到他说话，张开口也没能发出声音。怕是手术后遗症，蒋文道赶紧去门诊找新月的主治医生。"这是血肿压迫神经带来的短暂性功能障碍，随着血肿吸收就会好转直至恢复，从病人目前的各项体征看，应该不会留下什么明显的后遗症。接下来我们会用一些营养神经和帮助血肿吸收骨瓣愈合的药物，可能还需要一两个月才能出院，完全恢复三到六个月吧，家属要做好准备。"医生给蒋文道吃了一颗定心丸，但他所说的时间也着实是个问题。医院里需要有人照顾新月，请个护工可以，可还是需要亲人陪着比较放心。

是应该给新月的父亲打个电话了，蒋文道边走边想。请好护工以后，蒋文道打算先去新月楼看看，新月不在，也不知道小张他们如何张罗。顺道问问新月家里的电话。从电梯出来，蒋文道远远看到一个熟悉的身影，一身职业装裹在丰满的身体上，头昂得高高的翘望着门口，那不是张思瑶吗？她在医院干吗，看起来不像生病的样子。正疑惑间，楚震宇小碎步跑了过来。他殷勤地扶起张思瑶的手臂，小心翼翼地走在她的旁边。躲避不及，他们在电梯门口相遇了，蒋文道还想掩饰心中的尴尬，张思瑶却已经主动开口了："震宇来陪我做个产检。蒋老师，您怎么在医院，陈老师病了吗？"震宇？产检？亲热的称呼，敏感的事情，蒋文道一时像被强电击中,晕乎乎的不知所以。"蒋老师,我先陪她上去了。晚一点给你说。"电梯门开了,楚震宇急急地拉着张思瑶进去。看着他们相互依偎的背影,蒋文道恍然大悟,但是怎么会这么快,好像没有一点预兆一样的,他又有些摸不着头脑。

"还不就是那次课题结项后,张思瑶非要我陪着她喝酒。"楚震宇红着脸说。蒋文道想起来了,那天下着雨,他结束了一个会议回来,约楚震宇吃饭,他支支吾吾。走到新月楼发现人去楼空,门上挂着暂停营业的牌子。他满腹狐疑地给新月打电话,听她在电话里带着哭腔说话,他就急忙赶了过去。就是新月被网暴的那时。"下雨嘛,又走不开。她也不知道遇到了什么事,从中午吃饭开始,喝到下午,自顾自地喝了很多酒,喝醉了就抱着我哭个不停。她离婚了,我又不好送一个单身女人回家,只好给她在附近的酒店开了间房。我刚准备转身离开,她突然起身搂住了我,然后就……"原来是一个再老不过的桥段,不过是酒精上头荷尔蒙溢出,孤男寡女干柴烈火的一段香艳情事。"是她缠着你吗?"蒋文道以为事后张思瑶穷追不舍,那样看来醉酒就是她蓄谋已久的局,可怜的楚震宇不过中了美人计。"不,恰恰相反,我也没想离开……直到第二天一大早醒来,我就发现她不在了。"楚震宇还是老习惯,紧张就搓着裤缝。

"问题在我,我好像喜欢上了那种感觉……"楚震宇好像有些羞于启齿,看着他那个扭扭捏捏又满目含春的样子,蒋文道立刻明白,扎在书堆里的楚震宇突然被点中了穴位,书呆子潜伏已久的荷尔蒙瞬间被激发出来,奔腾的欲望如泄洪的闸门被打开,滔滔不绝奔腾不息了。

"不，不是你想的那样，接触多了，发现张思瑶其实是个很单纯的女人。"楚震宇的话让蒋文道十分惊讶，生在官宦之家从来就八面玲珑的张思瑶，居然单纯？可见姻缘天定，男女之间的事情旁人还真是说不清道不明，恐怕当事人也是当局者迷，一头扎进温柔乡，就忘了那些世人眼中的条条框框。所谓婚姻，因女而起，因女而昏，女人是英雄汉也逃不出的城堡。

"没想到张思瑶居然怀孕了，医生说她这个年龄，怀孕不容易。就好像冥冥之中自有天意，她就和我在一起了。"楚震宇咧开嘴笑的样子十分滑稽，像关上门仍从门缝里挤进来的太阳。蒋文道冲他拱了拱拳，做了个承让的姿势。想起两年前万真乱点鸳鸯谱的时候，楚震宇还面红耳赤极力否认，不过几百个光阴，两人不仅走在了一起，马上又要弄出第三个人来了。万真已经不在了，又有新的生命陆续来到这个世界，生生不息，故人远去，这个世界是满的，又是空的，就像一个圆，转着转着，好像到了终点，但是终点又何尝不是起点？有始有终，何为始，何为终？

蒋文道去火车站接新月的父亲，虽然已经做了足够的思想准备，但见面的时候还是吓了一跳。学校家属区经常可以见到七八十岁的老人，一头银发，步履蹒跚，波澜不惊的脸上刻满了潮退之后的斑斑水痕，那种带着笑的沧桑令人心生敬畏。娘也衰老了，娘的衰老与这些老知识分子又不一样，她是一种毫不遮掩的脆弱与衰颓，就像一堵正在垮塌的老墙，你不得不提心吊胆地伸出一根粗壮的木棍去顶住那颓垣断壁，防止它完全塌下来。而新月的父亲却完全不同于这两者，他嶙峋的筋骨、弯折的身躯彰显着这个躯体的衰老,千沟万壑的脸上布满了苦难的过往和对现实的担忧。但那副残弱的身躯扛着大包小包,每一步都迈得沉稳有力。他的一双眼睛像枯水井一样深深地凹陷下去,隐约可见土黄色的井底了,但那一泓混浊的浅水里又映着青山绿水而显得炯炯有光。他的头上像冬日的荒原,只剩几根稀稀拉拉打了霜的枯草无奈地匍匐着,但他的一缕长约半寸的须眉又随着话语的高低而倔强地挺立摇摆,显出几分不甘认输的执着。这是一个没有任何遮挡、毫无体面可言的老朽身躯,这又是一个竭尽全力、汩汩流淌着生命之泉的不朽身躯,他像蒋文道记忆中雷泉村的那棵神树,经历了风霜雨雪,被雷劈成两半的残体里结了痂,蜕了皮,生了青苔,却依旧昂扬挺立,一年又一年地发出绿色的枝条来。他们没有那些豪言壮语,也没有精致的道理可讲,只是单纯地用力地活着。

蒋文道似乎明白新月的那股子劲儿从哪里来的了。医生都说,她的身体底子不是很好,但她有一种顽强的生命力令人惊奇。新月的神经功能性障碍在父亲到来的那一天神奇般地恢复了。"新月!"当父亲放下行李,两步跨到床前时,新月突然睁开了眼睛,含着热泪喊了一声:"爸爸!"晶莹的泪水像九月的清露,映着葱郁的青山,淌着轻柔的月华,纯净得若新生儿的双眸。在这个世界摸爬滚打一圈的新月,此时仿佛回到了27年前的那个秋夜,心无芥蒂地望着眼前的这个男人,信任着他,依傍着他。

老向已经是77岁高龄的老人了,但老向还是个爸爸,一旦走到女儿面前,他依旧是那个顶天立地、遮风挡雨的男人。他一边将包里的东西一一拣出来,一边絮絮叨叨:"哪,这个是去年的白果,怕掉到地上的不新鲜,我搭着梯子在树上一颗颗现摘的,拿回来洗净晒干,用糖水煮了,半阴干,拌上自己酿的桂花蜂蜜,新月最喜欢吃了。我留了一些没煮的,蒋老师拿回去煮汤喝吧,用你们城里人的话说,叫天然有机食品。"老向将一包晒得干干的白果递给蒋文道。"爸,在哪里摘了这么多白果?"新月侧过脸来。"嘿,说来也奇了,咱村里那棵老银杏树死了好几年,去年又活过来了,结了好大一树果。村里没得几个人去捡,掉了一大层,真是可惜了。"老向递给新月一颗糖渍白果,"你少吃点,等好一点了再随便吃东西。"

"蒋大哥,你不知道我们那棵银杏树可有来历了,等你以后去我们那里看看,让我爸讲给你听。"新月还有些虚弱,说不了几句话就有些喘息。"行了行了,你安静地躺着,我替你跟你蒋老师说话。"老向放下手中的口袋,轻轻替新月掖好被角。"空调有点凉,可别感冒了。"他小声嘀咕着,瞅了一眼隔壁病床上的女子,不晓得她为何那么贪凉。"蒋老师有机会真的要去我们那里看看,就这棵老银杏树,就有一千多年历史,据说那里以前曾是练武场呢,后来那里荒废了,老树就死了,过些年,老桩上发出来的新枝又长成了大树。前几年一场大雪,那棵树又死了。我们心想这些是真的死了。不料去年竟然又长出了新叶,你说奇不奇?"老向简单介绍了一下这棵树,听起来颇有些历史渊源和神秘色彩。只是他讲得不仔细,略一推敲,又有些难以置信。古代的城池一般都驻扎着军队,而军队必须有练兵习武的地方,以保持旺盛的战斗力,这种设施称之为大教场或演武场。在城的内部,如有空场之地,这两项场地就决定在城内的城边城角建造。如果城内房屋甚挤,找不到宽广的空场,那就在城外,贴近城边建设。教场自不必说,"八百里分麾下炙,五十弦翻塞外声。"那是地域浩大的。单就演武场来说,即使只是大户人家供家人练习武艺的地方,那也须是身世显赫的人家。就像《穆桂英挂帅》里杨排风唱到的那样:"秋风飒飒惊夜梦,金鸡三唱天将明。整云鬟,束衣裙,忙离内院到园中。习武演阵须发奋,铁梁磨绣针,功到自然成。"桃花村是个偏僻的土家山村,真难以想象有这样一段恢弘的历史。

"爸,柿饼有没有?"新月忽然又问。"哈哈,真是个好吃佬啊!跟小时候一模一样。"老向拿出一包暗红色的柿饼,上面挂了一层白色的糖霜。"柿子含有大量鞣酸及果胶,对肠胃有刺激,新月现在不适合吃这个。"蒋文道见状赶紧阻止。"听到没?蒋老师都说了现在不能吃,给你闻一闻味儿好了。"老向笑着将柿饼递到新月的鼻子跟前。"你不知道新月打小就贪玩贪吃,还好那白果生得臭烘烘的,要不然也非捡起来往嘴里喂。就说这柿子吧,我们老家的磨盘柿长得个大,一手掌捏不下一个。秋天红通通的挂在落了叶的枝条上,像一个个红灯笼,可馋人呢。新月要我去给她打柿子,我说还没熟,哪承想她自己爬到树上去摘。那老柿子树比屋顶还高,她就那样哧溜哧溜爬了上去。我听人家说她爬到柿子树上吓个半死,拿着棍子过去,打又不敢打,只好哄着她下来。她抱着树溜下来时还不忘揣两个柿子在兜里。一落地我就气得去打她,你看她居然还拿出柿子大大地咬了一口,生柿子涩得不得了,当时就呸呸地往外吐,看着又好气又好笑……"老向一讲起新月幼时的事,皱巴巴的老皮就舒展开了,眉眼上的毛须都在跳跃。新月也不说话,笑嘻嘻地看着父亲,听他讲着那不知道讲了多少遍的往事。

听着听着,她就眼皮发沉,昏昏地睡了过去。老向将她手腕上的手表解下来,放在床头柜的抽屉里。"这孩子,打小就爱戴个表,没得钱买,就偷偷在手上画一个。"老向嘿嘿地笑着。蒋文道想到以前见到孩子们围在一起,举着手臂比谁画的手表更好看,在他的童年,手表还是一个多么奢侈的玩意,都没多少人见到过真正的手表。那块画在手上的表,没有走动过,却带走了孩子们最好的时光。蒋文道与老向聊了一会,就起身告辞:"我每天都会抽空来看看新月,您有事就给我打电话。"老向塞给他一兜子东西,干白果、柿饼、干土豆片,还有十根香肠和一块腊肉。蒋文道知道,农家自己杀猪,灌的香肠不过三四十根,过完年就剩不了多少了,都是细着吃的。老向对他是极其舍得的。新月醒来,就着半根香肠吃了一碗稀粥,精神恢复了不少。"新月,你这个男朋友啊,什么都好,为人有礼,又有学问,就是年纪有点大。我年纪也大了,还指望你找个年龄相当的,以后我不在了,好照顾你。"老向叹了口气。"爸,你说啥咧,蒋大哥是有老婆有孩子的,我跟他只是朋友,他对我就像兄长一样,不是您想的那样。"新月一听老向误解,急得面红耳赤。"有老婆孩子就更不应该动这种心思了,新月啊,咱人穷点没关系,可不能贪慕虚荣,失了志气。"老向还是不放心地叮嘱了几句。

11

　　蒋文道回到家翻箱倒柜。陈钰回家,看到书房的地上书本、纸箱横七竖八,铺了一地,吓了一跳,还以为家里进贼了。小卧室里传来窸窸窣窣的声音,她悄悄拿起客厅的拖把,蹑手蹑脚走过去。依稀看到半个屁股悬在床边,有人趴在床底下寻找什么。她刚举起拖把棍准备打过去,趴着的人猛地退出来,正好撞到了棍子上。"哎哟!"一声惊呼,蒋文道转身看着陈钰,莫名其妙。陈钰一阵惊慌之后,也认出来是蒋文道,顿时气急败坏:"你干吗呢?鬼鬼祟祟的!""我在找东西啊。"蒋文道的眼睛还在四处寻觅,压根就没看到陈钰脸上正在燃烧的怒火。虽说那日陈钰听蒋文道提到星星生了恻隐之心,连夜替蒋文道送了行李去医院,但这些日子看到他忙进忙出的,一想到是为了一个年轻貌美的小丫头,陈钰心里仍然不是个滋味。今天一回家,又看到他一副神不守舍失魂落魄的样子,气就不打一处来。

　　"我问你啊,以前我收藏的关于我父亲的那张旧报纸和他的信放哪里去了?我明明记得我当时收在书柜上面的那个木匣子里的。"遍寻无果,蒋文道只好问陈钰。"都多少年了,还记得那东西,还好不在了,要是在的话,还不瘆得慌?"原来他这般模样,是为了那件旧事,陈钰的醋意散去,漫不经心地回答。她不明白蒋文道为什么突然提起这件事,当年是他疯了一样要她帮忙找 2001 年的一张旧报纸,而那些东西只看了一次就搁了起来,后来又一副苦大仇深的样子将父亲的骨灰送进了公墓。她追问他其中的原委,他无论怎样也不肯说。

"看不到了,是真的看不到了。"蒋文道颓然地坐在地上。如果那一年他答应见面,就可以见到曾心心念念魂牵梦萦的爹;如果那一年他答应见面,星星还能见到爷爷,就算到了天上,爷孙俩也可以做伴。他没想到,那一次固执的拒绝,竟成了永别。他更没想到,在永远见不到的多年之后,他会忽然怀念起他来。尤其是今天,见到新月的父亲,见到他们父女相见的亲昵,更让他想起自己的爹。若是那年见面,他 75 岁,也跟新月的父亲一样精神矍铄,喋喋不休地关心着他吧?他听三姐讲过,爹回来的时候,坐着大轿车,有县里的领导亲自迎接,很有干部的派头。

2001 年,蒋昌明回到阔别了 34 年的阳平县。他是应邀前来推广转基因抗虫棉种植技术的农业科技专家。1967 年,蒋昌明借着未明的晓色,扒上了一列开往郑州的列车。随即又搭火车去了新疆吐鲁番,最后辗转来到塔里木。选择去塔里木是因为他在报纸上读到了三五九旅戍边屯垦的英雄故事。"生在井冈山,长在南泥湾,转战千万里,屯垦在天山。"前半生为解放大西北浴血奋战,出生入死,后半生为开发塔里木披荆斩棘,死而后已。王震将军为这些英雄题词。在这篇报道里,声情并茂地介绍了一些老模范,比如三五九旅有名的"朱德神枪手""贺龙投弹手""大生产模范"张耀奎,他在解放战争中受过重伤,失去胰脏。每天要打胰岛素才能吃饭,才能使身体正常。在兰州住医院,医生说你的伤病五年之内可以控制,以后就难说了。他一听立即返回塔里木开发第一线,投入开荒战斗。当时的拓荒者有的搭草棚子,有的住地窝子,有的露宿胡杨林,吃的盐水煮麦粒。战士编的快板书"野麻当成钢丝床,吃根咸菜似香肠,天为帐,地当床,喝口开水赛鸡汤。哪里困难哪里去,塔里木人最坚强"。1963年,一个震撼人心的口号"把青春献给塔里木"在黄浦江畔震响。党中央、国务院号召城市知识青年支援边疆。许多稚气未消的少年、朝气蓬勃的青年纷纷报名参加支边,他们和老红军老八路一起给"死亡之海"带来极强烈的生命活力,一个个现代化军垦农场崛起,应奋、鱼珊玲……一个个先进青年的事迹令人感动。

"这是一片朝气蓬勃的热土。"对于蒋昌明来说,这种苦难中的不屈奋斗有一种全新的昭示力量。蒋昌明骨子里有一种对土地的热爱和对农业科技的兴趣,虽然在兵团只是一个临时工,但他在艰苦的劳作之余,时刻不忘观察和学习。就是在场垛旁看书时,他认识了后来的爱人康琴。康琴是上海来的知识青年,性格活泼,用她的热心肠抚慰了蒋昌明那颗千疮百孔的心,这个畏畏缩缩的男人在阳光的照耀下,渐渐挺起胸脯,立起脊背,眼里也闪烁着睿智的光彩。外面的天地都被"文革"的浪潮席卷,这里在火热的劳动中却成了一方难得的净土。蒋昌明眷念这方明媚,他悄悄以只言片语果断地与过去的生活划清了界限,以一个落魄知识分子的身份开始了新的生活。他讲述了过去的经历,却隐瞒了家庭信息。儿女绕膝,事业发展,蒋昌明在塔里木创造了属于自己的"南泥湾"。"文革"结束,蒋昌明平反,他放弃了跟康琴一起回城的机会。"如今的塔里木,风光赛江南。"中国棉花看新疆,新疆成为全国最大的棉花生产基地,对于一名农业技术人员来说,这广袤的原野是他事业的天堂。康琴带着一儿一女回到上海,蒋昌明继续留在新疆从事棉花种植技术研究。

棉铃虫是一种全球性的农业害虫,在棉花生长发育过程中的危害最为显著,常常造成产量显著下降。一般该虫造成的棉花产量损失在15%～20%,严重的年份可达30%～40%。1992年,我国棉铃虫大暴发,在各种作物上累计发生面积达2192万 hm^2,造成直接经济损失逾百亿元。转基因技术是现代农业竞争的关键,转基因抗虫棉是新疆棉花生产发展的重要保障。1994年新疆农业科学院核生物技术研究所和原塔里木农垦大学分别对海岛棉体细胞胚状体的发生及胚性细胞悬浮系的建立、外源DNA导入海岛棉引起性状变异进行了研究,摸清了海岛棉胚性愈伤组织诱导条件,获得了6个海岛棉品种胚性愈伤组织和转导DNA后的变异后代。"九五"期间(1996—2000年)新疆转基因抗虫棉联试中,初步筛选出综合性状较优的GK19。转基因抗虫棉种植不推自广,在节约劳动力、节约农药、改善环境、减少农民打药中毒等方面发挥了重要作用,也极大地提高了棉花产量,对1999—2001年种植转基因棉花的研究表明,每公顷转基因棉花可以提高收入1800多元。技术创新给农业生产带来了巨大的力量,也让蒋昌明的人生达到无与伦比的巅峰。那些惊弓之鸟一样惴惴不安东躲西藏的日子已经结束,过去所遭受的命运不公和人性屈辱也烟消云散。当他像一头鸵鸟一样将头埋在沙子里年长日久获得了足够的安全感以后，就欣欣然抬起头，以一副气定神闲的姿态捡拾着一路的收获。在人生的暮年，他开始将脖子伸到远处，去嗅触记忆里熟悉的味道。他于是回到了久别的阳平县。

　　生命就像一个圆，从起点出发，看似是一段发散的历程，人或主动或被动地向远处撒开，到了中年以后，猝不及防地下沉、滑动，稳住心神以后，一路奔跑着来到终点。这个终点，还是生命出发的起点，看起来一样，但又不一样了，出发的时候，带着对未知的希望和担忧，脚步匆匆，回归的时候，世事了然的沉淀和洞明让步履变得沉稳不疑。满头银发的蒋昌明坐在阳平国际大酒店的餐桌上，处处金碧辉煌，桌上琳琅满目，满眼的奢华并不能遮盖他光润的神采。众人频频举杯，殷勤的笑容里凸显着对这位专家的尊敬和仰慕。他不动声色地接受着这必不可少的略带夸张的膜拜和追捧，脸上一直挂着浅浅的微笑。颔首间，条条纵横里可见风沙的痕迹，但这沙子并不是被狂风吹得乱跑的苍凉，而是稳稳当当地刻在了那里，显出一种别样的深沉。岁月啊，可真是一位神奇的魔术师，他曾让一个生命变得那样卑微，蝼蚁一般地挣扎，他又让他在经受了洗礼以后，散发出打磨后的润泽。

　　蒋昌明在仓皇里逃避，抛弃了妻儿和过去，在眼前这份舒适的安定里，他突然很想能回到过去，将那条长长的裂缝缝补起来。他需要一个缺口，能走进这条裂缝。酒酣脑热之后，蒋昌明开始在一个一个环绕的烟圈里沉思。他的信息在网上公开，只能看出他的祖籍是阳平，但没有任何之前的履历介绍，后面是一串串冗长的科研成就和头衔名誉。

接待的领导试图从老乡的角度套点近乎,大行方便之门,可他一直是笑而不语,关上了这扇门。"转基因抗虫棉虽然有它巨大的优势,但是要加强监管,技术上大胆创新,推广上要慎之又慎。产业化还有很长的路要走,不可一蹴而就。"他不停打断执政者宏伟的发展规划,反复强调适度、适宜的重要性。

"蒋老,我有个问题想请教您,那我们推广转基因抗虫棉以后,传统的非转基因棉花怎么办?"提问的小伙子显然是鼓足了勇气提出来的问题,眼神因为紧张而有些飘忽,声音也有些急促的喘息。说完,他还不忘看了一眼周围的领导,眼神立马缩回去,低下头。"嗯,你这个问题提得好,很有专业性。居安思危,这是一种很宝贵的品质,也是我们战略制定者必须要具备的发展素质。我也一直在思考,大自然不容忍真空环境,当一种害虫被消灭时,另一种就会取而代之——这被称为害虫取代。当转基因技术还在发挥作用并成功地减少棉红铃虫的数量时,其他害虫会不会乘虚而入?还有,害虫都是很狡猾的,我们用转基因技术杀死的棉铃虫会不会在一段时间之后产生耐药性?我们在生物学研究中为什么强调多物种的平衡,其实就是这个道理。当单一物种一枝独秀之后,生物的多样性和平衡性被打破,很有可能就会受到大自然的惩罚。所以,我们一方面要加强转基因抗虫棉综合配套技术研究,另一方面也提倡在棉田中加入非转基因品种,设置'隔离带',降低虫害的耐药性。但是这里面就有一个问题,由于成本上升、单产下降,农民面临巨大的经济压力,因而会尽量利用一切可利用的土地来耕种,所以这种推广会有一定的阻碍。这里面就需要我们的决策者多一些发展的眼光和克服困难的勇气、谋略。"蒋昌明的一席话让全场鸦雀无声。那几个活跃的领导顿时沉默了,一副若有所思的样子。"好了好了,桌上莫谈专业,让我们的蒋老好好吃个饭。"主陪的县领导及时将旋律拨了回来。"对对对,蒋老远道而来,辛苦了,辛苦了。"几张绷紧的脸瞬间松了口气,又喜笑颜开地敬起酒来。

小伙子被领导安排搀扶蒋昌明去卫生间。他站在那里,局促不安。"你叫什么名字?"蒋昌明主动与他攀谈。"我叫蒋文生。"小伙子有些腼腆。"哦,你也姓蒋?文生,文生……"蒋昌明反复念叨着这个名字,突然像想到了什么,急切地追问道:"你爹叫什么名字?"小伙子愣了一下,老实地回答:"蒋昌海。"这个名字像一击惊雷响亮地砸在蒋昌明的头顶,电闪雷鸣间如同撕开了光阴的口子,往事奔涌而来。"蒋昌海,蒋昌海,雷泉村的蒋昌海……"蒋昌明喃喃自语,忽而转过头看着小伙子:"你爹他还好吧?""他……他好啊。"小伙子不知道蒋昌明为何突然这样发问,他也不知道他问话的意思,只好含含糊糊答了一声"好"字。

蒋昌明主动提出来,要去雷泉村看看。他这一说,让在座的几位农业局领导喜不自禁。因为像这种高规格专家的行程通常只有短短一天,他们往往像空中的鸟儿一样,轻飘飘降落,在地上随意踩上几个坑,一拍屁股就走了。他大放厥词留下来的一堆理论和发展思路,往往会被领导强压着去细化研究和贯彻落实,让下面办事的人苦不堪言。他们试图用老乡的情谊笼络了几次,想让专家将路子指明一些,但都没奏效。没想到,这个傻乎乎的愣头青还有几把刷子啊,不过尿了泡尿,就搞定了专家。为此,他们捎带着也看了一眼蒋文生。"小王,将我的机票改签到后天,我想明天到基层调研。"蒋昌明好不容易稳住了心神,又回到刚才讳莫如深的样子。

他们不知道,他在想去雷泉村的时候,除了蒋昌海,还蹦出了好多人的名字。"蒋文道,蒋文军,蒋文华,蒋文静,蒋文娟……"他念着这些名字,脸色恍惚:"小王,你帮我去查查这些人在哪里。""蒋文华在锦城落户,蒋文静外出打工地址不详,蒋文娟就在阳平县居住。蒋文道在晖城大学教书。蒋文军……嗯,已经不在了。"小王很快回来汇报查询情况,说到最后一个名字,他打量到蒋老闪亮的眼神僵硬了一秒。"好啊,好啊,文道出息了。"蒋昌明随即又笑了起来,"小王,帮我查一查蒋文道的联系方式,我想见一见他。"他的语调里,有抑制不住的亢奋。

蒋昌明在电话前站了很久,有几次手都按了拨号键了,但是颤巍巍地无法继续朝下拨号。他走的时候,蒋文道刚满一岁,在他的心里,应该没有这个爹的影子吧?又或者说,他听说这样一个抛妻弃子的爹,是怎样的心生怨恨?蒋昌明不敢将34年后的重逢经由这一根细细的电话线串联起来,他假想着他们相见,应该是在一个风和日丽的下午,他站在一棵大树下望着路口,斑驳的树影映在雪白的墙上,蒋文道披着一身阳光健硕地向他走来。他伸开双臂,轻轻将他揽在怀里,拍了拍他的脊背,就像小时候将他抱在怀里哄睡一样。蒋文道哽咽着喊一声"爹"。他"哎"一声,双臂搂得更紧了,阳光从树枝的缝隙钻进来,*丝丝的温热*。

"小王,你帮我联系他吧。看他能不能来阳平见面?"蒋昌明最终坚定了自己的想法,让重逢变得更加慎重。小王有些诧异地看了一眼一向雷厉风行的蒋老,拨通了电话,他在电话里十分客气地表明了来意。电话那头,没有意外地追问,也没有礼貌地寒暄,而是很干脆地回答:"我没有时间过来。"听到回话,蒋昌明沉默了将近一分钟。"那你跟他说说,我过去找他,可不可以?"他的声音变得急切。"我很忙,没有时间接待外人。"那头的声音显得生硬。"接待外人?"在儿子的眼里,他只是个需要刻意敷衍的外人?蒋昌明满溢的温情突然直线下降,在冰点戛然而止。

他不知道,早在小王找到蒋文娟,打听蒋文道情况的时候,蒋文娟就将蒋昌明回来的消息告诉了蒋文道。一开始听到这个消息,蒋文道下意识地激动起来,爹回来了?他自幼无数次期盼的亲爹回来找他了?"他长什么样?他有没有很后悔这些年的离开?他都说了些什么?"蒋文道一口气问了很多问题。"我……我也没见到他,是有人来我家询问你的联系方式,我才知道他回来了。今天楚城的报纸有他回来的新闻。"蒋文道的热忱在三姐语无伦次的回话中慢慢冷却下来。他在那张《楚城日报》的第一版左下角看到一条新闻:寻找棉花发展生机,我市阳平县邀请农业专家前来"送经"。简短的文字配了一张大大的图片。蒋昌明正与阳平县的领导握手,图片给了领导一个谦恭的微笑表情特写,而蒋昌明却是一张侧脸照。身材高大,脊背有些微驼。雪白的头发用发蜡梳得一根不乱,眼角堆满了深刻的皱纹。金边眼镜显出一丝斯文,半开半合的笑容里透露着矜持。除此之外,看不出与一个普通老者有何不同。

蒋昌明盯着那张图片看了很久,实在没有找出他与睡梦中父亲的样子有任何重叠的地方。虽然看不清正面的样子,他仍能感觉到蒋昌明眼神里的倨傲。他与县领导的握手不卑不亢,看得出来是精于此道。原来,他不过是公务之余,顺便想起召见一下失散多年的亲人。原来,他的家人远远不及他的工作半点重要。就连他的三姐,与他同在一个县城,都需要从报纸上看到自己亲生父亲的样子。蒋文道冷笑一声,觉得讽刺极了。他将手里的报纸撕得粉碎,也将过去仅有的一些记忆碾得粉碎。当他接到小王的电话时,嘴角露出一抹嘲讽的笑,连给儿子打个电话都要助理代劳的人,还真不是一般的架子啊。这样例行公事虚伪透顶的亲情,还有何情可言?不见也罢。

蒋文娟在一旁得知蒋文道拒绝见面,十分纳闷,今天早上在电话里他听说了父亲的消息,明明很激动的,怎么突然就态度大变?"他可能是忙吧。他们那个伏在书案前的工作,比我们农民种地还要辛苦。我都好几年没见到他了。"蒋文娟柔声劝慰。对于眼前这个阔别多年的爹,蒋文娟并没什么特殊的感情,自打出生起,就是娘冲在前头,家里地里忙前忙后,像一只不知疲倦的老母鸡。她不喜欢这个不神气的爹,别家的爹爹笑起来像打雷,高兴起来将娃娃顶在头顶,威风极了。而爹消失了一段时间再回来,她就更不喜欢这个爹了。他就像丢了魂一样缩在家里,啥事都让娘带着哥哥姐姐操持。只有蒋文道出生以后,她才看到爹脸上露出了难得的笑容,原来他也会拿胡子去扎娃娃的脸,原来他也会哈哈地笑,那他是不喜欢他们这几个娃娃吧?蒋文娟还没有想明白这个问题时,爹就又消失了,这一走再也没有回来。没感情是没感情,但是从血缘上讲,他总归是她的亲爹。看到他一脸黯然失色的神情,蒋文娟又动了恻隐之心。"不是说要去雷泉村看看的吗?我陪你去吧。"她主动搀扶着这个年过古稀的老人。

陪同前去雷泉村的还有蒋文生,蒋昌明的侄儿。其他要陪同的人被蒋昌明一一谢绝。县里将副县长专用的桑塔纳专门拨给调研用。蒋昌明没有拒绝,当年被迫匆匆离乡,如今多少有点衣锦还乡的滋味,少了这台车装点门面,难免有些冷清。他拒绝前呼后拥,是因为近乡情怯,他怕再次踏上那方熟悉的土地时,他心中压抑日久的情感不小心泄露出来。

桑塔纳一穿过拥挤的街道,驶入宽阔的柏油路,就像长了翅膀,轻松地飞了起来。道路两旁,立着高耸入云的杨树,笔直的身躯直直插向蓝天。再往远处,浓郁的绿色铺满了整个原野。麦子是田野里的主角,粗壮的茎、墨绿的叶、高举的穗,麦穗正在扬花,每一粒饱满的麦穗顶端,都悬着小小的、白白的花朵,这些希望的种子在风里被自然播撒。"怎么没见到地里种棉花?"看到满眼的庄稼,蒋昌明止不住又陷入了专业领域的思考。"四月苗。五月蕾。六月花。七月桃。"按季节来看,此时的棉田里应该是一片绿油油的景象。但他在麦苗尽头的田地里,看到了大片大片裸露的空地,一簇一簇的青草间露出土褐色的棉茬。往年九月棉花采收以后,农民就会及时清园除草翻耕。棉铃虫、蚜虫等害虫无处藏身,土地也在冬天的雨雪里蓄足墒情。这显然是去年棉花收割以后,农民就没有再侍弄土地。

"哎,棉花虫灾控制不住,去年棉桃炸的时候又碰上打连阴,不少农民连农药化肥钱都没收回来,再加上农业税,真个是伤了棉农的心。

这不,今年好多棉田干脆抛荒了。"蒋文生叹气。"'十五'之初,国家开始了以减轻农民负担为中心,取消'三提五统'等税外收费、改革农业税收为主要内容的农村税费改革。2000年在安徽开展试点,近几年将在全国全面铺开。这些农民难道不知道吗?"蒋文道闻讯有些焦急。"政策我们是不断在宣传,但是农民们都是等米下锅的,他们只顾眼前,几年后的事情,谁敢相信呢?"蒋文生的话不无道理。我们也不能怪农民短视,脸朝黄土背朝天的日子过久了,他们的心思只看得到眼前这块土地,土地里若能长成金疙瘩来,那这土地就是他的亲爹亲娘。眼前农民的困境,是多么需要人来帮忙解决啊。蒋昌明的心里,被这种强大的责任感所充溢,那些由亲情带来的牵绊在责任和大义面前变得无足轻重了。

小车直接开到了雷泉村。这里又是另一番景象。波光粼粼的水面,渔船往来如织。郁郁葱葱的植被,散发出无限的生命气息。蒋昌明在一片棉花地前让司机停下车。走进棉花地,一棵棵棉花像枝丫交错的小树苗,巴掌大的叶片上,泛着油亮的青光。棉花秆长得粗壮,有的叶片间,长出了小馒头一样鼓囊囊的棉桃。可以想象到,待到棉桃"开嘴"的时候,雪团似的棉花像白雪铺地,将把这里装饰成一个银色的世界。这是一幅多么动人的场景啊,蒋昌明闭上眼睛,眼角溢出会心的笑容来。"雷泉村是唯一一个没有丧失阵地的棉花种植村。"蒋文生介绍说。那是啊,雷泉村祖祖辈辈都会种棉花,蒋昌明当年就亲眼见着一年年棉苗出了、棉叶绿了、棉桃长了、棉花炸了。如果不是那些纷扰的世事,他大概也会在雷泉村这方小小的天地里书写着播种与收获的简单人生。

矗立的树木,遮掩着隐隐约约的农舍,在大自然怀里,农舍显得十分惬意。一栋两层半的红砖小楼前,一位老人正蹲在葡萄架下拔草。他光秃秃的头像一个风干了的葫芦水瓢,核桃般皱缩的脸上一双被岁月洗礼过的眸子眯缝着透出些许光亮。他大概耳背,没有听见汽车轰鸣的声音。猛一抬头,看到这个黑色的亮闪闪的庞然大物,不禁有些局促起来。看到车上走下几个人来,他慌着起身去叫烟叶地里忙碌的儿子。"爷爷,爷爷。我去。"蒋文生大步向前,忙搀住了他。

蒋昌明顿时认出来,眼前干巴的老头正是他的伯伯,当年看着他长大的人。他依稀记得伯伯弹棉花的情景。棉花铺在磨盘上,他娴熟地将弯形似弓箭的大弓架在肩上,用木锤频频击弦来沾取棉花,使板上的棉花渐趋疏松,并让棉花拼成方形,棉絮就初见雏形了。紧接着他将棉絮的两面用纱线纵横布成网状,以固定棉絮。纱布好后,用木制圆盘压磨,使之平贴、坚实、牢固。他看着他一次又一次的压、磨,直到那床平整熨帖的棉被呈现在眼前。那时在他的眼里,伯伯就像一位神奇的魔术师,将地里散乱的棉花凝聚在一起,轻轻一施魔法,它们就紧密相连,再也分不开了。那时的伯伯是多么有力量啊,在他的照拂下,他哪怕后来失去了父亲,也有父爱的力量在支持他。他以为他们几个叔伯兄弟就像这被压在一起的棉花,拆不散、分不开了,没想到一场风暴就让他们分崩离析。

老头好像并没有认出他来,盯着他久久地看着。蒋昌海尽管不情愿,还是被推到了蒋昌明面前。他其实早就知道蒋昌明回来了,但他没有勇气相见。他没想到,蒋昌明竟然主动找上门来。刚从烟叶地里被儿子死活叫出来的时候,他已经做好了思想准备,反正"死猪不怕开水烫",他蒋昌明要打要骂,随他去吧。蒋昌明看着眼前这个穿着藏青色罩衣、头发蓬乱、满手青绿的清瘦小老头,实在无法将他与记忆里那个个头不高但壮实有力的年轻小伙子联系起来。如果说一路上心底还存有隐隐约约的一点怨恨,甚至想在这个昔日的仇人面前抖落一丝威风,那么此刻,当他亲眼看到这个被岁月摧残得如此干瘪苍老的生命,他竟然一点其他的想法也没有了。眼前的这个人,是他在这个世上为数不多的亲人。那个小人儿,曾经乐颠颠地跟在他的身后跑,在草垛上搂着他的脖子说:"大哥,你比我的爹还亲咧。"他长了他16岁,在他的眼里,比父亲多了一些亲近,又比同龄人多了一份被保护的安全感。此时,他只想握住他的双手,再听他亲昵地喊一声"大哥"。

　　蒋昌海的手竟然在蒋昌明快要靠近时猛地缩到了身后,他一脸尴尬地笑着:"我的手脏,刚从田里回来。""我爸前几年生了一场大病,差点没救过来。这之后就从乡政府办了病退,在家里种地。闲着没事他摸索出种烟叶的门道,精神比前几年还好了很多。"蒋文生说着,将葡萄架下拔草的老人拉了过来,凑在他耳旁大声说:"爷爷,你也不仔细看看,这人是谁?""看了面熟,想不起来是谁。"老人眯着眼睛,再次凑近了看看蒋昌明。"伯伯,我是昌明啊!"蒋昌明不容分说地抓住他的手。"瞎说,昌明早就死了。"老头抽出双手,摆摆头,转身就走了。"我爷爷年纪大了,耳朵不好,脑子也糊涂了。"蒋文生有些难堪。他不知道过去的事,只是小时候听到爷爷跟爸爸吵架的时候,气急了就会骂他是刽子手,对自己的亲兄弟都舍得下手。

蒋昌海总算从房里走了出来。那双手再怎么清洗，也掩盖不住指缝间的泥土和皱口里的尘色。他就用那双还带着肥皂水的粗糙的手握住了蒋昌明："大哥，对不起。"他的眼里含着泪花，双手在止不住地颤抖。"过去了，都过去了。"蒋昌明腾出一只手，轻轻拍打着蒋昌海的后背。他的身体仿佛成了一具没有血肉的骷髅，按上去全是硬邦邦的骨头。"你要好好保重身体啊。"蒋昌明的眼里也有些湿润。历史的烟云在穿越了生死的魔障之后，仿佛一切厚重都变得轻微，骨子里流淌的依旧是割不断的亲情血脉。"可惜你弟妹不在了，要是再能见到你和嫂子，她也该高兴呢。"走过了人生的风雨，蒋昌海百感交集，两行混浊的泪淌了下来。

他拉着蒋昌明去看他的烟叶地。蒋昌明站在田埂上，看到他敏捷地在一人高的大烟叶间钻来钻去，仿佛看到了过去那个爬到大树上掏鸟窝的孩童。"大哥，我们一会去烧鸟蛋吃。"他笑着从兜里掏出几枚鸟蛋。"不能吃啊，那是一条生命。"蒋昌明直摆手。"可是，我饿啊！"绿叶间，那个小孩舔着嘴唇。到了如今这个年纪，生死边缘，就像能理解小孩为什么残忍地去杀死一条无辜的弱小生命一样，他也理解了当年蒋昌海为何会不顾血缘亲情，那样丧心病狂地折磨他，都是因为饥饿。而整个时代的饥饿，不是哪一个人能独自战胜的。

三姐说，她起初还担心老爹和幺叔见了面，会掀起一场轩然大波，没想到竟会那样平静。她说，从幺叔那里回来，他抱着那棵古老的神树，老泪纵横。他后来在湖边走了好几圈，幺叔赶过来跟他说："老房子还给你家了，我找人给你整整，还有一块地，落了文娟的户口。"他临走前,幺叔趴在车窗外喊:"大哥,要是在外面倦了,就回来吧。咱哥俩做个伴。""那块地,可以用来当墓地,等我死了,就葬在那里。"三姐重复着蒋昌明的原话。

当事情过去了很多年,当蒋文道再次忘记这世上还有这样一个爹的时候,他又来到了他的世界,不过这一次,他来的方式有些特殊。2006年年底,蒋文道从桃花村回到晖城,为陈钰不顾一切地买学区房感到懊恼,又为娘失去了唯一傍身立命的老房感到心痛,眼前,除了他曾经唾弃的那一条捞钱的路子可以走以外,已经没有别的选择。人生,竟然被现实的生活追迫着到了无处逃避的地步,何其悲凉。

某个一脸困顿的清晨,一个陌生男子敲响了他家的大门。"请问您是蒋文道先生吧?"他说话斯斯文文。望着这个一身黑衣神情落寞的男子,蒋文道一脸诧异。"按照我父亲蒋昌明先生的遗愿,我将他的骨灰送回来交给您,请您代为安放到雷泉村他的故居。"来人说完话,将手里一个黑绸布包着的方方正正的盒子递到蒋文道手里,然后又从兜里掏出一个厚厚的信封:"于情于理,我们都想留下父亲的骨灰。毕竟这些年,是我母亲给了他一个家,他又有了我们兄妹俩。我们让他归根上海,以后与我母亲葬在一处,也没有什么过错。但我母亲说了,人死为大,要听父亲的。"蒋文道一直处于一个怔怔的状态。他听三姐讲过,父亲在新疆成了家,又有了子女。他以为父亲那次回雷泉村了了心愿,就回去与上海的家人团聚了。没想到,他最终还是选择了回来。看着眼前的骨灰盒,他一时说不出一句话。陈钰不明所以地走过来,客气地迎客人进屋里坐。"事情交办妥了,我就不停留了,我母亲还躺在医院,我得赶回去照顾她。"来人弯腰,冲蒋文道手里的骨灰盒恭恭敬敬三鞠躬,然后转身匆匆离去。

那天蒋文道把自己关在书房一整天。爹留给他唯一一封也是最后一封书信。"……文道,也许你不能原谅爹,但是等你经过了人生的很多事,你就会理解,当时爹的离开是有原因的,而如今爹想回来也是真诚的,请你看在父子一场的缘分上,成全爹的最后一个愿望。"哼,你的离开是有原因的,不用再经过多少年,现在我就能理解,你不就是指那个复杂的环境让你无法面对吗?好,就算我能理解你因为惧怕而逃离了,但是平反后你为何不再回来?你无非就是贪恋新的家庭,新的安乐,而忘了自己身上肩负的责任。而今,到了最后的时刻,你又想落叶归根,想寻求一份良心上的安宁。凭什么?你凭什么就能什么也不付出,处处如愿?蒋文道想起幼时因为一个逃跑的爹,遭受着雷泉村老老少少的嘲笑欺辱;想起十多岁家里遭灾面临辍学,被迫屈辱地跟着娘改嫁;想起他为了改变自己和娘的命运,不得不依靠自己甚至出卖自己的一生……他就这样想着,痛苦着,流着泪。

陈钰去找过他一次,问他:"骨灰盒如何处置?"蒋文道流着泪,一言不发。"总放在家里不是个事啊,再说一会你妈醒了,看到了如何交代?"陈钰急了。"你去,给我找2001年5月20日的《楚城日报》。"蒋文道红着眼,哑着嗓子冲她吼道。陈钰第一次看到蒋文道这个失魂落魄没了分寸的样子,她于是将骨灰盒送到殡仪馆,顺道去托人给他找来了这张旧报纸的传真件。蒋文道就那样呆呆地盯着报纸上的爹,一边怨恨着,又一边抚摸着。他最终将爹的骨灰安置在了晖城的公墓。当时信封里留下的还有3万块钱,说是回老家置坟地用的。"我的爹,我还埋得起。"蒋文道伸手去找陈钰要钱。"现在哪里还有钱,不是全部买了房吗?"陈钰的话立刻让蒋文道矮了半截,他只好从3万块钱里拿出1万五去买了墓地,剩下的存在那里没动。

他那时还记得等以后将买墓地的钱补起来,一并找机会寄回上海。没想到一忙,这事竟然给忘了。而存在木匣子里的报纸和书信不知什么时候也不翼而飞了。这一天,从医院到家里,从早到晚,一刻没停,蒋文道将自己折腾累了,就睡着了。清晨醒来,发现一夜竟然没开空调,衬衫湿嗒嗒地贴在身上,黏糊糊的难受。恍惚间记得做了一个梦,他竟然梦到了爹。爹好像那时在照片上一样,看不清具体的模样,只记得他戴个眼镜,白发银须,但是笑得很开怀。"文道,咱们合个影吧。"他冲他招手。金色的阳光打在他的身上,有一种让人移不开的炫目。蒋文道就那样不自觉地走了过去。"啊,好,好!"爹的笑声爽朗,像水里的波纹一样一圈圈荡漾开去,又随着水远远地流着,好像到了天边。那是哪里?一汪湖水,像海一样,悠悠地往天际漫去。

这个梦只是这样一个无头无尾的情景,不知道什么地点,什么时间,甚至情景都像一帧一帧慢镜头,那样舒缓,又那样宁静。那阳光,不凉不烈,温柔的,清透的,让人感到十分舒服,有些像记忆里被娘抱在怀里的感觉,安心而舒展。蒋文道突然想起来,有好久没有去见娘了。自从娘糊涂了,老是拉着他叫"石头"以后,他就不大愿意去看娘了。即使去了养老院,也是见见院长,给娘交够生活费,走之前看娘几眼。这一次,他也不知怎么的,好想跟娘说说话,就算她认不出来他,他也想靠着她坐一会。

"娘,我不知道怎么会梦见爹的?爹究竟长什么样,事实上我也没有见过啊。"蒋文道跟娘讲了这个奇怪的梦。"小五啊,你看,这就是你爹。"娘突然神志清醒地说了一句话。"娘,娘,你好了?"蒋文道兴奋地摇着娘的胳膊,他以为出现了奇迹,娘突然康复了。娘没有说话,从怀里掏出一个揉得皱巴巴的信封递给蒋文道。里头正是那张多年前的报纸和书信,还有一张照片。照片里,有两个人,一个是蒋文道站在学校湖边的旧照,他过去经常拿它用在杂志后面的作者简介里。这张显然是从杂志上剪下来,翻照又放大的,还特意加了框,摆在一张书桌上。还有一个人,坐在一旁的凳子上,头轻轻向书桌上的相框靠近,眼镜下那双因为衰老而凹陷的眼睛微微笑着,露出亮晶晶的光彩。相机将老人和相框里的人合照在了一起。照片下边就像早年那些老照片的形式一般印上了一行字,写着:父与子,2006年秋。这张照片应该是当年放在信封里,与爹的骨灰一起送回来的,但是不知道为什么蒋文道当时拿信的时候,薄薄的照片贴在信封上没被发现。这些东西,不知道后来又为何到了娘的手里,现在显然问不清楚了。"你爹跟我说了,说他过得很好,让我们别记挂他。他就是想,啥时候能回老家去住。我也想回去住,你啥时候送我们回去?⋯⋯"娘的话半梦半真,蒋文道唤她,她没有什么反应,她只是一个劲地追问:"你啥时候送我们回去?"娘又回到了她糊涂的世界,不过这个世界,让她忘了爹走以后经历的生活,忘了石瓦匠,忘了离开雷泉村的苦楚。

那张特殊的合照诉说着爹晚年的寂寞和思念。那是爹给他留在这个世上最后的温情。蒋文道带着那张照片去了公墓。他将头靠在墓碑上,这是自从他周岁爹离开以后,他第一次这样近距离地靠近爹。小时候,人家都有爹,他也很想有,哪怕只是被胡子扎一扎脸,被他恶狠狠地骂着揍一顿屁股也好。后来,等他长大了,不那么需要爹了,就渐渐淡了这个念头。文章里写,父爱如山。他觉得自己依靠自己,已经长成了一座大山,而他曾经向往的父爱也就模糊了。

再次得知爹的消息,他甚至在心里暗暗地想,若他是个一无所有的糟老头,若他期期艾艾地恳求他的收留,他也许会因为割不断的血缘而生出怜悯之心,重新接纳他。这不仅仅是父与子的关系,还是两个男人之间的较量。父亲虽然未曾养育他,但是他给了如他一样的筋骨血脉,他按他的想法给他取名"文道",他甚至用他留下的书影响了他的人生。做父亲的希望自己的儿子像蛇蜕皮一样始终是自己,始终是他的影子,儿子却愿意像蝉脱壳似的裂变,长成一个全新的生命。他恨爹,急于摆脱他的影子,做他自己。一个男人,只有打败了另一个塑造他当影子的男人,才能收复他做自己的影子。完成了这种蜕变的男人,才能成为一个独立的强大的男人。蒋文道羡慕身边那些朋友,在电话里冲着父亲指手画脚甚至大发脾气,幼时的惧怕和压抑荡然无存。他们是多么意气风发啊,可他竟然没有这个机会。他的父亲,将一捧骨灰还给了他,攥着的拳头就像砸在棉花上无力宣泄。

他还在信里说:"等你经过了人生的很多事,你就会理解,当时爹的离开是有原因的,而如今爹想回来也是真诚的。"那时,他理解爹的离开就是怯懦,就是逃避。他的心里装满了鄙夷和怨恨,这恨化作了力量,能让他继续与心中爹的影子斗争。但是,现在,如爹在心中所说的那样,他竟然明白了爹的离开是勇敢,是智慧。"一个人在面对这个世界的时候,他应该有个自主的心。面对所有虚假的喧嚣与繁华时,你始终要清醒地叩问自己,为什么我要成为其中的一员,为什么我不能守住我的心,不能走好我的路?你始终要明白,只要你的内心有力量,你就能主宰自己的人生。无论遇到的是顺境,还是逆境,你都有承担的力量,有超越的力量,这样就没有任何困难或者诱惑能够将你打倒。这种力量来源于何处呢?来源于一种洞察世间假象的智慧,也来源于你对'活着的意义'的一种笃定。"无疑,爹就活成了那种内心笃定的人。他在那样动荡的岁月里,远去他乡,从伤痛和恐惧里挣脱出来,找到了内心深处向往的道路。他摒弃都市的繁华和安稳的生活,扎根在荒漠的边疆,俯身于贫瘠的土地,坚定地守护着自己的热爱和梦想。他在生命的尽头,平静地整理一生,选择回归来时的地方。他是多么羡慕他啊,他的一生,始终守着一种精神,那样心无旁骛地活,又毫无遗憾地走。不,他又是想念他的,依恋他的。若是他还活着,若是他能见到他,他多么想听他讲一讲他波澜壮阔的一生,多么想再次从这位伟大的男人身上汲取震撼灵魂的力量。

若是那一年见了他,星星是不是在另一个世界,多了一个亲人?若是那一年见了他,听他一番人生的教诲,会不会脚步从此变得从容,人生走到现在又是另一番景象?也许,星星不会死,也许,他还是过去那个"看山是山"的清醒的他。而他现在,当他发现这个世界上所有东西都靠不住、都会变化的时候,就会陷入一种恐惧和无助当中。当他觉得人生活在世界上,追求的所有东西都是一种梦幻泡影,他留不住任何东西,包括他的呼吸、他的肉体,就会变得厌倦。所有东西都像流水一样,哗哗流动着,他看着这个世界,就像一个人坐在船上,看着那些载着他前行的水波。他知道,他看到的一切都会改变,一切都不会定格在某个时刻,包括他的记忆。这个时候,他会觉得自己所做的好多事情都毫无意义,功成名就也罢,出人头地也罢,一切都留不下任何痕迹。他不停叩问自己,难道一个人活着、生活、爱,仅仅是为了动物性的需要,仅仅是因为他不能寻死吗?这样的活,又有什么意义?他会不断叩问自己的心灵,寻找一个能让自己快乐、积极地活下去的理由,他知道,假如不能如此,他必定带着不甘与空虚痛苦地死去。他挣扎在无边无际的困顿里,他多么想念他那陌生的父亲啊!

12

已经到了夏天最热的时候,太阳刚露出脸,地上就像炙烤般煎熬。中央空调将恒温的冷空气遍布整个楼栋,只有日日夜夜不出门才感觉不到外面的水深火热。电梯口趴着两只浑身脏兮兮的流浪狗,吐着红红的舌头,见有人出来,抬头警惕地张望着。"嘿嘿,这年头,狗都知道蹭空调了啊。"蒋文道笑骂一声。狗好像能看懂人的表情一样,见没人驱赶它们,又耷拉着耳朵,懒洋洋地趴了下来。昨天天气预报报夜间暴雨,蒋文道将车停在了地面上。一推开门,一股湿乎乎的热浪就劈面而来。太阳像一张冒着油的胖脸,趾高气扬地挂在天上。"天气预报又在见鬼,雨都下到哪里去了?"蒋文道赶紧上车打开空调。车刚走不远,就见到张思瑶站在路边,一手搭着凉棚眺望,一手甩着毛巾扇汗。蒋文道将车停在她旁边,摇下车窗问道:"张老师,你干吗呢?大热天的一个人站在路边?""哎,别提了,今天出门去产检,走到半道才想起来没带产检本子。这不,震宇回去拿了。"孕妇比普通人更怕热,张思瑶一件宽松的水红色裙子前胸后背都印上了汗渍。"上来,我带你去医院等他。"蒋文道说。张思瑶想了想,就钻到车里来了。"你还去医院看那个小姑娘啊？也不怕嫂子怪罪。"张思瑶一凉快，就开始八卦了。"最后一次了，今天人家出院。再说，你嫂子大度。"蒋文道笑笑。"我嫂子大度？那我可听我们家震宇说……"正在这时，张思瑶的电话响了。"糟了，忘了跟震宇说了。"张思瑶嘀咕一声，"喂……我在蒋老师车上……对，路上碰到他了。我先到医院去挂号等你。"曾经咋咋呼呼的张思瑶如今说起话来温柔多了。"我说你们两个悄悄领个证就算结过婚了？没有在广大人民群众面前公示，接受群众检验，怎么能称得上结婚？"蒋文道打趣道。"这不是……没来得及吗？震宇说，等宝宝生下来，办个亲子婚礼。"张思瑶脸微微泛红，比过去添了几分柔媚的女人味。"好，好，直接公示劳动成果。"蒋文道一打岔，张思瑶倒是忘了刚才的话题。车开到门诊大门，她直接下车走了进去。

蒋文道将车停到地库，坐电梯去了住院部。一晃都过去两个多月了，楚震宇的劳动成果昭然若揭，而新月总算痊愈，没留下什么后遗症。"我想回去了。"新月边收拾行李边说。"是回去啊，今天不就是来接你出院的吗？"蒋文道笑着说。"不，我是说回桃花村。""啊？怎么？钟乔他妈又来找你麻烦了？"蒋文道大吃一惊。"没有，没有。"新月连连摇头。"我就是想回去陪陪父亲，他老了。"新月正说话间，老向拎着水瓶走了进来。"爸，不都要走了吗？还打水干吗？"新月从床头柜里拿出一瓶矿泉水递给蒋文道，"蒋大哥，喝水。""咦，咱们桃花村的规矩，来客泡茶，哪能像你这样一瓶冷水就打发客人。"老向自从知道了蒋文道和新月的真实关系以后，就对他更加尊重和客气了。"好，好，咱就听伯父的，消消停停喝了茶再走。"蒋文道便大大方方坐在了床头的椅子上。"可惜啊,不是在老家,要不然让你喝罐罐茶,才好喝呢。"老向一边用开水冲洗一次性杯中的茶叶,一边说话。"您这一说,我还真想去桃花村尝尝您亲手泡的罐罐茶呢。"蒋文道真诚地说。"那就这么说定了啊。我等着你去。"老向笑逐颜开。在医院守了这么久,他又瘦了不少,下巴高高地翘了起来。"新月说,她这次出院,就跟我一起回桃花村了,这样也好,娃娃一个人在外头,我也不放心。"他亲昵地摸了一下新月的头发。"好,大树底下好乘凉,回家继续当被您照顾的小娃娃。"新月剃掉的头发已长出来半寸,毛茸茸的像初春的小草,衬得眼更大,脸更尖,歪着头靠在老向头上,倒还真有几分孩子般地惹人怜爱。"出院手续护士帮着办的,也差不多了,我去跟我的老伙计们告个别,新月也好好跟蒋老师聊聊。"老向站起身来往外走。

"我爸变了不少,以前他的脾气很暴躁,不大合群,现在性子柔和了不少,在医院居然还交了几个朋友。"新月望着老向远去的背影,轻轻叹了口气,"可能人老了都会变吧?""也许是现在日子过得好了,心宽了。"蒋文道本来想说生老病死人之常情,更何况衰老,看着新月这个惆怅的样子,他终是言不由衷地安慰了一句。"你真要回去啊?舍得晖城的一切?"话题回到现实。"舍肯定是有舍不得的地方啊,毕竟从我18岁就来到这个城市打拼。我曾经一心想跳出农门,在城市扎下根。这些年我也努力过了,是,我是有了新月楼,也熟悉了这个城市,但那又怎样呢?我一无学历,二无技术,靠自己在这里买房、落户,真正成为一个晖城人,不知道是哪一年的事。我今年已经27了,我的爸爸77岁。我等不起,他更等不起了。所以,回去吧,回去至少可以好好陪着我年老的爸爸。"新月幽幽地说。城市流光溢彩,给人无尽的幻象,而这光彩照不到的角落,又蹲着多少悄悄哭泣的人呢?还乡,是他们面对现实无可奈何的选择,却未必是个不好的选择。

蒋文道突然生出一种冲动,他要开车送新月回去。这个念头一闪出来,就像长了脚似的,如影随形跟着他。他实在找不出一个合适的理由,就去问楚震宇。"你不会是当年珠胎暗结,如今要回去认亲的吧?"楚震宇开玩笑。"少胡说八道!我不知为什么,就想去看看。"蒋文道严肃地说。"哎,干脆我跟你一起去吧?你一说,我也想去看看了。"楚震宇忽然说。他给张思瑶打电话,问她要不要一起出去散散心,被老丈母娘骂了个狗血淋头。"你也是,人家都是高龄产妇,你还拖着她东奔西跑,不挨骂才怪。"蒋文道笑话楚震宇的幼稚。"不过我们家瑶瑶说了,批准我出去玩!"结了婚的楚震宇跟换了一个人似的,添了几分活泼的孩子气。陈钰虽不愿意,但是听说楚震宇一起去,又带着什么调研任务,也就勉强同意了。

蒋文道和楚震宇轮流开车,一路高速畅通,1000多公里,13个小时就快到了。"发展真是快呀,这要是过去,得跑两天呢。"蒋文道忍不住感慨。"那你要是回到古代,舟马劳顿,路上娶上一房小妾,回去娃娃都生出来了。"楚震宇一句话惹得大家都笑了起来,路上的疲惫顿时减轻了不少。车开过一段互通桥,驶进了青山环抱的通村公路。"呀,这就到了桃花村境内?"蒋文道看了一眼导航上的显示,马上就要到了。双向两车道的沥青路显得宽敞整洁,仿木色的护栏外,大片五颜六色的花儿开得鲜艳。车沿着坡度平滑的山路螺旋式地往山上爬,掠过绵延的山峦,走过清澈的小溪,两旁是"屋舍俨然",田间是"阡陌交通",一栋栋小洋楼掩映林间,星星点点的帐篷点缀其中,俨然到了某处风景区。"爸,变化这么大?"这下连新月都感到惊奇了。"我跟你说,村里变化大,山村变景区了,你还不信。"老向嘿嘿笑着。

"咱们先回家,停下车来,你们慢慢去看。"车在一栋两层小楼前停下,一只周身雪白的大狗跳出来,"汪汪汪"地大叫。"白子,白子,莫乱叫,是自己人咧。"老向赶紧走过去。狗一见许久未见的主人,激动地立了起来,两只前爪搭在老向的腰上,呜呜咽咽的,像在哭一样。"大白,大白,叫啥咧?"隔壁院子里,一个瘦弱的女人从后门探出头来。"呀,伯父回来了?呀,新月也回来了?"她夸张地喊起来,声音尖细,有些刺耳的聒噪。说话间,这个女人就踢踏着一双人字拖,扭着腰过来了。她一把扑上去,结结实实地抱着新月,欢笑着:"哈哈,你可回来了,想死我了。"她这一个熊抱,将新月头上的棒球帽蹭了下来,露出青色的头皮。"呀,你这是怎么了?"她又一阵叫唤,新月站在那里就有些尴尬。"娟子,娟子,快来帮着拿东西。"老向赶紧在一旁解围。

几个人七手八脚地将车上的东西卸了下来。"娟子,来不及做饭了,去你家点一桌吧。"趁大家歇口气的工夫,老向安排。"没问题,我先过去安排,你们赶紧过来喝茶。"娟子忙走过去。"这个娟子,就是我那个小学同学。"新月朝蒋文道望了一眼,他点点头。他们绕过去,从正门进了娟子的小院。肆意生长的花草扩散着时节的芳香,给小院增添了不少活力。不算宽敞的厅里人来人往,几个房间里传来高声喧哗。"生意不错嘛,娟子。"新月说。"嗯,还过得去。你们进屋里来坐吧?"娟子忙着过来招呼。"就在外面坐吧?"蒋文道看到院子里摆着一张老式的大方桌,顶上用几根木柱子撑着一个茅草棚子,看起来颇有几分怀旧的味道。"外面热吧,别看今天没太阳,还是怪热的。"娟子说着已经过来收拾桌子了。"这哪里叫热啊,比起晖城,完全是在过春天嘛。"楚震宇也十分赞同坐在外面。桃花村海拔高,立了秋的天气早已有了几分凉爽,坐在外面幕天席地,别有滋味。不一会,土鸡子火锅、粉蒸肉小蒸笼、腊肉炒干菜、蒿子粑粑、油炸土豆片、蒸土鸡蛋、合渣汤陆续上桌,花花绿绿摆满了整个桌子,肉香、菜香、花香溢满整个农家小院。"娟子,你搞这么多菜,一会给我打个大点的折扣啊,要不然吃不起。"新月嚷嚷。"敞开肚皮吃,今天我请客,为你和远道而来的客人接风洗尘。"娟子将这边安排爽利,就赶紧忙着去招呼屋里的客人了。"娟子常念叨,多亏有你这个朋友帮她,要不然哪里有现在的生活。"老向不停往新月碗里夹菜。

楚震宇不知道前面的缘故,也好奇地抬头望着新月,听她跟蒋文道讲后来的故事。娟子没考上高中,读了卫校,毕业后到县医院当了一名护士。在妈妈的经营下,跟外科一个主任医生谈恋爱结婚。不承想,她老公喝了酒做手术,出了事故闹出医患纠纷,被迫离职。那时,娟子大着肚子满街去找她失意酗酒的老公,结果出了意外事故,孩子早产,娟子大出血切除子宫。她老公后来在丈母娘的资助下,在县城开了一家药房,医改后生意很好,又开了好几家连锁店。这时,夹着尾巴对娟子好了几年的男人就又回到过去不得了的状态,甚至还在外面与别的女人勾勾搭搭。娟子的妈妈也没有办法,唯有劝娟子忍,只要男人还把钱拿回来就行。新月一次回老家带爸爸去药店拿药,正好遇到娟子在店里抓着一个小姑娘大骂"狐狸精",她帮忙劝了个架。孤单的娟子于是将新月当作倾诉对象,哭哭啼啼地道尽苦水。后来,娟子一吵架,就给新月打电话。新月看这样也不是个办法,就劝她求人不如求己,不要把心思拴在一个不值得的男人身上。她帮娟子筹划,买下了村里这个院子,开了个农家乐,没想到碰上乡村振兴,村里大力发展旅游经济,生意居然越做越红火。"想想那几年,她又是进城又是结婚,风光得不得了,看到我一个打工的回来,爱理不理的,后来一失势,倒是亲近了。这下知道我灰溜溜回村了,不知道又会变成什么样子?"新月盛了一碗合渣汤,噘着嘴边吹边喝。"人性忽明忽暗,一两句话说不清楚,只是比起城里那些深藏不露的嘴脸,这好坏都写在脸上的,倒还算容易相处。"蒋文道感叹。"哎,不说这些了,可惜了,今天天气不好,要不然坐在院子里看着星星,说着闲话,那滋味肯定更好呗。"新月抬头看看天,夜幕已经降临了,黑幽幽的,什么也望不到。"夜里怕是要下雨,天还是有点闷。"打了一会盹的老向突然睁开眼睛,"吃完了早点回去睡吧,怕一会下雨。"

凌晨四点就出发,大家也都累了。蒋文道和楚震宇回房倒头就睡。一觉醒来,外面果然雷声大作,雨点打在后面附属屋的石棉瓦上,啪啪嗒嗒地响。这声音像鼓点一样重重敲在心底,又密密麻麻不留一丝缝隙,不一会儿就将夜醒听雨的人催眠了。再一觉醒来,天已大亮,阳光照在白色的窗帘上,熨出斜斜的几道水波一样的纹。蒋文道睁眼看着那水纹随着清风慢慢荡漾,露出背后影影绰绰的青绿轮廓来,竟有些不知今夕何夕的恍惚。"'山中日月闲来往,洞口烟霞自古今。'哈哈,得道成仙了吧?"楚震宇拿着一个黄绿色叶子包着的粑粑站在门口笑一脸呆滞的蒋文道,"没成仙就赶紧起床吃饭哦,一会有美女来我们出去玩。"

这个美女不是别人,正是十多年未见的汪美玲。"哎哟,新月一回来向伯就弄好吃的呀。"她一进门就蹩着鼻子一边闻味一边叫嚷。"是娟子送来的高粱浆粑粑,今年才尝新咧,快坐下来吃两个。"老向忙站起来搬椅子。正遇上蒋文道跟着楚震宇进门来,四目相对,就在众目睽睽前。蒋文道怔怔地站在原地,喉头一阵发紧,一个字也吐不出来,汗珠就密密麻麻地挂在了脸上。"好久不见啊,蒋老师、楚老师。"汪美玲率先打破僵局,笑声琳琳地打了招呼。"啊?你们认识?"新月惊呼。"我以前和蒋老师来蹲点调研,承蒙汪老师款待。多年未见,汪老师还是那样年轻貌美。"楚震宇拱了拱手。"哈哈,还年轻貌美,我都半老徐娘了啊。"汪美玲捂着嘴咯咯地笑,她大大方方地坐了下来,倒是蒋文道有些支支吾吾。"蒋大哥见到我美玲姐还害羞呢。"新月见状,在一旁起哄。上一次擦肩而过,没承想竟在这里见了面,蒋文道一时不知如何面对。"蒋老师是为过去的事歉疚吧?没什么,都过去了啊,过去了啊。"汪美玲依旧在笑。"过去什么事啊?"新月的好奇心更甚。"哦,你的蒋大哥答应我回来采购桃花村的桃花酿,却食言了。"汪美玲拿了一个高粱浆粑粑,跷着兰花指,慢悠悠揭开层层包裹的芭蕉叶。"对不起,回去之后家里出了一些事……"蒋文道窘得鼻尖上冒出细细密密的汗珠。新月见状赶紧帮着解围:"美玲姐,不要捉弄蒋大哥了。"她不知一向谈笑风生的蒋文道此时为何连这个小玩笑都应对不了。"嗨,陈芝麻烂谷子的事了,还说那些干吗呀,不说了,不说了。"汪美玲笑着给蒋文道拿了一个粑粑。十多年后的重逢,竟然就在这样貌似玩笑的一通嘻嘻哈哈中匆匆到来了。

蒋文道看着眼前的汪美玲,身材纤细,皮肤白皙,眼波盈盈,依稀可见过去的影子,但眼角几道细纹长长地向远处爬去,曾经水水嫩嫩的花瓣已经被岁月挤尽了水分。而时光带走的不只有昔日娇俏的容颜,还有她眉间眼角的那抹清冷的光辉和幽幽的愁怨。曾经的她于他而言,是植根于骨子里的一种信仰,她的清淡疏离,她的孤独坚守,又何尝不是他所憧憬的自己呢?理想,终究在岁月的东奔西走间崩塌荒废。伊人远去,梦里的幻境败给了残酷的现实。他的心里有一种逝去的惆怅。而此时的她笑得花枝乱颤,眉眼里装满了岁月的富足和欢喜。她最终还是嫁给了痴情的张海,日子过得平淡幸福。后来顺应时代趋势,她辞职出来办了一家旅游公司,搭上了美丽乡村建设的快车,主导的乡村游成为抢手的旅游项目。"乡村旅游可是大有所为,过去我们理解旅游就是报个团跟着到景区逛逛,现在人们物质生活条件好了,精神追求越来越高,企业团建、单位春秋游、学生研学旅行,都离不得山山水水,所以咱们这里真是块风水宝地呀。"讲起工作来,汪美玲眉飞色舞。昨天晚上接到新月的电话,说是带晖城来的朋友玩一玩,当时心里还嘀咕了一下呢,没想到还真是说曹操曹操到。不过这又有什么呢?再过几年,他们的孩子都该相约着游山玩水了。过去的故事,不过是长河中小小的一条分叉,它逶迤着向山谷去了,而主流奔腾不息,沿着既定的轨迹有条不紊地向前流淌着。

　　吃过饭,汪美玲马上变身"汪导",带着他们出去"巡山"。蒋文道说新月做了手术不久,就留在家里休息,她坚持非要去。"我也好久没有看过我的家乡了嘛。"新月撒起娇来像个孩子。"没事的,我们能开车的地方就开车,走不动了新月就不下来,在车上休息。"汪美玲开了一辆白色的双排座的车,十分宽敞。沥青路四通八达,车行一路,到处都是两层楼的小洋楼。顶上加个半层尖顶的隔热层,盖着彩色的琉璃瓦,飞出两截欧式的檐角,墙上贴了瓷砖,地上贴了地砖,很多还在门前戳上两根罗马柱,有的甚至还蹲两只硕大的石狮子,乍一看,以为到了欧洲某个小镇。"蒋老师楚老师别稀奇啊,这房子盖了有些年了,你们那时来调研,就看到很多村民出去打工了。咱农村人的规矩,一旦过了温饱线,脸面的幸福就比皮肉的幸福更要紧。出去两年回来,哪怕借债,也要建了这代表翻身之荣的摩登仓库,从此走到哪里都可以挺直胸膛,有头有脸地向别人抱怨:'那个背时的瓷砖,溜得我板了一股溜,腰子痛了七八天!'谁不好面子啊,东家跟西家一比,心里就不是滋味,于是情愿节衣缩食,也得争来这种高声大气的权利。"汪美玲风趣地介绍。"那是,我家那栋房子不就是我爸爸打电话给我,非要建的吗?事实上,还真是个摩登仓库,散漫惯了的农民,哪里习惯这样的新楼,于是又在新楼旁边用木材石棉瓦搭起了偏屋,以解决烧火、养牲口等现实问题。大概是一住就习惯,主人索性常住在偏屋里了,新屋充其量当了个大仓库,这间屋里装了几卷簸晒垫和农机,那间屋里堆着小山似的高粱,那间又是农药和化肥。简直是一大奇观。"新月一边说一边笑。"最有意思的是2015年年底,脱贫攻坚战冲锋号吹起,扶贫工作组来驻村,一看到路边这么多好房子,说哪像个贫困村呢,当下就要撤,后来村干部无奈,只好一一打开这些新屋,发现有些屋里都开始生霉了,果真是个金玉其外的花架子。新月还记得吧?那时村里基础设施建设多落后啊,通村公路下雨满是泥泞,小车都难开进村。村里留不住人,几乎每家都有人在外务工,留守的大多是老人和小孩。好在脱贫攻坚动了真格,这下咱桃花村才真正迎来了一次又一次蜕变与新生。全村自来水入户率、农户安全饮水普及率100%,农村电网升级改造全面完成,村内路网骨架基本成型,主要排灌沟渠完成疏浚加固,农村生活垃圾治理、改厕、庭院改造等工作稳步推进,基础设施建设已基本完善,村容村貌也可以用完美整形来形容。"一边看一边说,汪美玲像跟领导汇报工作一样充满了激情。这样改天换地的巨变,对于一个眼里看着、脚下踩着的亲历者来说,无疑是欣喜快慰的。

车往山上开了一段,在一处开阔的大平地停下。青石板铺就了古色古香的一块平地,四周围上原木色的仿木栏杆,一块丈余高的巨石矗立在中央,上面草书红色的两行大字:绿水青山就是金山银山,蓝天丽日造福今日明日。"这就是咱们桃花村的观景平台。"汪美玲指引大家下车看一看。登高望远,在此举目四望,吁一口长气,可望断远处连绵起伏的山脊曲线。"这里的山脊线像山里男人的脊背,嶙峋的骨头、暴起的青筋,透出一股苍凉的力量。"蒋文道点了一支烟,悠悠地吐着烟圈。"哈哈,那是你们那一代男人,现在的小伙子不干体力活,脊背比女人还光滑细嫩呢。"汪美玲笑了。站在山顶抬头望,好像伸手就可以触摸到蓝天白云。距离在这里变得模糊不定。新月调皮地丢出一块石头,眼看已经砸破了地平线,就要砸到远景的石块,又悠悠然地落回去,最后闷闷地啪嗒一声,落在了栏杆边的草丛里,看上去伸手可及的山水,事实上隔了千万重。

"这是最高点,沿着这条主干道一路向山脚,4.2公里沿线以散落的农户为单元,在房前屋后栽种桃花。别处观花是连片集中的花海模式,我们这里是边走边看,这里一栋农舍,一畦菜园,那里一簇油菜花,三五棵桃花,时时有惊喜,处处是风景。花香与炊烟相映成趣,以这种富有烟火气的景观勾起城里人浓浓的乡愁,成为世人梦寐以求的世外桃源。"汪美玲指着山间一条蜿蜒的沥青路介绍。"我看过一些乡村文旅建设案例,几乎都是一个模板复制,将原有的东西推倒重来,建设文化广场、花海模式、休闲民宿、果蔬采摘,恨不得将所有休闲元素都集中呈现,乍一看眼花缭乱,可这些同质化的景区经不起推敲,很多地方都是到此一游,去了不想再去,为什么?少了一些魂。这个魂就是生活,就是乡愁,离了朴素真实生活的铺垫,那就是空谈乡愁。你们这个思路好啊,遵从原有的散居模式,花木景观跟着人烟走,就显得自然生动了。难怪这里游客这么多。"蒋文道赞不绝口。"嗯,教授的研究还是挺深入的,一下就说到了点子上。所以你们看,我们这里几乎不愁客源,很多城里人,动不动就背个包跑来住个两三天,体验一下远离尘嚣的清净。春天赏花,夏天避暑,秋天登高,冬天看雪,一年到头充满了乐趣。去年,桃花村引进外部力量,组建桃花源农宅乡村旅游专业合作社,流转农户农房及宅基地使用权,统一规划、建设和运营,20多家农户先后入社从事餐饮、住宿、采摘等经营,腰包都鼓起来了。大家都说,以前在外打拼,总觉自己是游子;如今在家创业,天天都像是游人。"汪美玲接着说。"这个外部力量就是你吧?美玲姐。"新月听得津津有味。"有我,还有我的一些做旅游的朋友。所以说,农村天地大有可为啊。新月,你回来了正好加入我们,为你的家乡造福。"汪美玲充满豪情。"造福我不敢说,先把肚子填饱吧,总得养活我和爸爸。"新月笑着吐了一下舌头。一行人慢慢往车跟前走。"你带我们去看看那棵老银杏树吧,听爸爸说又死而复生了。"新月提议。

银杏树不在主路边,车先往山下去,到了溪边,又沿着一条岔路往山上走。去山上的路越走越窄,越走越荒,越走越静。在一处稍微平整的地方,汪美玲将车停了下来,一行人沿着曲折的小路慢慢往里走。路边偶尔冒出一两处房舍,但人去房空,房前屋后长满了过膝的荒草,隐约显现出田埂和小径的轮廓。老屋半立半倒,残垣的裂缝处长出了青青的草,坍塌的土坯墙墙根处爬上了青苔。一张主人废弃的木犁插在地头,青藤缠绕其上,如同木犁突然发芽长叶,活过来了一般。不难想象,曾经有一个精壮的男人,披着蓑衣戴着斗笠,扶一把原始的木犁,赶着嚼一口干草的老牛,把希望播进田野,田野上不久便长出一行行回报的诗行。前面那条溪边的青石板上,曾经也传来吱吱呀呀捣衣的声音,一旁活蹦乱跳的孩子趁母亲们叽叽喳喳聊得欢时,悄悄偷走装衣服的竹篮,舀上一篮淤泥倒在岸上,扒拉着泥巴寻找溜滑的泥鳅,有时还会舀上几尾浅水中的小白鱼。年轻母亲的一声怒喝吓得鱼儿挺着宽宽的白肚皮上下扑腾。在这山静林幽之处,以前一定有过灯火温暖的窗口。在明晃晃的雪夜,柴火噼里啪啦地映红了半面老墙。

如今这里只剩下静默在道场的石碾,还有林间腐叶如酱如酒的浓烈气味。连行人的脚步声也过于粗鲁和陌生,吓得一群麻雀扑棱扑棱惊逃四散,从废墟飞向山头。汪美玲指着这一片土地说:"这里叫蚂蟥沟,还有个动人的民间传说呢,据说以前有个长工经常去山谷里喂牛,遇到下雨,就在那里割一捆蒲草带回去给牛吃。有一天,下着大雨,他又去割草,正好遇到一个年轻的姑娘,穿着粉色的罗裙,头上戴着亮闪闪的珠钗,像是大户人家的小姐。这位姑娘说自己是山那边的人,偷偷跑出来玩迷了路。看她浑身被雨淋得湿漉漉的,长工就将头上的蓑衣斗笠解下来送给她穿戴。姑娘过意不去,将蓑衣打开举在头顶,喊长工一起来避雨。听着她肚子饿得咕咕叫,长工又将怀里揣着的两个苞谷面馍馍送给她吃。她大口大口吃着,一脸娇憨,长工看呆了。一股奇异的香气钻进鼻孔,他的脸红了。两人有说有笑,相处十分愉快。那天的雨怎么也下不停,长工于是邀请姑娘到牛棚避雨。郎情妾意,恰如烈火干柴。睡到鸡叫时分,长工从美梦中醒来,发现自己赤身露体,躺在牛棚里。他仓促披衣,一路跑回家,卷起裤子一看,腿上不知什么时候吸了一条大拇指粗的蚂蟥。谷底林深草密,气候潮湿,长工经常被蚂蟥吸血,它们咬人不疼,总是吸饱了血,胀得圆滚滚的,轻轻一拉,就掉出来了。他平时也懒得跟它们计较。但是这一次,不知道哪里生出来的一团火,他小心地把腿上的蚂蟥拔下来,直直地扔在地上,一脚踩在上面,那蚂蟥瞬间就被踩扁,躺在地上一动不动。听说蚂蟥命很长,就算断成两截,遇到水也能活过来。他又架了一堆火,将蚂蟥扔进火里,烧成了灰。蚂蟥是死了,但是姑娘留下的香味却仿佛粘在了身体上,他沿着谷底一直找到山那边,也没有见到那样一位衣着光鲜的小姐。他于是失魂落魄,再回到牛棚躺下,辗转到半夜,迷迷糊糊睡去,在睡梦中居然见到了那个姑娘。她哭着对他说:'你这负心汉,真把我害苦了!'长工莫名其妙:'明明鸡一打鸣,就没见到你了,我找了你几天。'姑娘一边哭,一边说:'我确实因为你而死啊!'原来姑娘就是那条吸在长工腿上的蚂蟥,她看到长工不像别人那样凶狠,总是由着她吃饱了自己掉出来,就生了感激之心。偏偏长工又是个可怜人,长成老小伙子了还没碰过女人。姑娘就幻化成人形,跟他一度春风。鸡打鸣天就亮,她又变成了蚂蟥,舍不得离开。刚准备逃走时,哪知道长工竟然一反常态,将她活活烧死了。长工听到真相,后悔不已,但大错已经酿成,他于是日夜啼哭,眼泪淌成了一条河,汇入谷底,山谷就变成了一条小溪。一天他喂牛时听到小溪边传来婴儿的啼哭声,过去一看,一男一女两个婴儿躺在草丛里。他将两个婴儿捡回来养着,他们不到三月就张口说话,喊他爹,说是娘派他们来帮他好好过日子的。两个孩儿一岁就长成大人,男孩力大无穷,女孩心灵手巧,长工的日子很快红火起来,不久成了地主。长工成了地主以后仍痴心蚂蟥精,终身未娶,一双儿女在这里成家立业,于是有了日后的蚂蟥沟。""美是美,可是再美也是个蚂蟥,听起来怪瘆人的。"蒋文道摇着头说。"没听出来吗,人家讲这个故事是有所指的,男人不能当负心汉,否则是要后悔的。"楚震宇插嘴,"就像清江上廪君和盐水神女的神话传说一样。盐水神女谓廪君曰:'此地广大,鱼盐所出,愿留共居。'廪君不许。盐神暮辄来取宿,旦即化为飞虫,与诸虫群飞。掩蔽日光,天地晦暝,积十余日。廪君不知东西所向,七日七夜。使人操青缕以遗盐神,曰:'缨此即相宜,与女俱生,不宜将去。'盐神受而缨之。廪君即立阳石上,应青缕而射之,中盐神。盐神死,天乃大开。""哎,最听不得这样的故事,为什么女人一旦沾染情爱,总是痴心一片,奋不顾身,而男人爱的时候浓情蜜意,转身就各奔东西去了呢?"新月叹了一口气。"可见男人还不如一条丑陋的蚂蟥呢。"汪美玲一句话,两个女人捧腹大笑,蒋文道和楚震宇面面相觑。

一个意味深长的民间常说打破了刚才的静谧。走出蚂蟥沟,看到了仿佛长在云里的一大片梯田。山里林多地少,受制于山的坡度,田块都很小,常有人形容,一个斗笠或一件蓑衣,就能盖住一丘田。梯田密密麻麻,像兵士铠甲上粼粼闪光的铁片。同样是坡陡的原因,梯田多被农人用石块垒砌了高高的护坡。青黑色的石块,恰如巍巍石头墙。行人需要屏息仰视,才能探望到城头里的旌旗和兵甲,甚至听到想象中的鸣镝和战鼓。那棵据传有千年历史的老银杏树,就长在半山腰里。"哈,好有气势,难怪这里被称为点将台的。"蒋文道想起老向提到的历史掌故。"点将台的由来可不是因为这里行军打仗,你想啊,这么偏僻的地方,也难得称之为兵家必争之地。点将台不过是因为这里原来有一个山洞,据说隐居在里面的高人将所著之书传人,造就了一位有名的将军。"在汪美玲的解说下,众人朝着神秘的老银杏树走去。

很多梯田已经荒废了,难以想象,当年为争得几把谷米,深山里的农民耗费了多少心血和汗水,才在这陡峭的山坡上筑起层层叠叠的"巨石阵",又如何在这石墙里撒下种子,蹲苗拔草,期待收获。千百年来的耕耘,不过数年,竟全然抛诸脑后,不禁令人唏嘘。远远地看着银杏树好像长在田边上,走过去才发现要穿越两垄枯萎的苞谷秆。收割后的苞谷秆原本是要齐根砍下来,头上嫩的一部分扎成捆,冬天牛没有草吃的时候,洒上盐水浸一浸,可以顶上几顿,下面老的秆就堆在屋檐下,风吹日晒,干了当作引火柴烧。现在牛喂的少了,也没人大老远扛一捆苞谷秆回去,于是就任由它们长在地里。干枯的苞谷秆仍保持生长时昂扬的站姿,就像一排排形成阵列的士兵,目光坚毅,刚正不阿。苞谷秆上硕大的长叶子不肯安分地垂着,横七竖八像手臂一样直直地伸出来,得用一根结实的木棍,一边将它们朝两边扒开,一边前行。穿行在成行成列的苞谷丛中,一眼望不到前方,只有身体与叶子摩擦发出咔嚓咔嚓的声音在耳畔鸣响,就像嗒嗒嗒嗒齐整的马蹄声,这时还真有几分检阅兵士的庄重肃穆。

穿过两块田地,一棵粗壮的老银杏树映入眼帘。灰褐色的树桩裸露在土面之外,张牙舞爪的根须像一双苍老的手,青筋暴起的手指勾住地面,牢牢扎向土里。有的树皮,摸上去十分坚硬粗糙。主干足有一米来粗,上面长满了坑坑洼洼的大疱小洞,有的树皮像老人皲裂的老皮一样干枯脱落。树干从中间长出一些遒劲的枝丫,无数的树枝向四面八方伸展着,零星挂着几片折扇般的大叶子。历经了千年风霜的枯朽的树干,与欣欣向荣的绿叶形成鲜明对比,给人一种"枯木逢春"的震撼。让人更加惊讶的是,树桩的背后,长着一块灰褐色的巨石,仔细打量,原来是一块开膛破肚的树桩,死去的树桩并没有腐烂,就像坚硬无比的石头,保持着死去时的姿态,上面爬满了青藤和青苔,好似公园里精心布置的石雕,倒衬得青藤苔蔓多了几分不同寻常的雅致。汪美玲又津津乐道,讲起来这里的典故:"这才是以前的老树,据说这里曾经是一个巨大的山洞,山峰在背后绵延,溪流在脚下潺潺流动。有一位德高望重的高人携妻子隐居洞中,一个著书立说,对来访者和邻近的村人讲学教化;一个纺线卖钱,换得衣米油盐简朴持家。虽然清贫自劳而食,却怡然自得,心地善良,助人为乐。有个外地人借口黄河决堤,人民流离失所,苦不堪言。灾民们推他特来借钱,求恩公大发慈悲。男人听后笑笑,与妻子一合议,便将所有的钱给他,用一头骡子驮着走。翻山越岭,刚走出几座山,骡子就走不动了。借钱人只好坐下来歇会儿,一歇就睡着了,梦见骡子托梦给他:'借了恩公夫妇的钱,今世不还来世还。我是前世差你的钱,变个骡子把债还。'他从梦中惊醒,浑身大汗淋漓。'是的,我借时撒了谎,既想救灾民,也想自己得几个。原本不想再还了,看来不行!'于是站起来就把骡子调转头,又给恩公送了回来。高人说:'如果你真心为灾民,钱拿去就不用还了。'外地人回去后果然用所借之钱救济灾民,并广为传颂恩公的美德和神灵。他临死之前对后人说:'你们一定要记住巴人故里,那里有个桃花村,桃花村里有个桃花洞,我们借了他的钱今世不还来世还,子子孙孙传下去,去报答恩公的恩德。朝拜恩公的神灵。'这件事被一传十传百,世世代代传了下去。一年,新任的州牧仰慕高士,专程赶来求治世之策。他听说高人虽声名显赫,却甘于清贫,不事权贵,因而不敢张扬,只带一书童简装而来。炎炎夏日,州牧跋山涉水,走得筋疲力尽。来到洞前,但见洞府周围竹林幽幽,百鸟欢唱,清风徐来,不觉浑身舒爽,州牧赞道:'好个山清水秀、古朴幽静之地。'突然背后传来询问:'焉知朝廷是否清廉,庄禾是否秀壮,黎民是否静宁?'州牧回头,见是一个儒雅却清瘦的老者,便打揖施礼道:'学生被错爱而知楚,特来拜访隐居高人。敢问贤公……'老者答:'老夫不是什么高人,不过一个识字的樵夫渔翁。'州牧一听,正是所寻之人,慌忙重施大礼:'学生拜见恩公,还请恩公出山,助我治楚,整肃吏治,造福黎民。'老头笑着摇头说:'老夫厌世恶俗,不愿居官,云游四方,隐居于此,岂会轻入仕途?想那屈子志在鼎新,帮扶怀王却遭贬谪,跳入汨罗江中。还有赋首宋玉,忧国忧民,却发出了悲哉秋之为气也的千古憾叹。如今盛唐之后已显衰象,老夫不过一游学四方之隐士,又有何德何能报效朝廷,造福百姓?感谢大人抬爱,请入洞稍息后返回。'州牧无奈地随老人进入洞内,只见洞口由青石条砌成拱形门,门高6尺,宽不到5尺,主洞有四五间房子大,两边有两个侧洞,主侧洞都不大,其中一个却深不可测。老头见他惊疑,笑笑说:'此洞既出,便入红尘。'一条捷径即可入红尘,老人却甘于避世,州牧更觉其奇。洞内石案石几上堆着不少书籍。州牧不甘心长途跋涉而归,见书后灵机一动地施礼:'恩公隐居如此艰难,还勤奋研读,著书立说,着实令学生钦佩。'老人大笑:'你道诸葛孔明隐读隆中,躬耕垄亩是享清福?庞德公隐居鹿门制药悬壶是图安逸吗?'州牧忙说:'学生并非此意,而是说恩公高贤,像诸葛亮庞德公那样忧国忧民,恩公既然不肯入仕,那就求您剖析时事,赐教学生为官之道,治域之术。'老人叹一口气:'也罢,见你心诚,欲效刘备三顾茅庐。我虽难比孔明,但有行兵布阵一书十卷,治世济民一书十卷,无论治世乱世,皆可有所助益。现尽数赠予你,望治国富域,教化庶民,不得有误。'州牧大喜过望,躬身即拜,老人也不多言语,送他从侧洞而出。据说,州牧得书后文才武略皆有长进,在安史之乱中平叛有功,被封为大将军。大将军感念恩公,特请人制作了'点将台'匾额一枚,专程赶来拜谢,不想天降雷雨,等他赶到的时候,恩公已不知所终,隐居的山洞夷为平地,长出了一棵参天的银杏树。这棵树被当地人奉为神树,五百年前,老树死了,在死去的地方又长出了一棵新树,如此生生不息,绵延至今。"蒋文道听着这个故事似曾相识,便知又是汪美玲将别处的故事借用改编而来,但听来合情合理,生动有趣,也不戳穿她。不得不说,她这个做旅游的思路是对的,只有将文化和景观结合起来,赋予景观内涵,这景观才能鲜活起来。"你这嫁给我张老师是对的呀,你们闲得无聊,也不必吵架了,光故事都讲不完。果真是双剑合璧,天下无敌啊。"新月的话惹得众人又是一通发笑。

天色已晚,一行人意犹未尽地回去。山里温差大,哪怕是炎炎盛夏,只要太阳一往回收,暑气就一寸寸跟着消退了。到了晚上,茂密的山林里送来一阵阵阴凉,楚震宇去车上找了一床毯子裹在身上,嘴里还在嚷嚷:"啊唷,要冻感冒咧。"进屋靠门口放着个铜火盆,边沿擦得铮亮发光,老向拨开火盆中间的灰堆,几块捂得发灰的炭火露出来,慢慢地变红了,再给旁边煨上些木炭,要不了多时,一盆旺旺的炭火就燃起来了。"哈,大夏天的居然烤火啊。"新月见了忍不住发笑。"'二八月,乱穿衣。'这火烤也烤得住了。上次不是说要请蒋老师喝咱土家的罐罐茶吗?生个火盆一打两就。"老向笑眯眯地走到靠墙的黑漆柜子跟前,一手撑起柜盖,一手伸进柜子里去拿东西,柜子好像格外深,老向几乎连半个身子都探进柜子里去。"爸,你在掏啥宝贝咧?"新月凑过去帮忙。"找茶叶呢。"老向掏出一个黄表纸包着的小包。"你那能有什么好茶,我包里有上次美玲姐送来的手工毛尖,我去给你拿。"新月转身就要去寻。"你那毛尖就是长得好看,熬罐罐茶还是要用我的绿茶,才出味道。"老向小心翼翼地打开纸包,露出一些揉成团的绿叶子,"我这可是正宗的云雾茶,那几棵老茶树今年就收了2斤茶,咱们几个老伙计一人才分了几两。""还是蚂蟥沟那边的?"新月问道。"除了那里有几棵老茶树,哪里还有?"老向叹口气,"到处都栽桃树,啥都没有了,现在夏天喝个一罐还要寻几座山。""爸,你不要往蚂蟥沟那边跑了,路不好走,小心摔跟头。喝个茶嘛,哪里来得那么多讲究。"新月一边数落着老向,一边蹲下来在柜底找罐罐。"罐子拿出来了。"老向从柜子旁边拿出一个黑黢黢的陶罐。上下稍小,中间稍大,后有握柄,顶部开口,前方有向外突出的小槽,便于倾倒茶水,其形态如笑弥勒,简约但不简单。"这罐子的年纪还是大我的呢,是我爹那辈传下来的。"老向端着罐子往火盆走。新月赶紧去烧水。"我白天烧水了,你回温一下就行了。"老向扯着嗓子喊。一圈人就围着火盆坐下来。大夏天的烤火,城里来的几个人都觉得不可思议。

老向在木炭和油星灰中间,用陶罐歪出一个窝窝,再稳稳地将陶罐垛上。罐子烤干,他再将纯手工炒制的云雾茶抓了一大把,丢进罐子。一边炕着,他一边捏住罐柄,旋转陶罐,上下颠簸,使得茶叶在罐底均匀受热。香气飘了出来,茶叶便炕好了。此时新月刚好送了开水过来。"我倒水啦!"新月两手提着水壶,一线白亮的水柱就激入了罐中,只听得"扑哧"一声,罐中便有无数泡沫翻滚。那些漂浮在罐中的灰尘及泡沫,随沸水的增多自然沿着茶罐的沿口流出。待泡沫消失后,把茶罐盖好,在油星灰中静止半分钟,茶香就四溢开来。老向把第一杯茶递给蒋文道,他又让给楚震宇。作为晚辈,楚震宇不好意思接第一杯茶,又还给了老向。"弄啥咧,我喜欢喝酽茶。"老向笑着倒了三杯茶,将瓦罐又稳稳地煨在了火里。熬出来的茶汤橙黄明亮,只想一口气喝完,可是实在太烫,只能小口小口地啜饮,浓郁的香味便慢慢地在舌尖上泗渗开来,入口淡淡的苦涩,回味又是粘在嘴上的甘甜,一杯落肚,似乎嘴角还有云雾的清香。"这头道茶香,煨过的老茶就酽了,老茶鬼都喝得醉,蒋老师要不来点?"煨了半个时辰的茶叶颜色变成棕红,似乎带了些膏状的浓稠,喝一口,苦得哑舌。老向看得哈哈大笑,站起来去拎水壶加水。

这时门口进来一个佝偻着腰的小老头,几根白发满脸皱纹,进门就喊"老哥"。这人看上去比老向老一大截,可怎么喊他"老哥"。正疑虑着,只见老向很热情地招呼来人坐下,说喝一罐茶再走也不迟。原来是借电锯的。来人也没过多客气,老老实实坐下来和老向寒暄,极其热情地问候了几位客人,并邀请新月在返城之前一定去他家吃顿便饭。蒋文道在一旁听得暖洋洋的,感叹山村里的人朴实热情,新月却不冷不热,对人家说话有点不爱搭理的样子。蒋文道了解新月最是一个谦和有礼的人,今天这样子是不是身体不舒服?不等他询问,老向已经将茶罐递到新月手里,并喊她招呼客人。新月这才像回过神来,起身拿杯子给老头倒了一杯浓茶。

"咦,舒服,好久没喝过这正宗的罐罐茶了,我们家老罐子早就被丢了。"老头一口气喝了三杯茶,打着饱嗝心满意足地走了。走了几步,又回来,他讪讪地笑着:"差点忘记是来借电锯的了。"等他走远了,新月愤恨地说:"缺德鬼,不该把茶他喝。""你这娃娃,陈芝麻烂谷子的事,还记在心里干啥。"在蒋文道他们好奇的追问下,老向慢腾腾地讲起往事。他十三四岁,爹出事了,老头带着一帮小子来抄家,八个娃娃的一个穷家,哪有什么好抄的。他娘藏着过年的半袋麦面被老头寻了出来,他硬是当着所有人的面尿了一泡尿在里面。那个年过得恓惶,老向的娘又气又怕,不多久就病逝了。这老头嘴碎得很,都过了半辈子了,老向捡了新月,他又在那里瞎扯,说捡来的娃娃以后不得给他送终。老向为此跟他打了一架,好些年不说话了。"看来这老家伙过得也不怎样,冬天连柴火都没弄够吧,要不然大夏天的锯什么柴?"新月冷笑一声。

老向只管清洗茶罐,等新月不说了,这才淡淡地说:"都是受下罪的人,也都是从年轻时过来的,谁还不有个一差二错?好在这几年政策好了,日子一好过,人的心也和以前不一样了,就连这个老倔头也知道积德行善事,去年为了捐钱修广场,还跟儿子媳妇干了一仗。本来这多年了我们和他没啥来往,可人家能到我家门上来,一口一个老哥,就是说他有悔过的意思,那我就得比他还客气热情些,他可就更不敢再做过头事了,这才是我们大家子的气量。再说,都黄土埋到脖颈的人,到了那边还能搭个伴呢。""胡说八道,什么黄土埋到脖颈!"新月搂着老向的脖子撒娇。蒋文道和楚震宇听着老向的说教,谁也没有说话。可他心里蓦地闪出一句古话来——以德报怨,是孔子曾经说过的。新月常说她的父亲越活越有佛性,如今一看,老人心性豁达,敦厚善良,整天悠哉乐哉,完全一副老菩萨的模样。

汪美玲一直在接打电话,好像明日来了生意。她见诸事已安,起身告辞。"好多的星星啊!"她惊呼一声。黝黑的天幕上繁星如云似雾,无限深广的宇宙似乎一个巨大的袋子,哗啦哗啦垮塌下来,要将蚍蜉一样渺小的生命一口吞下。我是谁?我是在哪里?也许我是一个无依无靠的太空人在失重地翻腾?也许我是一个无知无识的婴儿在荒漠里孤单地迷路?也许我是站在永恒之界的入口,正在接受上帝的召见?这是一个神秘的世界,有神灵出没的地方。蒋文道怔在那里,山谷里一声长啸,大概是一只鸟被新生的月儿惊飞了。

13

这一年匆匆而过,看起来与往年没有任何不同,但是这一年,蒋文道却生了一种怪病,失眠症。他长期睡眠不好,很多年都靠服用褪黑素维持睡眠,只是这半年来,即使服用大剂量的褪黑素,他也总会在浅浅的一觉后毫无疑问地醒来,然后在黑漆漆的夜里辗转反侧,再也无法重新入睡。失眠的人最怕在凌晨醒来,此时夜已经深了,但是离光明又还有一段距离,你就像孤零零地在一条隧道里走路,你走的路两旁有昏黄的灯,所以你看得到你正在走的路。但是这昏黄的灯光一直远远地照着,你不停地往前走,前方还是一模一样的灯光,你走着走着又像看不到一点希望。你想遇到一些不一样的,比如遇到一个同路人,能够随意攀谈几句,知道前方还要走多久。你想看到前方突然出现一处自然的白光,预示着这条路快要走到尽头了。再哪怕是突然转入无边的黑暗也好啊,至少你知道这里灯坏了,会有人来维修,事情总是会起一些变化的,但是这个世界就是一点变化也没有。你看得到光明,但这光明又不是一束自然的光,这样的光明只会照见你的孤独和困顿。蒋文道在凌晨三点醒来的时候,窗外的路灯依旧在黑夜里闪烁着明亮的光,但是他感到比无尽的黑暗更让人感到绝望。

他被整夜整夜地折磨。陈钰说:"不会啊,我给你寄的睡眠片临床效果很好。你是不是没有按时按量服用?"陈钰坚持要去澳大利亚,就是认为那里的营养素是好的。"去澳洲学营养学,以后营养师一定是个非常有前景的职业。"陈钰这些年一直痴迷于各种营养素,在不断地学习和研究之后,最后得出了澳洲的营养素最优质,于是将儿子的未来与这个结论关联起来。他们家陈钰的话最多,也最具决定性。这么多年,涛涛按照她的培育理念,按部就班地朝着精英路线走,在她看来,是相当成功的。因为涛涛不同于那些顽劣的孩子,他彬彬有礼,认真地听着妈妈以建议为名的各种指令。他是没有走过一点弯路,但是在蒋文道看来,这个孩子就像一个提线木偶,被陈钰紧紧地将线拽在了手里。岂止儿子是这样,他不也成了一个风筝吗,被她在现实的生活里随意放逐。挣扎干什么呢?反正也不知道挣断了线,要去哪里。

蒋文道只是疲惫,为什么这些药没有效果了呢?他看到陈钰发来的照片,涛涛站在一片湛蓝的海水里。浪花从他遥远的身后一层一层涌过来,温柔地在他的小腿旁打着转。大花泳裤紧绷绷地套在身上,他晒得发红的双臂自然伸展开,眼里是海水一样清澈阳光一样明媚的笑容。16岁的少年,正是身体日益饱满心灵无所畏惧的时代。此时,南半球正是初夏,少年撒着欢的美好季节。一场秋雨一场寒,晖城已经慢慢走进冬天了。蒋文道抚摸着照片上热情洋溢的少年,突然有些怀念那个在黄土飞扬的操场上尽情奔跑的少年了。那时的他,只管撒开两条腿,生机勃勃地向前跑,从来没有想过,要跑到哪里去,要在哪里停下来。好像只管向前就好了,好像前方就一定是好的,充满希望的,让人愿意奔着去的。

现在这些孩子,已经不如他们那时单纯透明了。他们的眼神总是与手机胶着在一起,抬头看人的时候,有些慌张的躲闪。他常常布置以提交论文的方式进行学科考核,他很想在这些不说话的文字里,与这些安静的学生来一次心贴心的交流。但是那些雷同的文字总是让他失望。他想识破他们的小伎俩。拿到论文以后,随便选取一段复制粘贴,然后扔到百度里。一般低级的抄袭者,十之八九会现形。如果百度没办法找到抄袭的证据,他还会把看起来不错的论文,摘取一小段放到知网里进行检索,一般到这个阶段,论文有没有抄袭都心中有数了。通过这两次查重,几乎所有的论文抄袭者都会被他检查出来。

他想用他自己的方式来和他们进行一次推心置腹的交流,于是他光明正大地在课堂上传授自己反抄袭的经验。他以为,他把自己的秘诀传授之后,没有学生再敢在他布置的论文作业上耍花招,然而他还是错了。基本上,他这话很多学生左耳进右耳出,到下次交论文时,该抄袭还是抄袭。起初,他对他们的置若罔闻很生气,在课堂上严肃地不点名批评,奇怪的是,那些学生并没有像他想象的那样惭愧地低下头,甚至红着脸来向他道歉。反而是教学质量评估时,一些学生给他不好的评价。"天下文章一大抄,有什么好较真的呢?"连楚震宇都已经被张思瑶洗脑了,开始对这些怪现象见怪不怪了。"老师一眼能看出学生的作业是抄袭的,也不一定有啥用。学生知道自己在欺骗老师,老师也知道学生要欺骗自己,学生也知道老师知道自己在欺骗老师,但是学生还是要欺骗老师。"绕来绕去,就是说要睁一只眼闭一只眼。他从此以后也看破不说破了,除了给抄袭的学生低分以外,从来没对抄袭的学生点名曝光。

但是这一天,当他像往常一样到电视台录文化访谈节目,却发生了意外。节目是录播,为了保持真实效果,请了不少特约嘉宾前来参加录制。蒋文道从容地面对他们,与年轻的女主持人侃侃而谈,现场时不时因为他的睿智和幽默发出雷鸣般的掌声或哄堂大笑,气氛十分活跃。比起沉默而尴尬的教学现场,蒋文道更享受这种被尊重和仰视的局面。当他沉浸在这样的热烈里,并且试图掀起新一轮高潮来结束今天的节目时,主持人突然面露难色地望了他一眼,然后以职业化的笑容面向全体观众说:"因为特殊原因,今天的节目我们就录到这里,感谢各位的配合。"现场一片哗然,在节目快要结束的时候强行中断,显然是发生了什么重大事故。大家对引起这场事故的外力猜测纷纷,所有疑惑的眼光同时投向了台上的蒋文道。他被这如炬的目光刺得心烦意乱,没有说明什么原因,也没有说明什么时候恢复录制,简单粗暴地中止,没有第二个理由,一定是出事了!而事情的源头,肯定也是因为他。职业敏感让蒋文道维持着脸上克制的微笑,他默默地取下耳麦,力作镇静地走向后台。"蒋老师,您单位来电话了,说暂停您的一切对外活动。具体原因,您自己应该清楚吧?很遗憾,我们的合作暂时要告一段落了。"编导意味深长地望着他。蒋文道被这种上下打量的眼神盯得难受,满腹疑虑地走出了电视台。

"你怎么犯了这么低级的错误?"楚震宇在电话里几乎咆哮,"你看

271

看网上你的新闻都上热搜了,现在学院里都炸开锅了。"蒋文道莫名其妙地打开手机,"某博士论文全文抄袭,高校论文评审形同虚设"的相关报道一条条弹了出来。这是三年前毕业的一个在职博士。

本来就事论事的话,只是这一篇论文造假蒋文道负有指导不力的责任,没想到事态持续发酵。"蒋教授一向都很宽容待人的,我们的论文抄一抄,顶多分数给低一点,他倒不像别人那样一查到底,点名曝光。""让学生好过,自己也就好过了吧。""蒋教授天天忙着在外面讲课上电视当大腕,哪里有时间来管学生啊,也是点背,翻船了。"……校园网、论坛、微博,一时间铺天盖地的评论,像一柄柄锋利的箭雨向他射过来。嗖嗖嗖的冷箭袭来,蒋文道感到后脊背发凉。

惹了民怨的蒋文道自然不会落得一个好下场。收回带研究生的资格,暂停教学工作,三年不得评优晋级,呼风唤雨的蒋文道终于被狠狠地打击了一回,让那些沸腾的"民怨"瞬间平息了。"哎,你就是点子低,其实那事跟你也没有很大关系。""就是啊,学校的处理也太严了点,杀鸡儆猴嘛。"甚至又出现了一些假装同情的声音,看着这形形色色瞬息万变的面孔,蒋文道竟然有些看戏的恍惚。

天越来越冷了,匆匆走在路上的人们,习惯性地将脖子往高高的衣领里缩。蒋文道好像从来没有这样无所事事地去观察过这些平凡的生命。他想起来一个咨询师告诉过他,心理咨询室里不少来访者是名校教授、中年职场精英,一路以来不为任何人停下脚步,所以当然是非常成功,但到了四五十岁突然婚姻破裂,子女疏远,没有朋友,那时候一切都已经来不及了。他从来没有像此刻这样,急于想将自己投入人群里。他几乎是无意识的,随着流动的人群挤上了地铁。起初是没有地铁,后来是自己有了车,来到晖城三十多年,他竟然没有坐过一次地铁。他曾经看过一篇报道,说地铁驾驶员从签完合同上岗的那一刻开始,所有的日子都被日程表规划好了。三天休息一天,白班夜班早班休班,算一套班,法定节假日三倍工资无休,永永远远四天一个轮回,以后很多年哪一天是什么班,都能看到。请假很贵,事假五百,病假三百。第一年没有年假,之后随工龄增长,每三年加一次,前三年两天,加上早班半天,休息一天,可以有三天半。再过三年五天,加起来六天半,十年工龄是十五天。也就是说如果不想失业,就要一辈子待在这座城市,坐在一个人的车厢,望着前方黑色的隧道,有终点但没有尽头。他看着车厢里一张张木然的脸,他们又何尝不是一样的命运呢?大多数工作,尤其是没有选择余地的工作也都如此,把人困在一个地方,以工作日的周期来循环生命,或许没有这么严丝合缝,但轨道上的人的的确确只能朝着一个方向,准点上车,交接,行驶,到站。他曾经有一种很强烈的优越感,觉得自己脱离了低等的被奴役的世俗生活,有一种俯瞰众生的超然,现在想想,本质上他与他们又有何不同呢?他一路都在奔跑,他一刻也不敢停下。不同的是,这些被他认为"没有自我"的俗人,会拿着工资乐颠颠地回家交给婆娘,会啃着卤猪蹄喝一口啤酒感到无限满足,会四仰八叉地躺在床上安稳地呼呼大睡,他们的幸福那样简单,又那样容易得到。而他,好像是一个飘浮在太空里的人,晕乎乎地上下翻滚,却是那样空虚,又是那样孤独。如今,骤然从天上砸落到地上,短暂的眩晕之后,竟然有了一种奇妙的踏实感。

他将屋子里里外外打扫了一遍,阳台上许久没浇水的花草死了大半,意外地看到,一株蟹爪兰吊着几串鼓鼓囊囊的花苞,在寒冷的冬天攒足了劲儿,急着绽放出红红的花朵。他给还有一口气的花草浇了水,刚浇下去的水迅速渗透到干涸的土壤里,好像听到了它们咕咚咕咚大口吞咽的声音。他在电话里跟陈钰讲这些,她竟然咯咯地笑了起来。"瞧你,像个孩子一样。"她的声音好像格外轻盈。"过年我们回不来,等到你放暑假,我们就回来了。其实你寒假也可以过来玩啊,这边正好是夏天,海边景色很不错的。"陈钰似乎一点也不在意他被处理的事实,她说涛涛学习成绩不错,申请了助学金,课余帮着导师做一些项目,开销不大。她还说她帮国内代购澳洲的营养素和护肤品,生意很不错呢,赚得不少。她就那样喋喋不休,蒋文道认认真真听着,从未觉得这些家长里短如此动听。

当新型冠状病毒这个词开始悄然流行时,蒋文道正闭门在家,悠哉乐哉享受他无比清静的一个春节。新月给他打电话拜年,说村里的道路到处设了关卡,气氛好像很紧张似的,这时他才意识到疫情好像已经逼近了人们平静的生活。以旅游业为主要收入来源的桃花村,显然会因此受到重创,蒋文道想到这里,不免为回乡刚开始创业的新月感到担忧。他不知道,他所以为处于水深火热的山村,此时正在热火朝天地开始一轮特殊的募捐活动。村委会门口停着三辆大卡车,车厢上挂着红色的横幅,"众志成城,抗疫同心""携手并进,消灭疫情",一行行朴素的黑色大字格外醒目。

年前的一场大雪还未消融,坡上坎下的农民,拄着拐杖,一步步艰难地向卡车挪动。他们的背上,无不背着背架、背篓,或者挑着箩筐,里面装着白菜、萝卜、红薯、土豆、腊肉、蜂蜜,还有一些干菜、腌菜。"我惦记曾经到我家里来住过十来天的那户人家,不知道他们是不是还好好的?""这些城里人,不光有钱,心里也善良,还给我们家奶奶好多糕点。""千里有缘来相见,在一个锅里吃过饭的,就像亲人咧。""是啊,一方有难八方支援,我们总不能干看着。"农民们将肩挑背驮的各种食物,悉数装进了卡车里,望着大卡车将他们的心意带到那个遥远的地方。"我真没想到啊,平日里斤斤计较,为鸡零狗碎争吵不休的人,居然都自发地将家里攒的过年物资捐了出来。大家还比着捐呢。"新月在电话里无限感慨。这个她觉得蔽塞庸俗的山村,这些她看来小气抠搜的农民,在大是大非面前表现出来质朴的爱心和惊人的团结,令她深受震撼。"我真的开始热爱我的家乡了,还有这些可爱的人。"她由衷地感叹让千里之外的蒋文道仿佛也回到了那里,见到了那不可思议的一幕。

"真想回来看看啊。"蒋文道突然生出这个念头。"那好啊,我将婚期定在暑假,您到时来参加我的婚礼。"新月兴高采烈地邀请。"好,我到时带陈钰和涛涛一起来参加你的婚礼。"他们有了一个欣喜的约定。新月要结婚了,一年多来,这是他听到的最开心的事。新月说,少女时代做过一千一万个美丽的梦,她遇到的王子虽然不是骑着白马风度翩翩地来到她的跟前,但是一定会满足她无穷的浪漫心思。他们会在星空下说着情话,在玫瑰花的芬芳里共进晚餐。从来没有想过,她居然也是走了一条相亲的老路,介绍人是汪美玲。"小伙子跟着我跑了很久的旅游,人勤奋踏实,最关键的是有责任感,相信姐的眼光,跟着他准没错。"汪美玲就这样将向宏涛带到了新月面前。小伙子高高大大,一双眼睛生得炯炯有神。但是跟新月想象的不一样,他话不多,笑起来有些羞涩,看起来憨憨的。"姐啊,感觉这人有点木,好像不是我的菜。"新月犯了嘀咕,这哪里是谈恋爱,他们大部分时间都在讨论工作。

转折点就在蚂蟥沟。新月和汪美玲商量,想在蚂蟥沟就着那些老房子搭几间屋,最好弄成老式的吊脚楼。农具石磙都是现成的,依托原生态的风景加以改造,最大程度地还原乡土人情,肯定别有风味。蚂蟥沟里山清水秀,终年云雾缭绕,又有梯田风光,古银杏树,相对于桃花的灿烂明媚来说,是另一种自然古朴的风情,特别适合修养身心。新月在晖城郊区见过一个知青谷,就是一群曾经在那里下过乡的知青,退休之后怀念青春时光,集资在那里建了几栋房子,养鸡喂鸭,过起了半隐居的生活。新月由此得到启示,古老的底蕴和烟火的气息最能唤醒人们内心深处的乡愁,比起那些装腔作势的农家乐,蚂蟥沟才是一处养在深闺人未识的世外桃源。但是她的想法并没有得到汪美玲的支持,汪美玲现在摊子铺得太开了,有些船大不好掉头的困窘,疫情一来,多少会影响原本稳定的生意,不说完全接不到跨省的大团了,单是市内的很多项目,也因为人数限制不能正常开展。"我们现在能维持下去就是胜利,其他的想法以后再说。"汪美玲来了个缓兵之计。可是新月她不能永远跟在汪美玲身后,她也想凭借自己的力量,闯下属于自己的一片天。在晖城闯荡这些年,餐饮住宿本来就是她的强项,她有自己的优势,也不想错失机会。"你的想法还很有创意呢,这几年,我看着桃花村从无到有,一点点将旅游做了起来,按照这个发展速度,蚂蟥沟的开发是迟早的事。所以说,你有了想法就得抓紧干,一等下去机会可能就错过了。"没想到,平时榆木脑袋一样的向宏涛居然与她不谋而合。老向也提了意见,他的老茶树要保护起来。"十年树木百年树人,这些有生命有灵魂的老树被挖了,就再也没有故事可以讲了。"向宏涛也十分赞同,他的这一番话竟然听起来有些浪漫的情怀。新月开始重新打量他。

说干就干,向宏涛陪着新月去找蚂蟥沟搬走的乡邻谈土地流转的事,陪着她找人设计图纸,买材料施工,新月心中模糊的想法渐渐被清晰地落在了这方土地上。中间还出现了一个小插曲,有一次新月和向宏涛从蚂蟥沟出来,走在溪边小路上,突然看到一个黑乎乎的长棍子一样的东西趴在那里。听到声音,那长棍子蜿蜒着伏地蠕动起来,原来是一条大蛇。新月打小最怕这些肉乎乎爬行的动物,连一条青虫都会吓得尖叫,这是一条蛇啊,她顿时脸吓得苍白,一转身像树獭一样吊在了向宏涛身上。"新月,别怕,有我呢。"他转身,轻轻将她放在了身后。然后随手在林间抽出一条木棍,一挥手,重重地打了下去。新月吓得闭上眼睛。"没事了,没事了。"她再睁开眼睛的时候,看到他拿棍子挑着那条绳子一般软溜溜的蛇,在她眼前晃动。"啊!"新月尖叫着,直往后退。"哈哈,死啦,不怕了。"向宏涛哈哈大笑,一边将死蛇处理了。他走过来,牵起了新月的手。从那一刻起,他们牵起的手就再没有放下。平时咋咋呼呼的新月,此时温顺得像一只小绵羊。"打蛇打七寸,我爷爷以前捕蛇,这玩意见多了。"向宏涛看起来云淡风轻,"你这样可不行啊,山里生活,怎么离得开这些野物呢?""那怎么办?"新月紧张兮兮。"那你以后就不要离开我了,我来保护你啊。"向宏涛原来不是一个木讷的人,这土味情话说得恰到好处。两人的感情因此发生转折,并迅速升温。汪美玲听说了这件事,笑得前仰后合:"阿弥陀佛,罪过罪过,你们杀了你们的大媒人啊。"

新月说,真正让她在心里认定就是这个人的,是另外一件事。他们谈了半年恋爱,老向说:"该带回来给我看看了吧。""你不是见过吗?"新月不以为然。"那不一样啊,这次算是正式过门。"老向守老礼,这次是要见女婿呢。新月再过个年就满29进30了,这婚是该结了。向宏涛来的那天,老向可激动了,搭着梯子就从房梁上取下一个熏得黑乎乎的腊蹄子。土家人用腊蹄子待客,待的是贵客。新月自然明白老向的一番苦心。向宏涛几步奔过去,接过老向手里的腊蹄子就往厨房跑。他用火钳夹着蹄子在火里烧得嗞啦嗞啦冒油,然后挽起袖子,捡了个瓦片细细地刮去黑乎乎的一层,露出金黄金黄的肉皮来。剁肉、洗肉、炖肉,一套程序做下来有条不紊滴水不漏,完全不像第一次登门,竟像在这里生活了很久一样。新月看着老向的脸上露出宽慰的笑容,心里也觉得十分安定。是的,就是他了,这个男人让她感到安心。婚事很快就议定了,向宏涛的父母也十分明理,说老向年纪大了,又只有新月一个姑娘,理应留在身边照顾老人。"这个女婿好啊,我就你这一个闺女,正好他也姓向,以后你们生了娃娃就不用发愁跟谁姓了。"老向笑得眉毛都在打战。

新月讲这些的时候,蒋文道好像在听一个很古老的故事,真的,这样的生活尽管真实细碎,却不像发生在这个世界的事情。现在年轻的姑娘小伙相处,谁不是看对方有没有房和车,谁不是在考虑能不能过上体面优越的生活呢?离开了物质来谈感情,该是哪一代人的故事了?他于是很期待暑假的到来,想去桃花村参加这样一场仿佛与现世隔绝的婚礼。

春天的到来没有让一切明朗起来,疫情进一步蔓延,已构成"全球性大流行"。陈钰和涛涛被困在了澳大利亚,蒋文道的生活再一次陷入焦灼。他给他们寄了好几次口罩,涛涛在视频里说不用了,物资并不缺乏,生活一切如常。看到他阳光般的笑容,蒋文道心里的焦虑暂时纾解了几分。疫情让他们一家人变得亲密起来,好像隔着遥遥的海峡,距离反而不如过去那样疏远了。"家"原来是一处安心而美好的存在呢。蒋文道再次回到桃花村,看到其乐融融的一家人,心里更加这样觉得。

新月的婚礼办得很简单,向宏涛说要在镇上的酒店里办,弄个豪华车队风风光光地接新娘子。新月坚决拒绝了,她说就在桃花村办,让她死去的妈妈可以看到她的幸福。老向那天破天荒地喝了不少酒,在两个新人向他敬茶磕头时,他颤颤巍巍地从衣兜里掏出一个存折递给向宏涛。"这里面是我攒的六万多块钱,一万多的零钱给新月零花,这个丫头打小就爱买点小东西,五万块整钱给宏涛,你是当家人,会安排。""爸,你干吗呢?那钱是留着你有个病病灾灾用的,我们咋能要你的钱。"新月不乐意了。"我都活到这个岁数了,知足了,真要生个什么病,也是天命,不要治了,不要花冤枉钱。"老向再次将存折塞给了向宏涛。那天老向的举动惹得新月哭了一场,老向已经老了,老向也将离开这个世界。她感到自己就像蒲公英种子一样,即将被风吹得到处飘散,生根发芽。

办完婚礼,老向就倒下了。"他早就生病了,肺癌,查出来就到了晚期,估计熬不了多久了。"背着老向,新月说起来他的病,顿时眼泪汪汪的。蒋文道也是一惊,上次见老向还是精神抖擞的,难怪这次见他,只觉得又瘦了不少,整个身体就像一张老皮绷在骨头上了。他是强打着精神在操持人生的最后一桩大事。心事一了,绷紧的弦就断了。虚弱的老向,默默地靠在大圈椅上,仿佛睡着了一样。半睁半闭的眼皮突然一抬,偌大的眼眸里荡漾着神采,像挂在天边的云朵被风吹得游移,缥缈若仙。他的身上,有一种倔强向上的力量,即使是走向死亡,也不是一日日往土里埋的暗淡迟暮,而是悠悠的有一股气往上飘,扶摇着向天上去。以为老向像一幅画一样,只能看看了。不料第二日早上,他竟然精神了不少。"你明天不能走,再玩一天。"老向喉咙里咕噜咕噜,发出有些含混的声音。"我一般不愿意留人的。"他又补充一句。已经盘桓了数日,知道后天必须走,感念老向的挽留,又心酸不得不进行的告别。蒋文道握着老向的手,这双手像那棵老银杏树一样,尽管是粗糙坚硬的残躯,千沟万壑,爬满了岁月的沧桑,却又像那棵死而复生的老树一样不屈不弯生生不息。这双手扒开了生活里最残酷的血肉,又创造着不死不休的力量,这是男人的手,父亲的手。蒋文道突然想起死去的爹,他走向生命尽头的时刻,是不是也伸出了这样一双手,想再去抓住什么?蒋文道握着他的手,冰凉凉的,好像生命正在一寸寸流逝,心里顿时装满了忧伤。

"老哥,听说你病了,我们来看看。"一对头发花白的男女相携着走了进来。女人身材瘦小,一双耷拉的小眼睛凹陷在满脸的褶皱里,看起来尽是愁苦。她搀着的男人另一只手拄着拐杖,右脚一走一瘸,他竭力保持平衡,可使出的力气好像能在土地上转出一个窝来,身体于是摇摇晃晃的。"坐,坐。"老向欠起身体打招呼,又是好一阵剧烈的咳嗽。"爸,说了你不要用力动气的。"新月端着正在搅拌的营养粉,急忙走了过来。"哦,你们来了。"她看了一眼刚落座的男女,微微怔了一下,平静地招呼一句。"新月,喊宏涛回来准备午饭,一会留你爹妈在这里吃饭。"咳嗽的间隙,老向吩咐。"不了,不了,我们就是来看看你,不放心。"男人碰到脚畔的拐杖,哐当一声砸在地上,他慌忙弯腰去拾,撞到桌子脚,疼得哎哟一声。女人凑过身来,低低地责怪他的慌张,望一眼新月,眼神有些卑微的闪躲。气氛有些怪异,"爹妈"两个字也让蒋文道惊愕,难道眼前的两人就是新月的亲生父母?

他们坚持起身离开,新月安排向宏涛骑车送他们。"不用了不用了,路不好走。"女人红着脸摆手。"走出去不近呢,把你们送到等车的地方去。"新月从冰箱拿了一些坐席剩下的菜,让他们带回去吃。"新月啊,菜拿了吧?"老向喘着粗气。"拿了拿了,爸,你就别操心别人了。"新月扶老向进屋吸氧。"这就是我的亲生父母,哎,现在过得也惨,死要面子活受罪。"新月叹息。新月母亲过世那年,她的父母要来接她回去,她死活不去,这件事只好作罢。

后来,失散的二姐突然回家来,披金戴银,阔气得很,还给他们两口子在县上买了一套两室一厅的房子。老两口又神气了,绝口不再提要回新月的事。唯一美中不足的是,她二姐挽着一个头顶只有几根稀松毛的半老头子,凸出的肚子跟怀孕半年的二姐一样大。人家都说她二姐在外面当小三呢,被个老头子包养了。她父亲闲着没事就去茶馆喝喝茶,找老头们打打花牌搓搓麻将。他去喝茶与别个不同,总要带上一小包红茶,说是二姐从广东带回来的。"人家那里的人会养生,熬汤叫煲汤,硬是小火慢炖煲上好几个小时,那汤鲜的咧。喝茶也喝发酵的红茶,养胃啊,这茶香啊,喝起来还有回味。喝个早茶,什么艇仔粥、叉烧包、肠粉,再来一壶红茶解腻,日子美呀,比咱们享受多了。"他逢人就炫耀自己听来的广东习俗,其实他自己一次也没去过广东。

没想到,二姐后来生了个女娃,不久就被那个老头明媒正娶的老婆赶了出来。原来人家是借她的肚子生儿子呢。她二姐死哭活闹,好歹没让人将房子收了去。她将出生不久的女儿扔给了老两口,又去了北京,听说跟一个服装厂打工的湖南人好上了,又生了个儿子。二姐一破落,老两口的日子就不好过了。她父亲只能从二姐给女儿寄来的生活费里抠出一点零钱,偶尔去茶馆撑撑门面。他以为大家不知道他家里的事,每次去的时候还带上一小包红茶,大模大样地倒在杯子里,让服务员加水,眯着眼喝上一杯坐上半晌之后,又趁人家不注意悄悄地将茶叶倒在餐巾纸包回去,晒干了第二次再用。其实服务员倒水的时候,早就发现了这个秘密,没人戳穿他,他也就继续装着。后来是怎样呢,二姐的女儿跟她妈告了状,说姥爷拿她的生活费买烟逛茶馆。她二姐日子过得紧巴心气正不顺,一听就动了肝火,气呼呼跑到茶馆,端起杯子就向他劈头盖脸泼下去。热乎乎的一杯白水烫得他龇牙咧嘴,有好事的人趁机捡起寡淡无色的茶叶渣子,好一通讥笑。她父亲折了面子,骑上电动车落荒而逃,掉进正在维修的下水道口,右小腿粉碎性骨折。人家维修是围了红线,竖了牌子的,他自己横冲直撞,破坏了别人的设施,没人找他赔钱,但治病也就没人管了。他舍不得花钱,找了个小医院治疗不规范,就落下了后遗症,右腿瘸了。她大姐带着脑瘫儿子日子过得捉襟见肘,哪里顾得上老人。老两口成天长吁短叹以泪洗面。老向听说后,带着东西,以新月的名义去看过几次。那两人悔得肠子都要青了,早知这样,当时说啥也不会丢下这个孝顺又有出息的小闺女不管。报应啊,都是报应。听了他们的话,新月也有些于心不忍,也去看过他们一两次,两家就算有了行走。"虽然他们生了我,但我就是喊不出爸妈。"新月说起他们,眼里有些黯然。

吸了半日氧,老向的精神恢复了几分。他干瘪的嘴一翕一合,喘着粗气嚼了大半碗金黄的苞谷饭,里面掺着老南瓜蒸的,沁着丝丝淡淡的甜蜜。山里盛产苞谷,山里的老人对红薯南瓜苞谷这些过去常吃的粗粮有种特殊的感情,"苞谷饭,胖墩墩。"越是生病,他们就越是觉得该吃这些东西来补充营养。"曾经有个老道士说我能活到95岁。"老向絮絮叨叨,"要是这关能熬过去啊,我就还可以活到95。哎,死我倒是不怕,就是不放心新月这丫头啊。"老向不想死,他的身体已经像老树一样被渐渐吸干了水分,变得干枯瑟缩,但他的思路清晰灵魂空灵。"新月,对你亲生爹妈好点,今生能为亲人,这是前世修来的缘分。"新月像个孩子一样,轻轻地靠在老向的怀里。"爸爸,我遇到您,是我上辈子修来的福分。"她说着,喉头开始哽咽。"傻闺女,跟着你,我也享福了。"

老向轻轻摩挲着新月的头发。"听我的话,你爹妈当时也是生活所迫,哪有当爹妈的不要自己的儿女?他们年年都来看你,还要接你回去,是你自己不愿意。这些年,他们受的罪也够多了。生你一场,好歹也该尽尽孝道。这世上,再亲亲不过自己的亲生爹娘。"老向字字句句,像在交代后事,他对这个无依无靠的女儿,充满了担忧。"我这一生经历的事情也不少,曾经也埋怨过,憎恨过,还与那么多人结了仇,后来想想,真不值当,哪有人天生就想害人呢,又有谁没有犯过一丁点错?总是活在这些仇啊怨啊里头,自己也活得不衬头,为哪一起呢?你看那棵老树,被雷劈过,被人砍过,明明死了,又发出新枝来,还活得坦坦荡荡顶天立地。人啊,要是像这棵树一样就好了。"老向这一晚上说了不少话,说到后头,又开始喘不上气。

　　第三日蒋文道要走,起床发现老向已经起来了,歪在大圈椅上。这一日,他安排女婿请了匠人来修陵墓。匠人们吃完饭去干活了,他还在念叨:"饭要做够,饿着肚子谁跟你做事?""他们都吃过饭了,吃得不少。宏涛做得好吃。"蒋文道在一旁开解。"哪个劳力不吃几碗饭?不吃饱就没力气干活。"老向皱了一下眉头。"你怕人家不好好给你挖墓吗?"新月在一旁笑话他。他不说话了。蒋文道明白,他是典型的老思想,请人做事,主家要慷慨一些,饭蒸得多多的,菜做得吃不完。他想起娘以前在家请人做事,肥肉切成厚厚的大块,不能把油炸尽,甚至淋一点水,保持肥肉颤巍巍的形态和油汪汪的口感。如此一来,彰显主家的诚意,做事的人吃饱喝足,才舍得下力气。这些古老的习俗,只有老一辈人才能坚守。他们总是怕别人吃了亏,没有那么多关于自己的计较。

老向很郑重地安排他的身后事。"九尺的方子,至少要四米的墓基。"他盘算得清清楚楚。老向说,他四五十年前就备好了上好的杉木棺材。人到中年,就开始准备死亡。这也是老一辈人的思想。老向想起以前娘曾经准备了一口棺材,年年扫尘除虫,油亮亮地刷一遍清漆。她说家里放不下,要不然要跟石瓦匠各准备一口的,趁年轻动得,又有好木料。后来石瓦匠意外离世,只好用了娘准备的棺材。娘后来进了城,一直在念叨,棺材没备好,死了咋办。娘担心死了没地方住,担心死了回不了家。那些年他听到娘一念叨就烦,活得好好的,哪里知道何时离世,又在哪里离世。现在想想,娘在清醒的时候,心里是多么慌张啊。预备好了死亡,所以活得平静、坚韧而无惧。老向已经想好了,不愿意住进阴暗潮湿的地下,因此在平地上垒砌了一座陵墓。身死之后,棺木可以被抬着放入,封上那扇门,就此告别这个世界。他突然很羡慕老向如此清醒地活了一生,又清醒地准备死亡。他终日忙忙碌碌混混沌沌的,活得尚且仓皇,又何时想过如何迎接死亡?拥有再多,人生也是粗粝得很。

蒋文道一直等到中午,想等老向去吸氧了再悄悄地走。老向却始终不愿进屋。听着他大口地喘气,蒋文道知道他熬得艰难,也知道他真心不愿意他走。"将屋头那两只猫带走吧,去城里给它们找户好人家。"老向突然指了指窗外。柴垛上,蹲着两只圆滚滚的小花猫。这是谁家母猫下了崽,主人家不想养,丢在了老向屋头。老向和新月他们给它们在柴垛上拿旧衣服做了个窝,天天喂饭喂菜,两个小家伙养得胖乎乎的。"等我走了,新月他们忙得不着家,猫恐怕就要挨饿了。立了秋以后,天就要冷了,山下暖和些。"老向关于往后的安排,还包括这两只小野猫。"嗯,城里不少人收养流浪猫。"蒋文道点头答应。"好,好,这就救了它们的命了。"老向很欣慰。"好歹是一条命啊。"老向念叨。30年前,老向大概也是因为心存这样淳朴的善念,抱回了在他门外啼哭的婴儿。到老,他的眼里依旧是苍生,是万物,是必须善待的生命。蒋文道终于明白老向身上那股向上的气来自哪里了。他干净宁和得像一片云朵,随缘顺意得像一片云朵,自由空灵得也像一片云朵。

下午下山,两只小猫蹲在纸箱里,温顺得一声不吭。它们仿佛知道,自己要被带到一处更温暖更好的去处。它们感受到人类的善意,对这个人间抱有满满的希望。山脉一座绵延一座,山脊起伏有致,并不险峻,像男人的脊梁一样筋骨粗壮有力。浅蓝色的天幕上,几朵淡淡的云悠悠地被风吹着行走。"云心自向山山去,何处灵山不是归。"终有一天,老向依旧会回到天上,惬意地做回他的云朵。那时抬头,一定能在蓝天上看到他舒展的样子。

14

老向的陵墓修好了,方方正正,宽宽敞敞。向宏涛和新月带着他去看。他趴在女婿宽阔的背上,努力伸长脖子,抬起眼睛,里里外外地打量着他在阴间的那个家。石头垒的顶子,石板铺的地,青石条奠的门阶,庄重厚实。他就喜欢这些生在自然长在自然的石头,一言不发,但经历了岁月沧桑雨雪风化,它不改变它的敦厚,也不削平它的棱角,是什么形状就是什么形状,是什么颜色就是什么颜色,不曾为谁改变,也不做虚伪的掩饰。有它们陪着他,心里踏实。石头还不像那些水泥砖头,它是有生命的,风来的时候,它会呼吸。雨水浸润着,石头缝里会爬上青苔,蔓延青藤,长出野草,石头就活了。他睡在石头房子里,肉体慢慢地腐烂、解体,完整的一块就变成了一个一个数不清的细胞,这些看不见的细胞悄无声息地钻进石头里,长在了苔藓、藤蔓、花草的枝叶里。他依旧能看到太阳升起、落下,新月变成满月,光阴一寸寸地流走,他在这个世上便获得了永生。老向很满意这个家,总不至于被一块块水泥板子压得透不来气,也不会被地底下的虫子和细菌吞噬,寄居在它们肥肥笨笨的身体里,永远在不见天日的地底下拱来拱去。老向眯缝着眼,仿佛看到了阳光下舒展的绿色,他笑了。

　　回去以后,老向再也说不出来话,他躺在床上,安安静静地闭着眼睛。看他的人来了,又走了,他一言不发,仿佛屏蔽了这个世界。新月一直守在他的身边,跟他说着话,说着说着,眼泪就会流下来。他心里明白,新月舍不得他,但是人的寿缘总是注定的,该走的时候,就必须走了。好在,他就住在不远的地方,可以静静地看着新月,守着新月。新月说起结婚的情景,打开手机给他放着录的现场视频。那一天是真热闹啊,新月穿着大红的喜服,笑得像花儿一样灿烂。他也是笑着的,终于把女儿交到了另一个男人的手上,从此有人接替他来守护她了,无比的安心。老向很想再睁开眼看看新月,告诉她,他安心了。但是眼皮是那样沉重啊,一分也抬不起来。"三十年前,老天爷把你带到我的身旁,咱们父女一场,是缘分。三十年后,这个棒棒的小伙子又走到了你的身旁,百年修得共枕眠,你们也是天定的姻缘。是缘分,就要好好珍惜。愿你们携手一生,白头到老。"老向闭眼听着自己说过的话,没想到自己竟能说出这么好听的话来。那天,他穿着白色的衬衫,藏青色的马甲,精精神神地站在铺满红地毯的台上,是多么威风和开怀啊。他突然想起那一年,爹死的那一天,他站在爹尚有余温的尸骨旁边,台下密密麻麻的人,或喝彩,或斥骂,他是多么屈辱和无奈啊。那一天,他以为自己死了,从此像行尸走肉一样卑微地度过一生,没想到后来还会经历这漫长又丰富的人生。除了那一天,他这一辈子没有再做过一件伤天害理的事。命运给了他锥心蚀骨的惩罚,也给了他圆圆满满的归宿,值了啊,值了。老向的眼前,出现一片明亮的白光,像一条长长的甬道。他顺着这光朝前走,朝前走……老向走得很安详,脸上带着满足的微笑。

油布棚子支起来了,鞭炮炸起来了,喧天的坐丧鼓也敲了起来。"日吉时辰,天地开张,亡者升故,停在中堂。打扫堂前地,宝香炉内装,各位师尊两旁坐,中间停黄丧。天上听到神鼓响,风吹玉炉香。东边一朵紫云起,阳光照孝堂。引魂童子穿身黄,手执黄幡到孝堂,童子为何到此处,接引亡者到天堂。亡者撒手扬扬去,随着童子见玉皇。玉皇大帝开金口,尊声亡者听端详:自从今日归天界,永世不落凡尘乡,在天上天有八卦,在地上地有五方;春有桃花三月放,夏有荷花满池塘,秋有菊花满山黄,冬有瑞雪降山岗。开个长的更深夜静,开个短的不得到天亮,开个不长不短,相陪新亡。一开天地水府,二开日月天光,三开三官大地,四开本县的城隍,五开雷公雷母,六开闪电娘娘,七开天上七姊妹,八开八大金刚,九开九天玄女,十开十殿阎王。孝男孝女,不必悲伤,听我愚下说些比方:唐王汉王与宋王,如今没有在世上,文王武王与纣王,各个奔驾把命丧。德济娘娘,相配巴王,遮天蔽日,儿女情长,被巴王一箭,射死在盐水河上;英雄巴王,带兵西上,且战且进,拓土开疆,落水而亡,蹲守在白虎垄上。都指望天长地久,地久天长,到头来,哪一个白头不老得长生?哪一个,神仙不是做古人?金鼓擂得震天响,歌声喊得惊动凤凰。一路金光,照在路上。八十岁的老儿,腰儿弓弓,背儿扛扛,肩挑一担,手提一筐。肩上挑的是酒与粮,手中提着百花香。三杯美酒献远方,百花香中登天堂。"歌师的丧鼓调,喊得声音洪亮,气韵悠长。

老向在世的时候交代过,喊丧鼓不要喊他的生平事迹,他这一生讲起来太长,讲不好听了心烦,讲好了又要惹得众人眼泪汪汪,他欢欢喜喜地离开,也希望世人欢欢喜喜地送他走。汪美玲帮忙找来的歌师,浓墨重彩,将一个枯寂的夜晚喊得敞敞亮亮。晚上闭席以后,一队表演者来到灵堂前,围着棺材,跳起了撒叶儿嗬。粗壮的汉子,腰间系着一根一寸来宽的白麻带,踩着鼓点节奏,相对击掌,绕背穿肘……嘴唇触地衔物,蹲下踮脚打旋,喜怒哀乐尽在其中。"孝顺女儿你莫哭,老人此去顺头路,世上难有百岁人,世上少有千年树……"用欢乐的舞蹈为死者送行,用粗犷的歌声为生命讴歌,哭着来,笑着去,这是土家人独有的生死观。这位逝去的老人,热热闹闹度过了人世间的最后一夜。

夜深了,山里的凉意袭人。跳撒叶儿嗬的汉子们散去了,丧鼓依旧在悠悠扬扬地敲着。灵堂前围坐的人,却迟迟不肯离开。一般来说,家中子孙少的主家办丧事,到了夜间守灵,就显得格外恓惶。新月本来以为就只有汪美玲等几个好友相陪,没想到守灵的人还很多。在她的记忆里,老向从母亲走了以后,就变得十分暴躁,因此得罪了不少人。不知道从哪一天起,他暴戾的心渐渐安静下来了,最后竟活成了无欲无求的一尊佛。回家这几年,家里经常有串门的老人,有时候几个老人蹲在墙根下的太阳里,叼着旱烟袋也能聊上半天。老向爱喝罐罐茶,一到冬天生了火炉,烤个罐罐,煨点细茶,茶刚泡好,闻着味的人就登门了。"年轻时可以结怨,年老时应当解仇。"老向活着活着,就明白了这个道理,一袋烟,一壶茶,一笑泯恩仇,他曾经蜷缩的那个世界,从此变得通达透亮。老向就像一轮明亮的太阳,温和的光里,围聚了一群取暖的人。在这人群里,有两个特殊的人。

一个是偷羊的三角眼,那时还是膀大腰圆的汉子,如今已经成了腰快要趴到地上的老竹竿。他那双透着精明之光的三角眼,因为白内障早已经混沌一片了。新月的亲生父母搬走以后,他将旁边的地也买了下来,整了一块大坪,和儿子一起发展高山蔬菜。也不知道是不是平日里算计太过,他撒下的种子,不是没生,就是刚出芽,就被什么东西吃了,无论如何精心侍弄,总也长不起来。他一气之下,将田地稀稀拉拉几棵菜全铲了,撒上草籽种草喂羊。羊喂肥了,三十大几的儿子也因此娶上了媳妇。哪里料到,他那个儿子随了他的臭脾气,三天两头打媳妇,媳妇被打得实在受不了,撇下年幼的儿子回了四川老家,死活不愿意再回来。三代单传,这个独苗孙子是三角眼全部的希望。也不知道是妈跑了伤心,还是爹脾气横吓着了,这个小娃娃就像被施了咒一样,说话结结巴巴。稀奇的是,他刚会说话的时候就会唱歌,听电视和广播里唱一遍就学会了,唱起歌来也不结巴。这娃娃读书自然不灵光,眼看着一生就要被绑在这片黄土地上,三角眼急得要命。后来在老向的劝说下,由新月帮忙找了汪美玲,给他找了一个唱山歌的老师,娃娃也争气,用老师的话说,叫作有唱歌的天赋。山歌唱下去,当个非遗传承人,无论是在景区里表演,还是能走出桃花村,总是有了一条脱离泥巴的干净活路。三角眼因此万分感激老向和新月,想起曾经偷她家的羊,和老向还发生那样的过节,心里悔得很。过年的时候,他背了一整头杀好的山羊登门谢罪。老向却说:"要说不对我也有不对呢,我还拿着刀要杀你。"老向还说:"都是穷闹的,哪有人天生想使坏?"老向不要三角眼的一只羊,说礼太贵重了。最后推来推去,留下了两只羊腿。往后的每年,三角眼都提着羊腿子上门拜年。"哎,就是巴望着媳妇能回心转意,她回来了这才是个家啊。"他一叹气,老向就忙着安慰。昔日的冤家,竟然成了无话不说的朋友。

另一个人,就是当年整过老向爹的那个老倔头了。老倔头已经不在了,来的是他的儿子。他是捧着爹的遗像来的,一骨碌就跪在了灵堂前,老倔头的遗像也跟着跪下了。"我爹临走前说了,这一生最亏欠的人,就是老向。要我有一天,无论如何替他道个歉。"老倔头生了个孝顺的儿子,却娶了个厉害的媳妇,将他老实的儿子管得服服帖帖,把上了年纪的老倔头赶到塌了半边用来拴牲口的老屋里过活。老倔头的儿子敢怒不敢言,老倔头拉着儿子的手,眼泪汪汪地说:"善有善报恶有恶报,这是我以前作了孽遭了报应啊。"老倔头得了严重的类风湿,腿脚变得不利索。有一回下暴雨,剩下的半边土屋垮了下来,老倔头被活活埋在里面。好在一扇门板挡了个空隙,没有将他压死。老倔头的儿子陪媳妇回娘家去了,老倔头哀号了半日,没人敢去救,都说这万一搞不好,他被压出个好歹来,他那难缠的媳妇还不扯混皮?最后是老向喊了几个打花牌的老伙计,又叫上他们的儿子,合伙将老倔头救了出来。老向还用草药帮老倔头接了腿,治了伤,分文未取。老倔头比老向年长,但是从那日起,他就恭恭敬敬喊他"老哥"。老倔头死了,带着满心的悔恨离开人世,他将这份用生命换来的忏悔和领悟告诉了儿子。

一个老头和一个半老头坐在灵堂前,一边说着老向的好,一边吸溜吸溜抹着鼻涕眼泪。众人也是一阵唏嘘。老向走了,新月感觉心里空落落的。老向走之前的最后几日,她一刻也没睡,她现在已经很困了,但是仍舍不得离开。一阵风吹来,灵前的蜡烛晃晃悠悠地闪烁。一只五彩的蝴蝶突然飞了进来,牢牢地贴在老向的遗像上。"这大冷天的,哪里来的花蛾子?"守灵的人都感到惊讶。那蝴蝶薄薄的翅膀微微颤抖,像轻轻说话的嘴唇。"这是老向的魂回来了,在说话呢。"有老人这样解释。大家的眼神都聚焦在这只神秘的蝴蝶上,仿佛能从中看到老向的魂灵。蝴蝶后来完全不动了,就像睡着了一般。"死了?冻死了?"有人议论。新月的眼睛直直盯着那只一动不动的蝴蝶,泪水溢满了眼眶。"爸爸,您安歇吧。"她在心里默默地呼唤。

雄鸡嘹亮的啼鸣声此起彼伏,天边的一抹青色越来越淡,淡青色的天边,青墨色的山峦上隐隐泛出红光,天亮了,太阳快要出来了。八大金刚就位,主事大喊一声:"出殡喽!孝子哭丧!吹鼓手开吹!"鼓声震天,哭声一片,热闹唤醒了整个桃花村。新月去捧灵前的遗像,忽然,那只沉睡的蝴蝶张开翅膀,扑扇着飞了起来。它在新月的眼前停留了几秒钟,便轻盈地飞出大门,远远地飞向天边那一片红光去了。八大金刚健步如飞地抬着棺材,守灵的人和早上赶来送行的人跟在后面,浩浩荡荡地向坟地里走去。棺材一路未落地,被抬着稳稳地送进了陵墓,在众人一致投向的目光中,陵墓缓缓合上,老向永远地与这个爱恨纠缠的人世告别了。这时,天光大开,一轮金色的太阳跃出云层霞光,温暖地照耀着桃花村。

熬过了头七,瞌睡便像奔涌的潮水一样包围了新月。她昏昏沉沉地睡了两天。在梦里,她又见到了那只彩蝶。彩蝶翩跹,她一路跟随。春天,盛放在一片阳光明媚的土地上。这里,流水潺潺,澄澈的水清脆地拍打着光润的石头。这里,百花怒放,娉婷的花舒展地沐浴着柔暖的阳光。彩蝶越过小溪,在花丛里流连。一朵亮黄色的花儿在微风中轻轻点头,似乎在与她打着招呼。彩蝶停在花蕊里,翅膀一张一合,若吮吸,若低语。空气仿佛是透明的,瓦蓝的天幕调了背景,青绿的山峦做了画框。黄色的花瓣里,生出丝丝缕缕白色的烟雾。几缕青烟缥缥缈缈地往上,在半空中汇成一股,那一股白烟悠悠地飞翔,一直飞到蓝色的天穹,钻进了雪花一样蓬松的白云里。新月感觉自己的眼睛清亮了,好像能看到云彩一圈一圈的纹理;她感觉自己的触觉灵敏了,好像触摸到白云的松软;她感觉自己的身躯轻盈了,好像飞到了天边,被白云拥在了怀里。在熟悉的感觉里,她看到了父亲含笑的双眼,他仍是那样弯着眉毛、目光炯炯地望着她。白云随着风轻悠悠地飘走了,她的身体也慢慢下落,回到了鸟语花香的世界。那是父亲来跟她告别了,彩蝶是引魂使者,带着他回到了他来的地方,而她也要回到她该去的地方。这样的告别,虽然怅然若失,但并不残酷痛苦。

　　过了五七,春节就要来了。新月跟蒋文道打了个电话提前拜年。"前一阵晖城突然暴发了疫情,我也没有来送老爹最后一程。"蒋文道首先在电话里表示了歉意。"没关系的,那段时间我们看了新闻,还很担心您呢,但是家里忙,也没顾得上问候您。"新月的语气听来平静。她详细讲了老向离开前后的事,讲到蝴蝶和之后化云的梦,她说:"那时突然想到母亲小时候给她讲的故事,每个孩子原本生活在天上,趴在云朵上往下看,选中了人间的父母,就飘下来,做了他家的孩儿。每个人从降临到人世的那一刻,就经历了第一次离乡。很多人还要经历第二次离乡,离开出生和成长的地方。叶落归根,远方的游子经历两次还乡,才能回归到生命的起点,画满一个圆。多少人,梦醒了,无路可走,无家可归,无乡可还。如此看来,父亲回到了他来的地方,是圆满的。而我也回到了心安的地方,正走在圆满的路上。我们都是幸运的。"以为新月初逢生离死别,会大悲大痛,不料她竟然说出了这样一番富含哲理的话。"多少人,梦醒了,无路可走,无家可归,无乡可还。"这句话深深刺痛了蒋文道。"南柯一梦终须醒,浮生若梦皆成空。"他的心里竟然空空荡荡。

娘已经躺在床上半个多月了,粒米未进,只能靠生理盐水和葡萄糖维持生命。娘原本就瘦弱的身体此时已经变成了一具覆盖着皮毛的枯槁的骷髅。娘的皮肤像风干了一样蜡黄,再也看不到一丝红晕爬上她秀美的脸颊。娘的眼窝像一口枯井一样沉寂在荒草堆里,再也看不到一丝温柔的光抚摸她庇护的儿女。娘生命的蜡烛越烧越短,在风雨飘扬中一次次差点熄灭。但她倔强地熬着,熬着,一星微弱的烛光一直顽强地熬到大年三十。"娘是在等涛涛他们吧?"三姐拿毛巾细细地擦拭着娘干瘪的脸、枯燥的手。"也许在等大姐二姐呢。"蒋文道违心地说。"那才不会呢,娘封建得很,'嫁出去的女,泼出去的水',她不会在意姑娘们的。她是在等唯一的孙子回家。"三姐快人快语,戳穿了蒋文道的借口。他当然知道,娘在死亡线上苦苦挣扎、煎熬,就是为了等到孙子回来,为了将这最后一面刻到脑海里,带到地下去。娘以前也是这样等他的,他从外面应酬回来,已是半夜。娘一个人在客厅的沙发上呻吟。看到娘这个样子,还死活不愿意去睡,絮絮叨叨的,火气就上来了。

他常常冲着她吼,后来,娘被吼走了。再后来,娘活着,但彻底离开了这个现实的世界。他唤娘,她傻傻地笑,却不知道应。娘在生命的尽头,又活过来了。娘知道她的使命还没有完成,娘想见一见孙子,想到了那个世界,跟她的亲人们说起,她没有丢脸,她给蒋家留下了绵延不息的血脉。娘的世界里,一辈子为了个脸面,却偏偏没有活出脸面。

娘气息奄奄,睁不开眼,也说不出话。眼角的一滴泪水,顺着她脸上的丘壑,弯弯曲曲地向前爬。窗外刮着干冷的雪风,掉光了叶子的树枝被大风吹得摇摇晃晃。蒋文道的心里,突然有了那种四处漏风的感觉。娘不好了,他在心里暗暗地想。这个念头一闪过,他又马上自言自语地圆满这事:年过了,春天就来了。春暖阳气发,娘没准能好一些。无论如何,等过了年要想办法让陈钰和涛涛回来一次。娘就这一个心愿,不能让她带着遗憾走。

中午,雨儿送来午饭,一共三份,一份是三姐的,一份是蒋文道的,还有一份,不管外婆能不能吃,他们都照例每天送了饭过来。"今天过年,我让詹磊在家里帮忙,就没过来。"雨儿略带歉意,詹磊每天都会和雨儿一起来病房看看。"你也快点回去,大过年的,不要光指望人家爸妈忙。这些吃不完的饭,晚上我们热一热就够了,也不用过来了,好好吃个团圆饭吧。"三姐心疼忙碌的女儿。"娘,吃饭啦!"蒋文道像往常一样,盛了半碗汤,端到娘的面前。娘竟然睁开了眼睛,虽然呼吸仍然像拉风箱一样呼哧呼哧直喘,但是精神恢复了很多。"过年了,娘。"蒋文道的眼里刹那间溢满泪水。娘是听到了他的呼喊吗?娘是知道春天要来了吗?娘是愿意继续等待吗?"好,吃饭,团年。"娘的气息微弱,但吐字清晰。娘过去都是坚持老家的习俗,晌午吃团年饭。此刻,她仍然记着该团年了。三姐和雨儿帮着将娘的床摇起来,在娘的背后垫了几个厚厚的枕头,娘就斜倚着坐了起来。娘像婴儿般噘着嘴,蒋文道喂一口,她就喝一口,汤在喉咙里鼓一个包,然后咕噜一声落到胃里。"好吃,像老家的土鸡。"她说。"外婆,这是詹磊爸妈专门去郊区买的土鸡,说给您补补身子呢。"娘点点头,脸上竟然有了个笑模样。"我的小铜镜呢?"昏睡了多日的娘突然想起那枚小镜子。娘像爱惜眼睛一样爱惜着那枚记录了她青春岁月的小铜镜,即使糊涂痴呆,也常捏着那枚镜子不撒手。

娘慌着左顾右盼地找寻。"娘,镜子在这里呢。"三姐掀开枕头,一枚铜边被磨得发亮的小镜子映入眼帘。娘小心翼翼地将镜子贴在胸口,摆摆手,又躺了下来。"我死了,把我和你爹一起送回雷泉村去。听文娟说,老屋和地都还回来了。你回去将老屋整一整,让那个曹二住进去。你们都住得远,往后你们没时间给我们上坟,就给曹二打个电话,让他替你们给我上坟挂亲。"娘一口气说完这些话,又昏昏沉沉睡了。"舅舅,外婆快不行了,那是回光返照。"雨儿临走之前,将蒋文道拉到病房外面说,"晚上我和詹磊再过来,我们在这里我妈放心些。"

雨儿说了一个血氧饱和度的概念,蒋文道盯着监护仪,那一条蓝色的线像山谷一样上下波动,SpO_2 的数字一会在 90 多游离,一会又沉到了 80 以下。雨儿说到了 80 就很危险了,可能会呼吸衰竭、心脏骤停。娘不知道这些,她一动不动地躺着,但她好像在做噩梦一样,时不时被惊醒,"不要,不要",她忽然眼睛睁得老大,喉咙发出低沉的嘶吼,胸口剧烈地起伏,皮包骨头的身体继续瑟缩,骨头摩擦得咔嚓咔嚓响。"娘,别怕,别怕,我在呢。"蒋文道俯下身,一把将娘搂在怀里。"他们来抓我了。"娘嘀咕了一句,又闭上了眼睛。娘独自挣扎在巨大的恐惧感里,身旁的两个儿女却帮不上任何忙。娘再一次挣扎的时候,心跳突然急剧攀升,监护仪发出嘟嘟嘟嘟的报警声。蒋文道赶紧按铃,铃响了,没有人来。他慌忙跑到医生办公室。医生和护士跟过来,护士举着针,扎了下去,药水顺着娘的手漏了出来。医生赶忙给娘按压胸口。按了不到一分钟,医生摇着头停了下来。心电监护仪上的心电图已经成了一根直线了。"医生,不是还有电击吗?赶紧给我娘上啊。"蒋文道抓着医生的胳膊。"病人已经死亡了。"医生摊开手。病床上的娘,睁着一双圆溜溜的眼睛,就像活着一样。娘不肯闭上眼睛,娘害怕,娘不甘。蒋文道握着娘的手,她的手还软软的,温温的,不像死去的样子。蒋文道看着娘的眼睛,多希望那双眼睛能够马上流淌着光彩,能照见他的影子,能照亮他的路。"娘,您闭上眼睛好好走吧,您不闭眼会吓着我们。"三姐走过来摸了一下娘的眼睛,她的眼睛就闭上了,永远地闭上了。娘还没有看够她的儿女,还惦念着远方的亲人,可一听会吓着自己的孩子,不管有多么不情愿,还是立马闭上了眼睛。

娘生在大年初一,一辈子没有过过生日。"过年就行了,哪有什么生不生的。"她总是推托,也总是在忙忙碌碌中度过了一年又一年。有几次要给娘做个整生,娘说:"初一拜父母,都在家守着爹妈呢,那要折腾人家来跟我祝寿。"娘的一生,卑微得像山野里的一棵树,永远在为别人遮挡阴凉,却从来没有人看到她经历的风雨。娘死在了大年三十,娘落气的时候,隔壁病房里传来春晚的歌声。蒋文道大学毕业的时候,用攒下的钱给娘买了一台黑白电视。尽管是台旧电视,好歹是蒋文道孝顺娘的第一件礼物。娘乐得合不拢嘴。"娘,电视是我同学万真家淘汰的,他不要钱,我坚持给了他钱。"蒋文道说。"对对对,是要给人家钱,这么好的东西,咋能白要呢。你咋不带你同学来家里玩?"娘像抚摸孩子一样小心翼翼地抚摸着这台17寸的大电视。"真好啊,真好。"娘自顾自地说着话,不时发出"啧啧"的赞叹声。蒋文道已经三年没回家了,石瓦匠走后,娘一直守在那个小院子里,孤单地生活。他不知道娘是怎么挨过那些寂寞的日子,但是这台旧电视,从此陪伴着娘,给她带来了无限的欢乐。一到过年,娘就早早做完事,洗澡洗头,梳洗干净后坐在电视机前,等待着春晚开播。一直等到李谷一老师唱完"难忘今宵",还不肯睡去。买了电视的第一年,娘是想和蒋文道一起看春晚的,但是蒋文道说要考研复习,回不来。"明年我一定回来陪你啊。"他在电话里承诺。"没事啊,没事啊,娘看着电视,你也看着电视,娘就像看到了你一样。"娘在电话里宽慰他,"你有没有吃饭?过年一定不能挨饿。"娘的心里,永远惦记着远方的儿子有没有吃饱,至于他在做什么,跟她似乎没有多大的关系。每一年都在承诺,但是真正陪在娘身边看春晚的日子屈指可数。那台黑白电视修了又修,最后实在找不到配件了,娘才答应换了台小彩电。"这彩色电视有什么好看的,晃来晃去的,看着眼晕。"娘还是怀念那台黑白电视,那是蒋文道送给她的第一份礼物。没过几年,娘的房子卖了,娘被接到了城里,娘常常抱怨:"这里的电视没有我老家的好看,我在阳平可以看到车儿马儿,唱戏的公主驸马。你这里就看不到。"娘爱热闹,爱看唱戏的节目,来到晖城,电视的遥控器几乎都在涛涛手里攥着,她以为是电视不一样。只有到了看春晚的时候,娘的脸上才能露出心满意足的笑容。可是这样的日子,没过上几天。娘从出生到死亡,都是冷清寂寞的。

娘被送去火葬场,变成了一抔灰白色的尘土。娘就像微不足道的尘埃一样,悄悄降临在这个世上,又悄无声息地离去。蒋文道想将娘留在晖城,留在这个繁华的大都市,让娘睡在那些城里人的身边,享受城里人的荣光。蒋文道将娘的骨灰带回了晖城,等到春节一过,他就要将娘风风光光地送到公墓,和爹团圆。娘死了,蒋文道与死去的娘守在一处,他却并不感到害怕。他爱娘,但是他这一生,又一直在远离娘。娘为了他含辛茹苦,忍受闲言碎语和无情的辱骂。娘为了他离乡再嫁,却被他埋怨,阻断了爹回家的路。娘为了他独守空房,远远地守望异乡拼搏的他。娘为了他背井离乡,辗转寄居在儿女的檐下。娘在清醒的时候,多问一声寒暖,他就嫌娘啰里啰唆。娘多讲一句实话,他就指责她多管闲事。娘糊涂了,喊不答应,他就不愿意再去浪费口舌了。而此时,他多么想听到娘唤他一声乳名,多么想听娘絮叨一段往事,多么想娘炭火一般温暖的眼神落在他的身上。没有娘的家,是残缺的,空虚的,没有生气的。没有娘的孩子,再大的孩子都是无家可归。他把娘弄丢了,他无家可归了,他再也看不到娘目送他离开又迎接他归来的眼神了。蒋文道紧紧将娘的骨灰盒抱在怀里,泪水终于夺眶而出。

他看到了故乡,看到了雷泉湖,娘的叫声和笑声穿过棉花地,飘荡在湖水里,一圈一圈漾开的涟漪,揉碎了倒映在湖水里的云霞。他看到了故乡那棵生生不息的老树,劈开的残躯上凸着两个拳头大的疙瘩,仿佛娘那双干瘪的布袋子一样下垂的乳房,甩到背上供他吮吸,给他带来一生最美味的盛宴。他看到了老屋青瓦片的檐,冬天时结满冰凌,夏天时絮满鸟鸣,娘亲手挂上的一串红辣椒,常常被看作是穷日子里的火种。他看到了娘,她拾起一节节枯树的枝丫,在灶炕底上点燃红色的昏暗的火焰,然后把温暖交到他的手里。他看到了烟囱里寥寥的炊烟,因为游子的归来而晃动,炊烟就像故乡的树,它的枝干指着许多的路,每一个离开村庄的人,都带走了一片绿叶,却留下一条根。他急匆匆地走过去,那熟悉又陌生的一切被一棵树挡住了,树上挂满了黄色的叶子。夕阳老去,西风渐紧,叶子像疲倦的蝴蝶一样,纷纷扬扬地落下。他似乎听到了落下来的叶子在轻轻地叫喊,那一刻,他的心微微地一颤,仿佛自己成了众多落叶中的一枚。"回家啊!"他的耳畔,传来一声轻轻的叹息。蒋文道从一阵窒息感中醒来,胸口像压了一块巨石。几十年来,他习惯了按照自己的行为方式去纠正娘的行为方式,用自己的处事原则去强迫娘的处世原则,他总以为在为娘好,却忘记了娘也许从来就不开心。

送爹娘回家,阔别41年,蒋文道再次回到那个曾经深爱又曾经逃离的地方:阳平县雷泉村。爹和娘安详地躺在座位上,走过一条条大路,穿过一座座大山。蒋文道将他们放在副驾驶的位置上,唯恐他们看不见光明,看不到一路的山山水水。"娘,我们回家了。"这声永远的呼唤在心头泛起柔波。"爹,我们回家了。"这声迟来的呼唤在心头荡起温热。

刚下高速，就见到大姐、二姐和三姐。大姐被素未谋面的侄儿侄女们搀扶着，二姐头上已是白花花的一片，三姐的身边簇拥着雨儿、詹磊和他的父母。幺叔和文生等在一旁，见到蒋文道，乌泱泱一群人围了过来。面对这熟悉的地方，面对这些曾经熟悉的人，蒋文道一时语塞，居然说不出话来。"走吧！"他艰难地挤出两个字。幺叔和文生一路放着鞭炮、撒着纸钱，给亡人招魂、送行。

"这是雷泉湖吗？"看到开阔的湖面被竹竿和渔网隔成了一个个"小湖"，蒋文道十分震惊。数艘小渔船在湖中游荡，每艘船上都有男男女女在撒网和收网，他们不时从水中捞起数斤重的草鱼、鲢鱼，兴奋地举起又放入船舱。曾经一望无际、波光粼粼、苇草茂密、水鸟栖息的湖景，成了历史的记忆。"责任制一到户，有些腾出手来的农民就在雷泉湖里淘到了金子，摇着渔船，一晚上能打到几十斤鱼，卖到城里，换回来的是活钱。尝到了甜头，打鱼的就越来越多，矛盾也越来越多。2003年，县里组织学习围湖养鱼法，界限清晰了，渔民们不打架了，人工养鱼收入也高了。渔业倒成了咱村的支柱产业。"蒋文生介绍。"2014年，晖城就开始水上拆围，这里没人管吗？"蒋文道接过话茬，眉头皱成一团。"我还没说完呢，我们这边启动得晚一些，2018年开始了退围还湖工作，但是围的时候容易，拆的时候难啊。关系到老百姓的钱袋子，渔民闹得不可开交，信访问题一严重，工作就做得慢，我们也是头疼啊！"蒋文生指着不远处说，"乡村振兴没有固定的模式，要因地制宜。一个地方的产业若要发展好，一定要扎根本地的特色优势。我们在雷泉村制定的路子就是观光农业、全域旅游。雷泉湖改造好了，湖边那大片地建成生态田园湿地公园性质,大体分为三个区域,西面是棉花采摘园,北边是湿地花海,花海东边就是农家渔湾。垂钓、采摘、赏花、民宿、农家乐,一系列的项目下来,农民坐在家里就可以挣钱,多好的路子啊。今年乡里下了大决心,无论如何要打下退围还湖攻坚战。"蒋文生讲得眉飞色舞。这一切听起来欣欣向荣,蒋文道的心却飘到了40多年前。他仿佛看到了棉花地里娘弯着腰在忙碌,他跑过去帮忙摘棉花,棉桃上的尖刺破了他娇嫩的手指,娘一把抓过他的手,放在嘴里轻轻吮吸,指尖麻麻痒痒的,痛楚一会就消失了。他仿佛看到收割后金色的稻田,他提着竹篮子去捡稻穗,曹二拿着棒子追着他跑,娘在后面破口大骂,曹二看到焦急的娘,脸上闪过一丝犹豫。那时雷泉湖多宽啊,在他心里就是大海,少年站在暴雨即将来临的"海边",大声朗诵高尔基的《海燕》。那时雷泉湖的水多清澈啊,蓝天白云在碧绿的湖水照着镜子,多想跳进湖里踩着"镜子"里的天。这一切都过去了,记忆中的故乡,再也回不去了!

  按照幺叔的安排,爹娘停灵在老屋。鳞甲般的屋瓦灰中发白,马头墙、檐脊、墙角的线条映在碧蓝的天空里,肃穆又充满美感。院中有棵大树,疏疏朗朗遮盖着屋脊。鸟衔来的草籽落在瓦缝,瓦里生出各种花草来。蒋家祖上留下来的老屋原本离左右邻舍距离较远,独门独栋,曾经是雷泉村数得出来的好屋场。后来蒋文道的爹挨批斗,大瓦房垮了半边,再然后娘带着蒋文道改嫁到阳平,老屋就被族人占了去。眼前的老屋比记忆中要气派了很多,旧时光的味道还是能嗅出几许。院中大树遮住了大半个院落,老屋正中的堂屋白布黑纱搭了灵堂,一口硕大的棺材停在中间的长凳上,堂屋前用油布搭了覆盖整个院子的大棚,十六张圆桌一字排开。"听说你们要回来,我和爹简单收拾了一下。"蒋文生恭恭敬敬地说。

爹娘的骨灰盒被安放在了棺材里。放之前,幺叔问:"是按我们的合葬习俗将骨灰倒进红布里,还是直接放骨灰盒进去?"按照汉文化的传统,夫妻死同穴,各自一口棺材下葬。农村土葬的棺材都是早年打好,一年刷一遍清漆,最后刷上墨漆,这样格外锃亮。因为时间太紧,新棺材来不及刷清漆,幺叔将自己的一口棺材让了出来。两人合用一口棺材已是破例,生前天各一方,死后太过亲近,娘肯定不习惯,蒋文道想了想,替娘做了一回主:"还是让他们住在各自的房间吧。"蒋文道将爹留下的那张合影、那册《新校九卷本阳春白雪》和娘钟爱的小铜镜分别放在了他们的身旁。香炉里悠悠升起青烟,爹娘拼在一起的合照在一圈一圈的青烟里似笑非笑。

鞭炮噼里啪啦,火盆里的纸钱烧个不停,院子里的人越集越多。"那年你爹回来说要叶落归根,我就带人将这屋子整了一下。一晃又十多年过去了,这不一接到你的电话,说要回来安葬老人,我们就提前布置了一下。"幺叔备了酒席,村里的人都来了,一片喧腾。来客与蒋昌海打过招呼之后,都去上香烧纸,扶起跪在一旁磕头的蒋文道,客客气气地寒暄。老一辈的人眯缝着眼,凑近了说:"蒋家小五走的时候还是个娃娃,现在出息了呀,都成大教授了。好哇,好哇!"小一辈的不认识蒋文道,好奇地来凑热闹,看到跪在地上的蒋文道,倒有几分窘迫,嘴里应景似的说些"节哀顺变"之类的套话。

放了一通礼炮,又吹了一曲唢呐,哀乐齐鸣,鞭炮震天,人声鼎沸,在一片欢声笑语中开席了,这场景竟没有半点办丧事的哀伤。在乡村的人看来,活到80就算高寿了,顺脚路,是喜丧,得庆贺。"想当年,蒋昌明是多好的后生啊,要不是遇到那个时代,准保能做大事。""那您这就说错了,人家蒋老因祸得福,后来不也成了知名棉花种植专家吗?""也是啊,还亏得他不计前嫌,为咱雷泉村造了福。""要我说啊,蒋昌明的婆娘也不错,一个人拉扯大了几个儿女,看咱蒋文道还当了大城市的教授,光耀门庭啊!"众口一词的夸赞,大家都似乎淡忘了蒋昌明曾经在雷泉村灰头土脸、狼狈而逃的样子,也忘了他的婆娘跟一个小她七岁的野男人跑了的故事。"胡兰香还是个标致的人物咧,在咱村找不到第二个。"一个满面红光的矮胖老汉端着酒杯踱了出来。"曹二,别瞎说,就你那个样,也不怕脏了人家的脸面!"立即有人喝止。这就是当年不让捡稻穗的单身汉曹二,那时虽然觉得他丑陋又凶狠,但是他每次放蒋文道一马时,他还是心存感激的。他知道这人心肠不坏,娘过世前还说请曹二来看着老屋呢,娘以为曹二依旧过着朝不保夕风餐露宿的日子。"我实话实说嘛,人家胡兰香就是生得好看,还勤快,好女子嘛。"曹二顶了一嘴,扯着嗓子唱起了歌。"天上的星星千(那)万颗,村里喜事比星多。呀嗬咿嗬,呀嗬咿嗬,呀嗬咿嗬嗬……""这曹二,喝点猫尿就撒疯!"众人又摇头。若不是曹二提起,蒋文道都差点忘了,他娘有名有姓,叫胡兰香,她也曾是棉花一样洁白柔软的女子。娘的心善,若是她看到跟她一样苦命的曹二被国家五保供养,住着窗明几净的安置房,看病不要钱,月月有钱发,打心眼里也会高兴的。人们沉浸在如今

305

的幸福里,过去的一切苦难犹如未曾经历过的幻梦。这样也好,能忘却的人有福,简单的人能得到快乐。

丧鼓敲了一夜,歌师唱了一夜,第二日是吉日,爹娘下葬。鞭炮一路炸着,红色的纸屑到处飞舞,白色的浓烟翻腾,高亢的唢呐力图在这热闹里挤出一席之地。一群调皮的孩子在人群中钻来钻去。当孝子过去了,棺材过去了,吹唢呐的也过去了,就有胆大的孩子在烟雾的掩护下猫着腰冲上前去,一脚将鞭炮踢出几米远,准确地踏灭火头,一手捞起来就跑,大人的呵斥和咒骂声跟着追出去老远。爹娘如果泉下有知,不知会不会嫌这个世界太过吵闹了。蒋文道和一众孝男孝女按照当地的习俗,绕着安放在墓地中央的棺材转圈。歌师在一旁摇头晃脑地唱道:痛尔父母,哭尔亲,养育儿曹恩义深。朝提袍挈劳苦辛,三年怀抱始离身。儿长大,亲不存,牙床空对泪淋淋。要相见,隔幽冥,有负亲恩似海深。难效目连把孝行,十八地狱去寻亲。叹人生,总是空,生死从来万古同。高年彭祖今何在?不免南柯一梦中。哀尔父母,念尔生,粉身碎骨报难全。思笑语,忆容颜,尺素难申罔报恩。肝肠断,泪涟涟,悠悠愁恨销眉尖。思辗转,难报恩,唯愿英灵早上天。生前有酒几时醉,滴酒何曾到九泉。叹人生,实堪怜,光阴荏苒几多年。岵岾之悲徒泣血,辟踊哀号枉呼天。叹尔父母,今已亡,千秋永别实堪伤。柔情儿女心头肉,双亲恩泽胜穹苍。黄泉地,路迷茫,教人何处觅高堂。徒垂泪,枉思量,望断云山抱痛长。诵经唯有苍穹听,愿祈父母往西方。叹人生,若蜉蝣,大限来时万事休。富贵功名都是幻,荒草蓬蒿土一丘。忆尔父母,德弥彰,殷勤创业振纲常。和邻里,睦乡邦,教诲儿曹有义方。宜永寿,乐高堂,如何一旦返仙乡。情难舍,德难忘,哀思不尽地天长。绕棺相看无由会,唯叩灵魂一炷香。叹人生,世事烦,奔波劳碌几时闲。堆金积玉今何用,过隙驹光指顾间。思尔父母,痛凄怆,越思越想越难当。始受室,重义方,儿孙此日赖恩光。心欲裂,倍凄凉,海枯石烂怨洪荒。生死地,竟难忘,三魂杳杳不回乡。俯棺泣奠亲知否?唯愿神灵永显扬。叹人生,空自忧,光阴迅速实难留。万古江山依旧在,不知人换几多俦。念尔父母,育尔身,朝朝暮暮战兢兢。盼儿长,望儿成,儿生作息俱留心。乳哺满,已全形,高堂一别没踪寻。视不见,听无闻,徒伤儿女哭空庭。今宵往返陪灵柩,哭断肝肠刺破心。叹人生,奈此何,光阴似箭月如梭。唯存德泽留芳远,万古名传百世歌。孝歌几乎都是一样的范本,无外乎哀叹父母远去、亲恩难报。在一浪盖过一浪的喧闹声中,蒋文道低着头,侧耳倾听歌词的大意。"叹人生,总是空,生死从来万古同……叹人生,若蜉蝣,大限来时万事休……叹人生,世事烦,奔波劳碌几时闲……叹人生,空自忧,光阴迅速实难留……"听到这些句子,看着躺在黄土地里的爹娘,想到若干年后,自己也将变成一具枯骨长眠地下,蒋文道的心里怅然,无尽的酸楚化作无言的泪水,洒在了脚下的青草地上。他这一哭,大姐、二姐、三姐便呜呜咽咽地哭出了声,她们的声音越来越大,人群中的叫嚷渐渐弱了下来。歌师哀婉的曲调绕过棺材,飘荡在每一张肃穆的脸上。爹娘恩恩怨怨的一生变成一座坟茔湮没在青山翠柏中。"富贵功名都是幻,荒草蓬蒿土一丘。"人的一生,何其壮大,又何其悲凉!

这一夜,蒋文道不顾幺叔的劝阻,依旧住在了老屋。人群都散去了,入夜的春风微寒,隐隐约约传来几声狗叫,这世界空旷得好像只有他一个人。半梦半醒间,听到了几声咕咕的鸟叫。他想起小时候,也是这样漫长的夜里,外面一片漆黑。奇怪的"咕咕——"声响传来,此起彼伏。落在孤寂月夜的树丛中,流淌在汩汩的溪流里,敲打在藤蔓缠绕的老墙上。"娘,真的有无脚鸟吗?"年幼的他一双大眼睛溜圆地望着娘,期待无所不能的娘解答学校听来的传说。"睡觉,明天还要上学。"娘假装嗔怪地拍拍他的屁股。他手脚并用爬上床,坐在床上执拗地看着娘,似乎非要一个答案。"娘,无脚鸟真的到死才能停下吗?"他追问。娘拉了灯绳,爬过来摸了摸他的脑袋,幽幽地叹口气。不一会,身旁传来娘均匀的呼吸声。他在娘春风一样和缓的气息里,闭上了眼睛。迷迷糊糊的梦里,他梦见自己变成了一只没有脚的鸟儿,飞啊飞,越过高山大海,穿过无边无际的荒漠,永不停歇。他一定在寻找什么重要的东西,竟然连疲惫都未曾感知。

多少年来,那个不知疲倦一往无前的游子老了、倦了,想再回到梦出发的地方,想再叫一声爹娘。但梦醒了,爹娘都已不在。"娘,我累了。"蒋文道将头深深地压在枕头上,仿佛听到了娘幽幽的叹息。他在娘的叹息里再次沉入梦乡。"回家啊,回家啊!"风掠过的树梢,隐隐传来低低的呼唤。新垒的坟头,长出一棵弯弯绕绕的树,满树的叶子在风中沙沙作响。他摇身变成了一片叶子,贪婪地吮吸着来自大地的养料。根长在土里,他回到了与根相连的树梢。

后　记

小说中的老向是有原型的,我叫他老爹。我第一次见他,就跟他讲要写一部与他有关的小说。

老爹那时已经走到了生命的尾声,说几句话就会喘息不已。听说我要写书,两只凹陷的眼睛顿时闪出光来。

老爹读过三年私塾,九年公学,然而造化弄人,一生困于山乡。但已至耄耋之年,他对知识分子仍有着一种天然的尊重和向往。

他却不知,我们这些自诩读过几句书、见过一些世面的"城里人"来到这座偏远的小山村,看到毫无血缘关系的一家人以那样一种纯朴善良到极致的方式生活,犹如到了世外桃源,有一种心灵被洗涤的清透。

他在半百之年捡了一个弃婴,在备受磨难的困苦生活里为她披荆斩棘,护佑她平安长大。

他的养女靠自己的努力走出山村,奔向都市,却在大好年华选择还乡,陪伴照顾她生命中最重要的人。

他们的选择源自内心的善念,没有任何权衡和瞻顾,简单、朴素、热情、善良,这些情感多么像我们记忆中的乡愁。

炊烟袅袅里归巢的鸟儿,烟火香香中慈爱的母亲,让漂泊半生的我们感到轻松、自在、踏实。

"此夜曲中闻折柳,何人不起故园情。"但是又有多少人还能还乡呢?乡村振兴、飞速发展,时代变迁、故人离散,故乡已不再是记忆中的那个故乡,我们也不再是那个说走就走的我们。梦醒了,无路可走。这是当今知识分子的困惑,也是觉醒中的灵魂共有的困惑。

故事中的饭馆老板新月,就像老向的养女一样,漂在城市,根在山村,一个念头,一包行囊,就还乡了。

而大学教授蒋文道一生都在努力逃离贫瘠,告别寒微。他站在城市之巅,俯瞰众生,却发现一路逃得仓皇,失了故乡,失了理想,失了归宿。爹娘不在,无家可归。故乡,在他的现实世界已经不复存在,他的还乡,只能是精神上返璞归真的某种皈依。

桃花村桃红柳绿,劳燕归巢;雷泉村大刀阔斧,产业聚合,原生态的振兴和全局性的改造是乡村振兴的两种不同范式。身体还乡、精神还乡,这是现实条件下的两种不同路径。

殊途同归,无论哪种模式,哪条道路,结果都是好的。

"如此看来,父亲回到了他来的地方,是圆满的。而我也回到了心安的地方,正走在圆满的路上。我们都是幸运的。"故事中的新月收获了安宁和幸福。

"他摇身变成了一片叶子,贪婪地吮吸着来自大地的养料。根长在土里,他回到了与根相连的树梢。"像无脚鸟一样停不下来,浮华半生,蒋文道在已经变得陌生的故乡找到了丢失多年的根,他终于能歇一歇了。

写这个故事的时候,现实的困境、人物的挣扎,常常让我像走在迷雾里,找不到前行的路。自然的宁静、生命的坚守,又给了我无穷的力量。

年少时离乡,义无反顾地奔向远方。年长时,突然变得柔弱,开始回望故乡的山水,安于脚踏泥泞的黄土。这一路写来,我的心里住着日月山川,念着山河故人,有迷惘,更有希望。写着写着,就从新月初起写到了人月团圆。人团圆,念圆满,吾心安然。

若有一日,我笔下的文字能化为铅字,我定会带一壶酒,捧一册书,在老爹的墓前,与他畅聊。